On Deconstruction
Theory and Criticism after Structuralism
25th Anniversary Edition

当 代 世 界 学 术 名 著

论解构

结构主义之后的理论与批评
（25周年版）

〔美〕乔纳森·卡勒（Jonathan Culler）／著
陆扬 ／译

中国人民大学出版社
·北京·

"当代世界学术名著"
出版说明

中华民族历来有海纳百川的宽阔胸怀，她在创造灿烂文明的同时，不断吸纳整个人类文明的精华，滋养、壮大和发展自己。当前，全球化使得人类文明之间的相互交流和影响进一步加强，互动效应更为明显。以世界眼光和开放的视野，引介世界各国的优秀哲学社会科学的前沿成果，服务于我国的社会主义现代化建设，服务于我国的科教兴国战略，是新中国出版工作的优良传统，也是中国当代出版工作者的重要使命。

中国人民大学出版社历来注重对国外哲学社会科学成果的译介工作，所出版的"经济科学译丛""工商管理经典译丛"等系列译丛受到社会广泛欢迎。这些译丛侧重于西方经典性教材；同时，我们又推出了这套"当代世界学术名著"系列，旨在迻译国外当代学术名著。所谓"当代"，一般指近几十年发表的著作；所谓"名著"，是指这些著作在该领域产生巨大影响并被各类文献反复引用，成为研究者的必读著作。我们希望经过不断的筛选和积累，使这套丛书成为当代的"汉译世界学术名著丛书"，成为读书人的精神殿堂。

由于本套丛书所选著作距今时日较短，未经历史的充分淘洗，加之判断标准见仁见智，以及选择视野的局限，这项工作肯定难以尽如人意。我们期待着海内外学界积极参与和推荐，并对我们的工作提出宝贵的意见和建议。我们深信，经过学界同人和出版者的共同努力，这套丛书必将日臻完善。

中国人民大学出版社

目录

25周年版序言 …………………………………… I
序 …………………………………………………… I
作者注 ……………………………………………… I
引言 ………………………………………………… I

第一章　读者与阅读 ……………………………… 1
第二章　解构 ……………………………………… 47
第三章　解构批评 ………………………………… 168
附录1　参考文献 ………………………………… 216
附录2　25周年版参考文献 ……………………… 238
附录3　译名表 …………………………………… 243

新版译后记 ………………………………………… 249

25 周年版序言

2007年7月,时当贝瑞·邦兹逼近全美棒球协会全垒打纪录之际,《纽约时报》体育栏目报道说:"邦兹在芝加哥的闲暇时光跟杰西·杰克逊一起祷告来着,拜访了其家人,解构了他的挥杆录像带。"很显然,"解构"已经进入语言,成为"分析"的同义词——但凡言及机制、程序和惯习时都是如此,虽然它的含义似乎尚未落定。伍迪·艾伦的电影《解构哈利》宣称意在消解或清除围绕着哈利的不祥之兆,可是《纽约时报》的记者却暗示,邦兹的解构分析是给他的挥杆提供洞见,使他得以"消除若干瑕疵"。

"解构"这个词的奇崛命运,无疑是《论解构》这本书在尝试解释解构、审度它的文学批评内涵25年之后依然供不应求的缘由之一。过去的四分之一个世纪里,"解构"这个术语是批评和文化论争中的闪光点之一,它是滥用的大本营和代名词,命名了种种困难,深刻影响了理论文字,同时也是20世纪思想中一个更广泛运动的名称。在这个世纪的思想里,一千年来哲学、文学以及批评传统中的种种假设和推测变得形迹可疑了。简言之,解构源出哲学家雅克·德里达著作的哲学与文学分析模式,它质疑基本的哲学范畴或概念。但是,解构从来就不是一目了然的。德里达坚持说，解构不是一个学派或一种方法，不是一种哲学或一种实践，而是正在发生的什么东西，一如某个文本的论点挖了自己的墙脚，或如"解构"（déconstruction）这个德里达在海德格尔文字中翻译 Abbau 和 Destruktion 这两个术语时偶尔引进的法语词，有了自己的鲜活生命，逃脱作者的控制，来指涉一个更为广泛的知识过程或运动，它虽然终结于 20 世纪，却并不意味着灯枯油尽。

解构崛起于哲学，是针对哲学传统颗粒的哲学阅读，质疑其二元等级对立，诸如意义/形式、灵魂/肉体、内/外、言语/文字等等，探讨这些有模有样的结构如何被维护或依赖着它们的文本给事先解构了。有鉴于德里达的哲学风格是仔细阅读文本，读大师们的资源，执目于其修辞策略和意识形态投资，因而他的著作深受文学师生们的欢迎。他们从中发现：(1) 细读并不屈从于有机形式的意识形态观念，它们支撑着大多数广为传布的细读实践，如新批评；(2) 其显示出文本游戏冒着重要风险——它们挑战的二元对立建构了最基本问题的思考，诚如我在第二章和第三章将表明的那样。德里达的阅读，其目标不在于崇拜作品的艺术性和它们语义结构的复杂性，而在于抽绎出作品中相互矛盾的指意力量，对这些文本明察秋毫承担下来的虔诚和原则发难。

《论解构》第一章探讨了解构主义同结构主义以及其他批评运动的关系。第二章叙述了德里达如何挑战哲学传统，以及解构阅读的策略特征。第三章具体讨论解构给文学研究提供了哪些可能性。我依然给解构提供了一篇翔实的序言，因为自从本书 1982 年面世之后，有关解构的书陡增，不计其数。我们不妨来浏览一下以下材料：之后的 22 年里，德里达本人的文字包括 30 多本书，多不胜数的文章、讲演稿、序言和访谈。有一阵德里达的文字是有关"解构"这个术语的主要资源，但是解构早在 1982 年就已经参与到哲学、精神分析和文学研究中，以后更成为一个无比强大的知识范式，它对人文学科与社会科学各类领域产生的影响，标记了 20 世纪 80 年代和 20 世纪 90 年代的知识生活。"解构"这个词因此渐而被用来指涉一系列激进的理论工程，涉及的学科有法律、建筑、神学、女性主义、男女同性恋研究、伦理学与政治理论，且不论哲学、精神分析，以及文学和文化研究。虽然五花八门，但这些工程也"同仇敌忾"，一并对先前被视为上述学科基础的那些二元对立概念发难。

这个规划，加上"解构"这个术语本身的光华，使它在20世纪80年代和90年代的文化论争中大放异彩。但凡打开经典，站边妇女们的、少数族裔的、第三世界文化的，抑或拒绝高雅文化偏好大众文化的战斗，在形形色色的压力下，莫不抓住"解构"这个语词，来给各式各样的成就贴标签，他们认为是在打倒西方文明本身的成就。而事实上，对于解构主义批评家们而言，他们虽然同情各种拓宽经典的运动，但又都被深深卷入高雅文化传统的文本里。从柏拉图到普鲁斯特，在他们看来都格外广博睿智，丰实且又锐利，这是先前的读者所未料及的。他们很少会鼓动用肥皂剧来替代莎士比亚和康德，期望教授大众文化，很少用非西方文本来替代文化研究从业者撰写的西方传统历史批判著作。这些从业者视解构为洪水猛兽和精英的敌人，他们忠于高雅文化，纠缠在不知所云的哲学文本及其专门术语里，欣赏晦涩艰深。但是这都是语言的诱惑，在文化战争中，"解构"变成一把大刷子，涂抹掉学术著作中的一切创新点，又变成了攻击西方经典和既定价值的虚无主义速记。

关于解构西方文化的这类争执，今日似已相当少见。今天，互联网和新媒体的力量方兴未艾，产生了巨大的文化效应，一如大学里的阅读书目更替翻新，文学与哲学的分析模式也已全然不同。布什政府的所为，也让西方文化在世界的其他地方声名狼藉，效果远甚于以往对其盲点和矛盾的一切批判分析。故与其驻留在20世纪80年代和90年代有关"解构"一语的遗产里，我更想来谈谈1982年之后的什么东西，提供些许参考文献脉络，来追踪它们。

雅克·德里达本人在1982年之前的文字，已经涉及一大批文本和问题，如哲学、精神分析、美学和艺术批评，以及文学研究。但是这之后，他的文字涉及的范围和知识能量更叫人瞠目结舌。姑且列举若干吧。他冒险进入了这些领域：法律、宗教、友谊以及敌友之间的政治角色、马克思的遗产、欧洲的可能性、"无赖国家"概念、制度和哲学教学,以及他本人的传记。① 不仅如此,德里达还写了大量文学评论,从莎士比亚写到策兰,尤其是着重探讨了波德莱尔、乔伊斯、蓬热、热内、布朗肖和策兰。② 这些文本谈不上是对二元等级对立的解构,也不是对这些二元对立的倒置和移位,诚如德雷克·阿特里奇一篇重要访谈的标题所示,它们探讨了"所谓文学的奇怪制度"。这些文章执目于文学的行为维度,即努力将其标举为一个单一事件,赋予文学以至高的样板权力,来言说一切理当成为民主标志的东西。文学带着"秘密的诱惑"使我们激动,呼唤我们进行阐释,即便原本没有秘密,没有隐藏的答案。这些文章不是在阐释作品,而是在探索其最大风险和最广泛含义,以及最隐秘的语言游戏。在很大程度上受惠于德里达灵感的《文学的单一性》一书中,阿特里奇说:"过去35年里,德里达的著作构筑了我们时代最有意义、最广为传布、最有创意的文学探讨。"(Attridge, *The Singularity of Literature*, p. 139) 虽然迄今为止对这一宏论尚少有评价,也少有人深解其意。还有其他许多有关德里达的著述。其中两本尤其精彩和与众不同。一本是杰夫·本宁顿的《德里达数据库》,该书是对德里达思想的综述,德里达在每一页的底部刊出自传体的《割礼/忏悔》以示超越,由此两人合作出版了《雅克·德里达》一书。另一本是马丁·哈格伦德的《激进无神论:德里达与生命的时间》,该书将德里达对哲学传统的挑战,解释为对超验性的断然拒绝和对生存的充分肯定。

1982年以来,解构已深入了许多领域,但是在哲学内部,它依然是一个论争资源。一方面,分析哲学家们普遍抵制解构,抵制德里达,甚至于走极端地将他排除出哲学,归入文学理论家一类。塞缪尔·C.韦勒的《作为分析哲学的解构》和戈顿·贝恩的《挤干去掉德里达水分:

---

① 除此之外,至少有20卷他的讲课笔记将在未来数十年里出版。最好的书目为彼得·克拉普所作,见明尼苏达大学网站:http://www.hydra.umn.edu/derrida/jdind.html。比如,上述话题可见《法律的力量:权威的神秘基础》《宗教行动》《友谊政治学》《马克思的幽灵》《另一个航向》《谁害怕哲学?》《割礼/忏悔》。

② 《文学行动》收录了许多这类文章,辅以阿特里奇的出色访谈。其他见《既定时间》(波德莱尔)、《签名蓬热》(蓬热)、《丧钟》(热内)、《停下吧》(布朗肖)、《主权问题》(策兰)。

分析重申重复性》，成功地用分析哲学的术语重塑了德里达的论点。而罗道尔夫·伽歇则决心将德里达从文学理论中拯救出来，在其《镜箔：德里达与反思的哲学》一书中，其殚精竭虑，成功将德里达表征为传统模式中的系统哲学家。在其他以德里达为哲学家的著作中，杰夫·本宁顿的《中断德里达》一书中有对德里达著作的一篇精彩的哲学分析。

在文学研究内部，解构今已广为传布，因此同解构相关的概念（比如，对有机形式理念的批判，以及文学的文字观念应当探讨如何以其人之道还治其人之身等）同样是四面八方传播开来。除了德里达本人关于文学的浩瀚文字尚未被批评实践充分吸收外，保罗·德曼的大量著述——一大部分是在作者身后方才出版的——也变得唾手可得。① 这些文章巩固了《论解构》中勾勒的一个独树一帜的解构传统，或者说，文学作品的修辞阅读传统。② 近年来，已经较少评论致力于表明文学作品如何颠覆了它们所依赖的前提，而是更多地卷入它们的哲学标的，如德曼《阅读的寓意》中评论卢梭的篇章所为。J.希利斯·米勒一向是个多产的批评家，其著作论及大量作家和主题，尤其是叙事和修辞策略。佳亚特里·斯皮沃克、霍米·巴巴、罗伯特·扬，以及其他论者，则阐明了后殖民研究的生产性，对解构活动保持了一份戒心。

芭芭拉·琼生在其早期那些深刻且优雅的解构主义文献中对《论解构》已有高度评价，她一如既往，将研究领域拓宽到精神分析、妇女写作、女性主义、非裔美国文学以及文化研究。她的两篇文章可以作为解构阅读的范本来加以引述，它们是《抒情诗与法律中的拟人论》和《沉默妒忌》。前者出色地将德曼的拟人论修辞归拢一体，这对于抒情诗以及法律论争中拟人论活动的问题，都是至关重要的。确定法律将什么作为人一般来对待——给予哪一些实体或组织以人的权利——对于社会特权和资源分配的影响举足轻重。琼生的《沉默妒忌》读济慈的《希腊古

---

① 《审美意识形态》《浪漫主义的修辞》《浪漫主义与当代批评》。相关讨论有卡勒的《抵制理论》（见《理论中的文学性》）、沃特斯的《阅读德曼阅读》，以及科恩等人主编的《物质事件：保罗·德曼与理论的来世》。

② 见巴尔弗、布思、伯特、卡露斯、切斯、艾德尔曼、哈马歇、赫尔兹、雅各布斯、卡姆芙、纽马克、雷德菲尔德、洛伊尔、特拉达和沃敏斯基的著作，此皆为这一谱系的扛鼎之作。

瓮颂》，以"童贞未失的安静的新娘"一句，来对照简·坎皮恩的电影《钢琴课》以及电影的批评接受，以探索女性沉默的文化建构和审美化，探究它们如何成为女性价值的储存库。琼生得出的结论是，这部作品把妇女的沉默理想化了，结果是"它帮助文化，使之无从辨别她们的快感和侮辱"。这是《钢琴课》中的一个突出问题及论争焦点。① 琼生的文章是解构阅读的一个精彩绝伦、洞烛幽微的范本，引申到了有关重大事件的形形色色的文化文本。

除了哲学与文学研究之外，解构的影响亦十分广泛。从最广泛意义上来说，它鼓励质疑一切探索领域的二元等级对立结构，专执于这些根基层面上的二元对立是不是，以及如何为它们被用来描述的现象所颠覆。因而解构是一个有力的武器，对所谓的科学元语言发起总攻。所谓科学的元语言，指的是一系列术语和概念，它们被用来分析某个被认为外在于它们描述对象的领域。例如，某种精神分析理论，如何为它自称描述的压抑和愿望-实现机制所构成，或为其所左右。

在文学与哲学研究之外，解构的影响主要表现在两个方面。一方面，它不是首先关注一个文本说了什么，而是首先看它如何维系与其所言的关系。解构凸显活跃在一切话语和话语实践中的修辞结构和行为效果，以其为特殊方式的话语解构经验。因此，它支持鼓励形形色色学科的建构倾向：尝试表明一个学科的研究对象并非单纯诉诸经验，而是由概念网络和话语实践生产出来的。另一方面，解构思维作为对基础二元对立的批判探究，试图干涉和改变附着于特定术语上的价值，它不仅影响到如何阅读文本，而且影响到了一个学科的目标设定。

解构在 20 世纪 70 年代与 80 年代的声誉如日中天，随着之后其在人文学科和社会科学领域的广泛传播，它已经在最宽泛的意义上成为对所谓天经地义范畴的一种批判，以及驱使你殚精竭虑去分析一个特定学科中指意逻辑的动力——即便其结果不是解决问题，而是恶化局势，激发出更多的问题和疑云。故此，它联手其他后现代与后结构主义思潮，

---

① Barbara Johnson, *The Feminist Difference*, 137.

来激发对既定范畴和经典的怀疑，进而挑战客观性。

尼古拉斯·洛伊尔主编的《解构：读者指南》是关于解构的各式宣言中的一部杰出导论，诸多名家撰稿，在"解构与……"的类别下，其讨论的话题极其广泛，包括解构与文化研究、毒品、女性主义、小说、电影、阐释学、爱情、一首诗、后殖民、精神分析、技术，以及编织。我的雄心稍小一些，愿集中在若干领域，就解构的变迁兴衰说几句话。

女性主义/性别研究/酷儿理论

虽然女性主义一直对解构主义疑神疑鬼，觉得它是种典型的男性消遣、抽象消闲，让思想千篇一律，比如，其实际上有意否认女性经验的权威性；但是，许多女性主义思潮始终支持解构男人和女人这个二元对立，支持批判身份的本质主义概念。佳亚特里·斯皮沃克这位马克思主义者和后殖民批评家，始终强烈呼吁将解构与女性主义及其他热点问题连接起来。① 但是解构最杰出的代表还是朱迪斯·巴特勒，她将德里达与福柯拉进了她有关性别与身份的理论工程。经常有人说，女性主义政治追求一种妇女的身份，就是说，这一身份是产物或结果，而不是行动资源。但是《性别麻烦：女性主义与身份、身体的颠覆》《至关重要的身体》以及其他著作，则挑战了这一观念，并发展出一种性别和性认同的操演概念。它先是师法 J.L. 奥斯丁的行为句概念，由此生发出一系列相关实体对象，与此同时也借鉴了德里达有关行为句重复性的论点，正是它成就了巴特勒性别概念的这一重要分支。巴特勒的著作在界说当代男女同性恋研究以及女性主义方面功不可没。②

宗教/神学

解构作为对形而上学的批判，特别是对在场的形而上学以及西方文

---

① 亦见琼生、卡姆芙、荷兰德和艾兰的著作。
② 伊芙·科索夫斯基·塞奇维克的《柜中认识论》、李·艾德尔曼的《同形异义词》是两部酷儿理论的讲座论文集，两者都致力于对异性恋/同性恋这个二元对立的解构。

化逻各斯中心主义的批判,似乎注定是反神学事业的,是对依然在支撑我们思维的神学母题和结构的一种批判。但是,这一揭示西方世俗文化,特别是哲学之隐秘神学结构的心志,也导致了此种观念的兴起,那就是解构乃是否定神学的一个版式。

有些学者,如约翰·卡普托,在德里达思想中高扬弥赛亚概念,试图发掘一种德里达式的神学概念,将延宕的母题同等待弥赛亚降临联系起来,后者是基督教末世学的标识。其进而从论证解构包含了宗教的母题和对得意扬扬世俗化理性的批判,发展到坚信在"没有宗教的宗教"和"没有弥赛亚的弥赛亚式"中,解构给予我们的不是宗教的不可能性,而是一种具有否定性的宗教,一种没有真实宗教种种缺陷的宗教。① 但是德里达在弥赛亚式(messianic)和弥赛亚主义(messianism)之间作出的区分至关重要,这并不是吹毛求疵:前者是分析某个等待和延宕的结构,后者是真实弥赛亚的信仰。

对解构与宗教的讨论似乎兵分两路:一路将宗教引入德里达与解构,最终阐明解构是具有它自身结构和担当的宗教,从而促生一种保存了现代宗教担当中最有价值的东西的伦理学;另一路则将解构引入神学,以使它更具哲学的复杂性,更为精致,也更有责任感。是不是解构非得标举无神论,否则便无以为继?抑或它是不是能在神学语境内部展开,以生产一种能够"逃避"哲学的神学?解构与宗教的第三条路径是,运用解构,至少是立足于德里达的早期著作,来批判宗教和神学。这似乎是天经地义的,但是它通常缺席文学。在德里达为他与吉安尼·瓦蒂莫合编的《宗教》一书贡献的长文中,德里达并非全然将神学视为宗教本身,而是更多地将其视为某种社会和精神现象,表明运用解构来谈宗教问题,确实是有所不同的。② 但是马丁·哈格伦德的《激进无神论:德里达与生命的时间》则明确反驳了从宗教中捕捉解构的企图。

---

① Caputo, *Deconstruction in a Nutshell*.
② 吉尔·阿尼德加编写的《宗教行动》收入了德里达论述宗教的文字。

建筑

解构与建筑?这个结合有点匪夷所思。不过"解构"这个语词已经包括了构造的意思,并意在分析一个结构如何被结构起来。为什么解构就不能与建筑领域中的空间、功能和装饰思考联系起来呢?

1985年,建筑家伯纳德·屈米邀请德里达合作设计了拉维列特公园的一个区域。拉维列特是一个大型公园,园内有多处时新博物馆和展览空间,形形色色的设计理论就在这里登台亮相。在屈米的计划中,一系列红色的立方体空间,即设计者所谓的 follies,将被安置在特定的点上,每一个立方体通过"偏差",变形为一个 folly,即结构的爆炸和消费。不同性质和逻辑的结构相互叠加,颠覆了整体的概念。设计不仅否定了与语境的关系——那可通常是建筑存在的理由——而且位移和放开意义,否定了"建筑作为人文主义思想避风港的象征储存库"。屈米说:"它的目标是一种什么意义也没有的建筑。"[1] 德里达与彼得·埃森曼进行了合作设计,然而因一项原则性决定,方案未被施行。

1988年,菲利普·琼生在纽约现代艺术博物馆组织了一次展览,题为"解构主义建筑"。由是观之,建筑的解构之所以成为可能,并非由于其是解构主义哲学的派生物,而在于它能够动摇我们关于形式的思考。这一建筑通过揭示隐藏在传统形式中的不稳定性和进退失据困境,来进行策反和颠覆活动,于熟悉中见陌生。[2]

政治、法律、伦理学

解构与政治的关系又当何论?比如,解构是否拥有一种政治学,抑

---

[1] Bernard Tschumi, "Parc de Vilette, Paris." *Architectural Design* 58, no. ¾ (1988): 39. On Derrida's collaboration with Eisenman, see Mark Taylor, "Refusing Architecture." In *Re-Working Eisenman* (Berlin: Ernst & Sohn, 1993), 79-89.

[2] See Philip Johnson, and Wigley, Mark. *Deconstructivist Architecture* and Wigley's *The Architecture of Deconstruction: Derrida's Haunt.* Culler, *Decon-struction*, vol. 3, 367-455. The collection *Deconstruction: Omnibus Volume* (ed. Papadakis).

或它是一种可以随心所欲、因地制宜,采用政治的一切不可能性来加以推动的思想?杰夫·本宁顿注意到,由于德里达的哲学著作如此激进,以至于在英语世界中有一种看法,认为它可以促生一种同样激进的政治或解构主义政治学,如是人们可以挑剔德里达,指责他辜负了某些人的期望,未能对政治与现实一视同仁。① 德里达在许多政治问题和论争中固然立场鲜明,可是似这般模样投身左派,或扮演左派,却还是叫许多人失望,他们追求另一个秩序的激进政治,期望改变世界。

德里达关于政治的著述十分广博。一方面有直接的政治话题,诸如种族隔离、移民法、死刑、欧洲一体化。另一方面又有最广泛意义上的政治理论,如:《友谊政治学》通过敌友问题来深入政治和民主;《马克思的幽灵》质问了马克思主义的合法性,以及它在后马克思主义世界中的重要地位②;《独立宣言》则令人信服地将《美国独立宣言》读作歪曲基本行为的范本,其间语言的行为维度和陈述维度无以两相契合。通观德里达的著作,交织着对宣言概括之决议和民主的一种反思:"凡解构必有民主,凡民主必有解构。"一个决议之所以是决议,前提是它不能被计划,而是发生在一个无以决断的情境之中。它必须打断确认,而确认依然是它可能性的条件。③ 至于民主,一个基于计数的结构——计数异常——则是这样一个概念:我们以它的名义评估每一种民主的确认,正是以"即将来临的民主"的名义,我们解构一切给定的民主概念。

解构与政治是一个热门话题,相关著述数不胜数。本宁顿的《法规:解构的政治学》和理查·比尔兹沃斯《德里达与政治问题》是此一话题的重要著作。另一方面,欧洲大陆哲学传统中对政治学的解构工程,则由菲利普·拉库-拉巴特和让-吕克·南希、厄内斯特·拉克劳和查特尔·墨菲开拓了一种因引入解构而变调的后马克思主义的马克思主

---

① Bennington, "Derrida and Politics." In *Interrupting Derrida*, 18-19.
② *Negotiations: Interventions and Interviews, 1971-2001*, collects a comprehensive range of Derrida's political interventions and reflections on the nature of the political.
③ Bennington, "Derrida and Politics," 18-33.

义。美国政治科学家威廉·康诺利、比尔·马丁、威廉·科列特以及其他学者，则在政治科学话语中，引入了对差异悖论的思考，以及对二元对立等级的解构。同样，我们还应在解构与政治的标题下，列入斯皮沃克、霍米·巴巴和罗伯特·扬的后殖民研究文字，以及朱迪斯·巴特勒《激动的话语》中对仇恨话语的质问。

在法律领域，批判法律研究运动聚焦于法律教义内部原则与反原则之间的冲突，它与解构多有类似：批判公共与私人、本质与偶然、内容与形式等一系列二元对立，它们都是法律领域的基础所在。同时阐明法律教义与论据是意在掩盖矛盾，而矛盾依然重新显现出来。① 在这一领域里德里达本人的文字又有所不同，如他的《法律的力量：权威的神秘基础》就探讨了根本意义上的暴力和正义问题何以是无法解决的。

正义问题素来是解构关注的一个重要问题，它导致了解构与伦理学的论争。有鉴于解构总使人联想到蔑视既定规范与传统，拥抱不辨善恶的尼采轨迹，其与伦理学似乎最是遥远。伦理学概念本身，连带法律、责任、义务以及决定等概念，都来自形而上学，解构如何独能绕过这些问题不作诘难？但是我将这一点构想为义不容辞的必然，这个事实本身也使我们有可能来询问解构背后的动机所在。这里运行的是哪一种必然、义务或承诺，是伦理学的抑或不是？由此来驱动解构，或者让我们责无旁贷地关注正在发生的各种解构是什么？

是哪一种价值和义务，驱使或迫使我们来行动？这是一个伦理学问题，或者说，就是伦理学的问题。就解构的例子来看，伦理学问题直达其方法论的核心。是什么在驱动解构？我们为什么关心它？"因为我们别无选择，"西蒙·克里奇利回答说，"统治着解构的必然性来自整个儿的他者，命数女神阿南刻，在她面前，我无法拒绝，凡我自由心愿，皆为正义所抛弃。作如是言，我相信我是追随德里达了。"②

---

① Culler, "Deconstruction and the Law." In *Framing the Sign* (Oxford: Black-well, 1988), 139-152.

② Simon Critchley, "The Chiasmus: Levinas, Derrida, and the Ethical Demand for Deconstruction." *Textual Practice* 3, no. 1 (1989): 91, see also Bennington, "Deconstruction and Ethics." In *Deconstructions: A User's Guide.*

近年来，解构与伦理学或者伦理问题的关系成为一个热门话题，这也许并不奇怪。一方面，论者探究驱动解构的要求属于何种性质，是渴望正义呢，还是尊重文本表征的他者性，抑或致敬他人的他者性。另一方面，德里达与伊曼努尔·列维纳斯还有一场延续了数十年的对话，其代表着德里达对伦理转换问题最直接的参与。德里达说，列维纳斯的思想为我们唤醒了一个"超越和先于我的自由的'无限'责任"的概念。如杰夫·本宁顿和其他论者所言，德里达与列维纳斯的对话，批判了将伦理学确立为先于本体论之第一哲学的企图，而本体论总是有将上帝树立为绝对的他异性，树立为伦理学根基上他者的单一面真理的风险。以他者为总是非绝对的，伦理学是没有可能的，尝试某种没有伦理学的伦理学，这正是落在解构身上的使命。探讨他者的单一性与一切伦理学命题所涉的普遍性或普世性之间的关系，是一个与时俱进的问题，它将继续致力于思想，无论在未来它管自己叫解构还是别的什么东西。

序

  本书是拙作《结构主义诗学》的续编,虽然在方法和结论上,二者都大相径庭。《结构主义诗学》旨在全面审视一系列批评和理论文字,辨别它们最有价值的建设和成就,并且将它们介绍给对大陆批评鲜有关注的英美读者。今天,情况改变了。且不论介绍工作多有人为,纷争也层出不穷。在20世纪80年代初叶来写作批评理论,不再是介绍陌生的问题、方法和原理,而是直接参与一场生机勃勃、难解难分的论战。下面我拟就近年来理论文字中我认为最有活力、最有意义的内容作一交代,同时澄清一些似乎经常被忽视和误解的问题。

  一个问题是理论纷争和本书所属的那一类文字的地位。英美批评家常常认定文学理论是仆人的仆人:其目的在于辅佐批评家,而批评家的使命则是通过阐释经典来为文学服务。因此,检验一种批评文字,要看它是否成功地提高了我们对文学作品的欣赏水平;检验理论,则看它是否成功地提供了一些工具,以有助于批评家推出更妙的阐释。"批评的批评"——就像人们时而这样称呼它,被定位在远离对象本身的两个范域,唯其有助于批评走在正确的轨道上,方才显得有用。此种观点十分流行。韦恩·布思——一位在文学理论领域卓有成就的人物,觉得很有必要为他的所为作一番辩解:"谁真正愿意炮制一部用时下的行话完全可能被叫作元元元批评（meta-meta-meta-criticism）的巨著？"他在给一部文学理论的大部头著作所作的序中说:"但是我明白，我本人之身不由己越钻越深，究其原委，完全是为了直面当今文学和批评的现状。"（Booth, *Critical Understanding*, p. xii）

如果说批评理论的目的，经常被视为在于判定某些特定的阐释程序合法与否，那么此观点无疑是新批评的馈赠。新批评不仅要人相信，文学研究的目的就是对文学作品的阐释，而且通过界定进而驱逐意图谬误——这是它最值得纪念的理论工程，暗示文学理论旨在消除方法错误以使阐释走上正道，虽则近年已有与日俱增的证据显示，文学理论应作别论。文学理论的著作，且不论对阐释产生何种影响，都在一个未及命名，然而经常被简称为"理论"的领域之内密切联系着其他文字。这个领域不是"文学理论"，因为其中许多引人入胜的著作，并不直接讨论文学。它也不是时下意义上的"哲学"，因为它包括了黑格尔、尼采、伽达默尔，也包括了索绪尔、马克思、弗洛伊德、欧文·戈夫曼和拉康。它或可被称为"文本理论"，倘若文本一语被理解为"语言连接成的一切事物"的话。但最方便的做法是直呼其为"理论"。这个术语引出的那些文字，并不意在孜孜于改进阐释，它们是一盘令人疑惑的大杂烩。理查·罗蒂说:"自打歌德、麦考莱、卡莱尔和爱默生的时代起，就有一种文字成长起来，它既非文学生产优劣高下的评估，亦非理智的历史，亦非道德哲学，亦非认识论，亦非社会的语言，但所有这些拼合成了一个新的文类。"（Rorty, "Professionalized Philosophy and Transcendentalist Culture", pp. 763-764）

这个新的文类显然是异质性的。其中的具体著作联系着其他一些著名活动和话语:伽达默尔于德国哲学一个特定的分支、戈夫曼于经验社会学研究、拉康于精神分析实践。"理论"之所以成为一个文类，是因为其著述之作用方式。各类专家抱怨说，此一文类声称所辖的那些著作是偏离了该学科的母质在被人研究:学理论的学生读弗洛伊德，却不顾后来的精神分析研究反驳了他的原则；他们读德里达，却对哲学传统一无所知；他们读马克思，却不对政治及经济状况的描述另作研究。作为"理论"这一文类的成员，这些著作僭越了它们通常被估量于中，并且有助于辨别它们对知识之确凿贡献的学科框架。换言之，此一文类中众成员的显著特征是，其功能不在于某个学科范域内部的阐发能力，而在于它们的重新描述能力，从而对学科的边界提出挑战。故我们归入"理论"的那些著作，都有本事化陌生为熟识，使读者用新的方式来思考他们自己的思想、行为和惯例。虽然它们可能依赖熟悉的阐发和论争技巧，但它们的力量不是来自某个特定学科的既定程序，而是来自重述中洞烛幽微的新见。这正是它们被置于上述文类的缘由。

在这一文类近年来的发展中，黑格尔、马克思和弗洛伊德盖过了麦考莱和卡莱尔，虽然爱默生和歌德时不时出演令人尊敬的角色。理论著作可能处理的题材并无明显的限制。近年来其理论力度足可使之列入这一文类的著作有迈克尔·汤普生的《垃圾理论》、道格拉斯·霍夫斯塔德的《哥德尔、埃塞尔、巴赫》、丁·麦康纳尔的《旅游者》。至于这个吸收了法国人所谓的"人文科学"中最富创见之思想的领域，有时被称为"批评理论"，甚至"文学理论"，而非"哲学"，则要归功于英美两国哲学与文学批评近年来出演的历史角色。理查·罗蒂本人是一位杰出的分析哲学家，他说："我觉得在英国和美国，哲学的主要文化功能已被文学批评替代，成为年轻人自我描述自己如何不同既往的一个资源。……这大致是因为盎格鲁-撒克逊哲学中的康德主义和反历史主义取向。在黑格尔未被忘却的国度，哲学教师的文化功能截然不同，其更接近于美国的文学批评家的地位。"（Rorty，*Philosophy and the Mirror of Nature*，p. 168）

文学批评家对上述看法多半要抱怀疑态度，因为他们已经习惯于从吵吵闹闹欲写出自身不同既往的青年那里，听到不相关的和寄生主义的诘难，而不是赞扬。很显然，要是罗蒂是一位批评家而非哲学家，他也不会这样毫不迟疑地断言批评替代了哲学。比方说，人们很可能怀疑，年轻人为描述他们"焕然一新"而转向了广告及流行文化，而不是文学理论。但是有两个迹象可能支持罗蒂的观点：其一，针对理论倾向的批评攻击频频，指责研究生们机械模仿某些模式、追随一些以他们的无知和稚嫩尚不能了解的观念、竞相标榜某种虚幻的或一时流行的新奇，这些都暗示近年来批评理论面对的威胁同它对年轻人的特殊诱惑力有关。与此相反的看法则认为理论有可能险象环生，恰恰在于它虎视眈眈欲出演罗蒂赋予它的那一角色，作为知识青年的营养库而促使他们同过去道别。其二，这似乎的确也是一个事实，近年欧洲哲学——海德格尔、法兰克福学派、萨特、福柯、德里达、米歇尔·塞尔、利奥塔、德勒兹——是通过文学理论家而非哲学家而被进口到英美的。从这一意义上说，正是文学理论家在建构"理论"这个文类中作出了最大的贡献。

进而视之，且不论罗蒂对批评的垂青是对是错，还有一些理由可以证明，何以由文学理论在方兴未艾的"理论"文类中来出演中心角色并非不合适。首先，由于文学以全部人文经验，尤其是经验的整理、解释和连接为其题材，故而形形色色的各路理论大军在文学中寻找教益，其结果亦关联着关于文学的思考，便并非事出偶然。由于文学分析男人和女人之间的关系，或人类心理复杂万状的表现形式，以及物质条件对个人经验产生的影响，是最有力透彻贯通这些问题的理论，因而自然引起文学批评家和理论家的兴趣。文学的综合性，使它有可能将一切竞新斗奇或骇人听闻的理论纳入文学理论之中。

其次，由于文学的探索直达智穷计尽，因而文学鼓励或激发专注于吸收利用理性、自我反思及意指最一般问题的理论探讨。社会及政治理论家阿尔文·古尔德纳将理性界定为"这样一种能力"："它可使迄今人们视为天经地义的东西变得疑云密布，可使在先仅仅是被使用的东西引人反思，可变素材为主题，可批判地审视我们的日常生活。这一理性观将理性置于关于我们的思考的思考能力之中。理性作为我们基础的反思，设定了一种能力，以供言说我们的言语和支撑了它的种种事实。理性因此是位于元交流之中。"（Gouldner, *The Dialectic of Ideology and Technology*, p.49）承认文学作品有能力凸显在先可能是想当然的事物，包括语言以及我们通过它们来组构世界的各种范畴，文学理论一头栽进了反思和元交流问题堆里，欲将文学的自我反思范式理论化。文学理论因此趋向于在它的轨道中纳入形形色色的思考，涉及框架的问题、关于交流的交流以及其他或者是无尽无涯的连环形式。

再次，文学理论家多半特别乐于接受其他领域中的新理论发展。这是因为他们不似这些领域中的专门人士，执着于一端而不及其余。虽然他们也热衷于自己的科学，从而会抵制一些离奇古怪的想法，但他们会欢迎理论质疑当代正统心理学、人类学、精神分析学、哲学、社会学以及历史学等等的基本假设。这使理论——或者说文学理论——成了一个热闹非常的竞技场。

在这种情况下，讨论十二年来的文学理论，便没有可能来苛求全面——被纳入文学理论的理论文字，其范围何其宽广。以解构理论为我的论述中心，我是意在说明，它不仅是近年来理论中冲锋革新的主导力量，而且关涉到文学理论中一系列最为重要的问题。我腾出大部分篇幅来讨论德里达，是因为我发现他的许多文字亟须说明。我希望读者将会发现，这些说明是富有价值的。这些文字当然不是文学批评或文学理论，但是我可以求诸一位自命为批评史学家的人物来为我的做法辩护。此人是弗兰克·伦特里夏，他说：

> 在70年代初叶的什么时候，我们从现象学迷梦的教条卧室中一觉醒来，发现一个新的在场已然绝对把握了我们的先锋批评想象，这便是雅克·德里达。说来叫人吃惊，我们得知，虽然德里达有一些文字大致可概括出相反的结论，但他没有带来结构主义，而是带来了所谓的"后结构主义"。保罗·德曼、希利斯·米勒、杰弗里·哈特曼、爱德华·赛义德以及约瑟夫·里德尔——所有这些人物60年代均迷醉过现象学血统——其知识生涯中后结构主义方向和立场的转移，道出了全部故事。（Lentricchia, *After the New Criticism*, p.159）

这自然不是全部故事，上面这段神经兮兮的文字正显示了某种不惜一切代价来编造历史的欲望。但是，把德里达神化为一个新的绝对在场，则暗示了人可以运用解构理论来解决一系列问题，诸如结构主义与后结构主义、诗学及阐释、读者与批评元语言等等。过去十二年间关于理论的文字中，我虽然遗漏了许多重要的人物，比方说罗兰·巴特——他的例子我可以在另一本书中写上一大篇来作补偿，但其他人物，我则不必致歉，而只能说，解构轨道之内的批评家，也可能像其外的批评家一样受到冷遇。

但是，一切关于当代批评理论的讨论，必然要直面后结构主义这个混乱且易被混淆的概念，或者更确切地说，解构理论与其他批评运动之间的关系。引言部分从一个角度谈到这一问题，第一章又换了另一种角度。结构主义、现象学、女性主义和精神分析批评家，近年来都一致认可强调读者和阅读，分析这些阅读叙述中出现的问题，这是为第二章中关于解构的探讨搭起舞台。我无意就德里达的文字作编年史的或系统的评述，而是按照主题范域和它们对文学批评及理论产生的影响，来对它们作出分析。在这个拉得很长的分析过程中，为求明晰，我冒了重复的风险。要是我有失误，也请读者原谅。第三章分析解构主义文学批评日益扩展的阵营中的一些研究，以求凸显其中的重要人物，以及变化中的不变。

感谢所有近年同我讨论过这些问题以及就他们的文字回答过我问题的人士。类似本书这样的情况，责任问题是极成疑问的，读者将会看出，不可能高举一个雅克·德里达，叫他对我从他名下著作中生发出的一切含义负责。我要坚持说，本书多受惠于康奈尔大学几位同事的意见，他们是劳拉·布朗、内尔·赫尔兹、玛丽·雅各布斯、理查·克莱恩、菲利普·刘易斯和马克·塞茨尔，特别是辛西娅·切斯，她的文字促成了这部著作，她的阅读也纠正了它。我还感谢约翰·西蒙·古根海姆基金会，它给了我一笔基金，使本书得以起步，可是老天，未使它得以完成。

乔纳森·卡勒
于纽约伊塞卡

作者注

第二章第一部分若干段落见《结构主义及既往》，约翰·斯图洛克编（牛津：牛津大学出版社，1979）。第二章第二部分的一个缩写版刊于《新文学史》，1982（13）。

参考书目在正文中以括号形式给出。两个页码用斜线分开，前面是法文文本页码，后面是英文译本的页码。引用著述的细节见书后的参考文献。但若适当，我也悄悄就翻译作了些改动。

感谢马龙·库兹米克和约翰·希克斯在材料方面对本书纪念版所给的帮助。

引言

　　如果说，近年来批评论争的关注者和参战各方能有任何共同语言的话，那便是关于当代的批评理论如何盘根错节，越见混乱了。过去，一度可以设想批评是一种单一的活动，只是侧重点有所不同。近年辩论的尖锐程度所示的则相反：构成批评领域的全是些竞新斗奇、互不相容的活动。甚至开列一长串名单——结构主义、读者反应批评、解构主义、马克思主义批评、多元论、女性主义批评、符号学、精神分析批评、阐释学、对照批评以及接受美学等等——也不过是对康德称为"数学的崇高"的无限而不完全的匆匆一瞥而已。凝神关注一片威胁着淹没我们感受力的混沌，如康德所示，会使人油然而生出一股豪气。然而大多数读者只是迷惑困顿，并不感到肃然起敬。

　　本书虽不敢说一定让人敬畏，却有意同困惑作一番较量。批评论争应当充满生气，而不是如过去经常出现的那样，使人昏昏欲睡。有人熟读当代的理论，还每每难以确定要点，以及针锋相对的理论何处、怎样互不相让。在这种情况下，批评家要义无反顾地作出阐释，尤其是当阐释能使从事文学的学生和教师受益的时候。须知，他们或是既无暇又无意跟上理论论争的步子，或是就像突然发现自己置身于一个现代的"巴塞罗缪集市",却没有可以信赖的向导,眼睁睁望着一片似乎"五花八门/没有法律、没有意义、没有目的"的"空白混沌"①。本书所尝试的,就是通过讨论什么是当今批评论战中的当务之急,分析近年来理论中最引人入胜、最有价值的学说,以便澄清混乱,展示意义和目的。

混乱的一个根本原因是关键术语的不稳定性。随批评讨论中专门化程度的高低及相继出现的相异相抵的因素,这些术语的外延也在不断变化。"结构主义"一词就是范例。分析罗兰·巴特某一篇文章的论者,会把其中专门意义上的结构主义步骤同其他方法分别开来,由此理解和输出的都是受到严格限制的结构主义概念。反之,一个雄心勃勃意欲描述现代思想基本过程的批评家,又会将20世纪思维的"结构主义"同早些时候的"本质主义"(essentialism)对照,不管你愿不愿意,其都使我们成了今天的结构主义者。诚然,"结构主义"的这两种用法都能大致自圆其说,因为某种程度上至为关键的差异,于另一程度上便消殒不见了。但是如果说"结构主义"的功能作用,恰到好处地阐明了结构主义意欲描述的意义的结构定向,那么,其结果依然是使一切希望这个术语能成为方便且可靠的标签的人如堕云里雾里。文森特·德贡布的《自身与他身》是一部追述1933年到1978年间法国哲学的力作,它小心翼翼地辨析了种种差异,最后只剩米歇尔·塞尔一人成了真正的结构主义者。而在其他一些论者眼中,结构主义不仅囊括了最近的法国思想,还包括所有理论化倾向的批评。威廉·菲利普在为其杂志《党派评论》撰写的一篇当代批评的评说中,认为凡是打破传统格局,反对阐说作者意图及估价他所获得的成就的现当代批评和理论著作,都可以用"结构主义"一词谓之。(Phillips,"The State of Criticism",p. 374)对此术语位移,我们又该何去何从呢?

简易的办法是摒除此类广义的用法,防止把原应分辨开的东西漫无

---

① William Wordsworth, *The Prelude* (1850), Book vii, lines 722 & 727-728. 关于混沌蒙障与批评家的境遇是何种关系有过一场精彩讨论,见内尔·赫尔兹的《崇高文学中的蒙障概念》一文。与此文和后面引文相关的全部文献信息见参考书目部分。本书中引文出处将在括号中予以标注。

头绪地拼合一气。当有人声称批评家如罗兰·巴特、哈罗德·布鲁姆、约翰·布兰克曼、肖珊娜·费尔曼、斯坦利·费希、杰弗里·哈特曼、朱丽娅·克里斯蒂娃和伊瑟都是结构主义者，你可以予以回击，说明他们方法各异，立足的前提大相径庭，欲达的目的判然有别，源出的传统也互不相容。我们对批评理论所知越深，对精确的甄别分析越有兴味，便越能对某些人的愚知浅见一笑置之。这些人将批评还原为纯粹的道德脚本，而把趣味判别束之高阁。餐馆老板声称他有两种葡萄酒，其一为红，其二为白，并不意味着他就是鉴赏家。

称所有理论化倾向的批评都是结构主义者，总体上说是一种无知的表现。但"结构主义"的这一用法中亦有潜在的真知，这一点我们可先从总体的层次上来加以辨析。这就是说，各种不同的文学理论交相更迭，综合连贯的研究，促使产生了一个更大的转机，而这一转机的性质也切近结构主义的中心要旨。然而广义上使用"结构主义"的论者，事实上并未有此灼见。他们只是把结构主义同作为新批评笼统版式的人文主义批评作泛泛对比，而后者驻足常识和共通的价值观念，把作品看作倾诉着熟悉的人类忧患的审美成果。对结构主义最为普遍的怨言，第一似乎是它借用其他学科的概念来统治文学，如语言学、哲学、人类学、精神分析学和马克思主义；第二，则是它放弃发掘作品的真正含义，主张一切阐释均等有效，从而威胁到文学研究生死攸关的存在理由。

结构主义这两种反对意见之间的关系尚不清楚。它们甚至可能是互相矛盾的，因为人们可以期望某个批评家尝试，比如说通过精神分析来统治文学，或者以首肯精神来分析阐释的优先权。这一两难窘境，也说明我们的眼光须超越我们对文学和批评的假设，去理解本书中出现的诸流派，把握各种理论方法与业已被釜底抽薪的传统批评阐释模式之间的联系。其实广义的"结构主义"，其特殊性并不在于它广布四海且对理论格外偏好。时常成为它对立面的新批评，也并非如韦勒克和沃伦的《文学理论》所言，意指反理论且局拘一国。划分这一广义结构主义的分野，似在经常为批评活动所掩盖的联系之中，其一端是理论范畴的展开，另一端则是审美对象意义阐发传统程式的解体威胁。新批评的阐释性模态与维护审美自足论息息相关,它主张防备文学研究为各类科学所蚕食鲸吞。如果说在试图描述文学作品的过程中,"结构主义"批评展开了各种理论方法,鼓励了某种科学入侵,那么,批评的重心便不再驻足于作品栩栩如生表现的主题内容,而移向指意的条件、结构种类的差异,以及意义产生的过程。即使当结构主义者着手阐释时,其分析作品结构及作为阐释依据的诸学派的努力,亦使人执着于作品与其可能条件之间的关系,从而如结构主义的反对者们所言,损害了传统的阐释规范。

结构主义对传统的破坏见于两种途径,表面上大相径庭,然而在结构主义反对者们的眼中,则一样是误入了歧途。一方面,如巴特、托多洛夫或热奈特等依然主要以文学为参照系的结构主义被斥为形式主义:其无视作品的主题内容,而热衷于文学形式、代码和习俗惯例之间游移不定、似是而非或分崩离析的关系。另一方面,从精神分析学、马克思主义、哲学或人类学理论中借用范畴的批评家固然免去了形式主义之咎,却被斥为带着先入之见曲解作品:其忽略作品的主题差异,以求从中发现其学科中某一结构或系统的显形。出于同样的原因,这两类结构主义者都结缘于其他一些价值体系,而不是传统的人文主义阐释。

倘若说"结构主义"仿佛是一个恰到好处的术语,涵盖了种种吸收诸理论方法而忽略追索被研究作品"真正"含义的批评活动,那无疑是因为结构主义在更为狭隘的意义上以它语言学模式的展开,成为这一批评的重新定向中最重要的实例。语言学的范畴与方法,无论是直接用于文学语言,还是作为某种诗学的模式,使批评家将目光从作品的意义及其内涵或价值上移开,转向意义之所以产生的结构。即使语言学被明白无误地用来为阐释服务,鉴于它并不提供对句子新的解释,反而试图描述决定语言学程序的形式与意义的规范系统,因此这门学科的基本方向依然是执着于结构,不以意义和关联物为作品的渊源或真理,而仅仅把它们视作语言游戏的效果。我们说巴特、布鲁姆、杰拉尔、德勒兹、费尔曼和塞尔是结构主义者,其可信之处在于他们的文字以不同方式偏离了一个既定意义的阐发和鉴赏,转而来深究文本与特定结构和程序之间的关系,无论这些结构和程序是语言学的、精神分析的、形而上的、逻辑的、社会学的抑或修辞学的。语言与结构，而非作者的自我与意识，成了阐释的主要渊源。

把文学研究一分为二，其一是雄风犹存的新批评，其二是新兴的结构主义，这可由上述论点加以说明。但是作出这一划分的人，通常是险象环生的广义结构主义的反对者，其并不满足于此。因为他们发现这一两分法很难建构起一种首尾贯通且恰当中肯的批评来。他们的发难各有不同，各有特色。有人责怪结构主义的科学外观：它的图式、分类法或新术语，以及它总体上对人文精神的规避态度。有人诘难它是反理性主义：刻意追求悖论和稀奇古怪的解释，津津乐道于语义游戏，自恋自醉自身的修辞技巧。在一些人眼中，结构主义意味着刻板：它是某些模式或主题的机械选择，一种致使作品千篇一律的方法。在另一些人眼中，或者通过认同意义的不确定性，或者通过把意义界定为读者的经验，它又似乎允许作品意指任何事物。一些人视结构主义为批评作为一门学科的毁灭；另一些人则又发现它歪打正着，提升了批评家的地位，置批评家于作者之上，暗示把握一个艰深的理论实体，为任何严肃的文学活动之先决条件。

科学抑或反理性，刻板抑或随意，批评的毁灭抑或批评的高扬，这些互相矛盾的诘难之所以成为可能，也许说明"结构主义"的首要特质便是游移无定的激进力量：它被人视为极端，视为破坏了文学和批评的原初假设，虽然它怎样极端、怎样去破坏，谁也说不清楚。这些矛盾的攻讦也表明，结构主义的反对者们心头另有一番计划。要说明这一点，我们必须转到特殊的层次上来。

在这第二个层次上，也许与批评论争比总体层次更为重要，因为关键的差异不在广义的结构主义与传统批评之间，而在结构主义和人们常说的"后结构主义"之间。用伦特里夏的话说，德里达带来的不是结构主义，而是后结构主义。两相对照，结构主义成了一系列系统的、科学的程式——在此意义上，它的后继者符号学也大体被界定为符号的"科学"——而结构主义的反对者们，便成了各门各类程式的后结构主义批评家，揭示它们终无实现可能。简言之，结构主义者以语言学为模式,试图发展"语法",即作品诸要素的系统排列及其被拼合的可能性,以此说明文学作品的形式和意义;后结构主义者则审查同一模式为文本本身的运动所颠覆的过程。结构主义者相信系统的知识是可能的,后结构主义则声称所知的只是这一知识的不可能性。

1976年,希利斯·米勒惑于伴随出现的一系列棘手问题,就这一分野作了进一步考察。这位美国后结构主义的先锋人物劈头便称:"英美文学批评的一个显著特征,是近年来对大陆批评日复一日的收纳、改造和民族化。"然而称所有这些批评为"结构主义",则忽略了一个重要的分歧:

> 受这些新发展的影响,批评家的阵营已可划出一条清晰的界线,一边是他所谓的……苏格拉底型、理论型或机敏型(canny)批评家,另一边是阿波罗/狄俄尼索斯型、悲剧型或盲乱型(uncanny)批评家。苏格拉底型的批评家是些耽于幻想的人,自以为随有关语言的科学知识的确凿进展,终可发现文学研究的理性秩序。他们喜欢自称"科学家",把他们的共同努力纳入术语如"人文科学"的门下……"符号学"及探究开掘修辞学术语的一些新作,展示的就是类似努力,包括热拉尔·热奈特、巴特、雅各布森等人的著述……
>
> 这些批评家大都染上了苏格拉底的嗜好,尼采把它界定为"坚信运用逻辑线索,可洞察存在之深不可测的渊源"……苏格拉底今天的追随者们相信,通过约定俗成的步骤、给定的事实和可予度量的结果,结构主义批评能成为一种理性和理性化的活动,从而把文学带进"快乐的实证主义"的阳光之中……
>
> 与之相反的是可以称为"盲乱型"的批评家。虽经同一思想气候熏陶,虽然没有现代语言学其著述同样不复成为可能,他们文字中的"情感"或氛围却大异其趣……
>
> 称这些批评家为悲剧型或狄俄尼索斯型,并非指他们的著作放浪形骸或没有理性。譬如,就论证过程而言,没有哪个批评家能比

引言

保罗·德曼更清醒,更富有理性,更具阿波罗气质。德里达批评的特征之一,亦是种语文学上的"文本阐说",细致且绵密。但是,德曼也好,德里达也好,其逻辑线索依然伸向漫无逻辑的荒诞区域……或早或晚如入迷宫,砰然碰壁……实际上,逻辑无能为力之际,正是它洞穿文学语言以及语言本身真实性状之时。(Miller,"Stevens' Rock and Criticism as Cure,Ⅱ",pp. 335-338)

如是区分结构主义和后结构主义,揭示了两者间的一种微妙关系,因为机敏型与盲乱型并非简单的对立。一个成功的盲乱型批评家,与他的机敏对手一样工于思辨,而且,盲乱固然与秩序格格不入,但文学或批评中一个盲乱契机的不解之谜,却正是某种潜在秩序的显现。弗洛伊德说:"盲乱是引我们回到早已熟知的旧事中的那类惊恐。""惊恐的因子可以通过某些被压抑又复现的东西表现出来。"(Freud,"The Uncanny",vol. 17, pp. 220,241)[1]可见,盲乱不光神秘荒诞,也揭示着更深一层的规律。米勒的表达显然暗示盲乱优于机敏:盲乱的后结构主义的突起,将结构主义从教条主义的梦中惊醒,始觉它沉醉于中的"坚不可摧"的信仰及"理性秩序的诺言"原是一场空话。解构真是幻觉的清醒剂吗?解构与被解构之间的关系是什么?后结构主义是结构主义的反驳吗?论者常常以为后结构主义既然紧衔结构主义而至,便必然是对结构主义的否定,或至少是超越了结构主义:post hoc ergo ultra hoc[2]。米勒所言亦接近这一立场。但是,机敏型与盲乱型的对峙拒绝作如是说,因为盲乱既非机敏的反驳,也非它的替代。

但是,米勒凭借信仰测试,清楚地区分开了结构主义和后结构主义。机敏的和盲乱的批评家都严格追踪着一条逻辑线索。然而,不信逻辑的盲乱型批评家所获得的回报,是"洞烛幽微"了语言和文学的本质;而机敏型批评家,以他们思维中坚不可摧的信仰,则只能受挫碰壁。倘

---

[1] 弗洛伊德《论盲乱》("The Uncanny")德文原名为"Unheimliche",可有恐惧、神秘、怪诞等多种解释,米勒以 canny 和 uncanny 来甄别结构主义和后结构主义批评家,本身借用了文字的歧义性,译者权衡再三,姑以"机敏"和"盲乱"译之。——译者注

[2] 卡勒改写的拉丁谚语:发生于其后者必超其锋。——译者注

不深究这一立场可能引出的新问题,如巴特于理性是否比德里达有更多信念等等,人们便会发现,神鬼不信的盲乱作风,却成就了机敏过人的洞见,这真是一篇足以引以为傲的绝妙故事。背靠科学而雄心勃勃的理论家,被对文本中怪悖疑难契机别具只眼的阐发家赫然超越了。虽然米勒的术语并不意味着哪一方独占了真理、秩序或洞见,却能帮助其基于系统思想的信念,将近年来的批评划分为两大阵营:一是结构主义者和符号学家,他们乐观地构筑着纯理论的元语言,以求说明文本现象;另一是后结构主义者,他们疑心重重地考究着同一格局追索过程中出现的种种悖论,强调自己的著作并非科学,只是文本而已。

此一划分的后果明显见于对当今文学批评的研讨之中。但是,当人们试图按此图式绘制当代理论之时,依然有一系列问题凸显了出来。其一,可以预料,人们难以判定一批评家归属哪一阵营。最近,约书亚·哈拉里选编了一部后结构主义批评文集,哈拉里本人是青年批评家,绝无愚钝之嫌,然而入选作者大都还是在他早些年的结构主义书目中出现过的思想家:罗兰·巴特、基尔·德勒兹、尤金尼奥·道纳多、米歇尔·福柯、热拉尔·热奈特、勒内·杰拉尔、路易·马兰、迈克尔·里弗特尔和米歇尔·塞尔。哈拉里在这个领域的拼接手法,唯独使列维-斯特劳斯和托多洛夫成了真正的结构主义者,因为其他人后来都转向了后结构主义。当然,急剧的逆转确曾发生过,但是当如此众多的昨天的结构主义者成了今天的后结构主义者,这一划分也确实令人生疑,尤其是其界说本身就模棱两可。如果说后结构主义是针对先时把握真理幻觉的清醒剂,那么欲于结构主义者的文字中找出足够证据,以示他们是身不由己落入这一窠臼,确实也难。菲利普·刘易斯对这个问题的研究颇为精辟,他说:"阅读先驱结构主义者如列维-斯特劳斯和巴特的著作,我们所获印象并非结构主义步入晚年,逐渐意识到了自身的局限和问题,而是它从一开始就有一种锐利的自我批判意识,由此增强了结构主义艰深理论的科学精神。"(Lewis, "The Post-Structuralist Condition", p.8)今天,大量研究已经使人相信,后结构主义倾向,如对符号、再现、主题的批判,显然在20世纪60年代结构主义的文字中已初见眉目了。

就个别情况来看，我们对这一划分的疑虑也未有消减。巴特是结构主义者还是后结构主义者？他是倒戈一击成了后结构主义者的结构主义者吗？若是，变化发生在何处？巴特1967年对时装的符号学研究之作《流行体系》，与他1966年对叙事的结构分析之作《叙事结构分析导论》，都足以毫无疑异地将他认定为正宗的结构主义者。然而上溯数年，他的一些文字，如1964年《批评文集》的重要序言，又阻止了把剧变定位在1967年。巴特在批评领域最为著名的作品《S/Z》亦极难归类。这不仅因为它避开了结构主义和后结构主义划分中一般面临的基本问题，而且因为它对两种模式都作了淋漓尽致的发挥，仿佛全然不知它们被视作互不相容的两个派别。一方面，《S/Z》展示了某种强有力的元语言动力：它试图将文学作品分解成要素，以理性或科学的精神予以命名归类；它认可并描述了脍炙人口的经典作品赖以奠基的各式各类的代码，以此来进一步探察这一写作模式的各种惯例；它还力图探明小说向读者展示意义的过程，孜孜不倦而别具只眼地追求着一种小说的诗学。另一方面，《S/Z》又首开了巴特等人所谓的对结构主义程式的背弃。巴特强调说，他不是把文本看作某一潜在系统的产物或显现，而是探究它本身自相矛盾之处，说明矛盾似乎比文本倚仗的代码更胜一筹。《S/Z》的魅力即受益于综合了被认为分居于两个对立阵营的模式这一事实，它告诫我们须谨慎看待这一对立，它也许还提醒我们，从一开始，结构主义描述文学话语惯例的努力，便和探索一些最有趣味的作品如何凸显、戏拟及违反这些惯例的努力有了联系。譬如，在巴特的《批评文集》中，最具诗学热情的，却是离经叛道的"新小说"，这表明巴特对"后结构主义"的兴趣，似乎从头就是与他的结构主义交织难分的。

再看雅克·拉康，问题依然如此。拉康在结构主义全盛期公开宣称其是结构主义者，毫不犹豫地启用索绪尔与雅各布森的语言模式，声称无意识似语言一般结构有序。然而拉康又成了著名的后结构主义者，否认机敏的批评家对理性"坚不可摧的信仰"。他一面以其本人的风格瓦解了自己的阵脚,一面却又幻想"洞穿存在的不可测深渊"①。结构主义与后结构主义的截然对立,只能使我们对此类重要人物的理解变得复杂化。

虽然当代批评理论的有力要素就是理性与非理性、确立差异与颠覆差异、追求知识与质疑知识之间的对立,但这些对立却并不最终提供批评流派之间可靠的分野。比如,人们注意到米勒曾称赞盲乱型批评家却有机敏的成就:他们洞见了文学语言或文本的实质。不仅逻辑无能为力时"正是它洞穿文学语言以及语言本身真实性状之时",而且"这也是苏格拉底式的步骤亦将最终导入之处,只要它们推进得足够深远"(Miller,"Stevens' Rock and Criticism as Cure,Ⅱ", p.338)。两种方法殊途同归。如本书第二章所示,德里达对索绪尔的阅读洞察了语言的本质。但是,机敏的批评家于索绪尔的语言分析中,导出的亦是同样的精辟见解。故而可以说,德里达是用最为严格的方式考究了结构主义的原则:语义系统内只有差异,而无一成不变的名词。德里达于索绪尔的

---

① 深入讨论见德里达《明信片》中的《真理供应商》一文。拉康对许多批评家和理论家的吸引力在于这一事实,那就是除了为文奇崛晦涩,其主张还寓含了一种真理:关于主体的真理,不仅仅是忠实阅读文本,而且是人类心灵和人类欲望的真理,简言之,洞穿存在的不可测深渊。芭芭拉·琼生在一次微妙的答复里将德里达与拉康置于环环相扣的复杂关系之中,指出德里达的批评绝对也适用于阅读之中的拉康——被读作真理预言家的拉康——只是拉康闪烁不定的风格使德里达的批评变成了框架一类的东西,连带读拉康时将作者的罪名一并转移到了文本上面。(Johnson, The Critical Difference, pp.125-126)由此我们在琼生分析的文本与文本之阅读的关系中,发现一个极为重要的概括模态,导致一些批评家将所有的阅读释为误读。(Johnson, The Critical Difference, pp.175-179)就此而言,我们不妨注意希利斯·米勒展示的图式,他对结构主义的批评与其说是立足于巴特和他的同道们,不如说是建立在对结构主义的阅读或阐释上面,尤其是我《结构主义诗学》一书中对结构主义的系统分析。米勒第一次提出上述盲乱型和机敏型批评家的对比时,在一个前面引用过部分内容的句子里写道:"虽然他们受惠于跟苏格拉底型批评家一样的思想气候,虽然他们的著作没有现代语言学同样不复可能,但是他们文字的'感觉'或者说氛围同卡勒这样的批评家大不相同,截然不同于他那些轻松常识、他的重申'文学技能'和'惯例'习得、他之希望所有正常思维的人都会就一首诗或一部小说的意义达成共识,或者无论如何,分享一个其间他们可以来谈论它的'话语宇宙'。"(Miller, "Stevens' Rock and Criticism as Cure,Ⅱ", p.336)且不论这是不是一语中的概括了《结构主义诗学》的模式,但它有助于揭示批评怎样有赖于对其批评对象的阅读,一如盲乱型批评有赖于米勒本人对它的梳理,同时也是对它的机敏型表征。

引言

著作中读到了这一灼见，一如德曼于普鲁斯特、里尔克、尼采和卢梭的文本中多有深见。或如米勒所称，他发现斯蒂文斯、乔治·艾略特或莎士比亚的作品中，已精心交织了"盲乱的知识"。米勒的结论说："但是，在当今批评家与日俱增的两极分化中，最为盲乱的契机，正是其显见的对峙互为转换的时刻，苏格拉底型变成盲乱型，盲乱型变成机敏型，有时甚至是过于锐利的理性锋芒。"（Miller，"Stevens' Rock and Criticism as Cure，Ⅱ"，p. 343）这一互相转换的可能性，其普遍程度为人所始料未及，它维护了机敏型与盲乱型或者说自信的理性主义与怀疑主义之间的分野，却阻止了将这一分野作为批评归属分类的标尺和基础。

在批评论争中，念念不忘结构主义和后结构主义之区别，也带来了一些不良后果。

第一，有关术语混淆不清，结果是刻意追求朦胧费解或以惯例抑制后结构主义，所剩的只是一个盲目而井然有序的结构主义。

第二，出于同样的原因，将解构和其他后结构主义版式与结构主义的系统程式予以对照而为之辩解，等于是恭维它们的非理性和无系统状态。而如果针对"科学的"结构主义来为解构辩护，它就满可以被贴上"德里达达主义"（Derridadaism）的标签——哈特曼以此妙语，一笔勾销了德里达的立场。（Hartman，*Saving the Text*，p. 33）换一个框架，解构的轮廓就又不同了。

第三，结构主义和后结构主义的对立，趋向于暗示近年来形形色色的批评文字构成了一个结构主义运动。这样，侧重理论的批评家，如布鲁姆和杰拉尔，因为他们似乎不是结构主义者，便被当成了后结构主义者。米勒等人推崇布鲁姆是"耶鲁学派"之一员，是论文集《解构与批评》背后的原动精神，然而，布鲁姆的著作却在毫不含糊地尝试完成最不具解构色彩的使命，以心理模式的发展来描述诗的起源。他公然反诘解构理论，强调意志的原生地位：个性强悍的诗人，其意志促使他们与其提坦式的前辈奋争高低。技巧纯熟的阐释家固然不难揭示布鲁姆与德里达或德曼之间至为重要的契合关系，但是布鲁姆却在殚精竭虑地同后者唱反调。他坚决主张，人文题材，而非文本性的效果，才是基础和渊源："人类写作，人类思考，从来就是或追随他人，或反驳他人。"（Bloom，*A Map of Misreading*，p. 60）称近年来的批评为后结构主义批评，混淆掩盖了这类问题。

勒内·杰拉尔与后结构主义的联系，一半因为他的法国背景，一半因为他早期有关模仿欲望的著述中的文本主义。他阐论小说的力作《欺骗、欲望和小说》把欲望当作对他人业已表现出的欲望的模仿，并加以分析。但是，很难想象哪个批评家较此后的杰拉尔更异于后结构主义。他自命为科学家，鼓吹打破任意选取替罪羊的模式，进而阐明源生于此种真实而特定的反叛行为的文化和惯例。文学作品是原初牺牲事件的仪式性重复，它们虽被文化掩盖，但其踪迹依然可以在字里行间被探寻追索。于发展和扩张这一蔚为大观的人类学假设中，杰拉德成了一位宗教思想家。基督教的启示，它的权威意味，以及神圣的殉道牺牲，提供了模仿欲望被摧败后的唯一遁路。然而，如果用结构主义或后结构主义的框子来套的话，他本人对诸种后结构主义毫不掩饰的敌意，就变得模糊不清了。紧盯住结构主义和后结构主义的差别而步步谨慎地进行批评论述，其结论只能是，相比许多后结构主义者之间，结构主义与后结构主义者的相似程度，从总体上看反而更显见一些。

最后，执目于两个阵营的分野，也有碍于对其他问题和流派的探讨研究。将当代批评描绘为新批评、结构主义，接着又是后结构主义之间的一场纷争，人们将会发现很难公平对待女性主义批评。而女性主义批评对文学规则的影响，比任何一个批评流派都更为深刻。不仅如此，它还是当代批评革新中势头最猛的生力军之一，尽管人们对它不无争议。虽然许多后结构主义者也是女性主义者（反之亦然），但女性主义批评却不是后结构主义批评，尤其是当后结构主义被界定为结构主义的对立面时。欲充分阐述女性主义批评，人们需要一个不同的框架，于该框架中，后结构主义这一概念是一种产物，而不是某种先入之见。简言之，虽然近年来对批评最为常见的连贯思考导生出一系列重要问题，包括文学与其他学科之理论语言的关系、系统的语言理论或文本理论的可能性及其地位等等，但一刀切开结构主义与后结构主义却是极不可靠的。因此，与其直接推出其中解构被认同为主潮的后结构主义，不如试一试另一种办法，看能否迎入更多学派，将它们更为恰当地组织起来。既然大多数当代批评都就阅读有话要说，那么，欲厘清解构主义的来龙去脉，从阅读入手便是再好不过的了。

第一章 读者与阅读

一、新的机运

在《文本的快乐》中，罗兰·巴特一开始就叫我们想象一个奇特古怪的家伙：这个家伙再也不怕自相矛盾，将据信是互不相容的多种语言混淆一体，说他不合逻辑，他也泰然处之。巴特说，我们传统习俗的种种规则，会使这么个人物成为无家可归的弃儿。因为说到底，谁能毫无愧色地生活在矛盾之中呢？"然而这位反英雄确实存在：他就是文本的读者快乐之时。"（Barthes，*Le Plaisir du texte*，p. 10/3）其他批评家和理论家对读者性质的看法众口不一。有人赞许他无拘无束，有人称道他有始有终，有人把他描绘成英雄而非反英雄。但是，无论于文学和批评的理论探讨，还是于文学作品的阐释，这些人都众口一词地赋予读者中心角色的地位。诚如巴特所言，假如"读者的诞生必须以作者的死亡为代价"，那么许多人将会心甘情愿地偿付这一代价。（Barthes，*Image*，*Music*，*Text*，p. 148）

甚至那些发现这一代价过于高昂，因而有意抵制据他们看来是当代批评中危险趋势的批评家，似乎也倾向于加入读者和阅读研究的行列。请看近年来的一些书目：韦恩·布思的《批评理解》、沃尔特·戴维斯的《阐释的行为》、E. D. 赫什的《阐释的目标》、约翰·赖克特的《文学的意义形成》以及杰弗里·斯屈克兰的《结构主义或批评：关于如何阅读的一些思考》，等等。这些从根本上视批评为作者意图阐说的理论家，感到不得不呈上他们自己对阅读的看法，以反驳对读者持下列看法的人：读者是反英雄、恬不知耻的享乐主义者，是某一先入主题或无意识的囚徒，是随心所欲的意义发明家。用赖克特的话说，他们的批评是"穿过纷争不休的批评语言，以恢复光大阅读、理解和评价的简洁程序"，清除加诸这一批评的谬说，他们一头钻入了为"读者"争取权利的批评论争。倘若如巴特所言，读者能毫无愧色地生活在矛盾之中，那么这无疑也是一桩好事，因为当今批评论争中争讼不清的那么多见解和描述，一下子就汇集在这个有争议的人物身上了。苏珊·苏里曼的一部以读者为中心的文选开篇便说："读者与听众一旦降格到一目了然的地位，也就赫然成了主角。"（Suleiman, *The Reader in the Text*, p. 3）这是为什么呢？

　　对读者和阅读的兴趣，原因之一归于结构主义和符号学促进的方向。描述结构和与意义生产密不可分的代码，使人们执目于阅读过程及使其成为可能的诸种条件。巴特说，结构主义诗学或"文学的科学"，"不会教我们一部作品的确凿意义是什么，它不会提供，甚至不会发现意义，而是描述意义得以产生的逻辑"（Barthes, *Critique et vérité*, p. 63）。以作品的可理解性为起点，诗学将力图阐明作品为读者所理解的途径、方式，而此种诗学的基本概念，如巴特对"可读的"和"可写的"的区分，将指涉阅读："可读的"指与代码一致、我们知道如何阅读的文字，"可写的"则是无法读出、只能付诸写作的文字。

　　结构主义对代码的追索，导致批评家把文本看作一种互文结构——支撑作品可理解性的多种文化话语的产物，从而巩固了读者作为核心角色的中心地位。同巴黎其他一些作家一样，鉴于这一信念，巴特说："我们现在知道，文本不是一条词语的直线，释放出单一的'神学'意义（来自某个作者-上帝的'信息'），而是一个多维度的空间，其间均非独创的各类文字交合又碰撞。文本是从无数文化中心中抽取出的引文

第一章　读者与阅读

组织。"但是，他又说："这一相异相重的性状集于一点之上，这一点就是读者，而不是迄今为止人们所说的作者。读者是构成一种文字的引文被书写出来的空间。……文本的统一性不在它的发端，而在它的终点。"（Barthes, *Image, Music, Text*, pp. 146, 148）确切地说，重心转向读者是视其为一种功能，而非一个个人，是代码的接受人和地点，据信，文本的统一性和可理解性依赖的代码，就是刻写在这里的。读者于代码的这一融入是对阅读的现象学描述的批判，但是，即使读者被视为代码的产物，如巴特所言，他的主观世界仅是各类原型的拼合，这一融入仍然使原型的甄别成为可能。如巴特"阅读的快乐或快乐的读者"的类分，就"将阅读的迷狂与文本的幻觉形式联系了起来"，由此区分了四种读者或阅读快感：拜物型、迷乱型、妄想型、歇斯底里型。（Barthes, *Le Plaisir du texte*, p. 99/63）

读者的划分可以成为一个卓有成效的研究课题。但是结构主义者很少想到这一点，他们孜孜不倦地醉心于追寻与作品的可读性或可理解性密切相关的代码和惯例。在《S/Z》中巴特将阅读描述为文本的要素与五种代码发生关系的过程，每一种代码是一系列既定模式，是"引文的解析"，是"对所读、所见、所做、所经历事物的顿悟"（Barthes, *S/Z*, pp. 27-28/20）。在嗣后的论文《爱伦·坡一则故事的文本分析》中，他进一步划分他早先所谓的"文化代码"，扩增了代码的数量，这里不作赘述。里弗特尔在他的《诗符号学》中则争辩说，诗歌原型的代码是诗歌文本得以产生的基础所在，识别这些代码的转化于阅读极为重要。此外，我们还必须添上一个巴特在《S/Z》中大体忽略而仍被其他诗学理论家广为研究的代码——能使读者把文本看作叙事人与叙事听众之间的交流的叙事代码。叙事听众是阅读诗学中的一个重要分支，对这一分支的研究就是考察应当怎样划分读者群以说明叙事效果。叙事听众，杰拉尔德·普林斯界定为叙事人讲故事的对象，必须与一个作者能够想象的对他作品中每一词每一技巧钦佩之至的理想读者区分开来。它也不同于伊瑟所谓的"暗含的读者"，所谓的汇合"作品效果产生所需之先决条件"的文本结构。（Prince, "Introduction à l'étude du narrataire",

p. 178/7；Iser，*The Act of Reading*，p. 34）彼得·拉宾诺维兹在一系列卓越的探讨中划分出了四类听众：事实的听众、作者的听众（视作品为某位作者发出的虚构交流）、叙事听众（视作品为叙事人发出的交流）以及理想的叙事听众（遵照叙事人意愿阐释他的交流）。"因此，在约翰·巴思的《路的尽头》中，作者的听众知道霍内尔（叙事人及主角）从来就不存在；叙事听众相信他存在，但不完全接受他的分析；而理想的叙事听众则深信不疑地吞下他的故事。"（Rabinowitz，"Truth in Fiction：A Reexamination of Audiences"，p. 134）

有两点应予以注意。其一，我们提出这些区分是为说明阅读中发生了什么：拉宾诺维兹对围绕纳博科夫《白火》的激烈论争尤为感兴趣，而这些论争可追溯到叙事听众和作者的听众接受角度的分歧。其二，这些"听众"实际上是读者在阅读中假定并且部分确认的角色。有人读斯威夫特的《一个温和的建议》，认为它是设立多种听众的讽刺杰作。第一是为叙事人设定的听众，他们或有共鸣，或有反对，不过大致发觉叙事人的说法中肯可信。第二是理想的叙事听众，他们完全沉醉在缓解爱尔兰饥荒的一连串建议当中，却又发现这些建议的价值观有点古怪。第三是读者参与的听众，他们不把作品视为叙事人的建议，而看作作者处心积虑的营构，由此欣赏作品的魅力和技法。真正的读者，自可按其所好，将上述之作者的、叙事的甚至理想的叙事听众糅合起来，而不必担心自相矛盾。也许我们不应仅要求读者扮演"暗含的读者"这个单一的角色，因为如巴特所言，读者的乐趣也可以从矛盾中获得。

专注于阅读的惯例和运动，导致批评家把文学作品看作一系列加诸读者理解力的活动。对作品的阐释因此渐而成为读者经验的描述：各类惯例和期待如何登上设置了特定联系或前提的舞台，期待又如何被打破或得到证实。言及作品的意义，等于讲述一个阅读的故事。这在某种程度上正是巴特《S/Z》的模式，但是它更多见于斯坦利·费希的《罪的惊诧：〈失乐园〉中的读者》、伊瑟的《暗含的读者》、斯蒂芬·布思的《论莎士比亚的十四行诗》、里弗特尔的《诗符号学》以及拙作《福楼拜：不确定性的运用》①等等。所有这些著作，都描述了读者怎样试图以据认为有关的代码和惯例来影响文本，以及文本对特定阐释模式的抗拒或服从。正是于读者活动的描述之中，作品的结构和意义显现出来了。

当然，这样使用读者和阅读的概念算不上新鲜。远在巴特之前，读者的反应便常常不可或缺于对文学结构的描述了。在亚里士多德的《诗学》中，读者或观众怜悯和恐惧的经验，在一定时机和一定条件下，使悲剧情节的阐释成为可能；悲剧情节的诸类型同阅读效果的差异相关联。文艺复兴时期的批评亦然，如伯纳·温伯格所言，诗的特质是通过研究其听众的接受效果来探究的。②

即使我们今天的新批评被人指责视读者为情感谬误的典型而多遭辱骂，但是当它描述一首诗的戏剧性结构，称赞它产生的诸属性间的复杂平衡之时，也常常对诗的效果显示出浓厚兴趣来。而当新批评以其特殊方式明确承认读者的角色之时，暗示了读者走向批评与现代主义的一种联系。克林斯·布鲁克斯（Cleanth Brooks）在其《〈荒原〉以来的诗》中，提出现代诗的一个基本技巧，就是并列未经分析的事物，把"其间的相互关系留给读者的想象"。在《荒原》中，艾略特拒绝阐发并列场景的含义，而"把这个包袱扔给了读者本人，要求他在自己的想象里，把这两个场景联系起来"。一旦这一现代主义的技法得到认同，批评家便能发现它在更早期诗作中的重要性：克林斯·布鲁克斯说，华兹华斯的《露西组诗》"揭示了逼迫读者用想象去填补的那些逻辑空白——按照他们暗示的推理，它们必须被填补，然而只能由读者自己来填补"（Brooks, *A Shaping Joy*, p.58）。

---

① 本章对这些篇目中的若干著作虽然只是匆匆一瞥，它们引出的问题却在拙作《追求符号：语义学、文学、解构》中有大篇幅讨论。见该书第3章对"作为阅读理论的符号学"的总论、第4章谈里弗特尔、第6章谈费希。关于阅读的结构主义叙述见拙作《结构主义诗学》第二部分，罗兰·巴特的贡献见拙作《巴特》。

② *A History of Literary Criticism in the Italian Renaissance* (Chicago: University of Chicago Press, 1961), vol.2, p.806, quoted by Jane Tompkins in her valuable essay, "The Reader in History: The Changing Shape of Literary Response," p.207. 汤普金斯指出，古典和文艺复兴批评更感兴趣的是对读者产生什么影响，而不是读者读出了什么意义。

当文学作品如亨利·詹姆斯所称，"再次，再一次在空白中放出光彩"（James, *Selected Literary Criticism*, p. 332）时，批评就必须承认读者的角色。但是这一认同并未从根本上改变读者听众迄今在文学结构的描述中的地位。在许多现代主义作品的探讨中，我们可以通过把读者视为一项确定使命的完成来强调它的作用：读者必须"自己苦心构想"两个意象之间的关系，必须完成"亟待完成的"推论，或必须从全不相干的线索中拼合出"真正"发生的事，让作品潜隐的模式或构思一见天日。这就是罗曼·英伽登和伊瑟指派给读者的总体角色：填补空白，为作品模糊不清处树立形象，确定意义。

如果说读者的活动近年来在批评中变得举足轻重了，这可能是因为一些作品——那些在翁贝托·艾科的《歌剧院》一书中被描述为开放性的作品——通过邀请读者或演员充当作品的建构人，发挥更为关键的功用，从而引起对阅读地位的全面重新估计。音乐足资为证，如在皮埃尔·布列兹的《第三钢琴奏鸣曲》中，其第一乐章就由十页乐谱上的十首不同的曲子构成，人们尽可以按不同顺序加以组列。（Eco, *The Role of the Reader*, p. 48）作品表现为读者或演奏者按不同方式组合的成分系列，这似乎常常是显见的实验，其兴趣首先在于它们对艺术概念和阅读概念的影响。将阅读视为写作即文本的建构而将其推到前台，提供了一种新的阅读模式，它同样能够描述其他文本的阅读。譬如，我们可以说，读乔伊斯的《芬尼根的守灵夜》，并不是认出或苦心阐发出刻印在文本中的联系，而是生产一个文本出来：通过紧衔而至的联想和业已建立的联系，每个读者建构起一个不同的文本。在更为传统的作品中，这一模式通过探究文本代码和传统惯例的足见成效的影响，要人说明读者的生产之间的相似性。由此观之，其他阅读解说，如视阅读为识别一种意义或模态，并没有被摒除，而成了作为生产的阅读中特殊且限定的例子。虽然，如后文所述，把读者视为生产者多有弊端，但是反对此道的理论家如布思、赫什和赖克特，提出的主张也大可刻写在它的内部，作为特殊且限定的那类重写的规则。

巴特说："文学作品的诱惑（文学作为作品的诱惑）使读者不再是

文本的消费者,而成了文本的生产者。"以此而论,读者建构中的变化差异不再被视为纯出偶然,而被当作阅读活动的正常效果。(Barthes, S/Z, p.10/4)这甚至影响到反对读者可建构文本的批评家,因为强调阅读的易变易幻及它对传统程序的依赖,很容易引起政治和意识形态方面的问题。如果读者总是重写文本,如果重建作者意图的努力仅仅是文本重写中特殊且严格限定的例子,那么,比如说马克思主义的阅读,便不再是一种非法的歪曲,而成为生产的一个门类了。阅读地位的这一概念修正,很可能因此使它同对先锋派文本不屑一顾的批评构成对峙之势,而后者也为这一视角转换提供了杠杆。

当代文学也鼓励侧重读者,因为近些年作品中的许多难点和断层,只有在读者担任主角的批评讨论中,才能见出意义。分析约翰·阿什伯利的一首诗,第一件事便是描述读者于意义构成中遇到的困难。在法国,读者的兴趣似乎集中在作为现实的非人文中心的纯客观表现而无从阐释的"新小说"。作品如罗伯-格里耶的《窥视者》和《在迷宫里》,鼓励批评家将这些小说的魅力与趣味,归结于小说读者通常的期待与意义形成的传统过程之分崩离析之间的剧烈冲突。法国传统之外,我们发现进一步的证据,说明疑难的现代作品的分析,需要读者和阅读的参与。仅举一例,维罗尼卡·福瑞斯特-汤姆逊卓有新意的力作——《诗的技巧:20世纪诗论》,就未对个别读者的行为表示兴趣。执着于作为技巧或人工制品的诗及其意指,汤姆逊描述了两种过程:"外部扩张及局限"和"内部扩张及局限"。由此,疑义丛生的现代诗产生了田园诗和戏拟式的效果。但是欲解释这些效果,说明形式特质如何阻碍了某种主题综合,批评家就必须描述阅读:习惯阅读小说的读者通过扩张到外部世界来阐释细节(由此限制了据认为具有功能作用的形式特质),却发现这一过程为形式结构所阻,而后者恰恰是许多这类诗作中唯一显见的聚合力;而探究这些形式结构,建立内在的种种关系,又限制了朝向外部世界的运动,由此产生了一种语言的批判。这类诗作,如巴特在其《批评文集》中所称,是"把可予表现的东西弄得无法表现"(Barthes, *Essais critiques*, p.15/xvii)。它的意味就在于读者在语言的漫无秩序的秩序中的挣扎和搏击。

结构主义者侧重文学代码,专注于某些实践小说加诸读者头上的建构性角色,希望发现某些途径,来解说最难驾驭的当代作品。所有这些都促成了读者角色的转化。但是,我们不应忽视这一转化中一个易被忽略的方面。因为对古代和文艺复兴时期的修辞学家和其他时代的许多批评家来说,一首诗就是一个意欲在读者心中产生某种效果的创作,其用一定的方式来打动读者,因此对诗的评判须依赖读者的感受及诗的效果的强烈性。但言及这一点,并非如简·汤普金斯在《历史中的读者》中指出的那样,旨在与今天的阐释概念等量齐观。现代倾向于读者的批评家,其经验与反应一般来说是认识型而非情感型,他不会脊骨发凉,一洒同情之泪,或染上敬畏之情。反之,他的期待一旦被证实是虚妄的,他便奋然抨击一个无法解决的悖论,质疑他曾经依赖的假设。在对情感谬误的攻击中,斯坦利·费希坚持认为,"在反应的范畴中,我不仅包括'流泪、刺痛'",以及被威姆塞特、比尔兹利的谬误说排除在外的"其他心理症状","还包括阅读中全部精确的精神活动,其中有运思的方式、评判活动的实施(和追悔)以及逻辑线索的追随与形成"(Fish,*Is There a Text in This Class?*,pp. 42-43)。事实上,费希从未提到过流泪和刺痛,他的读者反应批评是将读者同文学的接触作为阐释经验看待的。

如果说读者的经验是一种阐释经验的话,那么,不妨更进一步言明这经验就是意义。费希说:"它是一种话语的经验,它的全部,而非关于它的任何话题,包括我可能说的一切,便是它的意义。"(Fish,*Is There a Text in This Class?*,p. 32)阅读的时间上的经验不简单是渐而了解一部作品的方式,就像有人一部分又一部分地研究巴黎圣母院,而是与读者可能获得的经验同等重要的一系列事件。阐释一部作品,你必须问一问它做了什么,而回答这个问题,费希说,你必须"结合一个接一个排列在时间中的词语,分析读者反应的发展过程"(Fish,*Is There a Text in This Class?*,p. 27)。即使在他列举的 17 世纪的例子中,费希也突出了意义追索中受阻挫的经验,这原是现代派文学的读者十分熟悉的。当读者读到弥尔顿的这一行诗——Nor did they not perceive the evil plight（他们不是没有察觉到这邪恶的困境），句法结构霎时间提供了一种游离不定的经验，同他们确实察觉到了所处的困境这一结论相比，它具有同等重要的意义。(Fish, *Is There a Text in This Class?*, pp.25-26) 而不应是以下一些错误的猜测："它们被经验了；它们存在于读者的精神生活之中；它们意指。"(Fish, *Is There a Text in This Class?*, p.48)

其他批评家不那么直截了当地求诸读者精神生活中的内容。但是，侧重读者的批评一味依赖于读者的经验，即读者群体或个体的发现、感觉、诧异、猜测或判定的内容，以印证其对文学作品结构与意义的理解。这样，自然就出现了什么是读者与读者经验的性质这样的问题。

费希的回答是，"我言及的作出反应的读者"，是一个复杂的人物，"一个有知识的读者，既非一种抽象，亦非事实上的读者，而是一个混血儿。真正的读者，譬如我，总在竭尽全力增长学识"，包括"伴随对我反应中个人的、独特的及 70 年代作风的压抑"。他又宽怀地说："如果我们作出充分反应，具有足够的自我意识，我们中的每一个都能在运用这一方式的过程中成为有知识的读者。"(Fish, *Is There a Text in This Class?*, p.49)

这段话呈现出某种奇异的结构：经验的概念被赋予双重解释或者说被一分为二了。一方面，经验是人们求助它的给定结构；另一方面，人们意欲使用的经验又是特定操作活动的产物——这里是指个性的压抑及知识的获求。一般人的知识、信仰及经验同有知识的读者的知识、信仰及经验之间是怎样一种关系，有点不明不白。但是，当问到一个有知识的天主教徒或无神论者能否同清教徒一样，成为弥尔顿的"合适的"读者时，费希回答说："不能，因为有些信仰一刻也不能被悬搁或僭越。"(Fish, *Is There a Text in This Class?*, p.50) 对于读者与个人的关系更为广泛的探讨，可见于沃尔特·斯莱托夫的《读者面面观》，其提请我们记住，文学需要读者积极的、个人的参与。斯莱托夫反对——

> 大多数美学家和批评家的倾向，仿佛只有两类读者：其一是绝

然特殊的、个别的凡人，充满偏见、癖性、个人史、知识、需求和焦虑，其对艺术品的经验纯粹是"个人"的；其二是理想或共通的读者，其反应是非个人和审美的。我认为，大多数事实上的读者，除却最易感情用事的，阅读时都会转入这两个极端之间的什么地方。这是说，他们懂得把许多帮助他们界定日常生活的特定条件、兴趣和癖好置之一边。（Slatoff，*With Respect to Readers*，p.54）

换句话说，他们懂得去体验某种经验，在阅读中成为拥有那一经验的读者。以他本人为例，"阅读本身并不是种理想或不具人格的实体。他应该在35岁到50岁之间，经历了战争、婚姻和对孩子的责任感，某种程度上属于某个少数派，是男性而非女性，分享着大部分斯莱托夫的思维感觉方式"（Slatoff，*With Respect to Readers*，p.55）。但如果文学的经验有赖于阅读本身的内质，那么人们会问，倘若这位阅读者是女性而非男性的话，那么于文学的经验及由此而达的意义方面有何区别？如果作品的意义即读者的经验，倘若这读者是个女人，那么又有什么差别呢？

这疑问提得太妙了，其针锋相对瞄准了侧重阅读经验引出的问题。这是因为：第一，关于女性读者的疑问，从政治角度具体提出了阅读中读者经验与其他种类经验的关系问题；第二，常为男性阅读故事所掩盖的问题，一旦诉诸女性主义批评的论争和分化，便得以重见天日。

女性主义批评虽然是近年来最有意义、基础最为广泛的批评运动之一，却常常被自命不凡的批评史家和批评理论忽略掉。且不论它是否展露了耸人听闻的哲学内容，只说女性主义批评的理论态度其实是相当具象且恰当中肯的。它对文学的阅读与教学及对文学创作的影响，部分归因于它侧重读者这一概念以及"她"的经验。故弄清阅读本身及读者经验和其他时刻这位阅读女性及其经验种类的关系，十分紧要。因为女性读者在阅读中所见的意义，与阅读在其他活动中的意义殊为相似。如果说女性主义批评对阅读经验的性质及其与其他经验的关系未有简单或单一的解释，这是因为女性主义殚精竭虑，以多种途径在拓展这一关系，从而使它及"经验"这一概念越发复杂了起来。我们可以从女性主义批评的三个层次或者说契机入手，追踪这些拓展。

二、作为女人来阅读

设想文学作品的有知识的读者是一名女性。难道就"读者的经验"而言，比方说当她读到《卡斯特桥市长》第一章时，会没有差异吗？在这一章中，酩酊大醉的迈克尔·亨查德以五个基尼的价钱，在一个乡村市场上，把他的妻子连同还在襁褓中的女儿卖给了一个水手。以此为例，伊莱恩·肖沃尔特援引了欧文·豪对哈代开篇的赞扬：

> 抛弃妻子，把一个女人像块拖拖拉拉的破布一样扔掉，尽管她敢怒不敢言又出奇地顺从。不是暗中偷偷弃置一旁，而是在众目睽睽下，把她的肉体卖给一个陌生人，如同在市场上叫卖马匹一般。以此寡廉鲜耻的一意孤行，来榨取生活中的再一次机会——正是以这样暗暗吸引男性奇思异想的惊人之笔，《卡斯特桥市长》拉开了帷幕。

男人们的奇思异想发觉这一场景至为精彩，他们同样也把苏珊·亨查德转化成了一块"拖拖拉拉的破布"，敢怒不敢言——一幅小说文本中鲜有根据的图像。欧文·豪进而声称，于求诸"旧常幻觉的深层结构"之中，上述场景将我们引入亨查德复杂的内心世界。肖沃尔特评价说：

> 谈到"我们的日常幻觉"，他悄悄地将小说移入一个男性的天地。一个女人对这出戏的经验必然大相径庭。事实上，19世纪七八十年代的许多感伤小说，都是从被卖女子的角度来描写买卖婚姻的。在欧文·豪的阅读中，哈代的小说成了感伤小说中的一类，在男性听众被压抑的渴望上大做文章。激起人们对亨查德同情的，竟是他的犯罪行为，而不是尽管有此罪案，他毕竟还是个值得同情的人。（Showalter，"The Unmanning of the Mayor of Casterbridge," pp. 102-103）

认定"读者"为男性的，肯定不止欧文·豪一人。杰弗里·哈特曼在其《阅读的命运》中说："许多阅读的确就像观看姑娘的风姿，纯粹是消耗精神。"（Hartman, *The Fate of Reading*, p. 248）阅读的经验，便也似是这样一个男人（一个多情男人 [a heart-man]?）的经验，他的精神发泄模式，便是用文明的方式来看女人。但是假设读者是一个女人，其结果虽大致一样是求诸经验，但不复是观看姑娘的经验，而是反过来成了被看的经验，一个被圈定、被发落到边界的"姑娘"的经验。最近有一部文集强调女性经验与女性阅读经验之间的延续关系，恰如其分地取名为《经验的权威：女性主义批评论集》。其中一位作者莫莉安妮·亚当斯解释说：

> 力图装作纯然客观不带偏见的重负，既然最终从我们肩上移开了，我们便能坦然承认，用最简单的话说，我们的文学洞见和知觉，至少部分来自我们对自己生活中一枝一叶的感受和对他人生活的观察。每一次我们重新思考和重新估价《简·爱》，都能发现一种新的倾向。对女性批评家来说，这一倾向未必专执于男性批评家业已表示理解的男性的窘境，而是侧目于简·爱本人和她的特定环境。（Adams, "*Jane Eyre*: Woman's Estate", pp. 140-141）

她说："阅读《简·爱》，我无以回避地被引向妇女问题，我是指妇女有赖婚姻的社会地位和经济状况、作为简·爱教育和精力的泄道的仅有的几种选择、她对爱的需要和被爱的需要、为人服务和被人服务的需要。这些抱负和渴望，它们的互相冲突，以及叙事人对它们的矛盾态度，都是小说本身引出的问题。"（Adams, "*Jane Eyre*: Woman's Estate", p. 140）

像这样出其不意地诉诸女人的经验的，还见于同一文集中道恩·兰德的文章。兰德讨论了"边疆不是女人久留之地"这样一个文学中常见的话题，意即女人憎恨原始的生活条件、文明的匮乏，却又必须含辛茹苦承受它们。兰德报道了她自己作为一个女人在沙漠中的生活经验，由此质疑这一陈词滥调。兰德说，她在边陲女人对她们生活的描写中，只是发现"她自己的对荒蛮粗犷的感觉，在历史的和当代的女人的经验中，被原封不动地复制了"（Lander，"Eve among the Indians"，p.197）。首先诉诸自己的经验，其次诉诸他人的经验，她认为女人憎恶边陲的神话是男人所为，意在使边疆成为他们摆脱妇女所代表的一切的逃遁之地：从步步小心遁入一个皆是兄弟的男性天堂，在那里性关系可成为同非白种女人为所欲为的性交，恰似诱人的禁果。这里，女人的经验使这类文学主题成为女性眼中自私自利的男性意图。

许多女性主义批评家认为，女人的经验将会引导她们从与她们的男性对手不同的角度来估价作品，而男人们对女性读者聚精会神关注的问题往往觉得索然无味。一位著名的男性批评家在评论詹姆斯的《波士顿人》时发现，"要求男女平等的教条看似诱人，其实却是个歪歪扭扭的故事，压根对不上号"（Lionel Trilling，*The Opposing Self*，p.109）。这无疑也是弗吉尼娅·沃尔夫所谓的"观点的不同，标准的不同"。有位男性批评家摆出一副纡尊降贵的架势，指责安妮特·柯洛德妮抬高了夏绿特·吉尔曼的地位，把她专谈幽闭和疯狂的微不足道的小说《黄色的墙纸》同爱伦·坡的《深潭与钟摆》相比。柯洛德妮反驳说，她确然发觉这部小说技巧纯熟、结构严谨，不亚于爱伦·坡的任何一部作品。但是当她判断它是不是"微不足道"之时，显然还有其他考虑在起作用："我的反应中也许有这一事实，即作为一个女性读者，我发现小说以象征手法，揭示了即使在今天妇女们仍天天遇到的令人毛骨悚然的现实。"（Kolodny，"Reply to Commentaries"，p.589）作为女人的经验，适是她们阅读反应中权威的来源。这一信念鼓励了女性主义批评家，她们开始重新估价有名或无名的作品。

在女性主义批评的第一个契机中，女性读者这一概念导致妇女在社会和家庭结构中的经验与她们作为读者的经验之间出现了某种延续关系。建立在这一延续关系之上的批评，极为关注女性角色的地位和心理，热衷在某一作家、某一文类或某一时期的作品中，探究对妇女或"妇女形象"的态度。谈到莎士比亚笔下的女性角色，一部兼作评论的文集的编者提出，女性主义批评家"正在偿补一个偏重男性角色、男性主题、男性幻想的批评传统的偏悖倾向",而反过来专执于女性角色的复杂性和她们在剧中表现的男性价值秩序中的地位。(Lenz et al., *The Woman's Part*, p.4) 这样的批评完全从主题入手,使妇女成了文学作品的一个主题。其诉诸读者之文学和非文学经验的倾向亦极为显见:

> 莎士比亚的女性主义批评是由个别读者起始的。通常——虽不必然——是一位学生、一位教师、一位演员,她为剧本注入了自己的经验和所思所疑。这类读者深信她自己对莎士比亚的反应,即使与流行的观点大相径庭,也在所不惜。于中得出的结论,便严格地由文本、它无以计数的语境和其他批评家的开拓来加以验证了。(Lenz et al., *The Woman's Part*, p.3)

批评之垂青妇女形象,驻足读者经验与妇女经验之间假定的连续性,很可能成为对统治着文学作品的阳具中心主义诸假设的最有力的批判。迄今,这一女性主义批判由权威著作如西蒙娜·德·波伏娃的《第二性》奠基,已成为一个为人熟知的文类。《第二性》这部作品强烈控诉了对妇女的传统偏见,同时剖析了蒙特朗、劳伦斯、克劳代尔、布列东和司汤达笔下关于妇女的神话。另一部由女性读者发难妇女文学形象的作品,是凯特·米莉特的《性政治》,它分析了劳伦斯、亨利·米勒、诺曼·梅勒和让·热内作品中的性图像或者说性意识形态。如果说这些探讨显得夸张和粗糙,就像一些男性批评家发现他们鲜能说明这些为他们所崇拜的作家的性权术的话,这是因为作者通过提出性和权力间的关系问题,结合劳伦斯、米勒与梅勒的有关片断,现出他们赤裸裸的本来面目,揭示了三位"反对革命的性政治家"的咄咄逼人的男权意识(Millett, *Sexual Politics*, p.233)。(热内则相反,其将男性和女性角色的代码输入苍白无力的详尽分析中。)

作为一个女人来阅读,米莉特的策略是"当他们希望被认真对待时,认真处理作者的观点,比如我谈到的这些小说家",进而同他们直接交往。"比如,与劳伦斯针锋相向的批评家,总爱说他文风笨拙。……我觉得倒不如作一彻底的考察,或许能说明为什么劳伦斯对情势的分析总嫌不足,或有失偏颇,或他的影响多有患害;而不必话里藏话,让人觉得他不是一个伟大的具有独创性的艺术家。"(Millett, *Sexual Politics*, p. xii)

米莉特没有如一般批评家那样贬责性描写绘声绘色、刻意构筑的作品,她追踪劳伦斯的性宗教,直讨渊源,而那里性的内质是与性分离开来的:《骑马离去的女人》中的牧师是些"超自然的男人",其"超越了性而虔诚地苦求男性的至尊地位,不屑同女人作任何生殖器官上的接触,宁可与她以刀相向"。这一纯而又纯或者说是铤而走险的男子气,是"某种原始的男性和野性"(Millett, *Sexual Politics*, p. 290)。而米勒的性观念则要传统得多。"他对性态度最为独到的贡献,是他第一次充分表达了一种源远流长的轻蔑感",他"阐述了某些男性文化经验已久,却总是小心翼翼加以抑制的情感"(Millett, *Sexual Politics*, pp. 309,313)。至于梅勒,他针对米莉特的批评而为米勒作的辩护,反而证实了米莉特对他本人的分析:"一位男性崇拜的囚徒。""他对男性主义中最危险的东西的深刻洞见,完全被他对这一谬见的依恋遮掩了。"(Millett, *Sexual Politics*, p. 314)以下是梅勒为米勒所作的辩护中予以重申的意识形态:

> 他在男人们的性生活中攫取到某种早先从未被察觉的东西,确切地说,是男人在女人面前的畏惧感,对女人离永恒更近的特有地位又敬又怕。这使男人憎恶女人,谩骂她们,羞辱她们,含沙射影诋毁她们,不择手段损败她们,以便敢于进入她们,从她们身上取得快乐。……男人意欲摧毁女人身上每一种使她们同男人相匹敌的特质,因为在他们眼中,她们已经具备了将他们带到这个世上的力量。这是一种无法估量的力量——母亲在其记忆中留下的最早的刻痕,在她双腿之间,他们被种下胚胎,滋育成形,分娩时几乎窒息死去。(Mailer, *The Prisoner of Sex*, p. 116)

一个女人会如何阅读这类作者?女性主义批评认为,妇女问题正在于它是男人生产的文学的消费者。

前一章中,米莉特也简要探讨了其他作品,包括《无名的裘德》、

《利己主义者》、勃朗特的《维列特》和王尔德的《莎乐美》。在分析19世纪性革命的这些反应中,她奠定了一种成为女性主义批评内部论争之发生点的女权见解。譬如,它使人争执不休:哈代虽将淑·布莱德赫德写得敏感多情,然而一旦触及性革命,他是不是最终陷入了"困顿和惶惑"?米莉特的见解虽然可能引起纷争,以为更微妙的女性主义阅读敞开大门,却不应因此障掩了主流。如卡洛琳·海尔布伦所言:

> 我发觉米莉特承担的是一项特别有价值的使命:从出人意料,甚至惊世骇俗的角度来审视文学中的某些事件或作品。……她的目标是要将读者继续扳离其傲居已久的居高临下的地位,逼迫其从一个新的视角来看待生活和文字。她的话并不意味对任何作品的最后判决,而是一种全新的语汇,其出奇制胜,先前鲜有所闻。第一次,我们被要求作为女人来看待文学,而我们,男人、女人和博学之士,向来是作为男人来阅读文学的。谁不能指出米莉特阅读劳伦斯、斯大林或欧里庇得斯的方法中失之偏颇的倾向?但那有什么关系?我们在居高临下的地位上生根已久,亟须移一移窝。(Heilbrun, "Millett's *Sexual Politics*: A Year Later", p.39)

如海尔布伦所示,作为一个女人的阅读,并不必然是一位妇女阅读时的感受:妇女能够,也曾经像男人一样阅读。女性主义阅读并不光是记录一位女性读者精神生活中发生的事就能产生,比如她阅读《卡斯特桥市长》时的心理活动,尽管其也在很高程度上依赖着女性读者的经验。肖珊娜·费尔曼问:"'以妇女的声音发言',光是一位妇女就够了吗?决定'以妇女的声音'发言的,是某种生理条件还是一种策略的、理论的立场?是解剖学还是文化?"(Felman, "Women and Madness: The Critical Phallacy", p.3)同样的问题也见于"作为一个女人来阅读"。

要求一个女人作为女人来阅读,实际上是一种双重或分裂的期待。它诉诸作为一名妇女的先决条件,仿佛那是给定的,同时又力争这一条件须予以创造或争取。就像费尔曼的选言判断可能暗示的,作为一个女

第一章 读者与阅读

人的阅读并不纯然是一种理论上的立场,因为它求诸被界定为基本要素的性别,且对与这一性别有关的经验格外青睐。甚至最有哲学气质的理论家,也在作如是努力,认为某种条件或经验,比它们通常论证的理论立场更为基本。佳亚特里·斯皮沃克说:"作为一名女性读者,我常为另一个问题所惑。"(Spivak, "Finding Feminist Readings", p. 82)以她的性别作为引出问题的基础。甚至最为激进的法国理论家,虽然否认妇女具有任何实证的或不同于男性的特征,以为"女权运动"不过是无数破坏了西方思想象征结构的新派别之一,然而在她们理论观点的构筑中,她们常常以妇女的身份来发言,常常赖于她们是女人这一事实。女性主义批评家喜欢援引弗吉尼娅·沃尔夫的话,即女人的遗产是"观点的不同,标准的不同"。但是问题紧衔而至:什么是不同?不同系相异所生。尽管明确而又必须求助于妇女经验和女性读者经验的权威,但正如肖沃尔特精辟地指出的,女性主义批评真正关注的,却是"女性读者的前提改变我们对特定文本的理解,唤醒我们注意其中性代码的意义",(Showalter, "Towards a Feminist Poetics", p. 25)。①

肖沃尔特女性读者的"前提"这一概念,标志着读者方向批评中"经验"的双重或者说分裂结构。许多男性反应的批评掩饰了这一结构——其中经验既被设定先已有之,又被视作某种须予争取的后来的东西——只是一口咬定读者事实上确确实实有着某种经验。而在许多女性主义批评中,这一结构明显地显现出来了。这些批评正视了这一问题,即妇女不会也不曾总是作为女人来阅读:她们已经疏离了她们作为

---

① 女性主义批评当然还关注其他问题,尤其是妇女的写作和妇女作家的成就之间的差别。作为女人来阅读和作为女人来写作的问题,许多方面甚为相似,但侧重后者势将女性主义批评引向与本书无涉的领域,诸如建立一种同男性作家批评平行的女性作家批评等等。如肖沃尔特所言,女性的批评,专执于"作为文本意义生产者的妇女,以及女作家文学创作的历史、主题、文类和结构。其内容包括女性创作的心理动力,语言学与女性语言的问题,个别或集体女性文学生涯的轨迹,文学史,当然还有特定作家作品的研究"(Showalter, "Towards a Feminist Poetics," p. 25)。关于这一类的著作,可参见 Sandra Gilbert and Susan Gubar, *The Madwoman in the Attic*; Sally McConnell-Ginet, Ruth Borker, and Nelly Furman, *Women and Language in Literature and Society* (New York: Praeger, 1980)。

女人的有关经验。① 随着重心移向女性读者的前提，我们来到女性主义批评同读者交往的第二个契机和层次。在第一个契机中，批评求诸能验证某一阅读的给定经验。而在第二个层次中，问题恰是妇女们并不曾作为女人来阅读。柯洛德妮说："关键在于阅读是一种博学的活动，就像我们社会中其他许多博学的阐释策略一样，难免充满性的代码和影响。"(Kolodny, "Reply to Commentaries", p. 588) 而妇女则"被期望认同一种男性的经验和见解，"肖沃尔特说，"仿佛它们是全人类的经验和看法似的"(Showalter, "Women and the Literary Curriculum", p. 856)。它们成为批评家热衷论述的主题，但这些论述却没有认同或促进"作为一个女人"来阅读的可能性。在第二个契机中，女性主义批评通过设定一个女性读者，意在开创一种新的阅读经验，从而使读者——男子和妇女——质疑曾作为他们阅读基石的文学和政治的假设。

在第一种女性主义批评中，妇女读者认同的是对女性特征的关注；在第二种情况中，问题恰是妇女读者被引向认同男性的特征，不惜牺牲她们作为女人的自身利益。朱迪斯·费特莉在一部关于妇女读者和美国小说的著作中指出："美国小说中的大部分作品构成了一个专为女性读者设计的系列。"这类文学大都"一面强调它们的普遍性，一面却用特定的男性术语来界定这一普遍性"(Fetterley, *The Resisting Reader*, p. xii)。譬如，在美国文学的奠基作之一欧文的《睡谷传奇》中，关于瑞普·凡·温克尔这个人物，莱斯利·菲德勒写道："其促成了美国式想象的诞生。十分自然，我们第一部成功的土生土长的传奇，就应当记录下这个梦幻家逃避他那悍妇的故事，尽管它是荒诞的。"(Fiedler, *Love and Death in the American Novel*, p. xx) 说它自然，是因为自此以后，通过探察和连接一种别具特色的美国经验，小说在人们眼中成了某种原型。其间美国人万变不离这一基本图式：主人公竭尽全力，欲从

---

① 社会阶级中的类似情况当有启发意义：进步的政论文字求诸无产阶级被压迫的经验，然而政治运动的问题，通常恰是某一阶级的成员不具有其处境应当具备的经验。最为狡诈的压迫使一个集团背离它作为集体的自我利益，鼓励它认同压迫者的利益，故政治斗争必须首先唤醒一个集团，使它执目于它的利益和它的"经验"。

妇女体现的抑制、文明和压迫力量中挣扎出来。菲德勒接着说，典型的主人公，即被视为象征着弥漫全国的美国梦的主人公，一直是个"奔波不停的男子"，其"窜入丛林，漂泊海上，沿河而下，或浴血沙场——只要逃避'文明'，无所不至。""而所谓'文明'，也就是导致性、婚姻和责任倾颓瓦解的一个男人和一个女人之间的对抗。"

面对这类情节，妇女读者同其他读者一样，感觉到小说结构的强大推力，身不由己站到与妇女为敌的男主人公一边。在《睡谷传奇》中，温克尔太太代表了你避之不及的一切事物，瑞普则是种奇思异想的胜利。费特莉认为："这个故事在它的男性读者眼中，基本上只是个简单认同的问题，但换了女性读者，就矛盾丛生、纠葛难分了。"（Fetterley，*The Resisting Reader*，p. 9）"在这类小说中，女性读者被同化过去，参与一个她明显被排除在外的经验。她被要求认同一个针对她来界定的自我，要求反对她自己。"（Fetterley，*The Resisting Reader*，p. xii）

应当指出，费特莉不是反对于文学中真实地再现妇女，而是反对这些故事的戏剧性结构方式，其诱使女读者参与一个作为自由之绊脚石的妇女图式。在《永别了，武器》中，凯瑟琳是个动人的形象，但是她的角色十分清楚：她的死使弗雷德里克·亨利摆脱了她生怕给他带来的重负，与此同时，她陶醉于一种牧歌式的爱，深感自己是一场"无边对抗中的牺牲品"（Fetterley，*The Resisting Reader*，p. xvi）。费特莉得出结论说："如果我们在小说结束时流泪了，这也不是为凯瑟琳，而是为亨利流的泪。我们的全部眼泪最终是为男人流的，因为在《永别了，武器》的世界中，算数的只是男性的生活。对于阅读这个经典爱情故事，体验它的女性理想形象的妇女来说，信息是明白又简单的：唯一一个善良的女人是个死去的女人，即便如此，还多有争执。"（Fetterley，*The Resisting Reader*，p. 71）且不论信息是不是如此简单，确凿无疑的是，读者必须采纳弗雷德里克·亨利的观点来感受小说结尾的悲怆。

费特莉描述的妇女读者的困境——为迂回曲折的男性文本所诱惑却

又被出卖——意在改变阅读:"女性主义阅读是一种政治活动,其目标不仅仅是解释世界,而且要通过改变读者意识和他们与被阅读文本的关系,来改变世界。"(Fetterley, *The Resisting Reader*, p. viii)女性主义批评家的首要活动,便是"成为一个抵御抗拒而非一味点头的读者,通过对赞成顺从的这一抵制,开始拔除植入我们中间的男性意向的过程"(Fetterley, *The Resisting Reader*, p. xxii)。

这是一场更为广泛的斗争的一个部分。费特莉对妇女读者所临困境的陈述,被多罗茜·丁纳丝坦恩对人类被养育方式在男子和妇女身上所产生效果的分析,有力地证实了。"妇女将我们引入了人类社会,故在我们眼中,从一开始她便应对这个社会的每一弊端负责,她为我们所有人带来了一种先于理性的责任重负,她最终永远是该被诅咒的。"(Dinnerstein, *The Mermaid and the Minotaur*, p. 234)既然不论男性还是女性的婴儿,一般来说最初都是由母亲养育的,其对母亲的依赖性便也无以复加。"对善的巨大且取之不竭的外在之源的最初经验,集中在一位妇女身上,对失望和痛苦的最初经验亦然。"(Dinnerstein, *The Mermaid and the Minotaur*, p. 28)其结果是对这一依赖性的强烈反斥,以倾向认同据认为是判然有别、独立不羁的男性人物来作补偿。"甚至对女儿而言,母亲也从未像父亲那样,更像一个完全的'我'。而父亲,一见之下便是个'我'。"(Dinnerstein, *The Mermaid and the Minotaur*, p. 107)对母亲的这一看法,波及她对所有女性的看法,包括她自己,从而鼓励她"视男子而非妇女为她的真正伙伴,以此来维护她的'我'性"。换言之,她自觉成了逃离妇女和妇女统治的故事的读者。(Dinnerstein, *The Mermaid and the Minotaur*, p. 107)丁纳丝坦恩警告说,女性主义者忽略或否认的险境,"是妇女分享了男子的反女性情感,它通常见于业已缓解的形式,但依然是根深蒂固的。毋庸置疑,这一事实部分源于其他作家已经充分阐述的原因:我们长久浸泡在一种自我贬损的陈规旧俗中,为争男人的欢心而你争我斗,如此等等。但是更大程度上,它还源于另一个原因,其影响的废除尤为艰难:我们,同男子一样,都有女性的母亲"(Dinnerstein, *The Mermaid and the Mino-*

taur，p.90）。养育方式不经改变，对妇女的恐惧厌恶便不会消失。但是，理解妇女的欲求，仍可见出某种进展："妇女所欲求的是终止扮演替罪羊的角色（不光是男子和孩子的替罪羊，还是她们自己的替罪羊），不再为人类对生存现状的不满承担过失。这一欲求是那样刻骨铭心，那样无所不至，迄至不久前，它还是那样绝无希望，以致她们尚未能大声说出她们需要这一解脱。"（Dinnerstein, *The Mermaid and the Minotaur*，p.234）

这段话阐明了运行在女性主义批评第二个契机中的结构，迂回显示了它的力量和趋势。这段动人的文字还诉诸妇女们的一个根本愿望或经验，即她们的欲求和情感，以此替代丁纳丝坦恩所说的自我肢解的经验。虽然被求助的这一经验并不成为明确无误的证据或"支撑点"，但是欲求本身却不显得勉强，因为除此之外，更有何种基本要求能够切中要害呢？这一前提促使人们去改变现实，以使妇女不再被引入歧途，不再推波助澜使她们成为人类生存问题的替罪羊。

在这场斗争中，给人印象最深的无疑是丁纳丝坦恩这样的著作：它们从整个现象的全盘理解出发，来分析我们的困境，从妇女读者的自我疏离，到针对梅勒性别歧视的反诘批驳。在文学批评中，一个卓有成效的策略是生产认同男性误读的阅读。要用肯定和独立的术语来说明作为一个女人来阅读为何意，固然颇为艰难，但是我们可以信心十足地在纯粹差异的角度上下一个定义：作为一个女人来阅读，是避免作为男人来阅读，是识别男性阅读的具体辩护及其变形，并加以批驳纠正。

由是观之，女性主义批评是对所谓的"阳具批评"的批判，这是玛丽·艾尔曼在体现她机智博学的《关于妇女的思考》中的用语。比如，费特莉最为精彩动人的章节自然可推她对《波士顿人》的分析，在这里她旁征博引，揭示了男性批评家们引人注目的倾向。他们自比小说男主人公兰森，同他一起，决意把维瑞娜从她的女性主义朋友奥立芙·钱塞勒手中抢夺过来。视两个女人间的关系为违背常情的不自然关系，这些批评家对兰森的恐惧深有共鸣，觉得女性的团结威胁了男人的统治和男人的本性："整个一代人都女性化了，男性的声音正向天外飘逝。……

男人的本性……那正是我意欲维护的,或者毋宁说,是我意欲恢复的。我必须告诉你们,当我这样努力的时候,对你们女士的状况没有半点兴趣。"

从奥立芙手中救出维瑞娜来,即是这个计划的组成部分,对此批评家们表现出了莫大的热情。有人看出了兰森的失败和詹姆斯对此的细致描写,有人认为这些错综微妙的笔触是作者方面的艺术过失,但是,当兰森带走维瑞娜之时,似乎谁都同意,这是叫人望眼欲穿的无量功德。叙事人在结束全书的句子中告诉我们,维瑞娜有理由流更多的泪:"从她即将步入的远不是灿烂辉煌的婚姻来看,恐怕这些还不是她注定要流淌的最后一次眼泪。"然而有人却说,这是"为求正常关系而付出的一点小小代价"。这也是批评家们的一般看法。面临据说是对正常状态的威胁,男性批评家们一头卷入兰森的征伐,你追我赶,寻出理由来贬损詹姆斯显示出莫大兴趣的人物奥立芙,同时贬损詹姆斯所批评的女性主义运动。其结果,是一片男声大合唱。"有关《波士顿人》的批评堪称惊人:它们千篇一律,立足外在于小说的价值观念,而对文本的依据不屑一顾。"(Fetterley,*The Resisting Reader*,p. 113)

女性读者的前提即是努力纠正这一状态:通过提供不同的出发点,使人注意到男性批评家只代表一种特征,由此,使对男性误读的分析成为可能。但是更重要的还在于把人们通常的看法颠倒过来。人们的通常看法是,男性批评家的观点据说是不带性别偏见的,而女性阅读则被视为某种特定背景的辩解,力图将文本纳入预先指定的模型之中。通过揭示文本中为男性阅读所忽略的成分,表明阅读只是兰森立场的延续,而非对作为整体的小说的公正无私的评判,女性主义批评一跃登上了"阳具批评"通常意欲占据的位置。对男性批评的批判越是言之有据,女性主义批评便越能提供广泛而全面的视野,来分析和定位男性批评家们显见局促、偏袒一面的阐释。的确,在这一层次上我们可以说,凡是对性压迫险象环生的衍生结果独具只眼的批评,都应当用女性主义批评来命名,正如在政治学中,"妇女问题"现已用来指称许多关于个人自由和社会正义的基本问题。

超越"阳具批评"的另一种不同方式,是简·汤普金斯对《汤姆叔叔的小屋》的讨论。这部小说被男性批评家们和像安·道格拉斯这样的同路人抛进了文学史的垃圾堆里,如她颇有影响的著作《美国文化的女性化》所示。"道格拉斯对这个国家在 1820 年到 1870 年间大量出自女作家之手的文学作品的态度,适是男性统治的学术传统久已表示的态度:轻蔑。在她对女性化的控告中,人们在每一页背后听到的质问是:为什么一个女人不能更像男人?"(Tompkins,"Sentimental Power",p. 81)就某些方面而言,《汤姆叔叔的小屋》虽然堪称 19 世纪最重要的作品,却被置于感伤小说的文类:这是一部由妇女所写,亦是为了妇女而写的关于妇女的小说,故而一钱不值,或者至少不值得严肃批评来加以顾盼。倘使确曾有人将这部小说当真,汤普金斯说,这人将会发现,小说以典范的样式展现了萨克文·勃柯维奇界定的美国之一大文类的特征,即"美国哀史":"一种公开的劝教模式……以使社会批判与精神复兴联袂、公共与私人特征联袂,令'时代符号'向某种传统的隐喻、主题和象征转移。"特别是向那些类型叙事转移。(Tompkins,"Sentimental Power",p. 93)汤普金斯认为,勃柯维奇的论作"提供了学院批评怎样排斥感伤小说的有力例证,因为即使一部感伤小说切合某人的完美理论,他也视而不见。对他来说,作品甚至根本就不存在。虽然勃柯维奇的研究没有涉及大觉醒以来美国哀史中显见的事实,但他的描述实际上依然为一精彩片断,展现了斯陀夫人的小说得以风靡的种种原因"(Tompkins,"Sentimental Power",p. 93)。将《圣经》改写成一个黑人奴隶的故事,"《汤姆叔叔的小屋》抓住这个民族最为尖锐的政治冲突——奴隶制,以及它最为珍视的社会信仰——母性和家庭的神性,重述了美国文化的中心神话——受难殉道的故事"(Tompkins,"Sentimental Power",p. 89)。

这里,妇女读者的假设帮助鉴别出预先排除了严肃分析的男性偏见。但是分析一旦进行,便有可能论证:

> 19 世纪流行一时的家庭小说,再现了某种从妇女角度来重新组织文化的里程碑式的努力。这些小说思想精妙,雄心勃勃,言出

有据,堪以称奇。在某些作品中,它们对美国社会的批判较之更有名望的批判家如霍桑和麦尔维尔更为凶猛激烈……以他们力所能及的意识形态材料,感伤小说家处心积虑构筑了一种神话,给予妇女以文化中权力和权威的中心位置。其间,《汤姆叔叔的小屋》是最为炫目的一个范本。(Tompkins,"Sentimental Power",pp. 81-82)

除了对奴隶制的猛烈攻击,以及以使许多读者"改变了良心"而蜚声,小说还试图同样以改变良心为途径,推出一个新的社会秩序。在"教友村"一章描绘的新社会中,男人制造的习俗退居后台,变得无关紧要,由基督教妇女管理的家园没有成为世界真实秩序的避风港,而焕然一新,成为有意义的活动的中心。(Tompkins,"Sentimental Power",p. 95)"把男人请出中心,赶到人类生存圈的边缘地带,是这个太平盛世的规划中最大胆的组成部分,这个规划是那样坚实地植根于最为传统的价值之中:宗教、母性、家园和家庭。(在这一章的细节描写中)斯陀夫人重新勾画了男人在人类历史上的角色:当黑人、儿童、母亲和祖母们从事这世上的原始劳作之时,男人们心满意足地在一隅照料自己。"(Tompkins,"Sentimental Power",p. 98)

在这类分析中,女性主义批评没有像在第一个层次上那样,依赖妇女读者的经验,而是通过设立妇女读者的前提,提供了挪移占据统治地位的男性批评视野、揭示它失职行为的杠杆。"所谓'女性主义者',"佩琪·卡姆芙说,"人们理解为指向真理面具的一种阅读文本的方式,而阳具中心主义就用此种面具来掩饰它的虚构故事。"(Kamuf,"Writing like a Woman",p. 286)这一层次上,其使命不是建立一种可与男性并肩齐行的女性阅读,而是通过论争和努力阐明文本的依据,来生产一种全面的视野,一种令人信服的阅读。就此而言,女性主义所达的结论也不仅仅限于妇女,即所谓只有具备了某种妇女的经验,方能共鸣、理解和赞同。相反,这些批评以男性批评家大致能够接受的观点,来展示男性批评阐释的局限,由此,像所有雄心勃勃的批评行为一样,寻求达成一种具有普遍意义的使人信服的理解——这一理解是女性主义的,因为它是对男性沙文主义的批判。

女性主义批评的上述第二个契机中,有一求诸妇女读者的潜在经验(这可避免男性阅读的局限)的倾向,让妇女作为一个女人而非男人来阅读,力图使这一经验成为可能。男人们将男性/女性的对立视作理性/情感、严肃/轻浮或深思熟虑/自生自发的对立。女性主义批评的第二个契机,即是要证明它自身比残缺不全、肆意歪曲的男性阅读更有理性,更为严肃,更为深思熟虑。但是,还有第三个契机,其间女性主义理论不是同男性的批评争夺理性,而是探究我们的理性概念如何维系一体,或它同男性的利益发生冲突的方式。在这类分析中,引人注目的有露西·伊莉格瑞的《他者女人的窥镜》。作者接过柏拉图关于洞穴的寓言,以母性的子宫和神圣的男性之"逻各斯"为对照,由此出发来阐述哲学范畴的发展,说明它们怎样把女性贬至从属的地位,将妇女事关根本的"他性"化解为一种镜子般的关系:妇女不是遭人忽略,便是被视为男子的对立面。甚至不必重述伊莉格瑞错综复杂的理论,丁纳丝坦恩、卡姆芙等人也提示了一种独一无二的范式:父权制与理性、抽象或智力特权之间的联系。

《摩西与一神教》中,弗洛伊德建立了"同一性质的三种过程"之间的关系:反对制作上帝感性形象的摩西禁律,其迫使人崇拜一个看不见的上帝;雄辩术的发展,其开辟了智性的新的王国,其间观念、记忆和推理较之低一层次的以感官的直接感知为内容的心理活动,变得举足轻重;而最后,是父权的社会秩序替代了母权的社会秩序。最后一过程远远不止法权惯例的变化。"从母亲到父亲的转移还表明理智对感觉的胜利,换言之,是文明的一种进步,因为母道系由感觉的依据证明,而父道则是一种假说,立足于推理和前提。如此迎合某种思想过程而舍弃感性知觉,已被证明是关键的一步。"(Freud, *Moses and Monotheism*, Vol. 23, pp. 113-114)数页之后,弗洛伊德解释了这些过程的共同特性:

> 理智性的发展体现在与直接感性知觉一刀两断,转向已知是更高层次的理性过程,即记忆、反思和推理。比如,其体现在决定父

> 权比母权更为重要，虽然父权不能如母权一样，建立在感官依据的基础之上；体现在决定因这一缘故，孩子应承接父亲姓氏，做他的继承人。或者它宣称我们的上帝至高无上、全能全在，虽然上帝目不可见，如一阵风或灵魂。（Freud, *Moses and Monotheism*, pp. 117-118）

弗洛伊德似乎要说明，父权的建立只是理智性普遍进步的一个例证，而一个无形的上帝的选择，是同一原因的另一结果。但是，考虑到无形且万能的上帝乃是"圣父"，而非父权的上帝，反过来我们不禁会疑惑：为什么无形对有形，思想、推理对感性知觉的胜利，不是父道权威建立的结果？父系的关系恰恰是无形的。

若有意论证理性对感性、意义对形式、无形对有形的胜利亦是父道原则和父权对母道原则和母权的胜利，还可从弗洛伊德学说中的其他地方寻求根据，因为他表明，数不胜数的雄才大略均为无意识的性冲动所决定。丁纳丝坦恩的观点，同样佐证了父系关系的理智性和不确定性具有多种结果的看法。她发现，父亲因为缺乏同婴孩直接的肉体联系，便急不可耐地欲肯定一种关系，或赋予孩子他们的姓氏以确定家系联系，或热衷于各类各式"创造仪式，借此其象征性地、热切地断言，是他们自己创造了人类，而非妇女纯粹的肉体生产。想一想吧，男人们是多么迫切又无所不在地通过后嗣来表明他们的永世长存，多么殚思竭虑欲控制妇女的性生活，来确认他们的孩子确凿无疑出自他们播下的种子：与后代脆弱的肉体联系，显然困扰着男人们，这与对此漠然处之的公牛公马倒是不同"（Dinnerstein, *The Mermaid and the Minotaur*, p. 80）。

男人们渴望"以文化惯例来确定和坚固他们与孩子那令人甚为遗憾的松散哺育联系"（Dinnerstein, *The Mermaid and the Minotaur*, pp. 80-81）。这一强烈冲动导致他们高度评价象征性质的文化惯例。可以预料，基于实际接触的转喻和母性关系，势将为广泛意义上的隐喻关系所压倒，这是可互相替代的分离实体之间的相似性关系，比如父亲和他的同一姓氏的孩子。

的确，如果试图将文学批评设想为一种父权文化，则可以预料到几种可能的情况：（1）作者的角色将被视为父亲式的角色，任何据认为有价值的母性作用均将被同化入父性。（2）大量工作将被投入对父性作者的研究，他们的权威意味将由其文本后裔的每一言每一行予以证明。（3）有鉴于父性作者的角色在意义系统中只能被推知，意义的合法及非法势将引起极大的关注。同时，批评将处心积虑制定一系列原则，一方面决定何种意义是作者的嫡传子孙，另一方面控制对文本的处理，以防止不合法的阐释泛滥成灾。批评的许多方面，包括重隐喻轻转喻、作者的概念以及注重将合法的意义从非法的意义中区分出来，都可被视为父道弘扬的组成部分。阳具逻各斯中心主义将对父道权威的兴趣、意义的统一和根源的确证熔于一炉了。

女性主义批评在第三个契机上的使命，即探究当今批评的程序、假设和目标是否和维护男性权威的战略合谋，从而拓展出其他的选择。这不是一个否定理性偏袒非理性的问题，或将隐喻斥之门外专执转喻关系，将所指斥之门外专执能指，而是力图发展新的批评模式，使男性权威所生产的概念刻写在一个更大的文本系统之中。女性主义者将尝试各种策略。在近年来法国的文字中，"妇女"一词已渐而指代一切颠覆传统男性话语概念、假设和结构的激进力量。① 有人会产生疑问：竭力生产一种新的女性语言，其效果在此一阶段是否反不如对阳具中心批评的批判——因为这一批判并不意味着囿于女性主义批评第二个契机中的策略？那里，女性主义阅读借启用男性批评家意欲接受的概念和范畴，来辨识男性偏见。而在第三个契机或模式中，许多这类概念和理论范畴，如现实主义、理性、神秘、解释等等，已自动显示属于阳具中心的批评。

譬如，且看肖珊娜·费尔曼对巴尔扎克短篇小说《再见》的阅读和

---

① 伊莲·马克斯和伊莎贝拉·德·库蒂芙隆的《新法国女性主义》中的文章提供了近年策略的一个绝好纲要。亦见《耶鲁法国研究》［1981（62）］中的讨论。女性主义与解构理论的关系是个复杂的问题。德里达的《马刺》，关于尼采以及妇女的观念是个相关的问题，但是就此来看，许多方面的研究还远不能令人满意。

文本研究。这是关于一个疯女人的故事,其疯狂源于拿破仑战争中的一段插曲,以及她早先的情人为她医病的企图。第一和第二层次上的女性主义观点,是揭示早先为人所忽略或认为理所当然的事实,如男性批评家将妇女和疯狂束之高阁,大谈巴尔扎克战争描写中的"现实主义"等等。费尔曼说明,批评家对文本的处理,再现了小说男主人公同他早先的情人斯蒂芬妮的交往。"看看一意孤行的现实主义批评家,其逻辑能怎样接二连三地把菲立甫的幻觉全部再现出来,真是令人瞠目结舌。"(Felman, "Women and Madness: The Critical Phallacy", p. 10)

菲立甫认为,只要使斯蒂芬妮认出他来,疯病即能不治而愈。恢复她的理智即是抹除她身上外来的他性,对于这种他性,他发现是那样无法接受,以至倘使医术不成功,他宁可杀死她然后自杀。她必须认出他来,也必须认出自己重又是"他的斯蒂芬妮"。最后,靠着菲立甫精心重建的现实主义场景,再现使她丧失理智的战时苦难,而使她最终认出故人,此时,她死了。小说中的这出戏,反映出男性批评家将这一故事说成现实主义之一显例的企图,由此质疑了他们的"现实主义"或现实、理性以及阐释控制权等等观念,表明此类概念不过是与菲立甫类似的男性世界的一厢情愿而已。"在批评和文字的舞台上,同一努力被表现出来:突出能指,限制它变异迭出的副本。我们看到,同样的苦心在消抹差异,同样的策略在确认身份,同样的构架在把握文本、控制情感。……现实主义批评家与菲立甫的幻觉携手并行,如此反过来再现了他更为隐秘的谋杀行为:当其一笔勾销文本的歧义与歧义丛生的文本之时,批评家以他特有的方式杀死了那个女人。"(Felman, "Women and Madness: The Critical Phallacy", p. 10)

巴尔扎克的小说以其男主人公的男性策略,帮助识别了为批评家们所启用的概念,从而使重新审视这些概念,指出它们局限的女性主义阅读成为可能。就巴尔扎克小说的结构细节提供了一种对其男性评论家的批判性描述而言,对小说文本内质的发掘是一种女性主义的阅读方式,但这也仅仅是一种提出问题而非解决如何探明或超越男性批评的观念及范畴的阅读方式。费尔曼得出结论说:"在这一对抗中,巴尔扎克的文本本身似乎就是对它被阅读方式的讽刺性阅读,问题由此产生:我们应该怎样来阅读?"(Felman,"Women and Madness:The Critical Phallacy", p. 10)

这也是女性主义批评第二个契机中提出的问题:我们应当怎样阅读?我们能设想或生产何种阅读经验?"作为一个女人"阅读将是何种景象?费尔曼的批评模式由此回溯到第二个层次,其间政治选择多有论争,观点之所取所舍也激励了批评实践。从这一角度上说,质疑选择框架及批评与理论范畴之间关系的第三个层次,并不比第二个层次更为激进,亦不曾避开"经验"的问题。

综上所述,一个总体结构出现了。在第一个契机或模式中,以妇女的经验为坚实的阐释基础,人们很快发现,这一经验并非读者阅读文本时呈现在她意识中的思想序列,而是对"妇女的经验"的阅读和阐释——这一经验是她自己或她人的,可被置于文本举足轻重且丰富多彩的关系之中。在第二个模式中,问题在于如何使作为一个女人来阅读成为可能:这一根本经验的可能性,导致了催生它的努力。在第二个模式中,对经验的申求虽然模糊但依旧存在,其功效是作为母道而非父道关系的参照系,或指向妇女地位和边缘性的经验,而这一经验又有可能生出一种不同的阅读模式。诚然,对读者经验的申求为替代或瓦解男性批评的观念或程序提供了杠杆,但是"经验"总是具有两面性:总是业已发生,却又有待出产,它是一个不可或缺的参照点,然而从不简单候在那里。

卡姆芙道出了对此延宕图景的活灵活现的理解,倘我们将她所说的作为女人来写变为作为女人来读的话,则——

> "女人作为女人(来读)"——"同一"概念的重复分裂了这个同一,露出些许空间容下一个小的转变,乃有总是先已运作在单一概念内部的不同意义出现。重复没有理由止步于斯,重复次数亦无限制,直到它合乎逻辑地关闭自身,让原初的同一性在最后一个词语中得以恢复。同理,在这个序列中,人只能发现些任意的始端,没有一个词语不是某种重复:"……女人(来读)作为女人(来读)

作为……"（Kamuf, "Writing like a Woman", p. 298）

妇女作为女人来阅读，并不是去重复某种给定的同一性或某种经验，而是去扮演一种她参照她妇女的身份而建构起来的角色，这角色同样也是一种结构。因此这个序列可以延续下去：女人作为女人来读女人作为女人。这一不一致性，揭示了妇女内部的一种间隙、一种分歧，或者说，揭示了任何一种阅读主体及此主体经验内部的一种间隙、一种分歧。

三、阅读的故事

女性主义批评中，读者与读者经验之间出现的断痕，同样见于男性反应批评的阅读之中。诺曼·荷兰德认为，一部作品的意义是读者对它的经验，而每一个读者都是根据他或她独特的"身份主题"来经验作品的。但是他也说，为了使自己感兴趣的经验显露出来，"我一遍又一遍地问自己，'你怎样看待'人物、事件、情景或措辞"，以引出"有关故事和自由联想来"（Holland, *5 Readers Reading*, p. 44）。他希冀恢复他所谓的对作品的反应。但是，他追索的经验，却由这些意向明确的问题所强烈形塑，倘若说不是由它们促生的话。在读者据信业已拥有的经验与他们对荷兰德所提问题的反应之间，究竟是怎样一种关系？大卫·布雷契，荷兰德所谓"主观批评"的著名实践者，赞成荷兰德的看法，认为作品的意义是每一读者的独特经验。但是布雷契解释说，他必须训练学生如何生产他们的"反应陈述"，指导他们何取何舍：

> 一个反应陈述，其目标是记录阅读经验的知觉过程及其自然而然的诸结果，其中包括情感或感情、最终的记忆和思想，或自由联想。心理活动的其他形式固然也可被视作"自然而然"，但在这一语境中却不尽然。记录一种反应，须暂时将训练有素的分析习惯置之一旁，尤其是自动把文学作品对号入座的习惯……一般情况下，对号入座的做法抑制了反应意识。（Bleich, *Subjective Criticism*, p. 147）

第一章 读者与阅读

与申求自然反应结伴的是尽力消抹现成的反应,如作为学生经验组成部分的自动对号入座之类。经验的概念被一分为二了,一边是学生先已拥有的,另一边则是教师对学生的期望所在。

在《罪的惊诧》和《自我消费的人工制品》中,斯坦利·费希声称他展示的是读者阅读时事实上的经验,批评家众说纷纭、莫衷一是,是因为他们错误的理论将他们引入歧路,使他们忘记、歪曲或曲解了他们对作品的实际经验。许多人对费希这一说法持怀疑态度,暗示他不过是在展示自己的经验而已,诚如他多次承认过,他"不是在揭示读者做完的事,而是试图说服他们接受一系列共通的前提,这样,他们阅读时就会做我所做的事了"(Fish, *Is There a Text in This Class?*, p.15)。然而情况并非如此简单。人们有充分理由怀疑,他所谓的阅读经验,比他编撰的那些故事要复杂得多。不说别的,单是费希的读者就别指望从他的经验中学到什么。一次又一次他不胜狼狈,眼睁睁看着句子的后半部分将前半部分似已肯定的意义一笔勾销。一次又 次他不胜迷惑,不解他正在阅读的"自耗的人工制品",何以消费起了自身。使费希的读者与众不同的,实在也就是这一而再、再而三落入同一陷阱的定式。每一次,对某一行诗末端的阐释似乎都完成了一个思想,然而他发现,无数诗章中,下一行的开端又将意思变了个模样。人们会期望真正的读者,尤其是那些刻意攫取知识的读者,注意到过早的猜测总会被证明错误百出,故而在阅读时预见到这一可能性。而费希不光留意到了这一可能性,而且就此写了好几本书。我们有充分理由设想,费希阅读时,时时留心着此类文例,而一旦遭遇,他是欣喜而不是沮丧。结论似乎是无可避免的:费希展现的不是斯坦利·费希在阅读,而是作为费希式读者的斯坦利·费希在想象阅读。或者我们应当说,既然费希式读者坚决认为他是一个特殊角色,那么他的阅读经验,便是费希式读者作为费希式读者阅读的费希阅读报告。

如果费希试图记录下他自己的经验,他会不偏不倚吗?如果他的陈述中的第一个问题是他展示的经验和他假定的经验之间的沟壑,第二个问题是"他自己的经验"究竟是种什么东西，那么当他阅读弥尔顿《列西达斯》中的这两行诗时，什么又是他的经验？

> 断不能由他漂泊在他那泱泱涣涣的灵柩上
> 无人悲悼……
> He must not float upon his wat'ry bier
> Unwept…

他说："我'看到'了我的阐释原则允许或引导我看到的东西。"(Fish，*Is There a Text in This Class*?，p.163) 他的原则引他看到引他预见拦腰切断句子而鼓励读者预卜结果的诗行结尾。他预见到诗行如"断不能由他漂泊在他那泱泱涣涣的灵柩上"可能有欠完整，这里"无人悲悼"证实了他对诗章结构的看法。但是由于这一预见，他的经验也必然涉及他称之为读者经验的一种想象型经验：把第一行看作"类似某种许诺的决心"，预示"付诸行动，也许甚至还是一个营救计划"，然后，便是这一期盼心境的失落。"读者确定一个意义，又使它悬搁起来。"(Fish，*Is There a Text in This Class*?，pp.164-165) 费希对《列西达斯》这两行诗的经验，如果说果真存在的话，则极有可能是被分裂了：一面是一种期待的经验，预示被确定的意义重又模糊；另一面却是坚信不疑可确定意义的经验，仿佛它必可澄清似的。这样，费希就像罗兰·巴特所说的反英雄那样，生活在自相矛盾的境地中却一无愧色，扮演着一个与他永不相符的角色，作为一个费希式读者如费希式读者般阅读……这种反复揭示了单个词语中总要出现的裂痕或断层。

阅读是扮演读者的角色，阐释则是设定一种阅读经验。这些道理，刚开始学习文学的学生都明白，可是当他们走出校门，开始教授文学之时，却忘得精光了。当学生作文写到"这里读者感到"如何如何，或"此处读者理解为"什么什么，教师常将其斥为虚假的客观，即一种改头换面的"我感到"或"我理解为"的形式，催逼学生要么诚实做人，要么省去此类赘言。然而学生比老师更加明白。他们明白这不是诚实不诚实的问题。他们明白阅读并阐释文学作品，完全是想象"一位读者"

将会感知到和理解到什么。① 阅读乃是对某一位读者各种假设的操作过程，阅读中，总是有空白或断层存在的。

这一分裂最为人所熟知的版式是所谓"不信的悬念"，或者说，是我们既把人物当作现实中的真人，又把它当作小说家的发明来赏析，以及明明已知故事的结局，还对其中的悬念兴致盎然。妇女作为女人来阅读，费希作为费希式读者来阅读，其矛盾更为显见的结构，亦是同类分裂的版式，它防止了被人简单经验，防止了被当作文本的真理来加以领会和引证。

但是，我们似乎殊有必要于经验中保持信念，以它为基础，由此来充填或挪移这些分裂。一个普遍的做法是借用这一为人所熟知又大致可信的观念，即不同的读者或读者群在阅读中所见不同，从而把阅读中的裂痕描述为读者之间的分歧。比如有人会说，如果某些女性主义者声称要陈述妇女读者的独特经验，而其他一些人则埋怨妇女还没有学会作为女人来阅读，那无疑是因为两类批评家在为两类不同的读者代言。作如是观可能会忽略女性主义者争论不休的问题，诸如女人作为女人来阅读意味着什么等等，女性主义者们认定答案在一群人中间，不在另一群人中间，而不明白它是疑云密布地出现在每一种阅读中间。

费希自称能报道所有读者经验的说法既然受到挑战，便求助于"阐释团体"的观念，他承认他不是在展示一种普遍的经验，而是力图规劝他人加入他那些趣味相似的读者的阐释团体。（Fish, *Is There a Text in This Class?*, p. 15）有人认为这不过是一种脆弱的空洞提议，留下

---

① 约翰·赖克特注意到，"批评家经常代表没有读者经历过的某种反应发言"，由此推断下来，在《读出文学的意义》一书最有趣的片段里，关于反应的陈述，事实上便是在声称我们应当如何理解一段文字或一部作品。（Reichert, *Making Sense of Literature*, p. 87）诸如"读者同情麦克白"这样一个陈述，总体上看确实是试图推广对该剧的某种理解，我认为这是反应分歧延宕性质的进一步证明："读者同情麦克白"有意促生它所指涉并且背书其权威性的反应，但是赖克特深信事物是明白无误的，反对质疑中"人总是觉得情感与理智相匹"之类的断言（Reichert, *Making Sense of Literature*, p. 85）。但批评家伸扬对一部剧作的某种理解，必然情有所动，经历相匹于那一理解的反应。他说读者感到怜悯，事实上恰恰展示了他自己的怜悯之情。如上所见，这并不是反应的作用方式。当赖克特注意到，比他的理论所向更为敏锐地注意到，批评家可能提出一种包括他们自己在内无人经历过的反应，也是承认了这一点。

一大堆独立的团体，无以互相沟通：一些读者这样阅读，如费希式读者，一些读者那样阅读，如赫什式读者，如此等等，我们能想出多少，就有多少。但是，且不论如何令人丧气，有人也会发现这一将我们分别纳入独立团体的观念，某种程度上相当有见地：从阅读中抽取差异和问题，复将它们投射入阐释团体之间的差异，这样就肯定了每一读者与每一团体的程序及经验的统一和同一性。

但是如前所见，依然有理由怀疑人们能否想当然地认同某人阅读策略及经验的统一和同一性。既然连费希在阅读时也未必能相吻于费希式读者，问题就越显严峻了。它表明阅读是分裂的，是参差不齐的，作为一个参照点，其效用仅限于当它被纳入一个故事，作为叙事来加以解释和建构之时。

当然，还有许多不同的阅读故事。沃尔夫冈·伊瑟讲到读者积极填补空白，赋予文本游移不定处以明确的意义，尝试建立一种统一性，并修正结构以使文本产生更多的信息等等。米歇尔·里弗特尔的《诗符号学》则讲述了一个更有戏剧性的故事：读者把一首诗从头到尾看作生活再现的企图既遭挫败，便转向第二种反溯阅读，其间原先遇到的障碍摇身一变，成了把他引向一个独一"母体"（一个极其简短的朴实句子）的条条线索，而诗中的一切成分，均可被视为这一"母体"迂回曲折的转化。突然，当读到"谜已破释，万物复归其位"（Riffaterre, *Semiotics of Poetry*, p. 12）时，斯蒂芬·布思又讲了个更为悲哀的故事：读者接连遭遇暗示连贯的种种模式，如音位学、句法学、主题学等等，始终觉得是在理解的门口处游荡，永无可能洞见它们的含义，将各类模式按部就班纳入秩序。例如："《哈姆雷特》的观众，其心智处在延绵不断却轻柔平和的波动之中，总在游离，却又从不完全脱离它熟识的基地。"所以剧作允许他们"抓住"而不是解决"它蕴含的所有矛盾"（Booth, "On the Value of *Hamlet*", pp. 287, 310）。诺曼·荷兰德则相反，其称读者兴致勃勃用作品来"再造自身"，"对个别读者来说，只有当他用作品精确地再造出他那辩解机制之特定模式的一种语词形式时，他才能接受文学作品"。接着，读者从作品中抽取"能给予他快感的那一类离奇幻想"。最后，通过把这些幻想转化为"审美、道德、理智或有关社会内容的总体经验"（Holland，"Unity Identity Text Self"，pp. 816-818）来为它们辩护。

关于阅读，这类故事揭示了什么？当我们来看这些关于阅读的故事时，会有什么问题出现？在关于反应的故事中，一个显著的可变因素是控制权问题。当然，对于荷兰德来说，是读者控制了文本，诚如他们依照自身的反应来建构作品。其他故事也赞扬了读者这一创造性或生产性的角色，认为这是读者中心批评中的一大洞见。（Holland，*Is There a Text in This Class?*，p. 169）比如，费希得出结论说，读者是在读他们写成的诗。但是这些故事中有一个奇怪的特征，即文本与读者是多么容易转换位置：读者建构文本的故事，一转眼就成了文本激发读者的某种反应，从而主动控制读者的故事。当我们从布雷契和荷兰德转向里弗特尔和布思时，这类转换就发生了。但这类转换还能发生在同一篇文章之中。巴特在为《通用百科全书》撰写的条目"文本理论"中称"能指属于任何人"，但是紧接着他又说，"是文本在不知疲倦地运转，而不是艺术家和消费者"（Barthes，"Texte，théorie du"，p. 1015）。后一页上，他又回到第一个立场："文本的理论将限制阅读自由的清规戒律一扫而光（从全新的现代角度认同对过去作品的阅读……），但它又全力坚持（生产性上）读写之等量齐观。"（Barthes，"Texte，théorie du"，p. 1016）巴特在其他地方赞扬读者是文本生产者的说法，也与文本摧毁读者之最基本概念的描述相抵："享乐为上的文本瓦解了读者历史的、文化的和心理的假设，瓦解了他的趣味、价值和记忆的连贯性，使他同语言的关系出现了危机。"（Barthes，*Le Plaisir du texte*，pp. 25-26/14）

引人注目地肯定自由与强制这一随意位移的，还有翁贝托·埃科对"开放性作品"的探讨，这些作品要求读者在阅读过程中来书写文本。"封闭性作品"的谨严结构似未给予读者选择余地，而开放性作品出人意料的构造方式则鼓励创造参与。但是埃科说，正是作品的开放性，比之封闭性作品更强调使读者出演一个特殊角色："开放性文本勾勒出一个其'模范读者'的'封闭性'图式，作为它结构策略的组成部分。"（Eco，*The Role of the Reader*，p. 9）因此读者被要求扮演一个组织人角色:"你不可随心所欲利用文本,唯有听凭文本支使你来使用它。"而封闭性作品则可供你随意调遣。"开放性处心积虑的策略促生的自由阐释选择"(Eco, *The Role of the Reader*, p. 40),可被看作一个诡计多端的作者巧妙设计的行为。

费希的故事亦在积极进攻的读者和凶猛句式打击下一败涂地的读者之间来回游荡。费希一开始反诘文本的形式主义概念,仿佛它是一个决定意义的结构似的,由此以他"人类时刻在创造个人经验流入其间的经验空间"的观点来对照"人类是对其身外知识非功利的被动领会者"(Fish, *Is There a Text in This Class?*, p. 94)。但是,当他谈到阅读的特殊行为时,奇观出现了。当读者作为意义的创造者,遇到华尔特·佩特的句子"那脸与肢体的清晰感性轮廓不过是我们的一个形象"(That clear perceptual outline of face and limb is but an image of ours)时,将是何种景象?且看下文:

> 言及读者的反应,"那"生成一种期待,驱使他看下去,以期发现"那"指的是什么东西。……形容词"清晰"起到两种作用:它向读者预示当"那"出现之时,可以轻易把它看个清楚;反过来它也确能轻易使人一目了然。"感性"一词稳固了"那"的可视性,甚至于在它呈现之前。"轮廓"则给予"那"一个潜在形式,同时又提出一个问题:什么的轮廓?这个问题恰到好处地为词组"脸与肢体"所答,它因此起到了充填轮廓的作用。到读者到达陈述动词"是"时……他已经安全来到一个对象与观者均明白无误的世界,他本人也是其中的一员。但接下来句子又同读者为难,带走了它一手报告出的世界。……"形象"一词解开了那一不确定性,却又呈非实质性取向。而当读者与"无有"(佩特自己的话)之物间的分野为"我们的"所瓦解之时,眼下这模模糊糊的形式便干脆消失了。它(那)忽而可见,忽而不可见。佩特给出又把它取走。(Fish, *Is There a Text in This Class?*, p. 31)

尽管费希的阅读故事一再申辩,读者还是成了魔鬼般作者玄奥策略的牺牲品。事实上,读者越是积极参与,移情于作品,或富有创造性,便被句子或作者摆布操纵得越苦。

费希后来注意到这一位移损害了他的表面程序。在为文集《读者中的文学》所写的序言中，他说："'读者中的文学'中的问题，是代表读者提出，反对文本的自明自足性状的。但是在论证过程中，文本的势力愈见强盛，读者非但未获得解放，反倒发现他自己较之以往越发受制于他的新成就了。"（Fish, "Liter a ture in the Reader", p. 7）如他其后所示，这里费希的错误仅仅在于，认为这样一种失误，只要通过指明操纵读者的形式特征是读者所采纳之阐释原则的产物，即可获得纠正。操纵的故事将永远威风十足。这是因为：（1）它格外中听，充满富有戏剧性的层层冲突、真真假假、忽上忽下、殊难预测。（2）处理它比处理意义更容易一些，它更可精确把握。（3）它使转瞬即逝的阅读经验有了价值。一个无所不能的读者实际上一无所获，但是，接连不断地遭遇始料未及的东西，却也有些许偶然闪过且游离不定的发现。一种理论越是强调读者的自由、支配权与建构活动，便越是有可能导向跌宕起伏、惊心动魄的故事，其间阅读被刻画成了发现的过程。

在有意唱反调的故事之中，文本控制的再次出现，有力地展现了扑朔迷离的制约结构怎样影响着自称能够支配或描述它们的理论。阅读的故事，其理论与描述似乎本身也受着故事规范的约束。但在读者与文本间你来我往的重心位移中，还有另外一种结构需要在起作用。研究阅读，不容许人在两端之间作或此或彼的选择，因为两种视野都能说明阅读状态，而且也有理由说明为什么非得兼顾两方，才能建构起阅读理论来。以开玩笑为例，就恰到妙处地解释了阅读状态的奥秘。玩笑之中听众十分重要，因为除非听众笑了，否则玩笑便不成其为玩笑。这里，如读者反应批评所示，读者在决定话语的结构与意义中扮演了决定性角色。如塞缪尔·韦伯在解说弗洛伊德的"巧智"理论时所言："作为听众的第三者确认玩笑是否成功，即它是或不是一个玩笑……然而这个第三者的决断行为，其基础全在意愿之外——人们无法蓄意来笑，以及意识之外——至少在笑的当口，发笑的人永远不知道他笑的是什么。"（Weber, "The Divaricator", pp. 25-26）听众并不控制笑的爆发，是文本激发了它，诚如人们所说，是这笑话令我发笑。但是另一方面，始料未及的反应，也决定着据说是生产了这一反应的文本的性质。没有哪个妥协（所谓读者控制参半，文本控制参半）公式，能够准确无误地描述这一形态，因为它适是由两个极端立场的齐肩并行而促生的。在阅读的故事中，游移于读者的决断行为与读者的自动反应间的转换，并非一个可以纠正的错误，而是这一形态的一个基本的结构特征。

在阅读的故事中，与此紧密相关的第二个问题，是文本"中"是什么。它是不是一个极其丰富的宝库，以至读者永远不能全部占有它？是不是一个既定结构，留出些空白让读者填补？抑或是不是一系列不确定的记号，借此读者来议定结构和意义？譬如，斯坦利·费希就采取了一系列立场，试图解决这个问题。每一次立场的转换，都有些早先锁闭在文本中的东西加入读者的建构活动之中。费希最初争辩说，意义不在文本之中，而在于读者的经验。文本是一系列形式结构，读者凭借它们来确定意义，如上文佩特的例子。但是，费希又断定，探究文本风格是读者的阐释前提，它决定着何种形式特征和模式是文本中的事实。到第三阶段，他则声称形式模式压根就不在文本之中。谈到前面《列西达斯》中的两行诗，他说：

> 我欣赏"诗行结尾"这一概念，并把它作为理所当然的事实来加以处理。有人会说，作为事实，它与我描述的阅读经验有关。我认为真实的情况恰恰相反：诗行结尾的存在赖于知觉策略，而不是其他什么途径。从历史上看，我们所知的"读诗或听诗"的策略之一，便包括了留心诗行，将其看成一个单元。然而恰恰是这一留心，使诗行作为单元（无论印刷上还是听觉延续上）成为可能。……简言之，留心之物即是被留心之物，其非为一面明晰而不变形的镜子所鉴，而是某种阐释策略使然。（Fish, *Is There a Text in This Class*?, pp. 165-166）

同样的话还能以这一最为基本的现象来加以复述：同一声音或字母的任何重复，都是语音学或正字法惯例的一种功能，故可被视为特定团体的阐释策略的结果。鉴于没有严格的方法来区别事实和阐释，所以无法确认文本中究竟有些什么先于阐释惯例存在。

第一章 读者与阅读

　　费希更进了一步：诚如文本及其意义，读者亦是某个阐释团体的策略的产物，这个团体是因为它所启动的精神运思而成为读者的。费希说："引起拥戴文本和拥戴读者（我自然是其中一员）之争的两难窘境，一下子给打破了，因为这两个互不相让的实体不再被视为独立的实体。换句话说，标榜客观性不再成为论争对象，因为作为阐释权威中心的机构，既在两边又都不在两边。"（Fish，*Is There a Text in This Class?*，p.14）他还说："主观客观的两分法一旦消除，许多事情就变得非常困难。"（Fish，*Is There a Text in This Class?*，p.336）

　　这一激进的一元论，是视每一实体为一惯例结构之分析方法的逻辑结果，其间一切皆成了阐释策略的产物。但是，主观和客观间的区别远较费希所设想的要坚韧，不可能"一下子"便烟消云散。一旦谈到阐释，它就再次露面了。讨论阅读的经验，也必须设定一个读者和一个文本。因为每个阅读故事中，必然要有些东西供读者遭遇、惊诧和学习。阐释总是关于某物的阐释，而这个某物在主客观关系中起着客体功能，即使它可被视为先前阐释的产物。

　　我们于费希的立场转换中见到的，是理论的一元论和叙事的二元论间一场全面较量中的相应契机。阅读的理论阐明了在事实与阐释之间，文本中能被读到的东西和钻进去读到的东西之间，或文本和读者之间，已无可能建立起根基稳固的区分，由此导向一种一元论。一切皆由阐释构成——至少费希也因此承认他无法回答下列问题：什么是阐释行为？它们如何作用于阐释？（Fish，*Is There a Text in This Class?*，p.165）然而阅读的故事不会让这些问题悬而无解。二元论总是势所必然：一个阐释人与一个阐释对象，一个主体和一个客体，一个演员与他所演的角色或角色在他身上的影响。

　　在伊瑟的著作中，一元论与二元论的关系尤为明显。他对阅读的描述极为敏锐，既肯定了读者创造性的参与活动，又维护了需要和引发某种反应的既定文本。显然他是试图建立一种二元理论。但是批评他的人认为他的二元论不能成立：文本与读者之间，事实与阐释之间，或既定与无定之间的区别既已崩溃，他的理论也就成了一元论。至于成为何门何类的一元论,则要看首先撷取他的什么论点和前提。塞缪尔·韦伯在《为控制的争斗》中说,在伊瑟的理论中,一切都最终依赖作者的权威,作者把文本造成现时的样式:他保证作品的统一性,要求读者作创造性参与,通过他的文本,"预先给定了有待读者生产的审美客体的结构形式",故阅读便是作者意向的现实化。(Weber, *The Act of Reading*, p.96)但是人们也可像《为什么没人怕沃尔夫冈·伊瑟》中的费希那样,令人信服地指出伊瑟的一元论是另外一种类型:伊瑟声称引导或决定读者反应的客观结构,仅仅是适用于某种阅读实践的结构,"空白并非筑进文本,而是作为特定阐释策略出现",所以"文本所给出的和读者所提供的之间并无区别;读者提供一切;文学作品中的星星并不是固定的,它们就像把它们连接起来的诗行一样变幻无穷"(Fish, "Why No One's Afraid of Wolfgang Iser", p.7)。伊瑟的失误在于把阅读故事的二元论必然性看成了十全十美的理论,没有意识到一经理论上仔细推敲,事实与阐释之间,或文本所给出的和读者所提供的之间那变化无定的分界线,便会土崩瓦解。①

阐明伊瑟的理论导向一种读者或作者提供一切的一元论,有助于说明他极为敏锐的看法错在什么地方,所谓某些东西为文本所提供,其他一些又为读者所提供,或者一边是某些既定结构,另一边又是些不确定的区域。让-保罗·萨特在他的《什么是文学?》中论及读者如何"创造同时又揭示,借创造来揭示和借揭示来创造"(Sarte, *Qu'est-ce que la littérature?*, p.55/30)时,对此作了甚为精辟的补正:"因此对于读者来说,一切均有待开始,然一切又业已完成。"(Sarte, *Qu'est-ce que la littérature?*, p.58/32)对于读者,作品并不是部分被创作出,而是一

---

① 伊瑟在给费希的答复《像鲸鱼那样说话》中声称:"文本的语词是给定的,语词的阐释是确定的,各个成分以及(或者)阐释之间的空白是不确定的。"(Iser, "Talk like Whales", p.83)这显然是不能令人满意的,因为在许多例子中,某些语词的阐释是极不确定的,我们面对的是哪一个语词,经常是个阐释问题,而不是给定的事实。在《分辨》杂志对他的访谈中,伊瑟就确定和不确定之间的分野如何成为变幻无定与可资操作的对照,暗示过一个更为审慎的回复,是时他说:"将要提出的意志和已经提出的意志之间的区别。""一旦读者提供链接,它就变得确定了。"(Iser, Interview, p.72)

方面它已完成且享用不尽——我们可以读了再读，永远没有可能完全抓住业已给出的东西，另一方面它又依然有待在阅读过程中创造，没有阅读，它不过是白纸上的黑色标记而已。构想妥协公式的尝试，就是忽略了阅读这一基本的两分特质。

但是，阅读的故事也需要把有些东西视为已给定，以使读者作出反应。E. D. 赫什有关意义（meaning）和意味（significance）的论点与此相关。赫什所说的意义是作者意欲表达的意义。"意义系指一个文本的全部字面意义，'意味'则指与一个更大的语境有关的文本意义，这语境是另一个思想，另一个时代，一个更为广泛的题材。"（Hirsch, *The Aims of Interpretation*, pp. 2-3）赫什的反对者拒绝这一划分，认为除非将文本置于阐释的语境之中，否则没有意义可言。但赫什说，阐释活动有赖于意义和意味的区分，前者是在文本之中，因为作者把它搁在那里，后者则是补充的。"如果从事阐释的人不把文本看作就在那里，以供观照或运用，那他将一无所思，或一无所言。文本确确实实的存在，它贯穿如一的自我同一性，都使它得以供人观照。如果说意义是阐释中某种稳定性原则，意味则是拥抱了某种变化的原则。"（Hirsch, *The Aims of Interpretation*, p. 80）在赫什看来，恰是因为其论敌们纷纷指责他曲解了它们（这样他们的著作便确实有了稳定意义，有异于阐释者可能加诸其上的意味），这一区分的绝对必要性反而得到了证实。但赫什的论点所表明的，实为我们在处理文本及世界中所需的二元论，而并未为划分文本的意义和阐释者给予它的意义，甚或从原则上判定何为意义、何为意味，提供认识论的权威。我们始终在运用这类划分，因为我们的故事需要它们，然而，它们毕竟是多变而无根基的概念。

当理查·罗蒂在讨论托马斯·库恩因把科学视为一系列阐释范例而引出的问题时，这一点表达得尤为明确。自然界确有等科学家去发现的特质吗？或仅仅是科学家的知觉构架产生了诸如亚原子粒子、光波这样的东西？科学是制造还是发现？"我要举荐的观点，"罗蒂说，

> 并不从根本上改变制造和发现这两个词语或者说意象间的选择……但较明晰的做法则是求诸"更好地描述已存在的事物"这一

物理学的经典观念。这并非出自认识论的或形而上的深刻考虑,而纯是因为,就像当我们站在峰顶(可能是谬误的),讲述我们的祖先怎样慢慢爬山的历史故事时,我们需要在故事中保持一点永恒的东西。当代物理理论说,自然力及物质粒子即是这一角色的绝好候选人。物理学是"发现"的范式,这完全是因为在一个不变的道德法则或诗学背景中,很难来讲一个变动的物理世界的故事(至少在西方是如此),反之,讲不变的故事却相当容易。我们那难辨究竟的"自然主义的"感觉即精神,即使不能化解为自然,至少也寄生于其上,它不过是洞察物理学给予我们的某个良好背景,使我们得以于中讲述变化的故事而已。并非我们对现实性有某种洞见,深察除原子及空无之外,一切皆为"约定俗成"(或者说"精神的""制造出的")。德谟克利特的洞见是这样一个故事:物质的最小单元构成一个背景,于中讲述这些原子构成的物质变化流动的故事。这类创世故事经卢克莱修、牛顿和玻尔发扬光大,广被接受并可能已深刻影响西方,但它并不是一种可获得或者说需要认识论及形而上学保证的选择。(Rorty, *Philosophy and the Mirror of Nature*, pp. 344-345)

几乎如出一辙,一个具有一成不变且可待发现之特质的既定文本的概念,也为阐释的论争和阐释变革的描述提供了绝好的背景。专注于读者的批评家自己也发现,与称读者创造文本相比,称文本诱发或激发了反应是个动听得多的故事。但构成这些故事的分野破绽百出,驻足于其上的辩白,也架不住批评。为防止这些变幻无定、纯出实用的划分定型僵化,照亮阅读中或许会被忽略的角落、视文本为读者之建构的理论,扮演着一个举足轻重的角色。

阅读的故事,其第三个重要特征是结尾。阅读的探索一般都有个好的结局。里弗特尔的故事总以恢复统辖且统一着诗歌的母题,在高潮中奏起凯歌。伊瑟的故事亦结于发现:"17世纪末叶,发现是提供证据确立信念的过程,以此缓释宿命论的加尔文教条引起的压抑感。"18世纪,读者发现的不复是得救,而是"人性"。19世纪,读者"不得不发

第一章　读者与阅读

现他被社会派定角色这一事实，并最终对这一指派持批判态度"。20世纪，"发现则有涉我们自身知觉结构的功能"（Riffaterre，*The Implied Reader*，p. xiii）。阅读的结果似乎总是知识。读者可能被操纵、被引入歧途，但掩卷之时，其经验便转化为知识（也许是对阐释成规带来的局限的一种理解），仿佛读完一本书便能使读者置身于阅读经验之外，进而有了统治作品的权力。像费希这样的批评家，口说"一部朦胧晦涩、疑义丛生的散文著作的经验，使最初似乎简单至极的东西更趋复杂，引出的问题比它解决的问题更多"，然而依然在建构"结构小说"。（Fish，*Self-Consuming Artifacts*，p. 378）一个天真的读者紧紧追随着他们的故事，深信结构和意义的传统假设，一同文本的曲折迷离遭遇，便坠入陷阱，束手无策，一筹莫展。然而幻想既失，下一次也会变得聪明些。① 好像把阅读描绘成一片混沌模样恰是个皆大欢喜的结局似的，它将一系列反应转化为对文本、对一度与文本难分难解的自我的一种理解。文本对读者的操纵，只有当它结局完美之时，方是个中听的故事。

　　这类乐观的结论，是阅读的故事一个容易受到责难的特征。所以毫不奇怪，一些批评家日渐怀疑起阅读的理想化倾向——它把阅读当作导向道德完善的自我意识。布鲁姆说："继续把阅读理想化会一无所得，仿佛阅读不是种防御战的艺术似的。"（Bloom，*Kabbalah and Criticism*，p. 126）理想化的故事把读者写得对文本毕恭毕敬，以示悉数理解了文本中发生的事情，但是，布鲁姆于中没有看出逃遁或超越的路径。"诗的语言随心所欲支配着强悍的读者，它蓄意使他成为一个撒谎的人。"读者所能得到的最好的结果，便是强悍的误读，即能反过来促生其他阅读的那种阅读。大多数阅读是羸弱的误读，既无以企及理解，也谈不上自觉，只是一面口称不然，一面却盲目地在文本中探隐索微。

---

① 这故事我本人也讲过，而且比较看重。我在《福楼拜：不确定性的运用》这本书里设定了一个读者，假定他期待小说遵奉巴尔扎克的小说惯例，描述福楼拜的文本如何破坏了这一读者担当，包括描述的功能、二元对立的意志角色、观点的一致性以及语义综合的可能性等。读者如此不安分的结果，便是对我们建构意义过程的一种自觉理解。阅读故事的进一步讨论见 Steven Mailloux, "Learning to Read: Interpretation and Reader-Response Criticism," pp. 99-107, and Didier Coste, "Trois conceptions du lecteur".

布鲁姆认为读者非常急于处理文本，可又慢了一步，这就否定了人们可以通过阅读把握某类经验或阅读本身的说法，虽然强悍的读者竭力在借助误读来支配文本。布鲁姆的夸张之词，使我们意识到批评家乐观结论之险象环生的基础。① 当我们停止描述"读者"所为，转而考虑在先的读者们有何收获时，我们就必然倾向于这一结论：由于受其无法控制的假设影响，又糊里糊涂（虽则在今天看来一目了然）地步入了歧途，他们自己都不知道在干些什么。与在先的读者们交往，所见的不是大多数阅读故事凯歌高奏的结论，而是各式各样的盲目模式及保罗·德曼描述的那类洞见。

反对理想化"结尾"的阅读故事，强调的是阅读之不可能性。在对卢梭的讨论中，德曼说：

> 像《关于信仰的声明》这样的文本，就其导向一系列彼此赫然相互排斥的主张而言，可名副其实地称为"无法阅读"。这些主张并非无关痛痒的告白，而是极尽劝勉之能事，要求有关文字从纯粹宣言的状态中摆脱出来，转入行动。它们迫使我们在将一切选择的根基扫荡殆尽的同时又去进行选择。它们讲述的是一种不公不正的公正判断的寓言。就像在克莱斯特的剧本中，判决重复了它所谴责的罪行。读毕《关于信仰的声明》，假如我们情不自禁皈依了有神论，那就是在理性的法庭上犯了愚昧之罪。但是假如我们认定信仰就其最广泛的用法而言（当然包括所有偶像崇拜和意识形态的各种可能形式），可以一劳永逸地为启蒙思想所克服，那么这一线崇拜的微光，就其未见自身是这一过程中第一个牺牲品而言，将愈显得愚昧不堪。这个例子说明对阅读的不可能性不应掉以轻心。（De Man, *Allegories of Reading*, p. 245）

这类不可能性并非单纯源于某一位居要冲的含混或选择，而是源于文本的价值系统之一面催促选择，一面又阻止选择的发生。类似的最简

---

① 从另一个角度看，布鲁姆关于阅读的叙述，就其高扬个体之间的意志斗争来看，本身可被视为不可救药的乐观主义。

单的例子便是这类自相矛盾的指令:"别一天到晚听我吩咐"或"自然一点"等等。它们给人一种双重束缚:你必须在遵奉与不遵奉间作一选择,但是你又无法选择,因为遵奉即是不遵奉,不遵奉又是遵奉。在《关于信仰的声明》中,文本表面上全力弘扬的有神论,被界定为应和了一种内在的声音,即自然之声;读者面临的选择,即在这个声音和判断间取一立场。但是,这一选择的可能性,被文本内部的概念体系侵蚀了,因为一方面应和内在之声被界定为一种判断行为,另一方面,卢梭对判断的描述又将它界定为一个类推和取代的过程,而这一过程即是知识,亦是错误的渊源。文本在消解它赖以立足并促使读者在其间作出选择的立场时,将读者置于一个进退维谷的境地,它不可能在凯歌高奏中拉上帷幕,只能导向一个已经被认为不相宜的结尾:或滥作选择,或一无所择。

阅读,是通过确定文本的指涉和修辞模式(如译比喻义为字面义),以及排除障碍以求贯通一气的效果,来企图理解文字。但是,文本的结构——尤其是其实际语境不那么容易用来证明字面义与比喻义或者指涉与非指涉之间某种清晰界限的文学作品——有可能阻碍这一理解过程。德曼说:"阅读的可能性,永远不能被看作既定事实。"(De Man, *Blindness and Insight*, p. 107)修辞"在每一条阅读或理解的道路上布下了无法克服的障碍"(De Man, *Allegories of Reading*, p. 131)。读者很可能陷入绝境,好事无从觅,唯有可能来出演文本中被戏剧化的角色而已。

后面第三章中专门讨论的这一可能性,是解构理论探讨文本的一个侧面。但是它也源自最初并不希望给予文本这类力量的阅读理论。有人会说,简言之,我们正在讨论的这些理论,都留意到人们阅读某个文本,并不能确凿无疑断定其中有什么没有什么,他们希望通过转向读者的经验,来维护诗学或特定阐释行为的另外一种基础。但是,事实证明,与确定文本中有些什么相比,说"读者"或"某一位读者"的经验中有些什么更不容易:"经验"被一分为二且延宕了,既是我们身后有待复原的什么东西,又是我们面前有待出产的什么东西。其结果不是产生一个新的基础而是产生一些阅读的故事,这些故事恢复了文本作为具有明确特性的代理人地位,因为这样做既创造了使人对伟大作品赞叹不已的学习机会,也促生了更为精确、更有戏剧性的故事。一部作品的价值关系到这些故事里的价值效能,即促生刺激、紊乱、流动及反思之经验的能力。但是这些激发和操纵的故事,也使人质疑它们皆大欢喜的结局。读者在将作品复杂化的过程中,是否果真就超越了它,从而从外部把握了作品对他们的影响?是读者走出了文本,还是文本勾画了读者以求达成理解的立场,而文本满可以造出一种既站不住脚又无以规避的立场来?

解构也涉及阅读的故事引出的其他问题,诸如"经验"奇异的分裂结构与申求经验中呈现的价值之间的关系:当人声称意义即是呈现于读者经验中的无论什么东西,或认定阅读的结局即是将阅读呈现给它自身之时,问题的焦点何在?或者更进一步,为什么我们应力求周旋于理论的一元论与叙事的二元论之间,而在这当中为理论分析所摧毁的各种二元对立,一旦求诸经验便重新肯定了自身?是哪一种体系阻碍了达成一种不复有矛盾的综合?

总而言之,这些阅读的故事勾画出了解构运行其中的矛盾境遇。当把意义看作阅读的一个问题,看作运用代码和惯例的一种结果时,这些故事渐而把文本当成洞见之源,暗示读者必须承认文本的某种权威意味,以求从中学到点什么,哪怕他于文本与阅读中所得,反会使他质疑文本中无所不在的说法。解构即是考察阅读的故事将我们引入的窘境。如果说它可被视为近年来关于阅读的著述成就,这是因为它从迥然不同的角度来思考,进而剖析它面临的各种问题。

第二章 解构

关于解构，表述五花八门，一般将其表征为一种哲学立场、一种政治或思维策略以及一种阅读模式。文学或文学理论专业的学生，最感兴趣的无疑是它作为一种阅读和阐释方法的力量了。但是，倘若我们的目标是描述并评价文学研究中的解构实践，那么便有充分的理由先宕开一笔，暂从解构作为一种哲学策略说起，也许应当更确切地说，暂从解构作为哲学内部以及同哲学打交道的一种策略说起。① 因为解构的实践既激发了哲学内部的剧烈纷争，又使哲学范畴或哲学把握世界的企图一败涂地。德里达描述过"解构的一个主要策略"："传统哲学的二元对立命题中，绝无两个对项的和平共处，只有森严的等级：一个单项在价值、逻辑等等方面统治着另一单项，高居发号施令的地位。解构要做的最重要的事，便是在一特定时机，把等级秩序颠倒过来。"（Derrida, *Positions*, pp.56-57/41）

这是至为关键的一步，然而仅是一步。德里达又说，解构主义必须

---

① 我不打算讨论德里达解构理论与黑格尔、尼采、胡塞尔和海德格尔著作的关系。Gayatri Spivak, *Of Grammatology* 的译序提供了许多有用的信息。亦见 Rodolphe Gasché, "Deconstruction as Criticism"。

"通过一种双重姿态、双重科学、双重文字,在实践中颠覆经典的二元对立命题,全面移换这个系统。基于这一条件,解构主义将提供方法,'介入'为它所批驳的对立命题领域"(Derrida, *Marges de la philosophie*, p. 392/SEC, p. 195)。解构主义的实践家在这个系统的术语内部操作,但目的却是要打破这个系统。

此为另一种程式:"'解构'哲学因此就是用最为谨慎和内在的方法,通盘考察概念的结构谱系,同时从它无以命名或描述的某一外在角度,确证某段历史在通过这一与它利害攸关的抑制来构筑自身使之成为历史的过程中,可能掩盖了什么,排斥了什么。"(Derrida, *Positions*, p. 15/6)

在这些程式中让我们再添加一种:解构一段话语,就是通过在文本中认出产生了据说是论点、中心概念或前提的修辞活动,来表明话语如何损害了它所维护的哲学,或如何损害了为它奠立基础的诸等级对立命题。这些有关解构的描述,侧重点各有不同。为说明它们求助的方法怎样在实践中殊途同归,且看一个可以让人顿悟的简例:尼采对因果关系的解构。

因果关系是我们这宇宙中的一个基本法则。假如不事先认定一个事件导致另一个事件,由因产生果,则我们将无法生存或思考。因果原则在逻辑上和时序上维护了因对果的居先地位。然而,尼采在《权力意志》的几处地方争辩说,这个因果关系的概念并非某种天然的东西,而是一种精巧的比喻或修辞活动的产物,是一种先后顺序的颠倒。设想某人感觉到一阵痛。这使他去寻找原因,他也许发现了一枚针,于是设定一种联系,颠倒了知觉的或现象的秩序"痛……针",而促生了一种因果秩序"针……痛"。他又说:"日益被我们意识到的外部世界的片断源自我们心里产生的效果,继而投射某种'后来之物'作为它的'因'。而在内在世界的现象学中,我们颠倒了因和果的先后顺序。'内在经验'的基本事实,即是果发生后去想象因。"(Nietzsche, *Werke*, vol. 3, p. 804)因果图式是某种转喻或换喻所致,即以因代果的产物。它不是一种无可置疑的基础,而是为一类比喻运作所生。

第二章 解构

让我们尽可能明确地说一说这个简单例子的内涵。第一，它没有得出因果原则不合理，应予废除的结论。相反，解构本身有赖于因的观念：它说得明白，痛的经验"使"我们发现了针，由此导致一个原因的产生。解构因果关系，我们必须沿用因的概念来攻击因果本身。解构并不求助更高一级的逻辑原则或更优一等的理由，而恰是启用为它所解构的法则。因果关系的概念并不是哲学能够或应当避免的错误，反之，对解构论证和对其他论证而言一样，它都是不可或缺的。

第二，因果论的解构与休谟的怀疑论又有不同，虽然两者不无相似之处。休谟在他的《人性论》中说，当我们探查因果顺序时，我们能发现的唯有邻接和时间延续的关系。就"因果"的意义超越了邻接和延续而言，它永远是种无以说明的东西。当我们说一件事引起了另一件事时，我们实际上经验的是"物以类聚，类似客体总是被置于邻接和延续的类似关系之中"（Hume, *Treatise of Human Nature*, Ⅰ, Ⅲ, Ⅵ）。解构亦以这一方式质疑因果论，但同时又以一种不同的取向，于论辩中启用了因的概念。如果说"因"是邻接和延续的一种阐释，那么就痛感在经验顺序上率先发生而言，其便可是起因。① 一面攻伐一面又系统使用同一概念和前提，这一双重程序使批评家步出令人生疑的超脱状态，冒着引火烧身的风险，一面确认因果论之不可或缺，一面拒绝给予它任何确凿证明。这是很多人难以理解和接受解构的一个原因。

第三，解构颠倒了因果图式的等级关系。因与果之间的分界线，使因成了本源，逻辑上、时间上都处于优先地位。果是派生的、第二性的，依赖于因。且不管这一等级划分的理由或内涵如何，单从这一构架内部发难，我们便可发现，解构理论以制造一种质的变位扰乱了等级秩序。倘若果即为使因成其为因的东西，那么理应视果而非因为本源。通

---

① 有人会反对说，有时我们先见因后见果：我们看见一个垒球飞向窗户，然后才见窗户破碎。尼采会回答说，完全是对果的经验和期待，使人认上述现象为可能的因；但在一切事件中，时间关系之被颠倒的可能性，足以使人通过质询从时间关系中来推断出因果关系，从而仓促拼合出因果图式。关于尼采式解构论的深入讨论，可见 De Man, *Allegories of Reading*, pp. 107-110，进一步的讨论可见尼采对同一性原则的解构，该例见于 De Man, *Allegories of reading*, pp. 119-131 and Sarah Kofman, *Nietzsche et la scène philosophique*, pp. 137-163。

过阐明高扬因的论据亦能被用来高扬果,批评家消解了直接涉及等级划分的修辞运动,而导出一种意味深长的位移。若因与果皆能位居本源,那么本源便不复为本源,而丧失了其形而上学特权。一个非本源的本源是一个旧有系统无以把握的概念,从而也攻破了这个系统。

尼采的这个例子提出了许多问题,但此间它能为我们在德里达著作中遇到的一般程序提供一个范式。德里达的文字牵涉到一系列文本,大都是关于大哲学家的,但也有关于其他人的:柏拉图(《播撒》)、卢梭(《论文字学》)、康德(《经济模仿》,见《绘画中的真理》)、黑格尔(《哲学的边缘》《丧钟》)、胡塞尔(《胡塞尔〈几何学的起源〉引论》《声音与现象》《哲学的边缘》)、海德格尔(《哲学的边缘》)、弗洛伊德(《书写与差异》《明信片》)、马拉美(《播撒》)、索绪尔(《论文字学》)、热内(《丧钟》)、列维-斯特劳斯(《书写与差异》《论文字学》)、奥斯丁(《哲学的边缘》)。这些论述大都涉及德里达在《柏拉图的药》一文中简要谈到的一个问题:柏拉图撰写哲学时谴责文字。为什么?

> 什么法则统治着这样一种宣言的"矛盾",这个关于反对文字的针对自身的二元对立?当这个宣言一经付诸文字,一经写下它的自我同一性,带走这一文字背景中它的专有意义时,便于宣示自身的同时又反对自身?这个"矛盾"适是措辞当它反对自己形成文字时,与它自身形成的关系,……这一矛盾绝非偶然。(Derrida *La Dissémination*, p.182)

哲学话语以反对文字来界定自身,由此也在反对自身。但德里达说,这一自我分裂或对立,并非偶尔发生在哲学文本中的一种错误或偶然现象。它是话语自身的一种结构特质。何以如此?作为讨论德里达的一个起点,这一立场引出了不少问题。为什么哲学要抵制它是一种文字的说法?文字地位这个问题为何如此重要?要回答这些问题,我们必须把讨论面放开。

一、文字和逻各斯中心主义

在《论文字学》和其他一些著作中,德里达记录了哲学写作中贬责文字的现象。美国哲学家理查·罗蒂曾暗示说，我们觉得德里达是在回答这个问题："'设定哲学是一种文字。为什么这一暗示遇到如此强烈的抵制？'在他的著作中，这个问题变得更具体了一些：'反对作如是界定的哲学家，既然他们发现自己作如是说多么不得人心，那么究竟应怎样来认识文字？'"（Rorty, "Philosophy as a Kind of Writing"，p. 144）

哲学家们写作，但是他们并不认为哲学应当是文字。他们撰写的哲学视文字为一种表达手段，往好处说与所表达的思想了无相干，往糟处说就成了对那一思想的禁锢。罗蒂接着说："文字是种不幸的需要；真正所要的是显示、说明、展现，是使与之交谈的人对他面临的世界肃然起敬。……在成熟的科学中，研究者用来记述他的结果的词语，应当尽可能地少而明晰。……哲学文字，在海德格尔和康德学派看来，其真正的目的是终结文字。而在德里达看来，文字总是导向更多，更多，乃至更多的文字。"（Rorty, "Philosophy as a Kind of Writing"，p. 145）

哲学的特性希望它解决问题，阐明事物性状，或破释疑难，以破谬扶正来终止某个领域的文字写作。当然，抱这一希望的不止哲学一家，任何学科都必须假定自己能够解决问题、发现真理，以此在某个领域画一句号。学科的观念，即是某种探查研究的观念，其间文字或将被引入穷途。文学批评家们惑于阐释之急剧扩散，以及只要学术刊物及大学出版社尚存，文字便无以扭转地孕育更多更多文字的前景，常常试图调整文学批评的目标，使它成为一门真正的学科，以此作为终结文字的途径。所谓批评的真正目的，通常是指原则上可予终了的使命。它们寄希望于能把话说完，由此中止评论过程。事实上，这类破谬扶正的希望，适是驱使批评家写作的动力，即便他们同时也明白写作永远不会将文字引入终途。矛盾的是，某种阐释越具力度，越有权威意味，生成的文字便也越多。

且不论批评家如何困顿，单说哲学家尤其进退两难。如若他们索求解决真理性状、知识的可能性以及语言与世界之关系诸问题，那么他们自己的语言与真理及世界之关系，也成了问题的构成部分。视哲学为一种特殊的文字将会困难丛生。如果说哲学即是界定文字与理性的关系，其自己本身就不能是文字,因为它欲从理性而非文字的角度来界定这一关系。如果说哲学是就文字与真理的关系来确定真理,那么它就必须站在真理一边,而非文字一边。回过头来看德里达所说的一经诉诸文字便自相抵牾的宣言,恰恰是因为白纸黑字写着哲学必须谴责文字,必须以反对文字来界定自身。称它的陈述结构由逻辑、理性构成,而非"表达"了它们的语言的修辞手段,哲学话语是以反对文字在界定自身。

从这一角度来看,文字是外在的、物质的、非先验的。文字造成的威胁,是本应为一种纯然表达手段的运作,有可能影响或感染到据说由它所再现的意义。且看这一常见的模式:先有思想,比如说哲学的王国,然后有媒介系统——通过它们思想得以交流。言谈中,媒介即已存在,然而能指一出便消失无踪,并不强行参与,故说话人可解释清楚任何含混纠结,以确证意义得到了传达。但在文字中,媒介令人遗憾的方面偏偏变得真相毕露。文字将语言呈现为在说话人缺席情况下运作的一系列物质符号。它们可能是极为含糊的,或以处心积虑的修辞模式编织而成。

理想莫过于直接观照思想。但这样做既无可能,语言便应尽可能透明易懂。不透明则危机四伏,直接观照思想便无从谈起,语言符号反倒攫住读者的视线,诱使他们介入其物质形式,而影响或感染到思想。更糟的是,本应超越语言和表达之偶然性的哲学思考,有可能为某种语言的能指形式所影响,譬如,它暗示写作欲望和破谬扶正之间有一种联系。我们能保证,关于主观(subject)和客观(object)关系的哲学思考,没有为这两个术语视觉或词形上的对称,以及它们听起来十分相似这一事实所影响吗?极端的例子是双关语,其间能指之间某种"偶然"的或外在的关系被视为概念关系,如将"历史"(history)等同于"他的故事"(his story),或将意义(sens)和缺席(sans)混为一谈等等。我们对双关语一笑置之,以免能指沾染了思想。

排斥能指采取了排斥文字的形式。借此哲学将自身构筑为一门关于思想和理性的学科,不为居心叵测的语词及其纯出偶然的关系所惑。哲学将自身界定为某种超越了文字的东西,通过将语言功能的某些方面等

第二章 解构

同于文字,把以文字纯粹作为言语的人为替代物搁置一边,而求从这些问题中解脱出来。对文字的这一谴责,在柏拉图和其他哲人的著作中之所以占据极为重要的位置,缘于视文字为言语的再现而在言语和意义之间架起某种直接自然关系的"语音中心主义"。它同形而上学的"逻各斯中心主义"难分难解,而朝向一种意义秩序的哲学方向:思想、真理、理性、逻辑、"道",被认为是自生自在,是基础。德里达看出的问题,不仅牵涉到哲学话语中言语和文字的关系,还牵涉到相互竞争的各种哲学不过是逻各斯中心主义的不同版式的说法。的确,德里达满可以说,仅仅是因为在对某种基础、某种终极之物的追索中它们联合了起来,它们才成为相互竞争的各类哲学。

哲学一直是一种"在场(presence)的形而上学",是我们唯一所知的形而上学。德里达说:"可以这么讲,关系到规律、原则或中心的所有名称,都总是指示着某种经久不变的在场。"(Derrida,*L'Ecriture et la différence*,p. 411/279)而赋予声音以特权的语音中心主义——

> 在作为"在场"存在的意义史中,与确断融合,与有赖于这一普遍形式并且在它内部组织其体系及历史联系(如客体于视觉的在场,作为物质、本质、存在的在场,作为现时或瞬息的时间的在场,我思、意识和主体性的自我在场,自我与他者的并列在场以及作为自我之某种意向现象的交互主体性等等)的全部再次确断融合。逻各斯中心主义因此注定以作为"在场"的存在来作出确断(Derrida,*De la grammatologie*,p. 23/12)

所有这些概念均关系到一种在场的观念,均出现在试图对基础作出描绘的哲学之中,而这基础久被视为中心、主导力量或原则。一些二元对立,如意义/形式、灵魂/肉体、直觉/表现、字面义/比喻义、自然/文化、理智/情感、肯定/否定等等,其间高一等的命题从属于逻各斯,所以是一种高级在场,反之,低一等的命题则标示了一种堕落。逻各斯中心主义故此设定第一命题的居先地位,参照其与第一命题的关系来看第二命题,认为第二命题是先者的繁化、否定、显形或瓦解。描述或分析因此成为——

> 在观念形成过程中"策略地"回归被认为简约、完整、正规、纯洁、标准、不言自明的某种本源或"先在"的使命，以便"接着"来观照衍生、繁化、蜕变、意外等等。从柏拉图到卢梭，从笛卡尔到胡塞尔，所有的形而上学家都因此认定善先于恶，肯定先于否定，纯先于不纯，简约先于繁杂，本质先于意外，被模仿的先于模仿。这并不仅是众多形而上姿态中的一种，它是形而上学的急迫需求，是最为恒久、最为深刻、最具潜力的程序。（Derrida，Limited Inc.，p.66/236）

的确，我们通常认为这是任何"严肃"的分析须予遵奉的程序，比如描述解构之简约、正规、标准的范例，阐明它的"本质"性状，由此出发讨论可被界定为繁化、衍生和蜕变的其他实例。想象和实践不同的程序，其困难也说明了逻各斯中心主义之无处不在。

驻足呈现价值的常见概念中，有感觉的直接性、终极真理于一神圣意识的在场、某种本源于历史发展中的有效在场、自然而然或不假思索的直觉、辩论综合中正题和反题的转换、言语中逻辑和语法结构的在场、隐藏在外观之后的真理以及企达目标过程中这一目标的有效在场等等。在场的权威性，它的稳定力量，构筑了我们全部的思维方式。概念如"说明白点""把握""阐发""揭示"和"看这例子"，悉数同在场有关。如笛卡尔的"我思故我在"的命题中，称"我"之不容置疑是因为它于思考或怀疑的行为中呈现自身，即是求诸在场之一例。又如说话的例子，说话的意义即是在场于说话人意识之物，他或她开口那一刻的"所思所想"。

如这些范例所示，在场的形而上学无所不在、众所周知、声势浩大。但是它总是碰到这个问题：当某一立论举出几个特定的在场实例作为进一步发挥的根基时，这些实例无一例外地被证明已经是种种错综复杂的结构。说是种给定的、基础的成分，到头来却发现是种依赖性的、派生性的产物，简约或纯粹之呈现的权威意味荡然无存。

譬如飞箭的例子。如果说现实即是任何特定瞬间所在场的东西，飞箭便产生一个矛盾。在任一给定的瞬间，它是个特定的点，它总是处在一个特定的点上,永远不动。我们会满有理由地坚持说,在飞行过程中,箭自始至终确实每一瞬间都在运动着,然而它的运动永远无法在在场的任何刹那呈现出来。实际情况是,运动的在场只有在每一瞬间已经被印上过去和将来的踪迹的情况下,才可想象。换句话说,唯有当现时的瞬间不是某种给定之物,而是过去与将来之关系的产物之时,运动才能被呈现出来。一个给定的瞬间,唯有当它自身内部已经分裂,为非现在所居之时,其间才能有事件正在发生。

这便是芝诺的悖论之一,本意是要说明运动的不可能性,然而更能令人信服的,却是它所展示的在在场之上建立一种体系的困难。我们视真实为任何给定瞬间所呈现的东西,是因为这个现时的瞬间似乎是一简明的、无法分解的独立体。过去是先时的呈现,将来是预期的在场,而现时的瞬间却明白无误是自足的给定结构。但是问题在于,只有当它不是一纯然的自足的给定结构之时,现时的瞬间方能起到基础作用。意欲呈现运动,在场就必须先刻上差异和延宕。德里达说,我们必须"从作为延异(différance)的时间出发,来思考在场"。在场的概念和在场派生的,是各种差异的结果。德里达说:"我们因此渐而不再以呈现……为存在之绝对的母体形式,而把它视为一种'特殊化'和'效果'——不再属于在场而是属于延异的体系内部的一种确断和效果。"(Derrida, *Marges de la philosophie*, p. 17/Derrida, "Differance", p. 147)

这里,问题就成了以下这个等级化了的二元对立:在场/缺场(presence/absence)。解构将会阐明,在场欲发挥它所谓的功效,就必须具备据信为它的反项缺场所有的内质。因此,与其参照在场来界定缺场,作为它的否定,我们可视"在场"为一概括化的缺场的效果,或如后文所示,视其为"延异"的效果。如果我们来看在场的形而上学内部萌生的另一类难题,这一过程将会变得更为清楚。这类新的难题意味深长,可被称为结构和事件的似非而是。

一个词的意义,有理由这么说,即是说话人意欲通过它传达的内容。一种语言体系内部一个词的意义,当我们翻开词典,令发现是说话人在过去的交流行为中赋予这个词意义的一种结果。词的情况也适用于语言的总体状况：一种语言的结构，它的规范和规则系统，都是事件的产物，是先前言语行为的结果。但是，当我们认真来看这个立论，开始审查据说是决定诸结构的事件之时，我们会发现每一事件本身已被确定，已为更先的结构所决定。通过说话来意指某物，其可能性已铭刻在语言的结构之中。这些结构本身，又总是某种产物。但是，不论我们追本溯源到什么地步，甚至试图想象语言的"诞生"，描述可能产生了第一个结构的某种原初事件，我们会发现，我们还是必须设定事先的组织、事先的差异。

在因果关系的例子中，我们发现的只是非本源性的本源。倘若说一个穴居的野人通过特别咕噜一声表示"食物"而成功地创造了语言，那么我们必须假定那一声咕噜已与其他咕噜声区别开来，世界已被分为"食物"和"非食物"两大范畴。示意行为赖于差异，诸如可使食物成为所指的"食物"和"非食物"间的差异，或使某一序列发挥功能的指意要素之间的差异。声音序列 bat（蝙蝠）是一能指，因为它不同于 pat（拍）、mat（垫）、bad（坏）、bet（赌）等等。当我们说 bat 时，所"在场"的声音已经为未曾出口之形式的踪迹所居，这个声音唯有由这类踪迹构成之时，才能起到能指功用。诚如运动的例子，据信是在场的东西先已头绪纷繁、差异迭出了。

索求坚实基础的语言理论，当然希望意义可被认作在什么地方在场的东西，譬如，某一指意事件发生当口在场于意识的东西。但其引起的任何在场，实际上已经充满了差异。然而，如若我们反过来尝试在差异的基础上建立一种意义理论，境遇也未必更好，因为差异永远不是先已有之，而总是某种产物。一种审慎的理论必须在事件与结构或言语（parole）与语言（langue）这两种角度间左右逢源，因为它们永远不会导向一种综合。每一角度在一种无法分解的交变或困顿中反照出对方的谬误。诚如德里达所言：

> 我们可以延伸到索绪尔用以形容语言的符号总系统："语言系统（语言）是使言语事件（言语）明白易懂并产生效果的必然条件，但是后者是这一系统建立的必然条件……"这里有个循环圈

子，因为如果严格区分开"语言"和"言语"、代码和信息、图式和用法等等，如果公正对待此处发布的两个原则，我们便不知从何说起，不知哪一原则可以作为总的起点，语言还是言语。因此我们必须意识到"语言"和"言语"、代码和信息的任何分化及其后果有种系统的差异生产，即某个差异系统的生产、某种"延异"，其所生之效果日后通过特定目的的抽象化，将一种"语言"的语言学与"言语"的语言学区分开来。（Derrida，*Positions*，pp. 39-40/28）

德里达这里引入的"延异"（différence）一词，暗指结构与事件两种角度间全无定断、无法综合的交变。法语中的动词 différer 既指差异，又指延宕。Différance（延异）听起来与différence（差异）完全相同，但用以构成动名词的词尾 ance，使它成为一个意指"差异（difference）—散播（differing）—延宕（deferring）"的新词。"延异"因此既指作为指意条件的某种先已存在的"被动"差异，又指某种产生各种差异的散播行为。英语中一个类似的词是 spacing，它既指一种空间安排，又指分布安排的行为。德里达有时使用法语中与该词对应的 espacement。但是，"延异"更为有力且恰到好处，因为在尼采、索绪尔、弗洛伊德、胡塞尔和海德格尔的著作中，"差异"都是一个关键性术语。考察指意系统，最终都是着眼于差异和散播。德里达对这个术语的悄悄改组，以及他关于文字不能被简单视作言语之再现的说法，使每一种意义理论同时既被确认又被颠覆的问题，尤为鲜明地凸显了出来。

德里达说：

"延异"是种不能在呈现/非呈现这个对立基础上构想的结构和运动。"延异"是差异、差异的踪迹和空间化的系统游戏，借此诸要素相互联系起来。这一空间化就是既主动又被动的生产（"延异"中的"a"指示着这一主动及被动间的犹疑状，其不能然而又确为这个二元对立所统治组构着），舍此"全部"语词将无法意指，失去功用。（Derrida，*Positions*，pp. 38-39/27）

这些问题在《论文字学》里德里达对索绪尔的阅读中，得到了进一步的探讨。索绪尔的《普通语言学教程》激发了结构主义和符号学，一方面它堪称对呈现之形而上学的有力批判,另一方面它又毫不含糊地肯定了逻各斯中心主义,无可避免地被卷入其间。

德里达因此阐释了索绪尔的话语怎样解构了自身。但是,他没有因此诋毁《普通语言学教程》,相反他指出,这一点不容忽视:《普通语言学教程》的自我解构运动适是其力度和韧度的根本所在。文本的价值和力量,在相当可观的程度上依赖于它怎样解构同它相应的哲学。索绪尔的始发点是将语言界定为一种符号系统。只有当声音用以表现或交流观念之时,其方算是语言,因此对他来说,中心问题便成了符号的性质:什么给了它符号身份并使它作为符号发挥功效?他论辩说,符号反复无常,是约定俗成的,所以每一符号不是由基本特质,而是由使它与其他符号区别开来的差异所界定的,语言因此被认为是差异的系统,它又导致曾为结构主义和符号学奠基的一系列分野的出现:作为差异系统的语言(语言)和使这一系统成为可能的言语行为(言语),作为任何时间截面上一个系统的语言研究(共时)和不同历史阶段诸要素之相互关系的研究(历时),系统内部句法关系的差异和词形关系的差异,以及作为符号两个构成部分的能指和所指等等。这些基本分野一起构成了语言学和符号学的图式,以阐明使它们成为可能的关系系统来说明语言行为。

索绪尔的研究方法愈趋严密,愈导向专执于语言系统的纯粹关系性质。他令人信服地指出,声音本身并不属于语言系统,它在言语行为中使该系统的各单元得以显现。他下结论说:"语言系统中唯有差异,没有定项。"(Saussure, *Cours*, p.166/120)这是个颇为激进的程式。按照常识,人们毫不怀疑语言是由作为实体的词汇组成的,它们一起形成一个系统,由此获得相互之间的关系。但是,索绪尔对语言单元的性质的分析却导向相反的结论:符号系某一差异系统的产物,的确,它们根本不是实体,而是差异的结果。这对逻各斯中心主义是个强有力的批判。按德里达的解释,论断语言系统仅由差异组成,阻碍了立足既可在言语行为又可在语言系统中呈现的实体去建构一种语言理论的企图。如果语言系统中唯有差异,德里达注意到:

第二章 解构

差异在游戏中互相综合和指派，这就阻止了它们在任何时刻，以任何方式，成为在自身中呈现自身、唯以自身为参照的简单元素。无论在书写还是在口头话语中，没有哪个要素能不牵连到本身不是单纯呈现的另一个要素而发挥符号功能。这种联系意味着每一"要素"，不论音素还是字母，均系参照了语言系统中其他要素的踪迹而构成。这一联系与交织，即是文本，它唯有通过另一个文本的转化才得以产生。无论于元素还是系统中，断无单纯呈现或非呈现之物，唯处处是差异和踪迹的踪迹。（Derrida，*Positions*，pp. 37-38/26）

符号和了无定项的符号系统之变幻无常的性质，给予我们"惯例的踪迹"这样一个似非而是的概念。这是一个向无限指涉的结构，其间唯见踪迹——先于它们可能成为其踪迹的任何实体的踪迹。

但是，索绪尔的论点同时又肯定了逻各斯中心主义。索绪尔赖以起步的符号本身的概念，立足于感性和智性的区分之上。能指之存在是为导人接近所指，故属于它所传达的概念或意义。不仅如此，为使一个符号与另一个符号区别开来，以便显明物质变化中表示某种含义的那一刻，语言学家必须假定他们能够把握所指，把它们作为其出发点。符号的概念是那样难分难解地交缠着逻各斯中心主义的基本概念，以致索绪尔即使有意摆脱它，又谈何容易。虽然他的许多分析确确实实朝着这一方向努力，但他毫不含糊地肯定符号的某种逻各斯中心观念，因此他终究还是将他的分析刻写在了逻各斯中心主义内部。这一德里达极感兴趣的矛盾，出现在索绪尔对文字的描述中，彼处他将文字降格到第二性的衍生地位。他特别把声音本身排除出语言学系统，强调语言单元的形式特征。他坚持说："语言分析的对象不是书写的词与口说的词之综合，而是口说的词独自构成对象。"（Saussure，*Cours*，pp. 45/23-24）文字不过是再现言语的一种手段，是研究语言时不必较真的一种技巧或外在附庸。

这似乎也无伤大雅。但是德里达揭示，它事实上在西方对语言的传统思考中至关重要，其间言语被视为自然的、直接的交流，文字则是一种人为的、拐弯抹角的再现的再现。在为这一等级差的辩护中，人可能会枚举儿童先学会说话后学会写字的事实，甚或千千万万人乃至整个文化群有言语而无文字的事实。但是这些事实被引证的时候，用以阐明的却不仅仅是言语于文字实际中的局部的优先地位，而是种言过其实的普遍的全面的居先。言语被视为直接处理意义：说话人口中吐出的词语，同他当时的思想符号一样自然而然、清晰明了，那正是边上的听者期望把握的。另一方面，构成文字的却是与可能促生了它们的思想分离开来的物质记号。文字专门在说话人缺席的情况下发挥功用，甚至可在全不知什么人写的状态中出现，与说话人或作者一刀两断。文字因此似乎不仅是再现言语的一种技巧，还是对言语的一种歪曲。对文字的这一判断，就像哲学本身一样古老悠久。在《斐德罗篇》中，柏拉图谴责文字，说它是交流的一个杂种，同父亲或作为本源的那一刻分开，为五花八门的各式误解敞开了大门，因为说话人不在场，无以向听众解释他心里想着什么。

视文字为言语的一种寄生的不完备的再现而偏袒言语，是将语言的某种特征或其功能的某些方面置于一边的一种方式。如果说距离、缺席、误解、无诚意和含糊等都是文学的特点，那么通过将文字与言语区分开来，便可构筑一种以高扬言语为其规范和理想的交流模式——其间词语承载意义，听者原则上可精确掌握说话人的所思所想。索绪尔讨论文字时显出的忧虑，说明有些他心爱的东西已险象环生。他讲到文字的"危险作用"，它将语言"改头换面"，甚而时不时"篡夺"了言语的地位。"文字的暴政"专横跋扈、阴险狡猾，譬如，它导向发音的"病理学上的"错误，一种自然言语形式的颓败和污染。故专注书写形式的语言学家是"误入了陷阱"。据信是言语的再现的文字，威胁到了语言系统的纯洁性。(Derrida, *De la grammatologie*, pp. 51-63/34-43)

但是如果说文字能够影响言语，两者的关系便较乍看之下复杂得多。索绪尔求助于文字的例子来解释语言单元的性质，这进一步扭曲了赋予言语居先地位而使文字依赖于言语的等级图式。怎样才能阐明一个纯差异的概念？"既然事物之一模一样的形态可见于文字这另一符号系统,那么我们将用文字来作出某些能澄清所有问题的比较。"(Saussure, *Cours*, p.165/119)例如,字母 t 只要有别于 l, f, i, d 等,便大可用各种方式来书写。不存在必须予以保留的本质特征,它的身份纯粹在关系之中。

因此,索绪尔认为不应作为语言学研究对象的文字,结果却最好不过地阐明了语言单元的性质。言语作为文字的一种形式,作为显形于文字中的基本语言机制被理解,是索绪尔的理论把局面颠倒过来了:使文字成为言语之一派生形式,成为寄生于言语的再现模式的等级,被翻了个个儿,言语反被呈现,被解释为文字的一种形式。这就给了我们一个新的文字概念:一个辖有口头文字和书面文字这两个亚属的总体文字。

追踪柏拉图、卢梭、胡塞尔、列维-斯特劳斯、孔狄亚克和索绪尔文本中言语和文学的相互作用后,德里达总结说:假如文字由传统上归属于它的各类特质所界定,那么,言语就已经是文字的一种形式。比如,文字经常被搁置一边,被视为记录言语的一种纯粹技能,以使在为言语注入生气的指意意图缺席的情况下,言语也能被重复流传。但是这一重复性也能是任何符号的状态。一个声音序列,只有在能被重复的情况下才能起到能指功效,即它必须在不同场合下被辨认出"一模一样"。它必须使我能向第三者重述某人说过的话。除非一个言语序列能被引用,能在不知晓作为它"本源"的说话者及其指意意向的人群中流传,否则它便不成其为一个符号。"里索郎基是巴黎的南郊"这句话,于它被重复,被引用,或如这里被引为例证时,都是在指意;而且不管重述或引用这句话的人"心里"想或没有想着任何东西,它都一样能指意。这一被复制且无涉一特定指意意图而发挥功效的可能性,是语言总系统的一个条件,而非单指文字。文字可以被设想是一种物质记录,但诚如德里达所言:"如果'文字'意指书写,尤其是符号的可予长存的构造(这是文字概念唯一无法削减的内核),那么文字从总体上说便涵盖了语言符号的整个领域。……构造观念本身,这里指符号的任意专断性状,无法设想可居先于文字,或位于文字的地平线之外。"(Derrida, *De la grammatologie*, p.65/44)文字从总体上看是一种"原型文字",从狭义上说，它既是文字也是言语的先决条件。

言语和文字之间的关系，给予我们一种德里达借用卢梭形容文字的术语，在一系列文本中称为"补充"（supplement）的逻辑结构。《韦氏词典》告诉我们，"补充"是"使某物完整，或附加上去的东西"。一部词典的补充是它后补的篇外部分，但是增补的可能性也说明词典本身还不完整。卢梭说："语言造就出来是为了说话，文字只是言语的一种补充。"这个关于"补充"的概念，于卢梭的著作中比比皆是，它"内藏两种含义，其共存令人称奇，又乃势所必然"（Derrida, *De la grammatologie*, p. 208/144）。补充系一种非本质的额外之物，附加在某个本身已完整的事物之上，但补充是为使某物完满，以偿补那据信已完整之物的某种缺陷。"补充"这两种不同的意义，为一种强有力的逻辑所联系，其间补充被呈现为外在的、陌生的东西，与它附着或部分替代的主体之"本质"性状格格不入。

卢梭把文字描述为附着于言语的一种技能，异于语言的内质，但这里"补充"的另一种意义事实上也在发挥作用。文字附加于语言，唯有当言语不是自生自足的自然圆满态，当它业已有能使文字予以补充的缺陷之时，方有可能。这于卢梭对文字的评说中鲜明地呈现了出来，因为当卢梭谴责文字"为在场之毁灭，言语之痼疾"时，他本人作为一名作家的活动，被相当传统地呈现为某种企图，即试图假道文字在本人缺席的情况下恢复一种言语失却的呈现。《忏悔录》中有个简扼的程式："倘非确信不仅把我自己表现为不利的形象，而且完全异于我今日的模样，我也会像他人一样热爱社会。我之决定写作，掩藏起我自己，完全是因为这适合我。若我在场，别人永远无从得知我是何等样人。"（Derrida, *De la grammatologie*, p. 205/142）

文字能成为言语的补偿和补充，纯粹是因为言语已经内含了一般为文字所属的内质：非现和误解。如德里达所说——虽然他讲的是一般语言理论而非专门评述卢梭——文字能为第二性的、派生性的，"只有基于一个条件：永远不存在'原生的'、'自然的'、未为文字所染指的言语，言语本身总是一种文字"，一种原型文字。（Derrida, *De la gram-*

matologie，p. 82/56）德里达对卢梭所谓"险象环生的补充"的分析，从多方面描述了这一结构："卢梭的各类外在补充之所以被召请来补偏救弊，完全是因为被补充的对象总有某种缺陷，某种原生的缺陷。"

比如，卢梭对教育的讨论，是把它看作对自然的一种补充。自然原则上是完善的，是一种自然而然的丰实体；对它来说，教育只是种外来的附庸。但是有关这一补充的描述，揭示出自然之中一种天生的缺陷：自然若欲真正呈现它的本性，必须由教育来补全补足，就像人性欲呈现它的本来面貌，不可缺少适当的教育一样。这样补充理论的逻辑就使自然成了类似于语言的先项，早就候在出发点，可内部又缺了点什么，所以作为外来附加物的教育，成为其补充对象的必要条件。

卢梭还把手淫说成是一种"危险的补充"。如同文字，它是一种邪恶的附着品，是加诸正常性活动的一种实践和技能，就像文字附着于言语一样。但是手淫也替代或替换了"正常的"性活动。作为替代物，其功能必然在某些关键方面相似于被它替代的东西，而手淫的基本结构集中在对一个可能永远不会"拥有"的想象对象的自慰式欲望，其确确实实再现于其他性关系之中，所以这些性关系亦可被视为普遍化的手淫的不同组成部分。

说它是普遍化的替代更为确切。因为卢梭的补充表明的是一个永无穷尽的补充之链：文字是言语的一种补充，但言语已经是一种补充。在《爱弥尔》中，儿童很快学会使用言语"来补充他们自身的不足……因为不需很多的经验便可意识到，通过别人的手来行动，通过转转舌头来驱动世界，有多么快乐"（Derrida, *De la grammatologie*，p. 211/147）。当华伦夫人——他亲爱的"妈妈"，不在的时候，《忏悔录》告诉我们，卢梭求助于补充的法术："要是让我来详细描写当我不在她近旁，沉浸在我亲爱的妈妈的回忆里让我干下多少傻事，那是永远也说不完的。多少次我亲吻我的床榻，想着她曾经睡在上面，亲吻我的窗帘和房间里的所有家具，因为它们全都是她的，她那美丽的手抚摸过它们，甚至趴在地上亲吻地板，想着她在上面走过路呢。"（Derrida, *De la grammatologie*，p. 217/152）这些补充，发挥了当她不在时替代她在场的功能。但是，小说紧接着说："有时，甚至在她跟前，我也会有那种唯有最强烈的爱似乎才能激发的狂热举动。一天在桌边，正当她将一块食物送进嘴里时，我叫起来，说看到上面有一根头发。她把那一口东西重放回她的盘子。我一伸手抢过来，吞了下去。"卢梭的这段文字，狡猾地通过能指标出了此处运行的结构。他大叫一声，说看见沾在那一口食物上的，既是某种无关痛痒的外来物（un cheveu），又是通过一系列相关补充来实现的他本人的欲望（un je veux）。①

这一替代链可以继续下去，如上面所见，华伦夫人的"在场"并没有使它终止。如果卢梭就像我们所说的那样，去"拥有她"，那也无济于事。普鲁斯特说："肉体的拥有等于一无所有。"华伦夫人本人是一位未知母亲的替身，而这位未知母亲本人又是一种补充。"通贯这一补充序列的是一种法则，一个环环相连的无穷系列的法则，它无可避免地递增着补充的媒介，正是这些媒介产生了被它们延宕的事物的感觉：事物本身，直接的呈现，或原初知觉的印象。直接性是衍生的。万事始于居间的媒介。……"（Derrida, *De la grammatologie*, p. 226/157）

卢梭的文本和其他许多文本一样，教导我们在场总是被延迟一步，而补充之所以有可能，纯是因为一种原生的欠缺。卢梭的文本因此建议，我们不妨根据文本的模式，根据指意过程勾勒出的补充模式来构想我们所谓的"生活"。这些文字所坚持的并非说某种文化的经验性文本（文字）之外一无所有，而是说其外有更多的补充和补充链，故而使人怀疑起内外之分是否明智。我们称之为卢梭的真实生活，连同它的社会经济条件和公开性事件，它隐秘的性经验和它的文字活动，其母体经考察证明是由补充理论的逻辑构成的，就像《忏悔录》关于华伦夫人的段落中，他求助的那些物件。德里达说：

> 我们在追踪"危险的补充"的连接线索中，欲予说明的是，在这些"血肉之躯"所谓的真实生活中，在据信我们可界定为卢梭的著作的那些内容之外和之后，除了文字之外从来就不曾有过别的东

---

① 法语中"头发"（un cheveu）和"我愿"（un je veux）发音相似。——译者注

第二章　解构

西，唯见只能在一系列不同指涉物中出现的补充和替代意指。"真实"唯有从某个踪迹中攫取意义或求诸补充时，才偶然发生，或被添加上去。如此等等，永无穷尽。因为我们"在文本中"读到的绝对在场、"自然"，以及用语汇命名的事物诸如"真正的母亲"等等，总是先已逃之夭夭，从来就不存在，产生意义和语言的是消失了自然在场态的文字。（Derrida，*De la grammatologie*，pp. 228/158-159）

补充的这一普遍存在性，并不意味着华伦夫人或黛蕾丝的"在场"和"缺场"之间，或真实事件和虚构事件之间没有差别。相反，其差别极为重要，在我们称为"我们的经验"中发挥了巨大作用。但是在场的效果和历史真实，却生于作为这一结构之特殊确断的补充和差别的内部，因了它们，在场和效果和历史真实才成为可能。华伦夫人的"在场"是缺场的一种类型，是一个真实的历史事件，如许多理论家试图说明的那样，是虚构的一个特殊类型。在场并非原生原长，而是重新构筑而成的。

卢梭文本中运行的是同时在消解自身的形而上学策略，它的构成"通过确认补充只是纯然的外在物、纯然的附加物或纯然非在，从而排除非在场。（non-presence）……附加之物纯属乌有，因为它只是从外部来增补一个完整的在场。言语依附于实体、本质、理念、本体等直觉的在场，文字依附于鲜活的自我在场的言语，手淫依附于所谓的正常性经验，文化依附于自然，邪恶依附于天真，历史依附于渊源，如此等等"（Derrida，*De la grammatologie*，pp. 237-238/167）。这些结构和价值观在我们的思维中占据重要地位，它们表明言语对文字的特权，并不是一个作者可予避免的错误。德里达坚持认为，把文字视为补充搁置一旁，是为整个形而上学史所允诺的一种运作，甚至是形而上学概念"机体"中的关键运作。

音素（phoné）的特权并非依赖于哪一种可以避免的选择，它与诸如"生活""历史""自生自足的存在"等系统中的某一契机互为呼应。假道声音媒介"听/懂自己说话"（s'entendre parler）的系统，将自身呈现为一个非外在的、非物质的，故而是一个非经验的或曰非偶然性的能指。它势所必然地在整整一个时代中统治世界的历史，甚至在物质和非物质、外部与内部、理想与非理想、普遍与非普遍、先验和经验等等的差异中，生产出了世界的观念，世界一本源的观念。(Derrida, *De la grammatologie*, pp. 17/7-8)

这些是泛泛之论，倘若注意到外在于意识的"世界"的观点，赖于诸如内/外这样的区别，便可以对它们有更为明晰的理解。这些区别悉数建立在一个差异点上，使外部变成与内部不同的东西。区别为差异点所控制。德里达的说法有双重含义。第一，言语的契机，或者毋宁说某人自己言语的契机（其间能指和所指似乎同时给出，物质和精神似乎融为一体），在所有那些基本区别可予设定的关系中起到一个参照点的作用。第二，参照自己的言语契机，人们能够把导生的差别看作等级森严的对立命题，其间一项属于呈现和逻各斯，另一项则指向呈现的一种失落。诘难言语的特权，势将威胁到整座大厦。

言语能起到这一作用，是因为当人们说话的时候，物质的能指和精神的所指似乎将自身呈现为难解的统一体了，理智控制了感觉。而书写的词语，则可能呈现为读者必须去阐释、去灌注生气的物质标记，我们可以看见它们，却不懂它们什么意思；这中间出现一段沟壑的可能性，正是文字结构的组成部分。但是，当我说话之时，我的声音似乎并不是外在的东西，以至于我先是听到，然后才理解，听见并理解我的言语和我说话是一回事。这便是德里达所谓的"听/懂自己说话"（s'entendre parler）的系统。这个法语动词卓有成效地将听见自己和理解自己这两个动作融为一体了。在言语中，我仿佛直接进入了我的思想。能指并没有把我与我的思想分离开来，而是在这之前便消抹了自身。它们似乎也不是取自世界而付诸实用的外在技能。它们自然而然地从思想内部崛起，透过它们使人清晰地看到思想，故而听/懂自己说话的契机，提供了"所谓自然而然地从自身中生产自身的独特经验，但是，作为所指的概念，又在普遍性和观念性的范围之中。表现媒介的这一非物质性质，即是这个本体的构成部分。所以语音中对能指消隐的经验，并不是一种幻觉，因为它恰恰是真理观念的先决条件"（Derrida, *De la gramma-*

tologie，p. 33/20）。

言语中能指的消隐乃是真理观念的条件，这是因为它综合了客观性的可能——可以重复的显现，一个呈现在无数外观中的恒久意义——和意义对外观的统治。就真理需要一能够显现自身、能够保持不变而不为使它显形的载体所影响的恒久的指意可能而言，声音为我们提供了必要的模式。在这个模式中，意义与形式的差别是个等级分明的对立命题，依靠它真理统治了其与外观的对峙。

但是，这一模式当然与幻想无涉。言语中能指的消失，给人一种直接呈现思想的印象，但不管它消失得多么迅疾，口说之词依然是一种物质形式，就像书写形式一样，通过与其他形式的差异来发挥功用。如果把口头的能指保存下来进行考察，比方说通过录音，以使我们能够"听到我们自己说话"，我们便会发现，言语是和文字一样的能指序列，同样为阐释过程敞开着大门。虽然言语和文字可能产生不同类型的指意效果，但是并无根据可以声称语音直接传达思想，仿佛人们说话的同时听到自己说话便直传了思想似的。一个人自己的言语记录清楚地表明，言语同样是通过能指的差异游戏来显示意义的，虽然言语的特权希望抑制的恰恰是这一差异游戏。"言语和言语的意识，即作为自我在场的纯然意识，是体现为抑制差异的一种自我影响的现象。这一'现象'，这一假定的对差异的抑制，这一对能指的模糊性的刻意消抹，乃是我们称为在场的本源所在。"（Derrida，*De la grammatologie*，p. 236/166）

看一看"听/懂自己说话"的系统怎样作为一种呈现的模式来活动，怎样显示了语音中心主义、逻各斯中心主义和呈现的形而上学的一体关系，我们便会明白为什么言语凌驾于文字之上。言语和文字这个二元对立，连同其所有策略上的重要性，为肯定了言语的文本本身所解构，因为言语被发现正建立在一直被归诸文字的那些特质之上。立足于在场构筑起来的理论，无论把意义看作在说话当刻在场于意识的一种指意意向也好，抑或专注于存在于一切外观之后的某一理想范式也好，都在消解自身，就像所谓的基础或者根据，证明不过是一个差异系统的产物，或者毋宁说，是差异、播撒、延宕的产物。但是，逻各斯中心论的解构或自我解构的活动,并非导向一个万事井然有序的新理论。即使像索绪尔那样,用一个纯差异系统的概念来猛烈批判逻各斯中心主义的理论,也未跳出其攻讦的逻各斯中心主义前提。没有理由使人相信哪一种理论活动能够最终摆脱这些前提。理论常常落入结构上前后失调的窘境。

摆在我们面前的问题,尤其对较之和谐一致更关切哲学理论之隐含意义的文学批评家来说,是这同文本的意义和阐释的理论到底有什么关系。迄今为止我们考虑过的例子,至少已可提供一个初步的回答:解构主义不从传统意义上来说明文本,试图把握一个统一的内容或主题;它从形而上的二元对立的论辩中来探究对立物的动作,探究如卢梭的补充游戏那样的喻象和关系怎样产生一种双重的、疑义丛生的逻辑。如它们有时暗示的那样,上面的例子也使我们不必相信,解构主义使阐释成为一个无奇不有的自由联想过程,虽然它确实侧重概念的和比喻的含义,而非作者的意图。但是,以常常只同文字相连的属性作为语言要旨来解构言语和文字的对峙,也会产生一些我们尚未及探讨的含义。譬如,如果意义被认为是语言而不是它的渊源的产物,那么这对阐释有何影响?欲切近指意模式的解构内涵,捷径莫过于假道德里达《哲学的边缘》里《签名事件语境》一文中对J. L. 奥斯丁的阅读,以及其后他同美国言语行为理论家约翰·塞尔的论争。

二、意义和可重复性

在索绪尔看来,意义是某一语言系统的产物,是某一差异系统的效果。说明意义,即是摆出各种各样的对比关系和构成一种语言的综合可能。就指意过程的分析来说,这一程序至关重要,但提出这一程序的理论有两点必须注意。第一,如上文索绪尔的自我解构中所见,一个建立在差异上的理论并未跳出逻各斯中心主义,而是发现它自己求诸呈现,这不仅因为概念如分析、阐明、客观性等牵涉到这类所指,还因为要辨认与意义相关的差异,人们需要把一些意义看作仿佛先已存在,仿佛已在哪里被"呈现"为一个出发点。

第二,一个从语言结构中抽取意义的理论,虽然费了不少心力来分

第二章 解构

析意义,却不足以完全地说明它。如果某人将意义设想为显形于一段话中的语言关系的效果,那么他就必须满足于这一事实:就像我们所说的,不同场合下一个说话人可用同一语言序列意指不同的事物。"你能搬开那个箱子吗?"可以是一种要求,也可以是考一考对方的力气,甚至是一个修辞学上的问题,言外之意是根本没有可能。

这类例子似乎在复原一种奉主观即说话人的意识为意义之源的模式:尽管语言结构在起作用,但说话的意义因场合而异,而意义则是说话人打算表达的意思。面对这一模式,结构解释的信徒会问:是什么使说话人用同样的话意指不同事物成为可能?正如我们通过分析语言系统来说明句子的意义,我们也应当通过分析另一系统,即言语行为的系统,来说明说话的意义。作为言语行为理论的创始人,奥斯丁实际上是在另一层次上重复了索绪尔的关键步骤(虽然不那么明显):为说明指意事件(言语),而试图去描述使它们成为可能的系统。

因此奥斯丁争辩说,通过一段话来意指某物,并非是去完成伴随这段话的某种意义的内在动作。"你能搬开那个箱子吗?"这句话可意指不同的事物,这似乎是说我们是靠弄清楚说话人在想什么来解释意义,仿佛这是一个决定性因素似的。但这却为奥斯丁所否定。使一段话成为一种命令、一种许诺或一种要求的,并不是说话人开口之际的内心状态,而是牵涉到语境特征的约定俗成的法规。假若在适当的情势下我说"我答应把这还给你",不管当时我脑中想着什么,总之我是许了一个诺言。相反,若我在说这句话之前写下"我答应把这还给你"这几个词,我就未能成功地许下一个诺言,即使我脑中所想的与我确实许了诺言的场合所想的一模一样,也无济于事。许诺行为受制于言语行为理论家们试图彰显的某些惯例。

奥斯丁的构架因此是一种结构解释的尝试,恰如其分地批判了逻各斯中心主义的前提。然而在他的论述中,偏偏重新引入了被他的模式质疑的前提。德里达在《哲学的边缘》里名为《签名事件语境》一文的一个部分中概括了这一自我解构运动。但是从塞尔在他的《重提差异:复德里达》一文中出现的过多误解来看,似有必要采取比德里达的步骤更为从容的步骤，更为充分地讨论奥斯丁的构架和德里达的看法。

奥斯丁在《论言有所为》的开篇便说："哲学家们认定，一个'陈述'，其作用总不外是'描述某种状态'或者'陈述某个事实'，它必须或是正确的，或是错误的，这样一种假设未免为时太久了。"（Austin，How to Do Things with Words，p.1）正规的句子被看作一种状态真实的或错误的描述，许多不符合这一模式的句子，不是被视为无足轻重的例外，便是被视为离经叛道的"伪陈述"。"然而我们，也就是说即使是哲学家们，也在为我们准备承认我们沉溺其中的那些无稽之谈规定量的限制。所以作为第二步，我们自然会问，许多明显的伪陈述是不是真能算是陈述。"（Austin，How to Do Things with Words，p.2）

奥斯丁因此建议注意早先为人所忽视的边缘和疑难问题，不以它们为失败的陈述，而将其看作一种独立的类型。他提议分辨出两种句子：或真或假描述一种状态的"有所述之言"即叙述句；另一类非真非假而实际上完成了其所指之行为的"有所为之言"即行为句。如"我承诺明天付给你钱"，就完成了承诺这一行为。

行为句和叙述句的划分，在语言分析中被证明是卓有成效的。但是奥斯丁在进一步描绘行为句的独到特征，以及这类句式可能采取的各种形式时，得出了一个令人惊诧的结论。一句话如"我因此断定猫在席子上"，似乎亦拥有完成其所指之行为（断定）的关键特征：我"断定"X，就像我"承诺"X，既非真亦非假，而是完成了其所指的行为。因此它似应被列入行为句一类。但奥斯丁表示，行为句还有另一个重要特征，即它一目了然的行为动词有可能被抹除。与其说"我承诺明天付给你钱"，人们可在适当的时机下说"我明天付给你钱"，来完成承诺这一行为。后者是言外之意保持着行为性状的叙述句。同理，当我们省略掉"我因此断定"时，我们仍可完成断定或陈述行为。"猫在席子上"，可被视为"我因此断定猫在席子上"的缩略形式，故而是一种行为句；当然，"猫在席子上"也是叙述句的经典范式。

奥斯丁的分析为运行在此处的补充逻辑提供了一个杰出的例子。从哲学的等级出发，以或真或假的叙述句为语言的规范，而视另一种言语

第二章 解构

为有缺陷的叙述句或额外的补充形式,奥斯丁对这个边缘例子的研究,导致了对等级的解构和颠倒:行为句并非一种有缺陷的叙述句,相反,叙述句是行为句的一种特殊形式。其实,叙述句有可能是行为动词被抹除的行为句,这一点历来为语言学家所认可。约翰·莱恩斯说:"我们很自然地设想所有的句子源出这些潜在结构:它们有一个可能被省略的第一人称主语所辖的主句,一个言语行为动词,一个指涉受话人的亦可省略的间接宾语短语。"(Lyons,*Semantics*,vol.2,p.778)

这是为说明言语的确切意义而扩展语法的一种方式。一般说话人可用"这把椅子坏了"来表示不同意义,而语言学家则能通过扩展语言系统来说明意义的某些变异。"这把椅子坏了"之所以能有不同意义,是因为它可源出一系列语符中的任何一个,如"我警告你这把椅子坏了""我告诉你这把椅子坏了""我向你宣布这把椅子坏了""我向你抱怨这把椅子坏了"等等。

奥斯丁没有以这一形式来构筑他的理论,他对这类扩展语法的尝试也持怀疑态度。他在"我警告你这把椅子坏了"和"这把椅子坏了"这样的两个句子间建立联系,是为了说明言外之力(illocutionary force)并非必然服从语法结构。实际上,他区分了言内行为(locutionary act)和言外行为。当我说"这把椅子坏了",是同时完成了一个言内行为(说出一个特定的英语句子)和一个言外行为(陈述、警告、声明或抱怨等)。〔还有奥斯丁所说的言后行为(perlocutionary act),即言内行为和言外行为的完成,如提出我可以劝服你的理由,或宣布我应该让你知道的事。〕语言系统的规则说明的是言内行为的意义;言语行为理论的目标,则是说明言外行为的意义,或如奥斯丁所言,是为说明一段话的言外之力。

解释言外之力,即是列出有可能履行某种言外行为的惯例:为了许诺、警告、抱怨、命令,人们必须做些什么。奥斯丁说:"除了说出所谓行为句的语词之外,若欲像人们所说的那样圆满地完成我们的行为,一般来说,还有其他许多事物或正或误。至于它们是些什么,我们希望通过考察并归纳其间某些东西'出了毛病',故使行为——婚姻、赌博、馈赠、洗礼等等——至少在某种程度上是一种失败的行为的例子,来加以发现。"（Austin，*How to Do Things with Words*，p. 14）奥斯丁因此未将失败视作一种外在的偶然因素，这一因素降临到行为句身上却并不染有其本质。失败之可能性是行为句的内在因素，也是深入考察行为句的一个出发点。一句话，除非它能失误，否则便不成其为有所为之言。

这一格局似乎异乎寻常。但事实上它同符号学的基本原理并无二致。艾科在《符号学理论》中说："符号就是任何能在意义上替代他物的东西。符号学就其要旨而言，是研究一切能用来说谎的事物的学科。倘若某物不能用以编出一个谎言，那么它也不能用以说明真理。"（Eco，*Theory of Semiotics*，p. 7）"蝙蝠在我的帽子上"，若不能成为谎言，便不复是一个指意序列。同样，"我现在宣布你们为夫妻"，除非它能全无效用，能用在不恰当的场合而无婚姻行为的效果，否则它便也不成为一个行为句。

就某个行为句的稳定功能而言，奥斯丁说："（A.1）必须存在具有某种惯例效果的约定程序，包括某些人在某些场合说出某些语词，进而，（A.2）这些特定的人与场合，必须与该特定程序引发的规则作用相一致。（B.1）这个程序必须被所有的参与者正确且（B.2）完整地执行。"（Austin，*How to Do Things with Words*，pp. 14-15）如这一分析所示，承诺即是在适当的场合表达某种约定俗成的公式。奥斯丁说，不应当认为这一表达仅仅是"某种内在精神行为的外露且可见的符号，以求个方便，或应其他记录形式或信息要求所需"（Austin，*How to Do Things with Words*，p. 9）。比方说，"结婚的行为，就和打赌的行为一样，至少宁可……被描述为'说出某些语词'，而非完成某种迥然不同的内在精神行为，其间这些语词只是外露的可闻的符号。这一点可能很难'证明'，但是我要说，这是事实。"（Austin，*How to Do Things with Words*，p. 13）

奥斯丁拒绝以心态来解释意义，而建议分析话语的惯例。这类方案行得通吗？任何理论事实上都能避免重新乞灵于呈现的观念吗？索绪尔在他的体系中言及声音时重新引入了"呈现"，难道奥斯丁能一路顺利而不同样把意义的概念拉回到于说话时呈现于意识中的一种指意意向的旧辙，从而视一个言语行为的意义最终由其意向完全呈现于自身的意识所确定或奠基？德里达的阅读集中在这一覆辙重蹈的发生方式上。一个

第二章　解构

特别有趣的片段出现在《论言有所为》的开端数页,其间奥斯丁审视他的理论基础时所说的话可被视为卷入了这类祈求。他责备哲学家有意忽视一切既非真陈述亦非假陈述的言语,由此导致我们认为他本人将执目于非真非假的虚构言语之类的问题,奥斯丁接着提出了一条对有所为之言的反对意见:"是不是语词必须说得'认真',然后才能被人'认真'看待?这个观念虽然比较模糊,从总体上看却足以为真——在讨论任何言语的目的时它都是一句很重要的老话。比如说,我说话时必须不是在开玩笑,也不是在写诗。"(Austin, *How to Do Things with Words*, p. 9)

这段话中的修辞结构本身足以说明问题。虽然奥斯丁意欲排除不认真的话语,但他却未描绘这类话语的特征,这可能是因为他在这一时刻特别急于避免这类描述必然会牵涉到的一种内在意向的指涉。相反,他的文本悄悄设立了一个反论,用引号引入"认真",仿佛他的文本本身压根就不认真似的。文本通过复制自身来生产这个核心术语依然未被确定的反论,则有可能视此反论为某种理所当然的前提。

奥斯丁曾经告诉我们,哲学家习惯于不明事理地排斥既非真陈述亦非伪陈述的言语。此刻他自己的文本似也习惯于排斥不认真的言语了。这里,就如谈到"认真"的模糊性时所示,我们所见的并非哲学内部的严谨步骤,而是哲学所依靠的一种习惯性排斥。在另一部著作里,奥斯丁在一段可能涉及不认真和"兴许不那么认真"的复杂性的评论中说:"不是事物太简单,而是哲学家们太简单了。我想你们也许听人说起过,过度简单化是哲学家们的职业病。这话在某种程度上会得到赞同,但也使人有一点怀疑,即哲学是否真是他们的职业。"(Austin, *Philosophical Papers*, p. 252)①

---

① 当然,这一简单化旨在引出复杂的考察。奥斯丁敏锐的诊断抓住了我们一直在讨论的补充结构:所谓的职业危险,即某种可能折磨和感染分析家的外来病,或将被证明事关本质,就是职业本身,即便不减它的疾病性质。事实上,奥斯丁的追随者们已经用更激烈的排斥和简化方法证明了他的分析。杰罗尔德·卡茨《命题结构与言外之力》(New York: Harper & Row, 1977)一书中,就在题为"如何从奥斯丁手里拯救奥斯丁"的一章里努力表明,某种更彻底的观念化策略,可护卫行为句和叙述句之间的分野,使其免遭奥斯丁本人洞若观火的自我解构的伤害(pp. 184-185)。见肖珊娜·费尔曼《肉体诉说的丑闻》中的精彩讨论(pp. 190, 201)。

对不认真的排斥，还见于有助显示问题焦点的一段更长的文字之中。奥斯丁在列举了各种各样有可能阻止行为句之实现的致败因素之后，注意到行为句受制于：

> 其他一些影响到"所有"言语的问题。这些问题虽然亦可被纳入更为广泛的解释范围，我们却同样在苦心排斥它们。我是说，譬如有所为之言，由演员在舞台上念出来，或在一首诗中加以介绍，或以一段独白予以表达，则会以某种"特殊的方式"显得空洞。这一点适用于任何一种言语场合——特殊场合下的突变。语言在这类场合下处在特殊的形式之中——用得机智却不认真，"寄生"在它的正常用法之上。此为语言"褪色"教条的实施形式。所有这些都被我们排除在考虑之外。我们的有所为之言，不论恰当与否，一概是被作为在正常场合流出来而加以理解的。（Austin, *How to Do Things with Words*，pp. 21-22）

如寄生的意象所示，我们在这里见到一种熟悉的补充关系：语言之不认真的使用是某种额外的东西，依附在正常的语言之上，整个儿依赖着正常的语言。在正常语言的探讨中它无须被顾及，因为它仅是一种寄生而已。

约翰·塞尔在他对德里达的答复中反驳说，这一排斥并不重要，相反，这纯粹是权宜之计：

> 奥斯丁的意思不过是这样：如果我们要知道是什么促成了一个诺言或一个陈述，我们最好别从剧作中舞台上演员许下的诺言或小说中小说家关于小说人物的陈述入手调查，因为显而易见，这类言语不是诺言和陈述的标准例子。……奥斯丁正确地看到，有必要把关于寄生性话语的一系列问题暂时搁置起来，直到回答了逻辑上处于居先地位的关于"认真"的话语的一系列问题为止。（Searle, "Reiterating the Differences"，pp. 204-205）

这也许确实是"奥斯丁的意思"，但这类观念合适与否，恰是须予以质疑。德里达说："关键在于这类'观念化'结构上没有可能，也不合逻辑，即使它是方法论上的，是权宜之计。"（Derrida, *Limited*

Inc.，p.39/206）的确，奥斯丁本人虽通过审视它们或可能失误的途径来开始其行为句研究，却同样反对塞尔逻辑居先的简单化说法："澄清所有**非确凿行事**有哪些可能方式和变体，……这一策略已被一路贯彻下来，倘若我们有意准确理解何谓行事的话。"（Austin，*Philosophical Papers*，p.27，奥斯丁本人的黑体）将语言的某些用法视为寄生性质而搁置一边，以便把一种理论建立在另一种理论之上，语言的"正常"用法恰恰是在求助于这些事关语言本质的问题，而那些问题正是语言理论理应作出回答的。奥斯丁反对他前辈奉行的这类排斥法：在假定语言的正常用法就是作出真或伪的陈述之时，他们恰恰排斥了那些使奥斯丁能够论断叙述句是行为句之一特殊类别的例子。当奥斯丁作出类似的排斥时，他自己的例子亦使我们纳闷他的排斥是否一样不合事理，尤其是他和塞尔都把"认真"放进引号之内，暗示了认真/不认真这一等级二元对立的可疑性状。奥斯丁本人的文字经常极富游戏色彩，引人入胜，即使搅乱他自己提出的种种分野也在所不惜。这个事实，只能是突出了把不认真话语排斥在考虑之外的不恰当性。

但塞尔不是用他的《复德里达》来探索这类问题，而是固执己见，重新肯定了上述结构。"言语行为之伪饰形式的存在，从逻辑上说有赖于非伪饰言语行为，就像行为的任何伪饰形式均有赖于非伪饰形式一样。从这一意义上说，伪饰形式'寄生'于非伪饰形式之上。"（Searle，"Reiterating the Differences"，p.205）

什么意义上伪饰有赖于非伪饰？塞尔举了一个例子："若真实生活中没有许诺的可能性，便不复有一出戏中演员的许诺。"我们显然已习惯于这样的思维方式：我许下的诺言是真实的；一出戏中的诺言是真实诺言的虚构性模仿，是用以许出真正诺言的惯用语句的空洞重复。但事实上人们可以争辩说，依赖的关系也可以以另一种方式运行。若一出戏中的人物没有可能许诺，真实生活中便不可能有诺言，因为如奥斯丁所言，使许诺成为可能的是一种惯例程序的存在，是能予以重复的惯用语句的存在。我在"真实生活"中能许出一个诺言，就必须有能予以重复的程序和惯用语句存在，就像舞台上使用的那类套话一样。"认真"行为是串角演戏的一个特殊例子。

"如果一个行为句的程式并不重复某个'编码的'或能予以重复的言语，"德里达问，或许是明知故问，"那么它能成立吗？换言之，如果我宣布开一个会、发一条船、举行一次婚礼的用语并不与某个可予以重复的模式相一致，如果它并不因此在某种程度上如'引文'那样使人一目了然，那么它能成立吗？"（Derrida，*Marges de la philosophie*，p. 389/SEC，pp. 191-192）许诺的"标准例子"，其发生正在于它必须能使人认为是某一惯例程序的再现，而舞台上演员的表演适是这类再现之一突出的模式。"认真的"行为句的可能性赖于表演行为的可能性，因为行为句依赖的可重复性最为明确地显现在表演行为之中。① 诚如奥斯丁通过表明叙述句是行为句的一个特殊例子，颠倒了其前人等级分明的二元对立一样，我们也可以通过表明他所谓的"认真的"行为句只是

---

① 塞尔指责德里达"混淆了不止三种判然有别的现象：重复性、引用性和寄生性"。"一个关键区别在于：寄生性话语中是'使用'的，而不是'提及'的——这个区别德里达并不理解。（Searle，"Reiterating the Differences"，p. 206）但是"使用"和"提及"之间的差异，恰恰是德里达的论点所反对的等级化之一。"Boston is populous"（波士顿人口众多）使用了 Boston 这个词，"'Boston' is disyllabic"（"波士顿"是双音节词）并没有使用该语词，而是提及了它——将它用为某个元名称而提及了 Boston 这个语词。这个经典例子中的区别清晰而又重要。说它清晰，是因为它指向使用某个语词来言说一个城市和言说某个语词之间的区别。但是转向其他一些引例，问题就变得复杂起来。比如我议及某位学者，"我几个同事认为他的著作'枯燥乏味'或'漫无头绪'"，我做了什么？我是使用了"枯燥乏味"和"漫无头绪"这两个语词，同时又提及了它们吗？倘若我们希望保留这里使用和提及的区别，我们应当回到德里达声称与此相关的认真和意向概念上来。我"使用"这些语词是指我认真意欲表达我说出的这个符号系列的意义；我提及它们则是重复这些符号中的若干语词（比如在括号里），自己并不在意它们传达的意义。对于塞尔来说，"提及"故此是寄生在"使用"上面的。这个区别分开了语言的正当使用（即我认真意欲表达我所使用的符号的意义）和寄生性的重复（即仅仅是提及它们）。我们由此面临显然是立足在意向上面的两种不同重复：我是认真使用了"枯燥乏味""漫无头绪"这些语词，还是仅仅提及了它们？德里达一点儿没有说错，使用/提及说到底就是认真/不认真、言语/文字那一类二元对立。它们全都意在通过将语言种种独特的可重复性特征描述为寄生或派生的东西，来控制语言。解构主义的阅读将阐明，这个二元对立应当颠倒过来，"使用"不过是"提及"的一个特殊例子。

区别依然是有用的，不说其他，它至少有助于我们描述语言如何颠覆自身。不管我多么希望我只是向一个朋友提及他人怎样说他，我依然是有效地使用了这些语词，在我的话语里赋予它们意义和力量。不管我多么真心实意地希望"使用"某些语词，我总会发现自己只是在提及它们："我爱你"总是老生常谈一类，就像许多爱人业已验证的那样。

第二章 解构

表演行为的一个特殊例子,来颠倒奥斯丁的认真和寄生之间的二元对立。

这是相当广泛的一条原理。某物能成为一个指意序列,完全在于它能被重复,能在认真和不认真的各类语境中被再现、被引用、被戏拟。模仿不是落到客观存在的摹本之上的意外,而是它的先决条件。诸如有一种原创性的海明威风格之类,完全在于它能被引用、被模仿、被戏拟。因为要有这样一种风格,必须要有可以辨认的特征来概括它,促生它的独特效果;而为了特征能被辨认,我们必须能够把它们作为可以重现的要素隔离出来。因此,显现在无权威的、衍生的、模仿的和戏拟的话语中的可重复性,就成了原生和权威之物的先决条件。或者,打个更为恰当的比方,解构理论之所以存在,完全有赖于重复之功。有人情不自禁,言必称德里达,以为如此才是解构的本源实践,而把他崇拜者的模仿看作派生之物搁置一旁。但事实上,正是这些重复、戏拟、"褪色"或歪曲,使一种方法成形,并在德里达本人著作的内部,使某种解构实践清晰化。

对奥斯丁的解构阅读聚焦于奥斯丁怎样重复了他于他人文本中辨认出来并加以批判的步骤,以及认真和寄生的区分方式,而正是这一区分,使他有可能进行言语行为的分析,同时本身又为分析的言外之意所瓦解。既然认真的行为可能以各种方式被复制,且本身是一种惯例程序的再现,重复的可能性便不复是某种能干扰认真之行为句的外在之物。相反,德里达坚持说,行为句从一开始就由这一可能性确定了结构:"这一可能性是所谓'标准'例子的一个部分。它是一个根本的、内在的、永久的部分,从我们的描述中排斥奥斯丁本人承认的那种'恒久不变'的可能性,即是描述所谓标准例子之外的东西。"(Derrida, *Limited Inc.*, p. 61/231)

然而如索绪尔对文字的排斥那样,奥斯丁对寄生物的排斥并不纯然是一个错误——一个他可以避免的错误。反之,这是他理论的一个策略部分。如上所见,对奥斯丁来说,一段言语可发挥行为句的功能,因而只要存在涉及"某些人在某些场合讲出某些语词"的某种惯例程序,只要这些待定条件事实上得以实现,这段言语便具有某种意义或言外之力。言外之力因此总是有赖于语境,理论家为说明意义,必须详细说明语境的必要特征,包括语词、说话人、场合的性质。当人们着手进行这类详细说明时,将会发生什么?奥斯丁列举的一个例子是婚姻。当牧师说"我现在宣布你们为夫妻"时,如果语境符合某些条件,那么他的话就成功地实现了在婚姻中结合一对新人的行为。说话人必须是主执婚礼的权威人物;受话人必须是未婚的一男一女,他们必须已获结婚证书,且在之前的仪式上说了应说的话。但是,当我们根据使一段话具有特定意义或力量所需的语词、人物和场合来制定这类条件时,听众和批评家通常不费多大力气,便能想出虽然符合这些条件,其间话语却并不具有为这些条件所生的言外之力的例子。想一想吧,假如一场婚礼万事俱备,可是新人的一方却处在被催眠状态,或者婚礼依然是哪一方面都无懈可击,然而却是一场"排演",或者说话人虽是一位主执婚礼的全权牧师,新人也拿到了结婚证书,但这三人这一回是在演戏,碰巧戏里有一场婚礼呢。

任何人举出一个胡言乱语、毫无意义的例子,听的人一般都会想象出一个事实上具有意义的语境来。通过将句子置入某一框架,听的人自可使其显示出意义。语言功能的这一方面,即有可能移植一个序列于某一改变了其功能的语境之中,同样运行在行为句的例子之中。无论怎样来分析许诺的场合,我们都能或者想象出可导生偏差的进一步细节,或者置这些场合于一更大的框架之中(我们假定舞台上或例证中诸条件皆属完备)。

为终止或控制这一有可能使某个成功的言语行为理论半途而废的过程,奥斯丁身不由己重新引入早先被否定的观念,即一段言语的意义赖于呈现在说话人意识之中的指意意向。首先,他将不认真搁置一边。这一做法的含义虽不十分明确,但它显然将涉及意向指涉:一个"认真的"言语行为是指其中说话人有意识赞同其将履行之行为。其次,他引入意向,将其作为言语背景的一个特征,因为他将无意向的言语行为——"强迫所言,或纯出偶然,或因为这样那样的错误,或为其他全无意向的妄言"(Austin, *Philosophical Papers*, p. 21)抛到了一旁。

第二章 解构

但是这样做并未解决问题,意向并不能成为一种言语行为理论的决定性因素或最终基础。要明确这一点,只需设想一下:倘使婚礼显然已结束时丈夫说,他刚才说的那些话是在开玩笑——只是做戏、排演或被逼迫所言,会发生什么?假定其他人相信他的意向告白,它本身也不足以决定大局。说话时他的所思所想,并不决定他的话履行的言语行为。相反,婚礼是否真正发生,取决于对场景的进一步探究。如果牧师说过真正的仪式紧衔彩排而举行,或新郎能够证明在整个仪式中新娘的父亲一直用枪威胁着他,那么才能使人对他们的话的言外之力有个不同的结论。起作用的是场景描述的可信程度:被引证语境的特征是不是产生了一个改变言语的言外之力的框架。

因此,将一段话移植到新的语境之中,在不同场合中重复某个语式,这类可能性并没有推翻由语境而非意向决定言外之力的原理。相反,它肯定了以下这一原则:在引用、重复和框架之中,是新的语境改变了言外之力。这里我们在切近一条极其重要的普遍原理。行为句与行为之难分难解引出的问题,并不在于语境确定言外之力,而在于通过详细说明言外之力的语境决定因素,以求有可能来把握言语行为的领域。一种言语行为的理论,原则上必须能够详细说明语境的每一个特征,举凡它们可能影响到给定言语行为的成败得失,抑或可能左右一段话有效履行的特定言语行为都应说明。就像奥斯丁所认识到的,这将需要把握整个语境:"在整个言语情势中的整个言语行为,是唯一的事实现象,那是我们作为最后的对策予以努力阐说的。"(Austin, *Philosophical Papers*, p. 148)但是整个语境不好把握,无论是于理论还是于实践而言。意义为语境所束缚,然而语境却是无际无涯的。德里达声称:"这是我的起点:脱离语境则意义无法确定。但语境永无饱和之时。我这里指的不是内容和语义的丰富,而是指结构,残余的或重复的结构。"(Derrida, "Living On," p. 81)

语境在两个意义上无际无涯。第一,任何给定的语境均为进一步描述敞开大门。从理论上说,一个给定语境的容量,一个特定言语行为的关联可能,都没有限制。语境结构的开放性对所有学科而言都至关重要：科学家发现，早先被忽视的因素同某些对象的行为有关；历史学家就某一特定事件提出了新的材料或重新解释材料；批评家将一段文字或某个文本同使它现出新意义的语境联系起来；等等。德里达注意到，这些语境有可能被进一步开拓的著名例子，是无意识的观念所许可的移位。在《言语行为》中，作为许诺的一个先决条件，塞尔说："如果准备许出的诺言想要完美无缺，许诺的内容就必须符合听者的期望，或事关他的利益。"（Searle, *Speech Acts*, p.59）如果无意识欲望成为语境的一个考虑因素，那么一些言语行为的地位便将发生变化：一段话应允对方表面上想做无意识中却畏缩的事，因此它便不复是一个诺言，而成为一种威胁；相反，一段话"应诺"了听者口称不想要的东西（故而在塞尔看来是有缺陷的许诺），却能成为一个名正言顺的诺言。（Derrida, *Limited Inc.*, p.47/215）意义为语境所决定，唯其如此，当进一步的可能性被调动起来时，这便为变形敞开了通道。

第二，任何把语境代码化的企图总是能被植入它意欲描绘的语境之内，产生一个遁出原初模式的新语境。意欲描绘限制，总能使这些限制换个位置，所以维特根斯坦暗示人们不能说"bububu"来意指"如果天不下雨我要出去散个步"，倒似非而是地使这样做成了可能。它所持的否定态度建立了一种可供开拓的联系。言语行为理论的行家们，既然热衷于从他们试图把握的著述大观中排除不认真的言语，想必会赞赏某些美国机场中旅客和手提行李检查处一条告示中运行的原理："一切有涉炸弹和武器的话语都将被认真处置。"这是通过限定这一语境中某些陈述的言外之力来把握指意活动，以认以为真来预防有人开诸如"我鞋中有一颗炸弹"这样的玩笑。但是，这一代码程序并未阻止意义的游戏，它的失败也并非纯出于偶然。语言的结构将这一代码程序移植到它试图把握的语境之中，新的语境为离谱行为提供了新的机会。"如果我声称我鞋子里有一颗炸弹，你必会认真处置，对吗？"仅是无数话语中的一例，其确切意义是语境的一种功能，却超脱了早先将语境含义代码化的企图。一条元告示（metasign）——"一切有涉炸弹和武器的话语，包括有涉炸弹和武器的话语的话语，都将被认真处置"将永无止境地把这场挣扎推演下去，进而促生关于这一话语的告示的话语。

如果说这似乎是一个不认真的例子，那么请看一个更为认真的例子。有什么言语行为比签署一项其法律、经济、政治意义可能极为重要的文件更为认真？奥斯丁将签名的行为与文字中一目了然的"我因而……"形式的行为句相提并论。的确，在我们的文化中，适是签名行为能使人最为服从地为一段话语承担起责任来。签署一份文件，签字人认同它的意义，认真地履行着它所完成的指意行为。

在《签字事件语境》一文的结尾处，德里达谈到一种"不大可能的签名"，即在印刷体的"J. 德里达"之上"再造"一个手写体的"J. 德里达"，附带这样一段"声明"："（声明：这一口头交流的书写文本本应在开会之前送交法国语言哲学协会。故那份急件本应予以签署。这让我来做，仿制，这里。哪里？这里。J. D.）"（Derrida, *Marges de la philosophie*, p. 393/SEC, p. 196）草书"J. 德里达"是不是一种签名，如果它是签注在邮件传递文本上面的签名的一种引用？当假定的签署人称它为仿制时，它还是不是一个签名？我们能仿制自己的签名吗？盖言之，什么是签名？

按照传统的看法，如奥斯丁所言暗示，签名被认为是在一个特定时刻，证明一个指意意向对于意识的在场。无论我事先事后想些什么，总是有过我悉心专执于一个特定意义的那一刻。签字的观念因此似乎暗示了对于意识的一个在场契机，它是嗣后义务或其他效果的本源。但如果我们询问是什么使签字起到如是功能，我们会发现签字的效果赖于可重复性。如德里达所言："使那些效果成为可能的条件，同时也是使它们不可能保持纯而又纯状态的条件。为了行使功能，即具有可读性，签字必须有一个可被再现、重复、模仿的形式，它必须能够与其现时的单一的生产意向分离开来。正是它的同一性，通过颠覆它的正身和单一性，分裂了它的印记。"（Derrida, *Marges de la philosophie*, pp. 391-392/SEC, p. 194）

一个合宜的签名，也就是使一张支票或其他文件生效的签名，乃是相吻于某一模式，能作为一种再现被辨认出来的签名。这一重复性，即签字结构的一个基本特征，引出作为其结构组成部分的独立性，它不同于任何指意意向。如果支票上的签名与某一模式相合，那么无论签名时我持何意向，支票都能兑现。所以签字人本人的在场甚至不是签字的一个基本特征。签字之所以能由图章或机器产生，部分正是因为它的这一结构。我们有幸可以兑现一张用机器签署的支票，可以在签字人甚至从未见过这张支票且无意支付我们这笔数额的情况下，支取一份薪水。

有人会情不自禁地想，机器签署的支票仅是反常的例子，与签字的根本性质无涉。当逻各斯中心主义意欲维护一种模式，认准那一刻一个完整意向在场于意识之时，是把这类例子看作偶然事件、"补充"或"寄生物"而将其撇到了一边。但是这类例子倘若不是从属于上述现象的结构，便没有可能发生。机器签署的支票远非一个反常例证，而是签字事关存在的重复性之一合乎逻辑的、明白无误的例子。签字需要作为重复被辨认出来，这使机器有可能成为签字结构的组成部分，在签字的那一刻，它同时抹除任何特定意向的参与需要。

签字故此应被包括进德里达所谓的"重复形式类型学"：

> 在这样一种类型学里，意向的范畴将不会消失：它将占据它的位置，但在这个位置上它不复能统治话语的整个领域和系统。说到底，我们那时将面向各种不同的符号或可予以重复的符号之链，而不是一个二元对立：一端是可被引用的话语，另一端是单一的、原生的事件话语。这样做的第一个结果将是：给定重复的结构、激发话语的意向将永远不复一而再再而三地呈现于自身或它的内容。可重复性确定了它的结构，"事先"在它内部植入了一条至为重要的裂缝。（Derrida, *Marges de la philosophie*, p. 389/SEC, p. 192）

问题不在于否认签字人具有意向，而在于如何定置这些意向。一种方法是如文森特·德贡布所言，不以无意识为一种意志的现象，而将它看作一种阐说的现象。无意识的命题"唯有联系到阐说的主体，才现出意义：他不知道他在说些什么"（Descombes, *L'Inconscient malgré lui*, p. 85）。无意识乃是所言盖过所知，或所言盖过所欲言。说话人的意向或是开口的那一刻在场于他意识的无论什么内容，其间它变化无定、残缺不全，不足以说明话语的言外之力；或是综合又分裂——分为意识和无意识两个部分，为一独现于此、内含了说话人从来没有思及之含义的结构意向性。意向的这后一个概念，德里达称为一条至为重要的裂缝，其实十分常见。问及一段话的含义，我可能极其自然地在我的意向中算入之前我从未想到的含义。我的意向是任何一点上我被提问时可能给予进一步解释的总和。因此，与其说意向是一种本源，不如说它是一种产物；与其说它是一个界定的内容，不如说它是一个开放的话语可能性系列，连接着种种可重复行为的种种结果，也连接着针锋相对质疑这些行为的各种语境。

　　签字的例子为我们展示了我们在其他言语行为中见到的同一结构：（1）意义独立于惯例和语境因素，（2）但不可能穷尽语境的可能性以划定言外之力的边界，（3）故不可能控制指意流动的效果或以某一理论统辖话语的确切意义，无论求助于主体的意向，还是求助于代码和语境。奥斯丁像其他哲学家和文学理论家一样，试图把他的理论未能涵盖的内容界定为边缘性质——用德里达的话说是"以某种理想调节的名义"（Derrida, *Marges de la philosophie*, p. 385/SEC, p. 118），由此排斥它们，从而把握指意活动。就像其他微观或宏观的掌控企图一样，奥斯丁在两种选择之间左右摇摆，一面为各种言语行为制定条件以求界定起决定作用的语境，一面在语境的描述未能穷尽语境的可能性时，又转向意向求救。我们前面的构想——"意义为语境所束缚，但语境却是无际无涯的"，有助于说明为什么两种表达都归于失败：意义为语境所束缚，所以意向事实上不足以决定意义，语境必须参与；但是语境无际无涯，所以语境永远不能完全说明意义。除了现成的构想，我们还能设想语境进一步的可能性，包括语境的扩展，在一个语境的内部再一次刻写有关它的描述。

　　对意义和语境的这一说明，当可澄清解构对历史观念的处理，很多人对此疑虑丛丛。那些求诸历史的人把它引为决定意义的基础，由于德里达没有用这样的方法来运用历史，因而他们把他看作一个拒绝承认历史语境决定意义的"文本主义者"。然而在对哲学和其他抽象理论的批判中，解构一而再再而三地强调话语、意义和阅读是历史性的，为语境化、消解语境化、重新语境化的过程所生。当德里达称我们必须尝试从时间上把在场（包括在场于意识的意义）设想为差异、散播、延宕（à partir du temps comme différance）之时，他既阐明了语音的历史性，又说明了为什么这种历史性不可能成为一种基础。时间作为差异和延宕，通过使在场成为一种构成而非给定结构，挖了在场的墙脚。但时间却不是一种基础。德里达说："我们将用'延异'这一术语来甄别、识认出使语言或一切代码、一切总体上的意指系统成为如一张差异之网的'历史'构成的运动。""如果'历史'一词不带有最终压抑差异的意味，我们可以说，差异独自便能自始至终成为'历史'的差异。"（Derrida, *Marges de la philosophie*, p. 12/Derrida, "Differance", p. 141）

有些人拥护"历史方法"，或者谴责解构理论拒绝赏识意义的历史决定作用，他们提供了一种双重选择。"历史方法"求诸历史的叙述——思维、思想或信仰在不同历史时期发生的故事——以便将可能的意义斥为不符合历史真实而一笔勾销，由此来控制丰富复杂作品的意义。这些历史叙述的产生，归因于对一个时期内据说不那么复杂、不那么模糊的文本的阐释，它们指导或控制最复杂文本的权威性，自然也大可质疑。有人求诸作为终极真实和真理之源的历史，可是它本身显形于叙事结构和借叙事顺序产生意义的故事之中。在《立场》中，德里达强调了对历史概念的不信任感，认为它整个儿是逻各斯中心系统的含义。但他也经常从批判的视角使用"历史"一词，以重写它的力量。（Derrida, *Positions*, pp. 77-78/56-57）如德里达用历史来反对哲学：当遇到主张非历史、超历史理解的实在论、理念论时，他肯定这些话语和理论假设的历史性。但他也用哲学来反对历史和历史叙事的主张。一边是对历史和历史理解的哲学批判，一边是话语是历史的、意义为历史所确定的信念，解构主义在理论上和实践上把两种立场结合起来了。

历史不是一种特许的权威，而是德里达所说的没有边界的"总体文本"的组成部分。我们总是在阐释这一总体文本，确定意义，由于实践上的原因，停止对语境的追求和重复描述。我们在阐释这人那人的言语、文字、行为中确定的意义，一般来说能够满足我们的需要，一些解构批评家认为，我们应接受这一相对的确定性为意义的性质。意义即是我们所理解的东西。与其苦心摸索它怎样了无根基，怎样缺乏确凿的权威意味，我们不如学一学维特根斯坦，简单地说一句："这出语言游戏做完了。"

一定意义上说，这是一个恰如其分的异议：我们有相当的理由认为前面数页的讨论与我们的主题不相干，试图忘掉它们（我们事实上能不能忘却它们另当别论：这是这些理论话语有何历史力量的问题）。但是提出这一异议的人极少满足于仅仅无视解构理论。他们先是注意到我们始终在尝试确定意义，但又禁不住从中来论争意义因此确确实实是可以确定的；先是注意到不论哲学家说些什么，我们都经验了对意义的确定和把握过程，但紧接着又把这一经验当成一种基础，在它上面构架起对怀疑论的哲学否定。① 维特根斯坦断言："语言游戏就是言说不可预料的东西。我是说，它不是建立在基础之上，不是可以推论的（或是不可推论的）。它就在那里——就像我们的生活。"（Wittgenstein, *On Certainty*, p.73）他的追随者们说起来却好像语言游戏本身是一种基础，一种确定意义的真正的在场。但当有人试图通过设置语言游戏的规章和惯例来扩充这类论点时，迄今我们讨论到的所有问题便向他迎面扑来。一个德里达式的批评家会同意语言游戏已经做完的说法，但是会进一步指出，我们永远无法确定谁在做游戏，或在"认真地"做游戏，什么是游戏规则，做的是哪一种游戏。这一不确定性亦非偶然或外在的事态。引证维特根斯坦的人倾向于把语言游戏及其规则看作简单的给定结构。"但是——这不过是一个事实，"据载维特根斯坦说过，"人们设置下这样那样的规则。"（Wittgenstein, *Lectures and Conversations*, p.6n）尽管重复描述总有可能改变规则，置一段话语于不同的语言游戏之中。德里达在讨论尼采《遗稿》中置于引号内的一个句子"我忘了我的雨

---

① Charles Altieri, *Act and Quality*, pp.23-52, and "Wittgenstein on Consciousness and Language: A Challenge to Derridean Literary Theory". 同样的论点可见 M. H. Abrams, "How to Do Things with Texts", pp.570-571。

伞"时说:"一千种可能性总是敞开着大门。"(Derrida, *Limited Inc.*, p.35/201) 它们之所以敞开着大门,不是因为读者可以随心所欲用这个句子来意指任何事物,而是对语境另作说明或对"总体文本"另作阐释总是有可能的。

现在应当清楚了,解构不是一种界定意义以便告诉你如何发现它的理论。它是各种理论奠基于其上的那些等级分明的二元对立的批判消解剂,阐发了任何欲从单一途径来界定意义的理论所面临的困难,如把它看作作者意向所指、惯例所确定的、读者所经验的等等。《人文科学的结构、符号和游戏》中有一段多为人所引用的话,其中德里达说:"阐释有两种阐释"。

其一是殚精竭虑梦想破译出一种真理或本源,它摆脱了符号的游戏和秩序,似一个流亡者那样来历经阐释的必然性。其二是不再趋向本源,它肯定游戏,试图超越人和人文主义,人的名称成为那样一种存在的名称,它通贯整个形而上学和本体神学的历史(换言之,它的整个历史),梦寐以求圆满的在场,重新肯定基础、本源和游戏的终结。……我们今天可在各种迹象中看出,阐释的这两种阐释(它们水火不容,没有调和余地,即使我们同时经验它们,在某种含混模糊的体系中来调和它们)分裂了疑义丛生的被称为人文科学的领域。

虽然必须强调这两种阐释的差异及尖锐矛盾,但我本人并不认为今日就该来谈"选择"。第一是因为我们身处这样一个领域(暂且说是历史性的领域),其间选择的概念显得微不足道;第二是因为我们必须首先去构想这一无以消解的差异的共同基础和它们的"延异"。(Derrida, *L'Ecriture et la différence*, pp. 427-428/292-293)

阅读德里达,常常使人觉得他鼓励我们选择阐释的第二种阐释,去认肯意义的自由游戏。但如他在这里注意到的,我们并不能简单地或有效地使意义或成为作者的原初意义,或成为读者的创造经验。如第一章所示,使意义成为读者创造经验的尝试并没有解决意义的问题,反而将其移了个位置,产生一种分裂的延宕的经验概念,而所谓读者拥有创造自由的概念马上便土崩瓦解。当然,我们可以选择或声称选择了阐释的第二种阐释,但这类选择并不能保证在我们的话语组织中有效地实现。德里达说,这里选择的概念"十分轻率",因为不论理论家的选择是什么,理论似乎总是在呈现一种分裂的意义或阐释,比如,一边是意义作为文本的一种属性,一边是意义作为读者的经验。我们称为经验的东西,在这些场合,则似乎既是阐释人所经验到的语义效果,又是他赖以检验其经验的文本属性。或许,使意义的概念成为不可或缺的,适是这一分裂的性质和分裂的指涉:一是人所理解的内容,二是人们的理解所捕获的或未能捕获的内容。

意义的这一双重性质被卓有成效地设定在我们对它的大多数处理之中。如果我们说一部作品的意义是读者的反应,那么在我们对反应作出的描述中,阐释依然被看成是一种在文本中发现意义的企图。如果我们提出意义的某种其他决定因素,我们则发现被视为关键的因子同文本一样受制于阐释,因此延宕了它们确定的意义。如德里达所言:"如果意义的意义(就意义最一般的含义而言,不包括象征义)指涉无穷,无休无止地在能指和能指间游荡,如果它的确切含义是某种纯然又无限的模糊性,它使所指的意义没有喘息,没有休息,而是与自身的机制合为一体,继续指意,继续延异,那又该当何论?"(Derrida, *L'Ecriture et la différence*, p.42/25)

把被语境束缚的意义与无际无涯的语境结合起来,一方面使我们有可能宣称意义的不确切性,虽然这类宣言自命不凡的反传统姿态可能会使人恼怒,但另一方面,也促使我们去继续阐释文本,把言语行为分门别类,以图说明指意活动的条件。即使如德里达所言,我们有理由相信"理论的语言总是要留一块既无以用那一语言理论的术语来形式化,同样也无以用该理论的术语来观念化的剩余地块"(Derrida, *Limited Inc.*, p.41/209),那也不是终止研究这一理论的理由。譬如,哥德尔关于元数学不完全性的阐述(即不可能构筑一种其中一切数论的真实陈述都是原理的理论体系),并没有导致数学家废弃其工作。但人文学科似乎常常涉及这样一种信念：一种理论宣称了意义的最终不可确定性，便使所有的努力都毫无意义。之所以有这类看法是因为有些讨论提出了太多的意义确定模式，太多的段落和文本的特定阐释，这一事实应使貌似激进的虚无主义露出破绽。解构一个二元对立命题，不是摧毁它、废弃它，而是将它重新描述一遍。奥斯丁对行为句和叙述句的讨论，阐述了在这两类言语之间作一原则区分的困难，但是这一分类失败所揭示的，恰恰说明被视作言语行为"之间"的差异，原是每一种言语行为"内部"的差异。行为句和叙述句之间游移不定的差异没有成为某种可靠分类的基础，却成了语言的特征，显示它怎样无法把握，在假设和回应之间来回摆动。"行为句和叙述句之间的难点，"保罗·德曼有一次在广泛地再次议及这个二元对立时说，"不过是比喻和说服之间难点的一种模式，这个难点既生成又麻痹了修辞，由此给予它某种历史的外观。"(De Man，*Allegories of Reading*，p. 131)

解构主张的不是消解区别，也不是令意义成为读者发明的某种不确定性。意义的游戏是德里达所谓的"世界的游戏"的结果，而世界的游戏中总体文本总是在提供进一步的联系、互相的关系和语境。"意义的自由游戏"这个概念有一段甚佳的经历，尤其是在美国。但一个更为有用的概念则是嫁接，它既说明了我们至此讨论指意活动的过程，又提供了深入德里达本人文字结构的方法。意义产生于一种嫁接的过程，而言语行为，无论是认真的还是不认真的，亦是不同方式的嫁接。

三、嫁接复嫁接

在《双重场景》中，德里达谈到嫁接，视其为思考文本逻辑的一个模式——一种将字符运作与插入过程、扩展策略合为一体的逻辑。

> 我们不仅应系统探讨嫁接（graft）和字符（graph）这两个词的似乎纯是词源学上的相似性（两者都源出希腊语 graphon，谓书写工具、铁笔），还应探讨文本嫁接和所谓的植物嫁接乃至如今变得日益普遍的动物嫁接之间形式上的类似关系。需做的不光是编撰一个百科全书式的嫁接目录（靠接、分离接穗嫁接、镶接、合接、

鞍接、劈接、皮下接、桥接、枝接、修补嫁接、联接、T字形芽接、盾状芽接等等)，我们必须悉心制定出一个有关文本嫁接的系统条约。(Derrida, *La Dissémination*, p. 230/202)

这样一个条约，就它关注采取什么样式的嫁接而言，类似于言语行为的分类，即看哪一种嫁接能够成功、结果，从而把种子散播开来。但是一种言语行为的理论，其目标是规范化。譬如，它有意描述为使一段言语成为诺言而必须满足的条件，故而致力于某种可判定性：它试图在真实诺言和非真实诺言之间划出一条界限。关于文本嫁接的条件却不相同，它具有或然性，是试图估算或然的力量。

这类条约描述的对象又是什么？它将把话语看作各式各样联合或插入的产物。它探讨语言的重复性，即语言于新语境中表现新意义的能力，而力求将一种话语插入另一种话语，或介入被阐释话语的各种不同方式，进行分门归类。就我们对嫁接的分类学只有极模糊的概念而言，这一事实也表明了这个视角的新颖程度，或许，这也是欲使它足显成效的困难所在。

但是有一点很清楚，那就是除了其他种种特质外，解构亦是在其分析文本中找出嫁接的一种努力：论点的支脉如何彼此拼接起来，它们的结合点和受力点又是什么？卢梭的"补充"便是这样一个交点，于中可见逻各斯中心与反逻各斯中心两种论点的嫁接。索绪尔对文字的双重态度则是另外一例。抓住这些契机，解构理论揭示了文本的异质性，如德里达所言："异质性的母题，这个典型的神学母题，必须被摧毁。" (Derrida, *Positions*, p. 86/64) 论及康德的《判断力批判》时，德里达称康德的理论是嫁接的产物："它的一些母题居于一个漫长的系列中，一个直溯柏拉图或亚里士多德的强力传统链中。与之紧密交织而难分难解的，是无以进入柏拉图或亚里士多德艺术政治学传统的一些较为狭隘的序列。但仅仅分类或测量长度还不够。被植入一个新的系统之后，这些漫长的序列被移位了，它们的意义和功能也改变了。" (Derrida, "Economimesis", p. 57/3) 倘若德里达的格言——"一切命题皆依附于先有的命题" (Derrida, *Glas*, p. 189) 可信，我们就必须辨出嫁接，分析它们产生了什么。

论解构

　　我们可借用德里达嫁接话语的技巧，反过来描述他本人的文字。一个简单的嫁接，虽然它的潜在含义颇为复杂，但操作上是在同一页上把两种话语连在了一起。如"鼓"（Tympan），就把米歇尔·雷利斯思考"普西芬妮"（Persephone）这个名字的联想，同德里达对哲学局限的讨论连接在一起了（Derrida, *Marges de la philosophie*, pp. i-xxv）。这个结构发出一阵阵回响，如同一面鼓：鼓膜作为传送声音振动的发声面，通过传音，将被它分割开的内部和外部联系起来了。

　　《丧钟》在更大的范围上运用了类似技巧。在每页的左边一栏，德里达分析了黑格尔家族的概念，包括与之相关的对父性权威、绝对知识、神圣家族等等的质疑；右边一栏则是《权力的哲学》的作者——小偷、同性恋者让·热内。这部作品内始终运行不息的是两栏或两个文本间疑义丛生的关系。"为什么一把刀在两个文本间传来传去？"德里达问，"或者至少说，为什么同时写两个文本？""当然，是为还文字以歧义丛生的本来面目。"（Derrida, *Glas*, p.76）评论家们的确不自觉地怀疑《丧钟》的双重结构是一种逃遁的策略，有意使文字游离闪烁，无法把握。你读这一栏，却被告知依据在别处，如果不在另外一栏的话，那就在两栏的关系之中。这是嫁接的一种效果，虽然它产生的是种种交叉。两栏之分强化了一些最为激进的对立命题：哲学与文学（崇高的哲学家与淫秽的文学家）、精神与肉体、正宗与异宗、父性权威与母性权威、黑格尔之鹰（Hegel-aigle）和热内之花（Genet-genêt）、权力与权力颠覆、财产与小偷等。但是探讨两栏之间的关系和联系也导致颠倒换位，这是两栏特质的一种交流，它不是二元对立的解构，而依然是一种解构的效果。①

---

　　① 关于《丧钟》的另一种说明，见 Geoffrey Hartman, *Saving the Text*。"我把《丧钟》看作一件艺术作品，用括号标出了德里达琢磨出来的特定哲学概念，"哈特曼说，"这本书在艺术史上的地位……正是我觉得最有成果的部分。"（Hartman, *Saving the Text*, p.90）其结果就是"德里达达主义"（p.33），哈特曼在《拯救文本》中，可以最终将它斥为"某种自说自话的东西"（p.121）。有鉴于许多人可能愿意赞成哈特曼对《丧钟》的评语，我们有必要重申，它包含了大量关于黑格尔、热内和索绪尔的坦率评语。关于两栏之间关系的阅读样本，见 Michael Riffaterre, "Syllepsis"。

第二章 解构

一种清楚明白的类型学，无疑会把《丧钟》中的嫁接与《活下去：边界线》中的嫁接区分开来。后者是将一个话语置于另一个话语之上，赋予居下的话语某种框架或附饰性的评论性质。居上的文本《活下去》，先已是布朗肖的《中止死亡》《白日疯狂》与雪莱的《生命的凯旋》的一种殊为艰难的嫁接；居下的文本《边界线》，某种程度上则是关于翻译的一条注释，以"电报式的风格"导出所谓"另一文本之下的一种过程，默默无言经它而过，仿若视而不见，仿若与它毫无关系"（Derrida，"Living On"，p. 78）。但在接受这个文本对它自身嫁接作出的描述之前，我们应当注意它的结论："永远别说你在干什么，以及，假装来说吧，干点别的什么能马上藏匿、添补、守护自己的事。讲到《活下去》的写作和成功，是宣示或斥责那类狂热的幻想。并非没有重复，只是一言不发过场。"（Derrida，"Living On"，p. 176）这个范例说明了移植的复杂性：以杜撰或提出某种解释，来评论另一个文本，也评论自身的移植，这本身也是超越了那一解释的一种补充。所谓一言不发过场，乃是以辨认它一言不发过场的行为来发言，这是一种重复被批驳内容的批驳。

如果说一个文本对它自身程序的描述，总是一种在这些程序上添加上什么的嫁接，那么还有种与此有关的嫁接，即分析家借文本的陈述来演示它自身的被阐说过程。问及文本所做的和它所说的怎样发生关系，人们经常发现一种盲乱式的重复。一个突出的例子是德里达《思考：论"弗洛伊德"》一文中对《超越快乐原则》的阅读。有鉴于弗洛伊德讨论的是快乐原则的一统天下——考察什么东西避过它来实施统治，以及是不是有任何东西逃出它的影响——问题便出现了：弗洛伊德本人的文字是否被他所描述的过程辖制，或者就是这些过程的一个实例？这个问题在言及他的外孙恩斯特现今尽人皆知的"去/来"（fort/da）"游戏"的那一章中，更是特别有针对性。德里达说：

> 在《超越快乐原则》的写作中，在如此认真写这本书一如沉思的游戏中，他把他所说的他的外孙认真在干的事情，叠加在了说话间他本人在干的事情上面。此间令人如在云里雾里的异义反复，在

于这个"超越"位于……PP（Pleasure Principle and Pépé，快乐原则与外祖父）的重复的重复之中。

叠加：他（外祖父的外孙，外孙的外祖父）强制重复了重复，然而它哪儿也未去，从未走出一步。他重复了一个由抛出，或装作抛出……这里是由那个木头绕线轮表征的快乐、快乐对象或快乐原则构成的运动，这个木头绕线轮据信代表着孩子的母亲（以及/或者，如下文所见，处在女婿位置上的父亲，作为女婿的父亲，另一个姓氏），以便将它一次又一次拉回。他佯装要抛出PP，以便一次次无限反复地把它拉回。……结论：它总是在那里——我总是在那里。达。PP保留了全部权威，从未离开过。（Derrida, *La Carte postale*, p. 323/ "Coming into One's Own", pp. 118-119）

弗洛伊德对快乐原则的潜心处置，如将它抛出以便将其拉回，是通过把他对他外孙的描述加诸他自己的话语而得到阐释的。德里达继续说："这一关系，严格来说并非一种重合，亦非平行、类比和并存。连接两种描述的是另一种必然：它虽然殊难命名，然在我于此重申的精心筛选出的有趣阅读中，其重要程度显然非同一般。"

不管我们叫它什么，我们都应谨防认定德里达在开拓文本潜在的自我参照性时，是在重复现今相当流行的批评手法，即把文本说成是旨在描述它自己的意指过程，故而据信便解脱束缚，成为自我包容、自我解释的审美客体而自行其道。德里达表明，将文本自身的程序纳入它描述的对象之内，并不会产生一种在场意义上的连贯性和透明度。相反，这类自足自主混淆了文本的边界，使它的程序变得极为可疑，因为它使人不复能确定究竟弗洛伊德本人的程序是他正在探究之结构的一种机敏的转移不定的重复，还是结构的动作是某一特定写作实践的结果。德里达说："它跛得厉害，闭锁得厉害。"（Derrida, *La Carte postale*, p. 418）

这类分析是解构主义的主要活动之一，它把话语视作被分析结构的再现，并探讨了这一转移的颇具破坏态势的洞见：它关系到涉及文本陈述与其自身程序之关系的另一种嫁接，即早先某个阐释嫁接的颠倒。凡一个文本声称分析或阐说另一个文本，其间的关系或许事实上常应倒过来看：分析的文本反为被分析的文本阐说，后者先已包含了足以说明和反照分析家动向的内涵。德里达的《真理供应商》堪称最生动的例子，它颠倒了拉康对《失窃的信》的阅读，表明爱伦·坡的小说怎样先已分析了这位精神分析家的控制企图。（Derrida, *La Carte postale*, pp. 439-524 / "The Purveyor of Truth"）但就像大多数嫁接一样，这受制于进一步的嫁接。所以芭芭拉·琼生重复了德里达的嫁接，指出德里达分析拉康时采取的步骤，已经是德里达阅读的文本中先已预见步骤的重复，因此说明了"重复冲动的转移，从原初文本转向它被阅读的场景"（Johnson, "The Frame of Reference", p. 154）。德里达也说："每个文本都是一台机器，长着各种专门阅读其他文本的脑袋。"（Derrida, "Living On", p. 107）

另一种常见方式是选取一个默默无闻、罕为人知的文本，将它移入那一传统的主流之中，或者取文本中明显是边缘性的成分，例如脚注，植入一个关键性位置。《哲学的边缘》中讨论海德格尔的文章《实体与文字》，其副标题即为《关于〈存在与时间〉中一条注释的注释》。对康德《判断力批判》的分析集中在康德谈诸如绘画框架这类附饰的一段文字之上（"Le Parergon," in *La Vérité en peinture*）。在《书写与差异》中，对福柯的《古典时代疯狂史》的阅读，则专攻一小节对笛卡尔的疯狂观的分析。《弗洛伊德与文字的场景》这一篇影响深远的重要宣言，则讨论了弗洛伊德早先被人忽略的一篇散文：《关于神秘簿的笔记》。对卢梭的分析，更专执于一篇日期不定的朦胧晦涩的文章——《论语言的起源》，其分析又集中在专门谈文字的《附篇》之上。

对显然是边缘性内容的这一关注，使补充的逻辑起到一种阐释策略的作用：被逐至边缘地带，或被早先的阐释家弃于一边的东西，可能恰恰因为那些导致它们被遗弃的缘由而变得重要起来。的确，这一嫁接的策略是双重性的。阐释一般来说有赖于中心和边缘、本质和非本质的区分：阐释就是去发现什么是一个或一组文本的中心。而另一方面，边缘嫁接又在这些概念的内部运动，以颠倒一种等级，表明早先被认为是边缘的东西事实上恰是中心。但是，似这样赋予边缘以重要意义的倒转，通常并不简单促使认同一个新的中心（比如声称《判断力批判》真正重要的意义在于试图将各种不同的快感同艺术品的内部和外部联系起来），而在于颠覆本质和非本质、内部和外部的分野。如果边缘能成为中心的话，那么什么又是中心？"无比例的"阐释原是变幻无定的。

像这样在一个论点中依傍一个二元对立的两个方面，同时又试图倒置这个二元对立的两重实践，产生一种德里达在对"旧词新用法"（Paleonymics）的逻辑分析中发现的特殊嫁接：一面接上新的意义，一面又得保持旧的名称。德里达指出，考虑到文字被特征化的方式，言语亦是一种文字形式，这实际上进而促生了一种新的文字概念，一种包括言语在内的总体化的文字。但是，他保留了旧名，以此作为一种"干预杠杆"，同时在他有意转化的言语/文字这一等级对立命题上留下一个操作把手。对于旧词新用法嫁接于解构理论有多么重要，以下是一个广义的结论：

> 解构不是由一个概念跳向另一个概念，而是颠倒和置换某种概念秩序及它所组构的非概念秩序。比如文字，作为一个经典概念，它承担了许多次要的、被排斥的或强行被搁置一边唯需要时才被分析的属性。但正是由于这些我已列举的属性，它们的普遍性、普遍化和生成力量被解放出来，而移植到一个"新"的文字概念之上，它们总是"抵制着"早先的力量组合，总是把无以化解的"残余物"组构进编织着等级秩序的统治力量，简言之如逻各斯中心主义。给这一新概念留下文字这个旧称，是为保留"嫁接"的结构，即瞄住历史领域中某种卓有成效的"参与"，向它转化，向它作不可或缺的依附。它旨在于解构的展开过程中，给予其中一切相关成分以"交流"的机会与力量。（Derrida, *Marges de la philosophie*, p.393/SEC, p.195）

嫁接正是这样一种介入图式。

最后，德里达的文字还用与诗歌技巧有关的嫁接来打破传统思维习惯，开辟新的关系：探讨某一个词奠立的语音的、字符的、词形的、词源的或语义上的联系。*Glas*（《丧钟》）探索了以 gl 和 cl 为词头的许多词

第二章 解构

语间的关系。建议"放弃 gl，来看（traiter avec，论述和）tr"的 *La Vérité en peinture*（《绘画中的真理》），则解释了对 trait（线条、相貌、联系、笔触、轮廓、箭、投射、延伸、皮条、踪迹）一词发生的兴趣，将会引出什么：

> Plus tard, ailleurs, attirer tout ce discours sur les traits tirés, l'attirer du côté où se croisent les deux "familles," celle de *Riss* (*Aufriss*, l'entame, *Umriss*, le contour, le cadre, l'esquisse, *Grundriss*, le plan, le précis, etc.) et celle de *Zug*, de *Ziehen*, *Entziehen*, *Gezüge* (trait, tirer, attirer, retirer, le contrat qui rassemble tous les traits: "*Der Riss ist das einheitliche Gezüge von Aufriss und Grundriss, Durch und Umriss*," Heidegger, "L'Origine de l'oeuvre d'art"). (Derrida, *La Vérité en peinture*, p. 222.)

后来，在别处，把关于绘画特征（线条穿过，划出）的这场讨论，整个拉到两个"家族"的交会点上来，其一是 Riss（裂隙、正视图、草图、速写、轮廓、框架、素描、基础构图、轮廓图、概括），其二为 Zug, Ziehen, Entziehen, Gezüge（图形、画、拉、撤），以及集合了所有特征的合约："裂隙是把草图和构图、缺口与轮廓井然有序地画在一起。"

这些联系强调语词的词源学或词形学考证，在草图、轮廓和构图的中心找出了裂隙或者说空白，这便是将转矩加诸一个概念，影响其意指力量的不同方法。如上文的两个家族所示，尤其有意思的是，其根源都是一种"延异"的版式：作为空白的标记或图形。这些语词在新的视野中展示与其他语词的关系，如 marge, marque, marche（边缘、标记、步骤）等。或许最能说明问题的，是《柏拉图的药》一文中出现的 pharrnakon, pharmakeus, pharmakos 家族。这个案例看重描述，视其为解构主义阅读揭示的意指逻辑的一个范式。

在《斐德罗篇》中，文字被描述为一种 pharmakon（药），它既意指"良药"，比方说补救记忆的不足，又意指"毒药"。柏拉图把它作为一剂良药奉献给人类,而苏格拉底却视它为险象环生的毒药。Pharmakon 的这一双重意义,被证明对于文字作为一种补充的逻辑定位至关重要:它是一种治愈疾病和传染疾病的人为的外来物。Pharmakon 紧连着 pharmakeus(魔术师、巫师、囚徒),后者是柏拉图对话中用于苏格拉底和其他一些人的称谓。对他的对话者来说,苏格拉底是一位魔术师,他迂回说法,神出鬼没,人们相信,在一个陌生的城市中,他马上会被人当作巫师逮捕起来。果不其然,他在雅典被捕,喝下毒药(pharmakon),罪名是诱惑青年。

但是苏格拉底的巫术不是外在于哲学的一种技能,它本身即是哲学方法。在《克里底亚篇》中,一位祈祷者一开头就祈求众神"赐予我们最有效的药(pharnmkon teleôtaton),一切药中最有效者(ariston pharmakôn)和知识(epistēmē)"。这个文本因此"把逻各斯的哲学和认识论秩序,表现为一种解毒剂,一种刻写在 pharmakon(药)的总体非逻辑机制内部的力量"(Derrida, *La Dissémination*,p. 142/124)。虽然文字和 pharmakon 被表现为处在理性和自然秩序边缘地带的技能,指意活动的关系内部却隐藏了这一秩序的一种颠倒,进而视哲学为 pharmakon 的一种特定决定因素。Pharmakon(药)没有固定的确切属性,却拥有毒药和良药两种可能——苏格拉底喝下的毒药,对他来说亦是他得以解脱的一剂良药。德里达说,它因此而成为"共同的元素,一切可能之解体媒介。……Pharmakon 是'进退两难'的,因为它构成其内部埋伏了二元对立的元素,又构成使每一项回溯它的对项,颠倒自身,进入对方的运动和游戏,如灵魂/肉体、善/恶、内/外、记忆/忘却、言语/文字等。正是在这一游戏或运动的基础上,柏拉图建立了各种二元对立或者说区分。Pharmakon 就是差异的运动、轨迹和游戏"(Derrida, *La Dissémination*,pp. 145-146/127)。

Pharmakon 作为差异之条件的这一角色,为它与 pharmakos(替罪羊)的联系所进一步确证。驱逐 pharmakos 净化了城市,就像驱逐文字的 pharmakon 意味着净化了言语和思想。替罪羊作为败坏了城市的邪恶代表,被弃之如敝屣,以使邪恶回归它脱胎而出的外部世界,进而维护内外之分的重要性。但是出演这个邪恶代表而被弃之如敝屣的角色，pharmakos 必须从城市内部来选取，运用 pharmakos 来分出一个纯净的内部世界和一个堕落的外部世界，其可能性赖于它已先存在于内部世界，诚如排斥文字唯有在文字先已存在于言语内部的条件下，才能发挥纯化功能。"替罪羊的仪式，"德里达说，"因此是在内部和外部的交界线上举行，其间它的功能即是反反复复绘出踪迹。内向/外向。作为差异和分歧的本源，替罪羊既代表了内向的也代表了外射的邪恶。"（Derrida, *La Dissémination*, p.153/133）此间的表述，与他处一样，亦取决于重复。驱逐的含义取决于它所重复的仪式惯例。德里达发现，雅典每年都在重复驱逐替罪羊的仪式，而那一天恰恰也是那位饮药（pharmakon）而亡、故而成为替罪羊（pharmakos）的魔术师（pharmakeus）苏格拉底的生日。

有些关系如 pharmakon, pharmakeus 和 pharmakos 的互相嫁接，"延异"的双关意义或"补充"游戏等等，占据着怎样一种地位？许多人会说，它们是哲学中嫁接的例子，而德里达是坐享歪打正着的收获。罗蒂说："有关德里达的著作，最令人吃惊的莫过于他爱用多种语言的双关、儿戏式的词源学溯引，典故无处不在，语音和排印上也暗设机关。"（Rorty, "Philosophy as a Kind of Writing", pp.146-147）这些人之所以震惊，是因为他们认为在权威的哲学操作和串玩把戏之间、炫耀和实质之间、偶然的语言或文本构造和逻辑或思想本身之间作出区分是天经地义的。德里达文字的丑闻，是试图赋予"偶发性"相似或连接以"哲学"地位。Pharmakon 既是毒药又是良药这一事实，就像"处女膜"（hymen）联姻了一张膜和对那张膜的穿破，"传播"了精子（semen）、种子（seeds）和语义因子（sèmes），听见又理解了某人自己说的话——这些都是关于语言的偶发性事实，同诗有关，却非哲学之普遍性话语的结果。

我们很容易回答说，解构理论拒绝区分诗和哲学，或区分偶然的语言特征和思想本身。但这样回答虽无困难却并不正确，它是一种对简单化指控的简单化反应，是一种带有某种弱点的反应。德里达说，人用两只手来写字。如现在我们可预料的那样，答案是双重的。以"处女膜"

(hymen)为例，它出现在马拉美一次意味深长的哑剧讨论中：

> La scène n'illustre que l'idée, pas une action effective, dans un hymen (d'où procède le Rêve), vicieux mais sacré, entre le désir et l'accomplissement, la perpétration et son souvenir: ici devançant, la remémorant, au futur, au passé, *sous une apparence fausse de présent*. (Mallarmé "Mimique," quoted in *La Dissémination*, p. 201)
>
> 这个场景阐明，不是一切事实上的行为，而仅仅是观念，在一张沾染了邪恶与神圣的处女膜（从中流出美梦）中，于欲望与实现、秽行与回想之间，一边在期望，一边在回忆，在将来、在过去、在现在的虚假表象之下。(p. 175)

这里，"处女膜"是欲望与其实现之间的一场婚姻，是取消了它们之间对立和差异的一种融合。但是，德里达强调说，处女膜也是一张膜，欲望与其实现之间的处女膜，恰恰也是分开它们的东西。我们见到"这样一种运作，它'同时'引出两个对立项之间的融合或混合，又岿然不动立在它们之间"，这种双重的且未有可能的运作，有鉴于上述理由，显然就是"un hymen vicieux et sacré"（沾染了邪恶与神圣的处女膜）。(Derrida, *La Dissémination*, p. 240/212)

既阐说了这张难以确证的处女膜的内涵，德里达便接着投身于叙说他的步骤及其含义，陈述了他可能称为右手书写的答复，以回敬称嫁接为无聊之举的攻击：

> 这里的问题不是用"处女膜"来重复黑格尔用德语词如 Aufhebung, Urteil, Meinen, Beispiel（扬弃、判断、意指、例证）等等作出的论断，惊叹这幸运的偶合，将一种自然语言浸泡在玄妙的辩证法之中。问题也不在于某个词或概念词义之丰富，语义之开放，它的深度和广度，或某一对矛盾能指（如延续与断裂、内与外、同一与差异）之间的积淀内容。问题在于构成且分解了这一切的形式和句法的活动。我们显然似乎在将这一切归因于"处女膜"这个词。虽然一切都在使它成为一个无以代替的能指，但这实际上是一个圈套。这个多义词并非不可或缺；我们对语文学和词源学的

第二章 解构

兴趣完全是第二位的，"处女膜"既失，也不会使"模仿"丧尽元气。这里的效果主要源自一种句法，它以这样一种方式处置"之间"（entre），使悬念无涉语词的内容，而仅与它的位置有关。"处女膜"不过是又一次标出业已示明的"之间"的位置而已，即使它不在，位置也依然明确。如果我们以"婚姻"或"犯罪"、"同一"或"差异"来替代"处女膜"，效果将依旧，只不过失却了我们尚未忽略的某种经济简约或蓄势累积。（Derrida, *La Dissémination*, pp. 249-250/220）

因此在这一方面，为遵奉哲学论争的前提，德里达回答说，是的，"处女膜"有这两种对立意义的事实，是法语中的一个偶然现象（碰巧拉丁语和英语中亦然），我发掘它，是因为它有力且又经济地呈现了一种有分量的潜在结构。"延异"有幸结合了一个差异的结构和一种延宕的艺术，但它却并不依赖法语中词法和词汇的这一特征。柏拉图以"药"形容文字，以"魔术师"形容苏格拉底，奥斯丁把虚构的话语说成是"寄生性的"，这些事实之所以重要，是因为它们是运转在这些论点中的一种深层逻辑征兆，即使这些特定的术语消失不见，这一逻辑无疑也会以其他方式显现，因为它牵擎着话语领域最为基本的各类连接。

一方面，解构主义接受了话语的表面特征及其潜在逻辑之间或语言的经验特征及思想本身之间的分野。当它专执于文本中的比喻或其他边缘性特征时，它们就是导向真正重要内容的线索。当它引用词典中某个词条下排列的各种义项，或被词法和词源学联系集合在这个词周围的意义疆域时，是意欲通过这些偶然的联想，把在各种伪装下重现自身，且指向一种似是而非逻辑的联系夸大。关于"播撒"（dissémination），德里达说："这个词有好运气……它有力量经济地凝合起语义（semantic）差异和精液（seminal）漂移的问题，与此同时，又揭开了它们的面纱，这是概念与精子的不可能的（一元中心的、父系的、家族的）再协调。"（Derrida, "Avoir l'oreille de la philosophie", p. 309）德里达不是在玩语词游戏，他把赌注压在语词身上，胸有成竹地调遣它们，眼睛盯着更大的赌注。唯其如此，他才热衷于处理哲学话语。

但是另一方面，在左手书写的答复中，背靠文本和语言的构造，如《柏拉图的药》所为，人们怀疑是否真能在语言或文本的结构与思想的结构之间、偶然与本质之间作一划分。难道不会是被视作纯出偶然而弃置一边的关系中，也包含了被认为是本质的东西？论证哲学文本中诗的或偶然性因素的显而易见的重要性，其实暗示哲学有可能被视为一种总体化话语的特殊形式。的确，解构主义阅读之所为适在于此。不以哲学文字为关于立场的陈述，而把它们看作文本——为种种机敏的和盲乱的迫切需求所构架的参差不齐的话语——解构阅读认真拣起哲学可能会视作表现和在场的意外事故而弃之不顾的明显的细枝末节成分，揭示了这些据信是陈述性文字的惊人的行为性维度。在集中分析卢梭的"补充"、柏拉图的"药"、康德的"附饰"所采用的修辞策略时，德里达事实上使哲学成了某种原型文学的一个分支，打破了视文学为认真的概念话语之不认真的边缘的等级体制。

这一解构导致的颠倒错位，一些最为明显的证据见于哲学中对隐喻的思考。从理论上说，隐喻是哲学话语的偶然性特征。虽然隐喻在表现和说明概念中可能扮演了一个重要角色，但在原则上隐喻应与概念，与概念的相宜性或不相宜性区分开来。事实上，将本质概念与它们得以表现的修辞区分开来，正是哲学的一个基本任务。但是当我们试图去执行这个任务时，不仅难以发现非隐喻概念，就连用来界定这项哲学使命的术语本身也是隐喻性的。在《范畴篇》中，亚里士多德提供了各种通过识别和阐释隐喻来澄清某种话语的技巧，但是德里达发现："对清晰和模糊标准的申求，本身足以确立上面提到的论点：对隐喻的全部哲学界说先已为'隐喻'所构成，受了它的影响。何以一段知识或话语'确切'地说是清晰的或模糊的？在隐喻界说中，一切出演了某种角色的概念，总是有一种本身即是'隐喻'的本源和力量。"（Derrida, *Marges de la philosophie*, p.301/ "White Mythology", p.54）所谓一段话语中可能会有非隐喻的成分，这本身就在很大程度上有赖于比喻之力的概念。

"概念""根本"和"理论"的价值是隐喻性的，拒绝被人作超隐喻的分析。我们无须坚持那种付诸视觉的隐喻，把每一种理论观点都暴露在光天化日之下。"根本的"涉及渴求坚实和终极基础,对于建筑业来说,基础即是一个人工结构的支座。这类隐喻的动力有它自身的历史,对此海德格尔已经暗示了一种阐释。最后,概念的概念并非无法保留,虽则它将不复被化解为权力姿态的模式,被化解为望文生义,被化解为视其为客体来把握掌控事物。(Derrida, *Marges de la philosophie*, p. 267/23-24)

保罗·德曼在探究了洛克、孔狄亚克和康德辨认并控制比喻的企图(康德注意到"基础""依赖""追随"都是隐喻)之后,表明试图控制隐喻并不能将自身从隐喻中抽绎出来,在每一实例中,字面义与隐喻义之间至为关键的区分总是要归于崩溃。"由此导致的不确定性,归因于把比喻义和字面义、文学和哲学对立起来的二元模式的不对称性。"(De Man, "The Epistemology of Metaphor", p. 28)字面义是比喻义的反面,但是一个字面义的表述亦是一个其比喻义已被忘却的隐喻。哲学话语被指责为文学,是因为它有赖于比喻,即便当它以比喻的对立面来界定自身之时。

因此,针对开掘偶然性的指责,后半部分的答复将转换偶然与本质的对立位置,说明被认作是诗的和偶然的关系,先已在概念秩序的心脏中运转了。对于哲学来说,恐怕没有什么途径可使它自身从修辞中解脱出来,因为似乎没有办法来判断它是不是解脱了自身,这类判断的范畴同被判断的事物纠葛成一体,难分难解。哲学的话语拥有各种特征,因为这些特征我们给一个文本贴上哲学的标签,但是这发生在一个总体的文本肌质之内,其中形式的可重复性、它们和其他形式及语境的关系、语境本身的延伸性,这一切都阻碍了意义形成严格的边界。"替罪羊"不断被逐出城市以保持其纯洁,但是驱逐隐喻、诗、寄生的、不认真的,这之所以可能也仅仅是因为它们先已居住在城市的中心:它们不断被发现就居住在那里,这正是为什么它们能不断地被驱逐。

面对哲学家的指控,左手书写和右手书写的答复在某种程度上难以协调,无法合而为一、贯通一气。由于这一缘故,对许多认为逻辑上不容许批评家一面接受并启用某种区分,一面又对它提出异议的人来说,它很可能根本就不成其为一种答复。问题因此变成逻辑能不能强制解构主义接受它的禁令,把它的法则有效地加诸解构理论。虽然对这一双重程序的反对意见经常见于这样一种修辞格,但它背靠的不是某种法则或道德的权威,而是物理的和经验的不适合性:解构的程序被称为"锯断坐在屁股底下的树枝"。事实上,这很可能是解构之恰到妙处的写照,因为虽然不合常规,也担着一点风险,但这种做法却显然是可予企达的某种行为。拉动锯子的时候,人们可以也满有可能继续坐在正被锯的树枝上面。如果当事人甘冒风险的话,那么他在物理上和道德上绝无阻碍。因此,问题又变成他是不是愿意干净利落地把树枝锯断,在哪里和怎样落地。这是一个相当棘手的问题,要作出回答,他必须对整个局势有全面的了解:落点的回弹力、工具的效能以及地形等等。这是精确预测他作业结果的一种本领。如果说,"锯断坐在屁股底下的树枝",对一般人来说显得莽撞可笑的话,对尼采、弗洛伊德、海德格尔和德里达而言却不尽然,因为他们怀疑若是他们跌落的话,是不是会有"地面"来承受他们。所以最有见识的行为莫过于横锯一气,干脆把那些俨然如教堂一般的大树稀里哗啦解构个四分五裂,人类就是在这些大树中搭起太平盛世的安乐窝的。①

我强调解构的双重程序,是因为流言倾向于把每一种步骤都简单化,由此把解构看作一种废除一切区分的努力,所剩者既非文学,也非哲学,唯是种浑然一体的总体文本性。相反,文学与哲学的区别对解构的参与力量来说至关重要。譬如,它说明对一部哲学著作最为忠实的哲学阅读——一种质疑它的概念及其话语基础的阅读——乃是将作品读作文学,读作一个其要素和顺序均为各种文本之需所确定的虚构的、修辞的结构。与此相反,对文学作品最有效、最相宜的阅读,将是把作品看作是哲学姿态的阅读,梳理出它们与为其奠基的诸哲学对立命题的内在关系。

综上所述,我们可以说,解构一个二元对立命题,诸如在场/缺席、言语/文字、哲学/文学、字面义/隐喻义和中心/边缘等等,不是摧毁它,留下唯见缺席、文字、文学、隐喻义或边缘的一元论。解构一个二

---

① 我感谢威廉·华纳在回应我评论"锯断坐在屁股底下的树枝"时提供了这个句式——时当他谈论尼采的《快乐的科学》中禁止"危险地生活"!

元对立命题,乃是取消对立,转移它的位置,置之于不同的背景之中。从程序上说,这牵涉到几个显见的步骤:其一,说明二元对立命题是形而上学和意识形态的涩果。因为:(1)它的前提及出演的角色均出于形而上的价值体系,辨别它们将是一项需要广泛分析一系列文本的任务;(2)它在说明它、支撑它的文本之中分崩离析。其二,同时又维护二元对立命题,通过两种途径:(1)运用它展开论证(言语和文字,或文学和哲学的概括,不是应予否定的错误,而是论证的主要资源);(2)颠倒它,给予它不同地位和影响,恢复其原状。当言语和文字被区分为某种总体化原型文字的两种版式时,其含义与文字被当作言语的不完备技能性再现是不同的。解构主义的颠覆视字面义语言为其辞格已被忘却的比喻,而不是固有的、正常的字面义的离格,这种情况下,对于讨论语言功能至关重要的字面义和比喻义之分,其运作也是有所不同的。

似这样以一种双重步骤,既内化又外化先时的范畴和分界,解构理论显得含糊其词,阵脚也不稳固,特别容易受到攻击和误解。它驻足于差别又对它们大肆攻讦,开掘二元对立命题又有意回避它们的哲学内涵,这就使它总是要两面受敌:一方面被斥作恣意妄为,是意欲摧毁一切秩序的无政府主义;另一方面又被视为它所谴责的等级体制的帮凶。它不是宣布为建构一种新秩序或新综合提供坚实基础,而是一头扎入或附着在它所批判并欲移换的系统之中。如我们在讨论一些德里达式的嫁接时所见,解构主义的文字在涉及认真与不认真之分时,尤为暧昧。解构理论不愿放弃认真之言的可能性,不愿放弃声称在处理"本质"内容,然而依旧想遁出认真的束缚,因为它同样不同意"认真"的哲学思考先于语言之"表面文章"的说法。

哲学和哲学规划的这一左右摇摆的关系,其内涵很难说清,但于理解解构却至关重要。抽取哲学的特征以为逻各斯中心主义,德里达看出它的基本程式即是决定真理、理智、存在的性质,区分本质和偶然、浑然天成和矫揉造作。自笛卡尔以还,哲学的逻各斯中心主义便集中表现在它对认识论的关注上。如罗蒂对这一传统精辟深入的研究所言:

> 哲学作为一门学科，视自身为认肯或揭穿科学、道德、艺术或宗教之自命为知识的尝试。它有意把这尝试建立在它对知识和心智性质的特殊理解上面。比较文化的其余部分，哲学可以是基础，因为文化是各种知识主张的会合，哲学却审断这类主张。它能做到这一点，是因为它懂得知识的基础，并且在人类作为求知者的研究中，在"精神过程"或使知识成为可能的"再现活动"中发现这些基础。求知即是准确地再现外在于心智的东西。因此理解知识的可能性及其性质，即是理解心智得以建构这类再现的方式。（Rorty, *Philosophy and the Mirror of Nature*, p. 3）

现实是再现背后的在场，校正再现的是被再现之物，哲学说到底是一种关于再现的理论。

一个试求奠立基础的再现理论，必须把准确地再现所要再现的东西视为先已给定的在场。因此总有这么一种疑虑：任何一种据信是给定的事实，会不会事实上只是一种构造或产品，比方说，有赖于它意欲支撑的理论？不仅如此，真理或知识理论特有的问题，适是我们为什么应相信比之局部真理，我们对真理或知识的条件具有更为确证的知识。有一种实用主义传统经常争辩说，如果我们简单把真理界定为事物的"现状"，那么我们不仅不能把握我们现时的信念是不是真实的，因为我们必须承认它们有可能为将来的发现所推翻，而且把握不准我们成功进行了探究的标准是不是准确的标准。这些思想家说，真理不过是同某种论争和辩护构架有关，如约翰·杜威所言，真理是"可被证明的主张"[①]。构成真理的命题，都可根据现时通行的论辩模式来加以证明。与其坚持

[①] 转引自 Rorty, *Philosophy and the Mirror of Nature*, p. 176。这本书，特别是第3、4、6、7、8章，对于理解德里达大有裨益，因为它是一位分析哲学家对德里达所谓西方哲学的逻各斯中心主义提出的批判。罗蒂运用分析式论据攻击分析式体统，进而将系统性哲学家与"启迪式哲学家"区分开来，后者包括杜威、后期的维特根斯坦、伽达默尔和德里达。"伟大的系统性哲学家是建构性的，提供论据；伟大的启迪式哲学家是反应性的，提供讽喻、戏拟和格言警句。"（Rorty, *Philosophy and the Mirror of Nature*, p. 369）他认识到启迪式哲学家事实上也提供论据，但是坚持认为他们不应当这样做。不过，诚如德里达所指出的，倘若人欲投身于哲学，他必须提供论据，罗蒂本人发现分析式论据对于他推进启迪传统的启迪工程，是不可或缺的。启迪式哲学家必然要写杂交式文本。

命题和某些绝对状态之间的应合，莫若说我们见到的是种延续不断的对话，其间为论证一些命题又引出另一些命题，这是个永无穷尽的潜在过程，唯有当局中人感到满意或厌烦时才会休止（Rorty，*Philosophy and the Mirror of Nature*，p. 159）。对于视真理为应合论的理论家来说，真理倒是存在，就是我们永远无法知道我们是否认识了它。实用主义者主张，我们可以认识真理，因为真理即是可用我们的证明方法来加以证实的随便什么东西，而真理一旦关涉一系列可能发生变化的惯例程序和假设，他们说，真理便一如今天我们所掌握的模样，不复有更为坚实的基础了。

我们可能会忍不住将解构理论等同于实用主义，因为它为哲学传统提供了一种相似的批判，强调惯例和传统对话语探究的约束。恰如罗蒂笔下的实用主义，解构视表征为指涉其他符号的符号，而其他符号又指涉其他符号，如此，命题环环相扣，而据说为某个命题"奠基"的东西，被证明自身就是一个总体文本的组成部分。但是，把解构等同于实用主义有两个障碍。第一，解构无法满足于实用主义的真理观。求诸惯例传统，以为约定的证明方式所证实的东西为真理，是把规范当作一种基础，而如德里达在对奥斯丁和塞尔的讨论中所示，规范是排斥行为的产物。言语行为理论家排斥不认真的语例以维护约定俗成的规则，道学家排斥出轨行为以维护建立在一种社会规约之上的训诫。如果如罗蒂所见，分析命题以确定它们的客观性，意味着"考察在清醒和理智人士中有没有一种共通的看法，对据认为被证实了为真理的东西持有一致意见"（Rorty，*Philosophy and the Mirror of Nature*，p. 337），那么追求这一客观性，便只有排斥那些算不上清醒和理智人士的观点：女人的、儿童的、诗人的、先知的以及疯人的观点。我们经常发现一致意见，但一致意见被引为基础并不是先已给定的，而是一种产物——这一类排斥的产物。

有鉴于解构主义关注被排斥的事物，以及它在一致意见上提供的见解，故认可一致意见即为真理，或将真理限制在一个系统内部可予阐明的事物上，应当没有什么问题。的确，真理是为约定之合法程序所确证的东西这一观念,也被用来批判以过去事物为标准的真理观。由于解构理论试求既从内部也从外部来观察各种系统,因而它有意为这样一种可能性敞开大门:妇女、诗人、先知和疯人的偏执行为,有可能产生关于他们所在系统的真理,虽然在这些系统中他们处在边缘地位——那是与一致意见针锋相对,亦无从在正在成形的构架中得到说明的真理。

第二,解构对反思探索的态度有别于实用主义。就其最严格的意义而言,实用主义认为我们无法通过一种自省或理论探索的努力,跳出我们活动在其中的信仰和假设的框架,换言之,我们无法超越我们的惯例和信仰而来评估它们,所以,我们与其枉费心机顾虑这些事物,莫若取实用主义的态度,干好我们的事。解构,当然怀疑解决认识论问题的可能性,或事实上同西方思想的逻各斯中心主义一刀两断的可能性,但是,它反对实用主义盲目的自满情绪,使人不得不去反省其自身的程序和惯例构架。质疑某人自己的范畴和程序诚然有可能在洋洋自得中进行,但原理、策略则是毫不含糊的:即使我们原则上无法超越概念构架来进行批判和评估,自我反省的实践及将某人的实践理论化的努力,依然如近年来的文学批评史所充分表明的那样,促生了变化。理论探索并不会产生新的基础——在这一角度上实用主义者做对了。但是他们因此反对理论探索却是大为不该,因为理论确确实实促成了假设、惯例和实践中的变异。

维护这一观点,即真理可能出自边缘和偏执立场,是此一理论策略的组成部分,因为在质疑声称发现了某种基础或认识论上的权威立场的某人时,关键在于抵制旧的真理观,不再把它看成唯有在某个约定框架中方可加以说明的东西。"真理"在辩论和分析中出演如此不可或缺的角色,完全可能是因为它具有这一恒久的两元性,具有一种难以抹除的双重参照系。真理既是一个约定框架内可被阐说的事物,又是简简单单的事物的现状,不论有没有人能够相信它、证实它。

"真理"这一双重功能或游戏,其弹性可见于这一事实:那些为实用主义真理观辩护的人,一般来说并不因为真理是种可被证明的主张,可在我们文化的假设内部得以阐释,便认定他们的看法必是真理。相反,他们说,这是真理"是"什么,是关于真理的真理,虽然人们一般认为真理是在别的什么地方。

这里有种我们经常在哲学、文学批评和历史领域中遇到的悖论,它肯定还见于其他领域。拥护绝对主义、应合论真理观的人反对实用主义立场:真理带来所期望的效果,乃维护本质价值之必不可缺的。我们不必相信事实上真有可能企达真理,但是必须相信确有一种真理存在,它是事物存在的方式、某个文本或话语的真正意义,否则研究和分析将如堕迷雾,人类的探索将失去目标。实用主义者则回答说,不管相对主义带来什么后果,我们都必须接受它,因为这就是真理,即事物存在的方式:真理是相对的,赖于一种概念构架。两者都试图维护一种萌生了解构运动的立场,其间立论逻辑与立场本身产生了矛盾。

解构主义阅读类似于这一似非而是的局面:其中,一方面,逻各斯中心主义的立场包含了自身的瓦解;另一方面,逻各斯中心主义的否定又在用逻各斯中心的术语展开。就解构坚持这些立场而言,它似是一种辩证的综合,是一种更优越的完整的理论。然而,这两种立场结合之时,并未产生一个连贯无缺的学说或更高一级的理论。解构主义并无更好的真理观。它是种阅读和写作的实践,与说明真理的努力中产生的困惑交相呼应。它并不提供一个新的哲学构架或解决办法,而是带一点它希望能有策略意义的敏捷,在一个总体结构的各个无从综合的契机间来回游转。它在哲学的认真性中走进走出,在哲学阐释中走进走出。它虽然在一个散漫构架的内部和周围耕耘,而不在一块新的地基上建构营筑,却依然试求促生颠倒和移位的效果。我们已经讨论了相当一部分这类等级的颠覆,但是鉴于还有其他一些例子在实践上和理论上都极为重要,我们不妨先来阐释它们的解构主义含义,然后再来分析它们对文学批评产生的可能后果。

四、惯例与倒置

在《科系冲突》中,德里达说:

被人仓促叫作解构的那东西，如果多少还有一点轻重的话，它不是各类话语程序的一个专门系列，亦非在某一稳定的既定惯例遮蔽下来分析文本或话语的一种新阐释学方法。在分析使我们的实践、能力和行为成为可能，同时又统治着它们的政治和惯例的结构时，它至少也是一种选取立场的方法。正因为它从不单独关注指意内容，故解构不应与政治、惯例问题分开，而应寻求一种新的责任感，质疑从伦理学和政治学那里继承下来的代码。这对某些人来说政治意味太浓了一点，或许，会叫那些仅从司空见惯的马路标语中认识政治的人瞠目结舌。解构既非一种势将重新肯定有关结构的方法论改革，亦非不负责任的肆意破坏，那样做最为肯定的后果便是留下万事原封未动，巩固了大学内部最僵化的势力。

这是说，由于解构从不单独关注指意内容，而尤为关注话语的条件和假设、理论探索的框架等，因此它牵涉到统治着我们的实践、能力和行为的惯例结构。质疑这些结构，不管其结果会是什么——这一点的确不易预测——都可视作把不然会被认为是某种中性构架的东西政治化。质疑惯例的力量和结构，证明同解构讨论的问题休戚相关。康德那篇被德里达沿用原名撰文分析的《科系冲突》，讨论了哲学系与大学中其他系别（法律系、医学系、神学系）之间，以及与国家权力之间的关系。康德意欲界定哲学系的活动范围，以及其他系别的权力和势力可能加诸它的限制，这证明是在有所述之言和有所为之言之间划出了一条界线：前者是哲学或许能自由自在活动的王国，后者是为国家及其大学代理人保留的。当某种言语行为理论试图界定并维持这一对立时，出现的问题恰恰是激发了康德笔下大学中系别斗争的问题，转换一下形式，也是我们自己的问题。"文本以外一无所有"，就涉及政治的现实和它们被操纵于其间的形式而言，同指意活动的话语结构和系统或者说德里达所谓的"总体文本"不可分割。它们驻足于我们传统中的各种等级对立命题，很有可能也为这些等级的颠倒和移位所影响，虽然这类影响可能很久之后才能显现出来。

德里达对惯例和政治最为公开的参与是他同"哲学教育研究会"

(GREPH)的合作。他全面抵制了教育改革，因为那将削弱哲学在法国学校中的地位，使教育追随据说是未来工作市场需要的技术。哲学教育研究会为哲学所做的辩护包括对各种惯例促生的哲学概念进行批判，即对哲学如何卷入在纯哲学探索看来无关紧要的利害关系进行哲学分析，从而拓展了哲学的概念，使它成为一种明显关注知识、表征、学习和交流的政治内容的批判话语。通过攻伐哲学及孕育了哲学的那些等级分明的二元对立，哲学教育研究会有意改变它斗争的基础和目标。如克里斯托弗·芬斯克论及哲学教育研究会的《谁害怕哲学？》一书时所言，问题不在于一门叫作"哲学"的学科的地位，而在于作为"哲学"运行在惯例内外的或强或弱各种决定力量之间的较量。(Fynsk, "A Decelebration of Philosophy", p. 81)

对哲学本质的玄奥反思，与为特定目标斗争结合起来，殊为不易。《谁害怕哲学？》中异质多元的局面也说明了这一点。在访谈《括号之间》中，德里达强调他之所以对这一想法产生浓厚兴趣，"首先是因为它总是很难，因为我不知如何着手；没有先已设定的规划，它必须根据一种行为来设置，它总有可能失败，也的确每一次都在某种程度上失败了"。但他又说，他最感兴趣的是尝试去缩减空白或延宕：

> 譬如，简单地说，在这一依赖或反对惯例的工程和另一（同样简言之）哲学与理论解构的先进版式之间……我们必须重视某些空白，尽力加以填补，即便因为一些本质上的缘由我们不可能消除它们。比如这一直接政治解构的话语或实践与某种理论或哲学方面解构之间的缺口，这些空缺经常十分大，以至遮盖了它们之间的联系，或者使许多人对此视而不见。(Derrida, "Entre crochets", p. 113)

许多理论家强烈期望抹除这些空白。例如，在《马克思主义与解构主义》中，迈克尔·瑞安以不凡的辩论才气，描述了解构主义可能直接被用于政治目的的方式。但这类规划有虎头蛇尾之嫌：人们果真需要德里达来揭开右翼政治高论中的矛盾之处吗？尤为重要的是，它使人大惑不解什么是真正进步的东西，什么不是。德里达说，没有先已设定的规划,因为试图颠倒并因此移换西方思想中主要的等级二元对立的行为,向难以预测的变化敞开了大门。最抽象、最深奥晦涩的问题,可能比直接的、激烈的政治辩论更可能产生骚乱后果。这一股激进的潜能,或许归因于人们愿意从事无须预测其政治利益的理论探索。假如似德里达在《论文字学》中所言,未来的解构之光——一个与既定规范性决裂的未来——"只能被看成或表征为某种奇形怪状的东西"(Derrida, *De la grammatologie*, p. 14/15)的话,那么理论探索或许便应该允许录下奇形和怪状,而不向某种出于政治目的的神学俯首称臣,以求消除德里达所描绘的"空白"。德里达说,为避免对此一空白的必要抵制给保守传统留下口实,批评家必须继续"一如既往在两条战线、两个舞台上同时作战"——批判现存的惯例、解构哲学的二元对立——同时,又不忘质疑两者之间的区分。(Derrida, "Où commence et comment finit un corps enseignant", p. 67)

这就是说,解构分析潜藏着激进的惯例含义,但由于这些含义经常遥不可及、难以预测,因此它们并不能替代它们似乎只是间接牵连着的直接批判和政治行动。它们的激进潜能,可能赖于其过度且始料未及的理论追求中揭示出的惊人资源。如果理论的力量有赖于惯例化的可能性——就它能揭示我们借此建构、支配或改造世界的实践而言,它变成了一种政治力量——那么,它最激进的方面便受到了惯例化的威胁,且恰恰出现在质疑将特定理论话语惯例化的理论反思之中。举个例子,这正是人们在弗洛伊德的理论中发现的状况:它的力量有涉它颠倒等级、改变思想和行为的能力,然而对心理分析的惯例,人们多有争议,不少人认为其相当保守,因此弗洛伊德理论的激进力量所牵擎到的不是那些惯例,而是它们为继续其理论批判所提供的材料,这些判断是对各种惯例和假设的批判,包括心理分析实践的惯例和假设。

的确,弗洛伊德的理论是一个绝好的例子,说明显然是特殊化的或违背常理的探究,可以怎样倒转、移换将它置于边缘地位的二元对立命题,从而改变整个领域。70年代最有成就的理性探索之一,便是从解

第二章　解构

构角度对弗洛伊德著作所做的研究，把它们看作文本性的范例。① 这些阅读逐一列举了他文本中数不胜数的解构和自我解构的力量，使我们见到了弗洛伊德理论的另外一面。

理解弗洛伊德成就的一个方式，是借用我们在这一章中予以探讨的术语来对他进行分析。弗洛伊德一开始提出了一系列等级二元对立命题：正常的/病理的、清醒/疯狂、真实/想象、经验/梦幻、意识/无意识、生/死等等。在每一对命题中，第一项总是被认为是占据先位的完美实体，第二项只是它的否定或复杂化，位居第一项的边缘地带。第二项标示了不受欢迎的、可有可无的离格现象。弗洛伊德的研究解构了这些对立命题，阐明了我们之压抑第二项的欲望中的主导因素，说明任何一个第一项事实上均可被视作第二项所示之基础的一个特殊例子，它们是在这一过程中被转化了。理解边缘的或离格的一项，成了理解据说居先的那一项的先决条件。譬如，最为普遍的心理活动就是研究了病理例证才得以发现的。梦幻和奇思怪想的逻辑，亦被证明在解释作用于我们所有经验的力量之中至为关键。对精神病的研究是描述正常行为的钥匙，甚至"清醒"只是精神病的一种特殊形式，一种符合某种社会需要的精神病的说法，这也早已几乎成了老生常谈。又譬如，弗洛伊德不是以性为人类经验中一个高层次的特殊侧面，一种在特定时机作用于人们生活的力量，而是阐说它无孔不入的渗透性，使性的理论成为理解似乎明显非关性的行为，如儿童行为的先决条件。"非性的"成为弗洛伊德称为"扩展了的性"的一个特殊版式。（Freud, *Three Essays on the*

---

① 除了德里达《明信片》中的《思考：论弗洛伊德》和《书写与差异》中的《弗洛伊德与文字的场景》，亦可参见萨拉·考夫曼的《艺术的童年：四部小说分析》和《女人之谜》、让-米歇尔·雷侬的《弗洛伊德概述》、菲利普·拉库-拉巴特的《弗洛伊德与表征笔记》、埃莱娜·西苏的《虚构及其幽灵》、彼得·布鲁克斯的《狼人的小说》、辛西娅·切斯的《俄狄浦斯文本性：读弗洛伊德读俄狄浦斯》、内尔·赫尔兹的《弗洛伊德与撒沙子的人》和《三甲胺：弗洛伊德样板梦笔记》、罗道夫·伽歇的《元心理学的巫师》、大卫·卡罗尔的《弗洛伊德与本源的神话》，以及塞缪尔·韦伯的《弗洛伊德传奇》，包括《分叉者：片论弗洛伊德的〈巧智〉》《插曲，或片论机敏一刻》《它》。虽然拉康的"回归弗洛伊德"对于研究和讨论产生了决定性冲击，但忠实的拉康主义者们以学科为重，并没有成为弗洛伊德最具说服力、最精明的读者。当然，名著《精神分析中的生与死》的作者让·拉普朗希是个例外。

Theory of Sexuality,vol. 7,p. 134)这些解构主义颠覆赋予一度被认为是边缘性的东西以足以骄傲的地位,这当可解释弗洛伊德理论的许多革命性影响。以那个独一无二的怪物俄狄浦斯为正常的成熟型模式,或将正常的性作为一种本能的扭曲来加以研究,甚至到今天还是使人震惊的行为。

弗洛伊德式的解构最有代表性的例子,当然是意识与无意识间等级对立的置换。弗洛伊德说:

> 在有可能形成关于精神活动本源的任何正确看法之前,需放弃对意识的过高估计。……无意识是一个更大的圆圈,其中包括了意识这个小圆圈。每一种意识都具有某个无意识的原始阶段;而处在那一阶段的无意识,依然可被视为具有完全的精神过程的价值。无意识乃是真正的精神现实。(Freud,*The Interpretation of Dreams*,vol. 5,pp. 612-613)

对一个其中笛卡尔不过是最显见代表的强大人文主义传统来说,人文题材被限制在意识之间:"我"便是那思考、领悟、感知的存在。通过揭示和描述人类生活中无意识因素和结构的决定力量,弗洛伊德倒置了传统的等级,使意识成为无意识过程之一特殊的衍生范例。

但是,关于弗洛伊德的这一理论,有两种思考方式。其一常用于讨论心理分析治疗,借此我们见到一种倒置,它强调无意识的主导力量,然而依旧将无意识界定在意识的参照系中,作为被压抑或延宕的意识。经验被压抑了,降格为无意识,在那里它们发挥着决定性影响。精神分析揭开了它们隐匿的存在,使它们回归意识,而如人文主义传统所见,精神分析对象通过这一自我悉数复归自身的新的自我意识,从早先被压抑之观念的控制中摆脱了出来。假道这一思考方式,弗洛伊德的倒置给了无意识以特权地位,但是这样做仅使无意识成为一种隐匿的现实,基本上可以重被揭示,在一个更高的意识中重新得到协调。

弗洛伊德的构想固然经常向这类阐释敞开,但他也坚持在精神分析的无意识和他所谓的"前意识"之间划一条界线。所谓前意识,即是说其记忆与经验在一特定的时刻不甚明了,但在原则上可为意识所恢复。

第二章 解构

而无意识又当别论，它是无法企达意识的。[①] 不仅如此，特别是在那些精心阐发原始压抑、原始幻想和"后置"（Nachträglichkeit）或者说延迟的行为等种种详尽理论的著作中，弗洛伊德专门强调说，无意识并不意味着只是一层被压抑的实际经验、一种隐匿的现实。它由压抑与压抑的活跃代理人两个方面构成。诚如"延异"，其差异中的散播和散播中的差异无源却又有源，无意识也是一种非本源的本源，弗洛伊德称它为原始压抑（Urverdrängung），其间无意识既促生了最初的压抑，又作为压抑延续下来。如果说无意识的发现表明人文科学中从来没有简单明了的东西，思想与欲望先已重叠和分裂了，那么无意识本身亦非一个简单的隐匿现实，照弗洛伊德看来，它永远是一种复杂的、充满差异的产物。如德里达所言：

> 我们知道，无意识不是一种隐匿的、实在的、潜在的自我在场。它自设差异、延宕自身，这无疑意味着它充满了差异，同时又派出或委任代理人，然而代理人无地容"身"，无法在场，无以在某处成为"自身"，更不用说变成意识。从这一意义上来说……"无意识"不能像其他任何事物那样归为"东西"一类，不如说它是一种实在的或被隐匿的意识。这一激进的他者性关系到每一种可能的在场，可见于被迟延行为的无以化解的后果……在"无意识"的他者性中，我们交涉的不是一系列改装后的现时——过去或将来的现时——而是一个从不存在也不会存在的"过去"，它的将来永远不会是它以在场形式出现的生产或再生产。（Derrida, *Marges de la philosophie*, pp. 21-22/ "Differance", p. 152）

"后置"命名了弗洛伊德在他的病例研究中经常遇到的一种悖论境遇，其间精神病中的某个决定性事件，从来就没有作为一个事件在场过，而仅仅是后来被无意识文本机制构筑出来的。在狼人的例子中，为一系列主要梦境所作的精神分析，导致弗洛伊德得出这一结论：孩子在

[①] 相关讨论参见 Laplanche and Serge Leclaire, "The Unconscious: A Psychoanalytic Study", p. 127。

1岁半的时候目睹了父母交媾。这一"原始场景"在当时无甚意义或影响,但它被刻写在无意识之中,就像一个用陌生的语言写成的文本。4岁时,有一个梦通过一系列联想联系到这一场景,使之转化为一种创伤,虽然它依然被压抑着,只产生了一个被置换了的征兆:怕狼。至于关键性的经验,在狼人一生中起决定性作用的事件,从来就没有发生过。"本源的"场景本身不是创伤性的,弗洛伊德认为,它甚至可能是个动物交媾的场景,经迟延的行为转化为原始场景。我们无法追本溯源,使那一事件或原因呈现出来,因为它根本就不存在。

"恩玛"的例子也堪称经典,它从另一方面说明了无意识之文本的、差异的功能。恩玛将她对商店的恐惧回溯到12岁时发生的一件事,当时她走进一家商店,看见两个营业员大笑不止,吓得逃了出去。弗洛伊德追踪下去,上溯到她8岁时的一件事:当时一名店员隔着衣服摸了她的阴部。让·拉普朗希说:"在两个场景之间,一个全新的因子出现了——性反应的可能。"(Laplanche, *Life and Death in Psychoanalysis*, p. 40) 性的内容既不见于第一场景——当时她还没有意识到性的含义,也不见于第二场景。弗洛伊德说:"这里我们见到一个记忆产生影响的例子,这影响不是作为经验而产生的,在此期间,青春期发生的变化,使对记忆中的事作一不同的理解成为可能。……记忆被压抑了,只是'迟延的行为'使它转化成一种创伤。"(Freud, "Project for a Scientific Psychology", vol. 1, p. 356)

德里达说:"'迟延的后果'的不可化解性,无疑是弗洛伊德的发现。"(Derrida, *L'Ecriture et la différence*, p. 303/203) "无意识的文本先已交织了纯粹的踪迹和差异,其间意义和力度合而为———成为一个无处在场呈现出来的文本,由总是先已成为副本的档案构成。原稿是印本。万物始于再生。总是先已:这是说,我们在贮存一个从来没有在场过的意义,其指意的在场总是由迟延、补充重新构成,因为'迟延'亦指'补充'。"(Derrida, *L'Ecriture et la différence*, p. 314/212) 德里达在《弗洛伊德与文字场景》中讨论的弗洛伊德各种不同的精神模式,特别是神秘文字簿的模式,更进一步肯定了从"延异"角度来理解其理论的可能性。为再现那悖论场面——其间记忆不知不觉被刻写或复制在无意识之中却从不被感知,弗洛伊德求助于一种复杂的写作器械。从不显形于知觉表层的踪迹,被留在它的底下,成为没有本源的复制品。总之,在强调弗洛伊德文本异质性的同时,解构理论在他文本的文字中发现了许多大胆设想,对他表面上恪守不渝的形而上学前提提出怀疑。如德里达所言:"从总体上看,现时非为原生而是重建的,它不是经验之完美的、活生生的、绝对的建构形式,不存在纯然的、活生生的现时——这便是弗洛伊德邀请我们去追索的主题,它在形而上学史上的确举足轻重,虽然在一个概念的构架中略感不足。"(Derrida, *L'Ecriture et la différence*, p. 314/212)

解构式思辨最为显著的例子,是《超越快乐原则》中对死亡本能的描述。要说针锋相对的话,二元对立中的对立恐怕莫过于"生"和"死"的对立:"生"是正项,"死"是它的否定项。然而弗洛伊德说,死亡本能,即任何一种生物回归一种无机状态的根本冲动,是最为强大的生命力量,有机体"只希望以它自己的方式去死",其生命便是它生命目标的一系列延宕。显形于重复强制中的死亡冲动,使生命冲动的活动成为周而复始的总体结构中的一个特殊例子。如拉普朗希所说:"在这一起死回生的过程中……仿佛弗洛伊德的理论有种隐隐约约的必然性,它与生机论的解释水火不容,从根本上撼动了生命。"(Laplanche, *Life and Death in Psychoanalysis*, p. 123)弗洛伊德学说的逻辑导生了一个引人注目的解构主义倒置,其间"快乐原则似乎事实上是为死亡冲动服务了"(Freud, *Beyond the Pleasure Principle*, vol. 18, p. 63)。

阅读弗洛伊德,涉及深深积淀在我们思维中的另外一种对立,它的解构将会带来更为直接的社会和政治后果:"男人"和"女人"的等级对立。一些作家声称这是原生的对立命题,其他一切皆奠基于此,而照埃莱娜·西苏的说法,逻各斯中心主义的目标——虽然它不会承认,向来是要建立阳物逻各斯中心主义(phallogocentrism),为一个男性的秩序奠定理性依据。(Cixous, "Sorties", pp. 116-119)且不论它是不是形而上学对立命题的范例,男人/女人显然是一个等级结构明显见于无穷形式的二元对立:从《圣经》中的生成描述——女人系由男人的肋骨所造,作为他的补充或"配偶"存在,到英语中 man(男人)和 woman(女人)语义、词形和词源上的联系。

在这个例子中,被设定的等级一目了然,解构这个等级的理由也属显见。但我们还能见到,当德里达坚持认为否定一种等级关系尚嫌不够之时,他是多么正确。简单申求文字对言语或女人对男人的平等关系几无裨益。甚至里根的共和党政府,讲到平等,也不过是口头说说而已。德里达说:"我坚决再一次重申倒置状态的必要性,对于这一点人们投以怀疑也许是操之过急了。……忽略倒置,即是忘却二元对立命题的结构是冲突和从属的结构,因而便草草敷衍过去,从原先的对立中一无所获,却转向一种'中立',它'实际上'使事物停留在它们原先的状态,剥夺了你有效的干预机会。"(Derrida,*Positions*,pp. 56-57/41)① 肯定平等并不能摧毁等级。唯有在包括一种转换或颠覆时,解构才有机会来置换等级结构。

解构这个二元对立,需要探查各种话语(包括精神分析的、哲学的、文学的、历史的)怎样通过以边缘性质的语汇来概括女性而构筑一个男人的概念。分析家试求找出这些话语的自相矛盾之处,进而揭示其等级限制偏悖的、意识形态的性质,颠覆其意欲设立之等级的基础。德里达式的解构之所以可能佐助这些研究,是因为德里达于研究文字处理中发现的操作,亦见于对妇女的讨论。有如文字,妇女也被视为一种补充:讨论"人"(man)可以不必言及女人,因为她被认为是一个特殊例子,从而理所当然地被包括在里边,即使她被分离出来考虑,也依旧限定在男人的背景之中,作为他的他者。

赞美妇女显然有悖于这一结构,但它与德里达于赞美文字中现出的逻辑相吻。当一个文本似乎在赞扬文字而不是将它视为一种补充的技能时,赞扬的对象被证明是种比喻意义上的文字,与日常的、字面意义上的文字不同。譬如,《斐德罗篇》中,将真理写在灵魂中的文字有别于

---

① 这段引文中的第一句话《立场》(*Positions*)英译本中并没有。

第二章　解构

"空间中"的"感性的"文字；而中世纪，《自然之书》中被人高歌的上帝的文字，与人类书写在羊皮纸上的文字很难说是一回事。（Derrida, *De la grammatologie*, pp. 26-27/15）同理，高扬女性地位，使之压倒男性——当然有的是这类极尽赞美之辞的传统——是将女人捧为女神，像维纳斯、缪斯、地母等，求助一种比喻意义上的女人，反照出真实中的妇女的不足。赞美妇女，或将妇女等同于某种强有力的力量或观念——真理是一个女人，自由是一个女人，缪斯亦是女人——实是将真正的妇女放逐到了边缘地带。妇女之为真理的象征，唯有当她与真理的实际联系被切断之时，唯有真理的追求者都是男人之时，才有可能。通过缪斯的形象，妇女成为诗的化身，也说明诗人是个男人。所以在为女性大唱赞歌之时，这一模式却否定了妇女在文学生产系统中的实际活动，把她们挡在文学传统之外了。

考察妇女在各种话语中的地位，可以揭示运行在这些微妙或并不微妙的压抑中的逻辑。然而其结果最有趣味、最具启发性的，莫过于考察精神分析的话语。精神分析具有特殊的重要地位，因为它已经成为我们关于性的主要理论和关于性别差异研究的权威。

精神分析对男人/女人这一二元等级对立欲作何言？或者说，这一对立命题在精神分析理论中占据什么地位？不难看出，在弗洛伊德的理论中女性处于补充和寄生地位。以阳具妒羡来界定女性心理，毫无疑问是阳物逻各斯中心主义的表现：男性的器官是参照点，它的在场就是规范，女性是依附在这个正面规范之上的一种离格、一种意外或一种负面的变形。拉康一派理论家固然会反驳这一看法，声称阳物（phallus）不是阴茎（penis），但他们也依然通过以男人的阴茎为纯然象征性阳物的模式，而再次认肯了这一结构。女人，如露西·伊莉格瑞的书名所示，是《不是性别的性别》，不过是男性的一种否定而已。女人不是长有阴道的生物，而是没有阴茎的生物，她本质上是通过这一缺陷得到界定的。

谈到幼儿的性，弗洛伊德毫不含糊地把女性置于派生地位。他说："我们现在必须认识到，小女孩是个小男人"，男孩子懂得"如何从他们的小鸡鸡上获得快感……小女孩在她们更小的阴蒂上如法炮制。似乎她们全部的手淫行为均在这个阴茎替代物上施行，因为无论男孩还是女孩，都没发现真正的女性阴道"（Freud,"Feminintiy", vol.22, p.118）。女性气质始于男人的性的一种衰减；当女性发现自己较男性低下一等时，性别区分便产生了。弗洛伊德说："小女孩注定要经历一瞬间的发现。她注意到某个兄弟或小朋友的阴茎赫然在目，占据了很大一块面积，马上感觉到它的优越性，觉得它远远胜过自己那小小的、不易察觉的器官。从那时起，她便成了一个阳具妒羡的牺牲品。"（Freud, "Some Psychical Consequences of the Anatomical Distinction between the Sexes", vol.19, p.252）据说，女孩从小便以男性为楷模。她不加怀疑，马上就认定自己脱离了常规。"她刹那间便作出了决断，"弗洛伊德说，"她看到了它，知道她没有它，希望拥有它。"随着这一发现，可悲的后果紧衔而至："她承认她是被阉割了，同时，也承认了男子的优越感和自己的卑微感。"（Freud,"Female Sexuality", vol.21, p.229）

嗣后，阴道的发现自然产生了新的结果，但阴道是某种外来的东西，照弗洛伊德的说法，阴道补充了女人那有缺陷的器官，但并未给予她一个自足的或独立的性别。相反，依赖和派生的结构依然在运行。成年女人的性集中在阴道上，由压抑阴蒂的性力构成，而阴蒂就其本质而言是男性的。女人是一个不完全的男人，她的性别是以压抑她最初的男性来界定的，故而女性心理归根结底依然可被概括为阳具妒羡。

关于弗洛伊德的男性偏见多可商榷，为此写下的文字也不在少数。他的语言暗示了他的立场：他谈到妇女"承认"了被阉割的事实，"发现"她被阉割了，以及她马上"认识"到男孩远为优越的器官等等。（Freud,"Femininity," vol.22, p.126）在《他者女人的窥镜》与《不是性别的性别》中，露西·伊莉格瑞发动了一场猛烈攻击，指出这位发现并瓦解了形而上学基础的激进理论家，在讨论女人时却是一个最为传统的哲学和社会假说的囚徒。但是与其摒弃弗洛伊德，如萨拉·考夫曼在其《女人之谜：弗洛伊德文本中的女人》中所为，不如认真地对待他的文字，看一看这个明显偏袒男性，把女人界定为不完全的男人的理

第二章　解构

论,怎样解构了自身。这样做并不是要信任作为男人的弗洛伊德,而是充分利用机会,从弗洛伊德的文字中学一点东西:如果这个芜菁并存的强有力话语在某一点上执着于未经证明的假说,那么文本内部为某种阅读所激发的力量,便势将把这些假说暴露在光天化日之下,令其窘相毕露。

考察的第一步是确定弗洛伊德的理论对性理论的建构要说明什么。在《思考:论"弗洛伊德"》中,德里达将弗洛伊德关于自己外孙的游戏所说的话,运用于他本人的快乐原则游戏。但现在我们面临的情势有些不同,因为弗洛伊德的理论清楚明白地讨论的是性理论的形成。有趣的是,被阉割的女人和阳具妒羡的理论,在一篇叫作《儿童性理论》的文章中,都是率先作为一种由男孩发展来的理论出现的,为三种"他本人的性别特征加诸他的虚假理论"之一。(Freud,"On the Sexual Theories of Children", vol. 9, p. 215)既然"不知阴道",男孩便认定每人都有一根阴茎,女孩的器官到时候自会长大。"妇女的生殖器,当日后见到时,被视为一种残缺不全的器官。"(Freud,"On the Sexual Theories of Children", vol. 9, p. 217)这一幼儿的性理论后来成了弗洛伊德本人的理论,假如将它置于弗洛伊德所描述的心理总结构之内,如萨拉·考夫曼所言,我们能发现,所谓妇女的性不完全的理论,并不仅是使男性成为规范,由此来判断一切,而是特别成就了某一种"规范的"男人的性。既然弗洛伊德强调阉割情结和阉割焦虑之不可抗拒的力量,妇女便要么成为恐惧或被嫌恶的对象,阉割可能之活生生的证据,要么便如《论那喀索斯主义》所示,完全就是一类优越的、自足的存在,本身十全十美,一分不多,一分不少。两种可能性都威胁到男人。故有关妇女的性和阳具妒羡的理论,实是控制妇女的一种方式:妇女越是妒羡男人的阴茎,男人的阴茎便越见完美无缺,从而的的确确是"优等的器具"。妇女的阳具妒羡再次确认了男人对自己性别的自豪,使妇女或者成为男人扬扬自得的资本,或者成为他性的对象。弗洛伊德说:"文明加诸爱的约束,牵涉到一个贬损性对象的普遍倾向。"所以作为性意向对象的女人,必须遭贬损。"一旦贬损的条件具备,肉欲便能自由地表现出来,巨大的性力和高层次的快感均得以产生。"(Freud,"On the Universal Tendency to Debasement in the Sphere of Love", vol. 11, pp. 187,183)诚如考夫曼抱怨说,派给女人的阉割运作,以其为不完全的性别,由此产生阳具妒羡,这是弗洛伊德为充分恢复文明人的性力而提出的"解决方法"。(Kolfman, *L'Enigme de la femme*, pp. 97-103)

有人会说,诚如朱丽叶·米歇尔在她开拓性的著作《精神分析与女性主义》中所言:"弗洛伊德没有更有力地谴责他所分析的东西,是一个遗憾……但我认为我们所能做的,唯有进一步进行分析。弗洛伊德对妇女的说明源出悲观主义,并不一定意指他对妇女状况的反动心态。"(Mitchell, *Psychoanalysis and Feminism*, p. 362)然而弗洛伊德毕竟毫不含糊地将阳具妒羡、阉割情结及其他女性因素表述为必然而非偶然的产物,认为它们不是妇女历史处境的产物,而是人类构成方式中不可避免的方面。从这一意义上说,他的理论作为一种非历史的必然性,证实了妇女的沉沦和男子的权威。不仅如此,有鉴于弗洛伊德本人的说法表明,男性是出于自身的性状态来营构这类等级结构的理论的,我们有充分的理由质疑把弗洛伊德的理论看作一种中性的描述的说法。

弗洛伊德的理论揭开自身的帘幕,表明它是一种产生于性冲动和性焦虑机制内部各种力量的男性的强词夺理。但是它还以另一种方式瓦解了自身。为使女性成为衍生的依存、男性的衰减版及阳物性别的压抑,弗洛伊德将一种原生的双性加诸妇女。如果"小女孩是个小男人",他注定要在她身上变成一个女人,那么,她一开始便是一个双性人。而正是基于这一角度,弗洛伊德提出了女性的问题:精神分析学家试求了解"一个女人如何培养一个双性气质的孩子"(Freud,"Femininity", vol. 22, p. 116)。没有此一原生的双性,世上只会有两种不同的性别:男人和女人。也只有通过设立这类双性,弗洛伊德才能视女性为衍生的、寄生的:先是一种低级的男性,后来通过对阴蒂(男性)的性抑制,呈现为女性。但是这一双性理论——心理分析的激进学说之一——也带来了"男人"和"女人"间等级关系的颠倒,因为其结果是妇女以其男性、女性两种模式的综合，以及一"男"一"女"两个性器官，成为性别的总体模式，男子不过是女人的一个特殊变体，成为她阳物阶段的延伸实现。如弗洛伊德所言，既然妇女有男性和女性两个方面，那么与其视女人为"男人"的变体，不如按照他的理论，更为确切地以男人为女人的一个特例。也许人们应当说，按照德里达的模式，男人和女人，都是原型女人的变体。

因此，通过对弗洛伊德作细致、灵活的细读，有可能表明，精神分析用以在男人和女人间建立起一种等级二元对立的活动，植根于颠倒这个等级的前提之中。解构主义阅读揭示，妇女不是身处边缘，而是位居中心，叙述她"不完全的性别"是企图建构一种男性的丰富完美，将证明是一般性别先决条件的复杂体搁置一边。男女间的二元对立暗示了每一项的本性，尤其是男性首尾如一、不言自明的本性。但是如肖珊娜·费尔曼所言，这个男性的不言自明的本性和"他声称拥有的控制权，证明不仅是性别的也是政治的幻想，而它们被双性的动力和男性与女性修辞学上的可转换性颠覆了"（Felman,"Rereading Femininity", p. 31）。无论我们集中来读那些掩饰了某个原型女人的文本，还是如考夫曼在《女人之谜》其他地方所做的那样，专执于阐释压力下揭示了母亲之决定性作用的文本，弗洛伊德的文字都可以说摧毁了精神分析的性别等级。

当露塞特·菲娜问及阳物逻各斯中心主义以及它与解构理论总体规划的关系时，德里达回答说，这个术语肯定了逻各斯中心主义和阳物中心主义之间的复杂关系。"它是同一个系统：一个父性逻各斯的确立……以及一个作为'特权能指'的阳具。（拉康语）我在1964年到1967年间发表的文本，只是为分析阳物逻各斯中心主义做了些准备工作而已。"（Derrida,"Avoir l'oreille de la philosophie", p. 311）两种情况中都有一个超验的权威和指涉点：真理、理性、阳物、"男人"。在对抗阳物逻各斯中心主义的各种等级二元对立中，女性主义直接面临着一个解构理论所特有的问题：论争一面以逻各斯中心的术语展开，一面又试图跳出逻各斯中心主义的体系，两者之间是什么关系？对女性主义者来说，这呈现为一个更为直接的问题：是将性别差异减少到最低限度，还是刻意把它高扬？是阐明妇女之精于"男性的"活动，进而追踪这一差异的历史进化，然后挑战二元对立性别身份这一观念本身，最终全面出击以求诘难、中和或超越"男性"和"女性"间的对立，还是接受男女之间的对立而赞扬女性，阐述女性的力量和独立性，女性在思想和行为上对"男性"模式的优越性？举个美国女性主义者争执不下的特殊例子：当讨论过去和现时的女性作家时，应当力求突出独树一帜的女性的成就，以至于在文学之城内形成一块孤零零的"女性文学"特区也在所不惜呢，还是坚持不以性别划分作者，描述某些特定的女性作家恢宏可观的总体成就？对女性作家来说，问题变成是采用"男性"的写作模式，证明她们自己也"掌握"了它，还是提倡一种特殊的女性话语模式，从而可望来阐述它的优越性。女性主义运动内部的纷争，常常火热到敌对的地步。这仿佛在所难免，因为必须要作出选择。但是解构的例子暗示了两条阵线上同时作战的重要性，即便结果是矛盾丛生，而并非步调一致的举措。试图中和男性/女性对立的分析文字固然至为重要，但是，如德里达所言，"这个二元对立等级总是在重建自身"，因此肯定被压制项的原生性，从策略上来说是不可或缺的。(Derrida, *Positions*, p. 57/42)

许多受解构主义影响的理论家孜孜于颠倒传统的等级差异，坚持女性的首要地位。在《突围》中，埃莱娜·西苏将男人阳物一元性别上的神经固着同妇女的双性相对照，认为后者会给予妇女格外的写作天分。男性拒绝并抵制他性，双性则在自身内部接受了他性，就如写作。"对男人来说，很难叫他接受他人横加干涉。写作通道、进口、出口，是羁留在我身体里的他者，是我又不是我。"(Cixous, "Sorties", p. 158) 女性的写作应当肯定这一与他者性的关系，应当从它更具有文学性，并能跳出男性支配控制欲望的优势中汲取力量。伊莉格瑞鼓励妇女认知她们作为"多产的大地-母亲-自然"的力量，以求引出一个连接这些术语的新神话。(Irigaray, *Ce Sexe qui n'en est pas un*, p. 99 and passim) 朱丽娅·克里斯蒂娃以"性高潮母亲"（la mère qui jouit）这一意象，倡导将母亲与性合二为一，并把艺术描述为"母性享乐"（jouissance maternelle）的语言。女性不仅是艺术和写作的空间，也是真理的空间，"le vréel"：无以表征的真理遥不可及，颠覆了男性的逻辑、控制、逼真秩序。（Kristeva，*Folle vérité*，p.11）考夫曼在其《女人之谜》中则阐发了弗洛伊德理论中母亲的原生地位：她不仅是有待破释之谜，而且是真理之师，弗洛伊德的"科学"是蓄意加诸妇女一种缺陷，因为她的自足看起来是那样危险可怕。考夫曼认为弗洛伊德和尼采笔下的妇女形象均是自恋式的控制狂或恐怖的鹰隼，考夫曼进而提出了正面的妇女概念：她不愿接受阉割为既定的或决定性的因素，而是肯定自身双重的、难以确定的女性特征。

似这般赞美女性的作家总是被指责制造神话，以新的女性神话来对抗男性神话。也许因为这一原因，当等级颠倒出自对著名文本的批判阅读之时，其最令人信服，就像考夫曼之说明弗洛伊德有厌女癖的文字明显认同了女性的潜在威胁和原生地位。但是，高扬女性应当伴以解构的努力，以置换性别的二元对立。阅读巴尔扎克的《金黄眼睛的姑娘》时，肖珊娜·费尔曼得出结论说："女性作为真实的他性，在巴尔扎克的文本中是盲乱的，因为它不是男性的对立面，反而颠覆了男性和女性的对立本身。"（Felman，"Rereading Femininity"，p.42）小说揭示，这就是女性气质独具锋芒的威胁。其他分析也表明女性，或者说"妇女"，怎样被认同为激进的他性——一切外在于或逃脱了男性中心的叙述及其等级范畴的事物。虽然妇女为我们文化中的语言和意识形态叙述所严格界定，但将这一激进的他性编码为女性，却有可能产生一个颠覆了男人和女人之间意识形态分野的新"女人"概念，极似置换了言语和文字间一般分野的文字。

这个新的"女人"概念同女性主义者心目中"真实的"妇女问题鲜有直接关联。克里斯蒂娃在一篇题为《无法界定的女人》的访谈中解释说：

> "某人是个女人"的信念，差不多就像"某人是个男人"的信念一样荒唐愚蠢。我说"差不多"，是因为还有许多目标妇女可以

企达：堕胎自由、避孕自由、幼儿日托中心分担照料职责、求职平等，等等。因此，我们必须把"我们是女人"用作广告和标语，来争取满足我们的要求。但在一个更深的层次上，一个女人不是什么可以"成为"的东西，甚至也不属于"存在"的秩序之列。……说到"女人"，我的理解是其无以描述也不曾有过描述，其超越名称术语和意识形态，并且高居它们之上。也有些"男人"熟知这一现象，这也是一些现代文本永无休止在表达的：审视语言和社会性的极限——法律及其侵越、控制和（性）快感等——而不是将一套留给男性，另一套留给女性。（Kristeva, "La Femme, ce n'est jamais ça", pp. 20-21/137-138）

这里女性主义者受到非难是理所当然的。因为这个解构，能量十足的原型"妇女"可不再意指为性别特征的历史描述所界定的事实上的人类，而成了一种水平线，使人得以用批判的眼光，把"性别特征""描述"及"主体"看作是意识形态强制所设。但这同样有涉赞扬妇女作品及文字的另一条战线。在第一章中，我们曾见到女性主义批评之如出一辙的分野：一边孜孜于高扬女性读者拥有或能够拥有的独特经验，一边沉溺于把"男性的"或"女性的"阅读展示为有待摧毁的意识形态的产物。如德里达所说，问题是，如何既填补这两个难以综合的格局之间的鸿沟，又不牺牲一端、偏袒一端。看来，将来还是有必要在两条战线上同时出击。

最后一个具有惯例意味的二元等级对立是阅读与误读或理解与误解间的分野。英语的词形系统使后一项依赖于前一项，是在原项上添加个mis-的衍生版本。误解是偶尔落到理解之上的一种意外，是仅仅因为存在理解这个东西才使其成为可能的一种离格。意外可能光顾阅读或理解，是一种经验上的可能性，它并不影响这些活动的本质特征。当哈罗德·布鲁姆提出"误解必然性"理论，大力传布他的《误读之图》时，他的批评者回答说，必然误读的理论，即声称所有的阅读都是误读，是自相矛盾的，因为误读的观念预示了正确阅读的可能性。唯有当真正的阅读被错过之时，一种阅读才能成为误读。

第二章 解构

这似乎极其有理,但是当我们更进一步时,另一种可能性出现了。人们试图划分阅读和误读,必然有赖于某种同一和差异的观念。阅读和理解保存或再造一个内容或意义,保持着它的同一性;而误读和误解则是歪曲作品,产生或引出一种差异。但是人们可以反驳说,事实上意义标志着误解的转化或修改,其同样运行在我们称之为理解的过程之中。如果一个文本能被理解,它原则上便能被不同的读者在不同的场合下重复理解。当然,这些阅读或理解的行为是各不相同的。它们涉及修正和差异,但据认为是无关宏旨的差异。因此我们可以说,在一个较其逆命题更为可信的构想中,理解是误解的一个特殊例子,是误解的一种特定的离格或确认。正因为是误解,故其疏忽也无关宏旨。在一个总体化的误解或误读中运行的阐释过程,既促生了所谓的误解,也促生了所谓的理解。

所有阅读都是误读的说法,还可为批评和阐释实践中最常见的现象所证明。鉴于给定文本的复杂性、比喻的可逆转性、语境的延伸性,加上阅读之在所难免的选择和组织,每一种阅读都可以说是片面的。阐释者可以发现一个文本中为早先的阐释者所忽略或歪曲的特征和含义。他们可以运用文本来表明早先的阅读事实上是误读,但他们自己的阅读又可能被后来的阐释者发现是残缺不全的,被证明其中多有含糊其词的假设或巧妙掩饰的盲点等等。阅读的历史乃是误读的历史,虽然在一定的场合下这些误读可以或已被接受为阅读。

视理解为误解的一个模式,这一倒置使人可以在蓄意和无意这两类误解之间维持一条变动不居的界线,但它依然具有显著的影响。它向这样一种假设发起挑战:仿佛误解作为理解行为之繁化或否定而出现,仿佛误解是种原则上应予以消除的意外,诚如我们原则上应当消除车祸,让每一辆汽车到达它该去的地方一样。韦恩·布思,这个关于理解的当代大师,这样界定理解:"理解是无论何时一个思想成功地进入另一个思想时的目标、过程和结果;同样,也是无论何时一个思想综合另一个思想之任何一个部分时的目标、过程和结果。"(Booth, *Critical Understanding*, p. 262)依布思的看法,误解纯然是该被否定的,是未能进入或综合某种等在那里有待进入或综合的东西。误解对理解就好比是负面对正面。另一方面,坚持误读的必然性则暗示两者的反照并非如上所说,而是阅读和误读、理解和误解,均为综合和洞见的实例。至于误读或误解何以能被看作理解行为,这是个复杂的问题,牵涉到许多条文规章无法说明的环境因素。例如,一段《圣经》寓言,人所公认的"理解",会因地而异,产生惊人的变化。

布思本人的《批评理解》为阅读之为误读提供了出色的说明。为表明什么是多元论,布思试图采纳并扩展肯尼斯·勃克、R.S. 克莱恩和 M.H. 艾布拉姆斯的批评实践。说明正确采用这些互相抵触的学说的可能性,与他利害攸关。故他殚精竭虑,以求达成一种和谐的、正确的理解。但是勃克和艾布拉姆斯都对他理论中的众多说法表示否定。布思说:"如果我们不能证明哪怕是仅仅一个批评家完全理解了'另外一个',那么我们该如何理解多元论者的断言,说他理解并拥抱了不止一个?"(Booth, *Critical Understanding*, p. 200)

我们可以得出结论,如艾布拉姆斯和肯尼斯·勃克所示,布思的理解是误解的一种形式:他的阅读就是一种误读,虽然是一种丰富的、小心谨慎的误读。在某些场合下,面对其他误读,我们可能会信任布思,以他的误解作为理解。但这能否发生有赖于一系列复杂的和偶然的因素。我们无须下结论说理解并无可能,因为看似完全相宜于特定目的和场合的阐释行为时时在发生;但这些阅读亦可以说是误读,我们有理由这么说。我本人对德里达的误读在某些语境中可能被视为充分的理解,但它同样可被攻击为误读。德曼说:"作品可被反复用来说明批评家哪里背离了它,怎样背离了它。"(De Man, *Blindness and Insight*, p. 109)

如芭芭拉·琼生所言:

"所有的阅读都是误读"这个句子,并不是"简单"否定真理的概念。真理被保存在谬误概念之发育不全的形式中。这不是说遥在天边有一种永不可达的真正的阅读,所有其他阅读均要受它检验,均被发现有欠完整。相反,它寓示:(1)某种阅读自以为"正

第二章 解构

确"的理由,为它自身的利害、盲目、意欲和疲惫所促生和驳回。(2) 真理的"角色"不致如此轻易被抹除。即使真理只是一种强力意志的幻想,仍然会有"某种东西"引人注目,当中非自我的强制力量扑面而来。(Johnson,"Nothing Fails like Success",p. 14)

根据德里达提出的旧词新用策略,"误读"保留了真理的踪迹,因为引人注目的阅读总是声称真理在握,阐释的构架也在图谋攫取为其他阅读所忽略或曲解的东西。既然没有哪种阅读可以逃避修正,那么所有阅读便成了误读。但这促生的不是一元论,而是一种双向运动。针对"既然唯有误读,那么怎样都行"的说法,我们肯定误读乃是谬误。针对"误读之所以是谬误,是因为它努力趋向一种真正的阅读却未能到达"的说法,我们又坚持真正的阅读只是特殊的误读:其疏忽处被疏忽了的误读。也许,对误读的这一解说算不上一种环环相扣、贯通一气的立场。但是,它的提出表明,它抵御了形而上学的理想化,抓住了我们阐释活动中转瞬即逝的动力。

如其他倒置一样,理解和误解之间关系的颠倒,也打破了一个各种惯例奠基其上的结构。对解构论者和其他批评家如布鲁姆、哈特曼和费希的攻击,经常强调说,如果所有的阅读都是误读,那么为我们的惯例所引出的意义、价值和权威的概念便受到了威胁。若每个读者的阅读与他人的阅读一样合法有理,则教师或文本应有的权威便荡然无存。这类逆转虽然倒置了被讨论的问题,却引导人们去思考什么是正统化、合法化或权威化的过程,而正是这些过程在阅读中促生了差异,使一种阅读能将另一种阅读示为误读。同样,以规范为离格的一个特殊例子,亦有助于质疑通过标示或排斥离格而设立规范的惯例力量及实践。

概而言之,二元对立等级的颠倒使驻足等级划分的惯例设置成了众矢之的,由此为变异的各种可能性打开了大门:它们很可能无甚结果、不了了之,然而在某一点上,却可能被证明至为关键。理查·罗蒂注意到,我们迄今尚未估算出弗洛伊德庞大芜杂却又不嫌其详的人类心理与人类行为再描绘的文化和社会后果,而是忐忑不安地生活在"加诸我们道德思考习惯之上的依然未被同化的精神分析影响之中"(Rorty,

"Freud, Morality, and Hermeneutics", p. 185）。弗洛伊德对各种策略性二元对立的解构，质疑了使用诸如"慷慨"/"自私"、"勇敢"/"怯懦"或"爱"/"恨"之类范畴的道德评价逻辑。但道德的语言及惯例中将会有何调整依然朦胧不明："我们依然处在疑虑的阶段，猜想'什么东西'势将改变我们的说话方式，但尚不知'何物'。"（Freud, p. 177）在现存价值的分崩离析中，德里达说，解构的当务之急是重新估价总体文本与被认为纯然外在于语言、话语或文字的另一种不同秩序的诸现实之间的关系。（Derrida, *Positions*, p. 126/91）"显然是局部的"概念的瓦解，因此具有一种更为普遍的意义，虽然其结果还殊难预料。

五、批评的结果

尽管阅读和误读的关系明显有涉文学研究，解构对文学研究的含义却远远谈不上清晰。德里达常常谈到文学作品，但迄今尚未直接论及诸如文学批评的使命、分析文学语言的方法或文学中意的性质这样的主题。解构对文学研究的含义必须予以明确，但这类明确何以企达却不甚清楚。比方说，所有阅读都是误读的论点，似乎并未产生可强使批评家做异样动作的逻辑结果，然而却很可能使批评家从不同角度来思考阅读，思考他们对阐释行为提出的问题。这就是说，这个例子和其他例子一样，其对一个二元对立等级的解构并不强制促生文学批评中的变化，然而它对于批评家如何动作却能产生举足轻重的影响。尤其是通过质疑批评思想一直想当然当作靠山的各种哲学的二元对立，解构提出了批评家必须或者视而不见或者孜孜以求的理论问题。通过打破批评概念和方法赖以立足的等级关系，它防止了把概念与方法当作既成事实，或仅仅作为可靠的工具来加以使用。批评范畴不只是用以生产完美阐释的工具，更是有待通过文本与概念的相互作用进行探索的问题。这便是为何今天批评似乎如此理论化的一个原因：批评家更乐意探究被他们分析的作品如何影响了批评范畴。

在进入第三章，讨论归功于德里达解构理论的文学批评之前，有必要来确定我们于此阐述的解构实践对文学理论与实践产生的后果。我们

第二章 解构

可以分辨出四个关联层次或模式。第一个，亦是最重要的一个，是解构对一系列批评概念的影响，包括文学本身的概念。但是解构也以其他三种方式产生影响：作为主题的渊源、作为阅读策略的范例和作为关于批评活动性质及目标的建议库。

（1）文学或文学话语的概念涉及一系列解构所关切的二元对立：认真/不认真、字面的/隐喻的、真理/虚构。我们已经看到，哲学家为发展一种言语行为理论，怎样建构了一种"普通语言"和"普通场景"的概念，而将所有不认真的话语作为寄生性的例外置之一边，其中文学自是首当其冲。将虚构性、修辞性和不认真性的问题放逐到一个边缘的附庸王国——其间语言尽可随心所欲、自行其是而不必担负责任——哲学生产了一种净化了的语言。借助多亏文学退居一隅方得保全的规则，哲学希望能够描述此种语言。因此，欲以认真的、有参照背景的、可资实证的话语为语言的规范，文学的概念便至关重要。

解构理论阐明，这些等级是被提出它们的文本的运作消解了。这一阐释改变了文学语言的地位。如果认真的语言是不认真语言的一个特殊例子，如果真理是其虚构性已被忘却的虚构，那么文学便不复是语言的一种离轨、寄生的例子。相反，其他话语可被视为一种总体文学或原型文学的不同状态。在《痛泉》一文中，德里达援引了瓦莱里的一段话：如果我们能摆脱我们习惯已久的假设，将会注意到"为其作品，即文字实体所界定的哲学，客观上是一种文学类型。……它的定位绝不能离诗太远"。德里达说，如果哲学是一种文字，那么——

> 一项使命紧随而至：在它的形式结构、它的修辞构架、它的文本类型的特殊性和离格性、它的阐述和生产的模式中来研究哲学文本。不仅如此，我们还要研究它的舞台空间（mises en scènes）和句法，这不光是把它的所指和参照物同存在或真理联系起来，还包括编排它的程序等一切内容形式要素。简言之，哲学因而被视为"一种特殊的文学类型"，它启用了某种语言系统的储备，组织调遣一系列比哲学更为古老的比喻的可能性。（Derrida, *Marges de la philosophie*, pp. 348-349）

把哲学作为一种文学类型，德里达教我们视哲学文字为拥有行为和认识两种维度的文本，视哲学文字为组织各种纷乱的力量，反过来也视哲学文字为这些力量所组织的参差不齐的构架。它们从不简单明确地呈现或控制其内在含义，而是曲曲折折地联系着各种其他文本，无论是书面的还是非书面的。如果说这一结构把哲学作为文学来看待，那仅仅是因为从浪漫主义时代起，文学便是最具有全面潜在势态的话语模式。一部文学作品，可以说是无所不纳，任何一种确断的模型均可安置其间。将文本作为哲学来阅读，是择其几点而不及其余；将其作为文学来阅读，则甚至在明显的细枝末节上也使人兴致盎然。文学分析并不因为某些局促显见的话语实践的规则，就排斥结构和意义的潜在可能性。

因此，我们见到的是不对称的结构："文学"对"哲学"、"历史"或"新闻学"，但文学可包括一切同它对峙的学科。这也符合某种文学经验：我们觉得我们了解文学，却又总是发现内有其他要素，它扩展自身以将其囊括进来。没有什么与文学格格不入，以至不能被纳入一本诗集。这一不对称关系同样也是菲利普·拉库-拉巴特和让-吕克·南希的《文学的绝对性》中出现的总体结构。这部著作分析了德国浪漫主义理论中现代文学观念的起源，其标题意指的便是不断筑入文学之不同描述之中的自我超越运动。文学是以追求它自身的特征而与众不同的一种文字模式，对文学性的质疑因此恰恰也是文学性的标志。小说包括了对小说的戏拟和小说理论。文学的本质是没有本质，是变幻无常、不可界定的，可包容任何可能外在于它的事物。这一奇怪的关系——文学超越了对它的任何描述并能兼容与它针锋相对的事物——部分再生于一个总体化了的文学概念，其中文学是它的一个分支。

但是，不应由此推断文学对解构来说是种享有特权或更优一等的话语模式。德里达注意到，瓦莱里将哲学作为文学类型的处理方式固然为一高明的策略，但除非以策略的眼光观之，否则，作为一种反应和干预，它将把人引回原地、重归"疑点"。任何声称文学优于哲学的说法，推测起来都基于这样的论点：哲学徒然期望跳出虚构、修辞、比喻，而文学则毫不含糊地宣告其虚构和修辞性质。但以阐述哲学文本的修辞性

第二章 解构

质来佐证这类说法，批评家应当知道什么是字面的、什么是比喻的，什么是虚构的、什么是非虚构的，什么是直接的、什么是晦涩的。他因此必须能在本质与意外、形式与实质、语言和思想之间作出权威性的区分。有意阐明文学的优越性，关键不在文学知识的高低，而依然有赖于这些基本的哲学难题。

对德里达来说，视哲学为一种文学类型并不必然说明文学话语或文学知识的优越性，两者都无法解决或逃避难以对付的哲学问题。不仅如此，称哲学文本忽略了某种东西——其自身的修辞性——尤其显得鲁莽仓促，而对这一点文学文本倒深为理解。解构阅读诚然表明，哲学文本在解构本身的论点，说明它们自身的策略亦是修辞所设，但它实际上是将这些文本划归我们不如称为知识的东西，而不是无知。当德里达称卢梭的《论语言的起源》"宣布了他想说的"，又"描述了他不想说的"，或将一个公开声明的意向刻写在"一个它不复能加以控制的系统之内"，他并非在这个文本中寻出了一些若在文学作品中将行之有效而此处却是败笔的东西。（Derrida, *De la grammatologie*, pp.326, 345/229, 243）相反，这个表现为文本自相矛盾的自我解构的结构本身，可被称为"文学性"的，诚如德曼所言，在这个文本中"卢梭正是在他的语言是文学性的这一点上，超越了逻各斯中心的谬误"（De Man, *Blindness and Insight*, p.138）。这里"文学性"似乎成为一个享有特权的范畴，这些话也使许多理论家认为德曼，也许还有德里达，赋予文学一种具有权威意味的特殊的认识论地位。然而德曼将"文学性"这一范畴用于所有的语言：哲学的、历史的、批评的、心理分析的以及诗的。凡预示它自身的误解和误读的，皆在此列："文学性的标准并不在于这一模式多么散漫，而在于语言之'修辞性'贯穿如一的程度。"（De Man, *Blindness and Insight*, p.137）这其实很难使人在一个话语中识别出文学性来，但它确实有助于表明，解构所生产的原型文学，并没有提供依据，以肯定诗、小说和剧作对其他作品的特权地位。

文学与哲学间等级关系的颠倒，亦未产生一种抹杀所有差别的一元论。我们见到的不是传统的二元对立——一边是认真的哲学话语，一边是边缘性的文学话语，试求假道虚构的迂回曲折以达认真——而是在一个原型文学或总体文本内一种变化无定的实用性分野。哲学具有它独特的修辞策略："比方说，哲学文本包括在它传达并普遍教授的所指内容面前消抹自身的规划——就像它的哲学特征那样确凿无疑。"（Derrida, *De la grammatologie*，p. 229/160）"瓦莱里提醒哲学家，"德里达注意到，"哲学是书写而成的。哲学家之为哲学家，唯有当他忘却这一点之时方才可能。"哲学的独特性因此在视哲学为文学似是抹杀了特征和差别这一观点的内部保存了下来。作为艺术作品来阐释康德的《判断力批判》，如德里达在《绘画中的真理》中欲做的那样，或来讨论阿尔托戏剧程式的含义，如他在《书写与差异》中所做的那样，均是要维持一种变动不居的分野。解构的目的是通过在一个总体的文学性或文本性内部重新描述文学作品与非文学作品的区别，来打破以往确定了文学概念的等级关系，从而鼓励将哲学文本当作文学来读，将文学文本当作哲学来读，如此等等，以使这些话语得以互相沟通。

　　除文学本身的概念，解构还通过瓦解潜在的哲学等级对一系列批评概念产生了影响。譬如，解构前文提到的字面义和比喻义这一对对立命题，就赋予修辞格研究以重要意义，使它成为规范而非例外，成为语言效果之基础而非一个特殊的例子。然而，与此同时，解构质疑任何严格区分字面义和比喻义的企图，也使这类研究变得更为艰难。如果，如德里达所言，"在于语言内部成为一种修辞方式之前，隐喻一直是语言本身的浮现"，那么，批评家便不能简单地在文本内部描述比喻性语言的功能，而必须同时认真考虑所有话语的修辞性可能，进而考虑"字面义"陈述的修辞根源。（Derrida, *L'Ecriture et la différence*，p. 166/112）如下一章所见，这常常使阅读文学作品有如阅读含义丰富的修辞学论文，用修辞术语引出关于字面义和比喻义的论点来。

　　在那些因质疑哲学范畴而被影响到的特殊辞格中，有"象征"和"讽喻"。浪漫主义美学以它们为有机的例子以对照机械呆板，以它们为动机明确的例子以对照任意专断。德曼在其论文《转瞬而过的修辞》中，把象征描述为一种显现，把讽喻同对语言和时间性的一种"可靠的"理解联系起来，由此发起一个逆转，使讽喻成为指意之原始模式，使"象征"成为特殊的、疑义丛生的例证。

另一个受解构理论影响的是模仿的概念，它关系到客体与再现、原型和模仿之间的等级对立。在《双重场景》中，一条长注勾勒出一个论点，论点牵涉到论述柏拉图模仿理论的一篇文章，该文谈到一个由两个命题和六个可能结果组成的构架，由此据说构成"一种逻辑机器，它为柏拉图话语及柏拉图传统中出现的一切命题，设定了它们的原型。根据某种复杂难辨而又无以更改的律法，这台机器拿出了所有即将露面的批评老调"（Derrida，*La Dissémination*，p. 213n/187n）。对模仿价值的看法可能不尽相同：它可被斥为以摹本代替原本的复制，也可因逼真地再现了原物而被赞扬，或被视为中性的东西，其再现价值与原型的价值保持同步。

德里达在《经济模仿》中分析了一个晚近的美学传统，它甚至容忍模仿优于被模仿的客体，只要艺术家以他的自由气质和创造力去模仿自然或上帝的创造力。在所有这些例子中，德里达说，"被模仿与模仿之间的绝对分辨性"保留下来了。但是在维持再现与被再现之间的分野，强调被再现之物对其再现的居先地位中，也出现了一个形而上学的问题。模仿（mimesis）与记忆（mnémè）关系密切，记忆是模仿或再现的一种形式。当真理被构想为 aletheia（去蔽），使隐匿的东西显形，那么模仿便是这一过程中必不可少的再现，是使某物呈现自身的复生。而当真理不复为 aletheia，却是 homoisis，即相宜或吻合，那么模仿便是某一意象或描述和与其贴切吻合之物之间的关系了。在两个例子中，德里达说："模仿都必须追随真理的过程。其规范、法则是现时的在场。"（Derrida，*La Dissémination*，p. 220/193）

这一逻各斯中心体系具有某种不稳定性。第一，坚持原型与模仿呈现的区别、真理与模仿呈现的联系，势将卷入模仿契机无休无止的扩增之中。让-吕克·南希在对柏拉图《智者篇》的阅读中，描述了模仿的六个系列阶段，其间产生了腹语术的效果：每一次呈现都是再现，而其声音则来自其他地方的真理。（Nancy，"Le Ventriloque"，pp. 314-332）

再举个简单的例子，一幅床的绘画也引出一系列模仿。如果它再现的是木匠制作的一张床，这床可能反过来证明是对某一特定模式的模仿，而这模式又可反过来被视为某个理想之床的再现或模仿。再现和被再现之间的区别，其效果可能质疑任何一张特定的床的地位：在一个唯有设立一个神圣本源或绝对原型方告终止的过程中，每一种被认为是原型的东西都可被视为模仿。

进而观之，像柏拉图的这类文本，一面坚持模仿的派生性质，把它作为补充活动置之一边，一面却将模仿置于中心本质地位，重新引入了它。譬如，在《斐利布篇》中，苏格拉底便用特殊的模仿术语来描述记忆，称它是画在灵魂中的绘画。德里达说："如果说柏拉图经常将模仿置之一旁，尤其总是贬斥模仿艺术，那么，他从来未将真理的去蔽，与记忆回归的运动分离开来。因此模仿内部出现一种分裂，这也是重复本身的自我复制。"（Derrida，*La Dissémination*，p. 217/191）模仿一分为二，一边是与真理生产难分难解的本质性模仿，一边是比如见于艺术之中的非本质模仿，后者又可再分为约定的形式以及它们的模仿。德里达的结论说，这样就有种模仿的双重模仿，"直至无限，因为这一运动滋养了它自身的繁殖"。

诚如弗洛伊德对"迟延的行为"的解释导向一种原生性的再生产，诚如卢梭的补充理论揭示了所存在者唯是补充，理论文本中模仿的游戏也揭示了一种原生性模仿的概念，或者说非概念，从而摧毁了原型与模仿之间的等级关系。模仿关系可被视为互文关系：一种再现与另一种再现之间的关系，而不是一个文本模仿与一个非文本原型之间的关系。认准本源之丰足、原型之独到、模仿之有赖于文本的显形或衍生，可揭示原型先已是一种模仿，一切皆始于再生产。

一个与再现关联密切的概念是符号，它以同样的方式受到了解构理论的影响。解构经常被视为某种专执于语言的或符号理论的运动，把文学当作一个符号系统。但是，德里达在阅读索绪尔时发现，符号的概念，连同它在内容或所指与呈现内容的能指之间作出的区分，从根本上说都是形而上学的，尽管索绪尔坚持符号纯然的差异性质。

第二章 解构

　　维持能指与所指之间严格的区别——一个事关根本和法理的区别——以及所指与概念之间的关系，理论上为在其自身中来领悟一个所指概念的可能性敞开了大门。概念直接在场于思想，独立于语言系统，即一个能指的系统。在以能指与所指因而也是符号之间设立二元对立来开放这一可能性的过程中，索绪尔与我们曾经谈到的批评所得发生了矛盾。他赞同我建议称为一种"超验所指"的传统要求，它本身或就其本质而言无涉任何能指，并将超越符号之链，在某一时刻不再像一个能指那样来发挥功用。而事实却相反，从我们质疑这类超验所指的可能性，认识到每一所指同样也处在能指的地位起，能指与所指因而也是符号之间的分野，就从其根基上变得疑窦丛生了。（Derrida, *Positions*, pp. 29-30/19-20）

　　这并不意味着符号的概念能够或应当被砸碎砸烂，恰恰相反，能指与所指之间的分野，于任何一种思想而言都是至关重要的。但是，它追随着符号的纯差异、非实质性质，以至于能指与所指间的差异不可能是一种实在存在，我们在某一点上认作所指的东西，其实同样也是能指。不存在终止指意运动的终极意义。查尔斯·桑德斯·皮尔士以这一延宕和指涉结构为他的定义的一个方面：符号是"任何确定有关某一实体的阐释的东西，而它又以同样的方式，维系于它的客体，如此延伸，以至无穷……如果连续的阐释序列戛然而止，那么符号就其最低限度来说，也是不完全的"（Peirce, *Collected Papers*, vol. 2, p. 169）。

　　这一构想抓住了我们在讨论言语行为和模仿时见到的提法：复制过程无限延伸的可能性不是落到符号之上的一种意外，而是其结构的构成因素，一种舍此符号将有欠完整的不完整性。但是，文学批评家从这一原则中得出结论时，亦应小心行事。它固然也怀疑有可能终止意义，且在文本中发现某一外在于并且控制着符号游戏的意义，却并没有提出通常意义上的意义的不确定性：没有可能也没有法理来证明意义的取舍。相反，唯因为有充分理由选择一种意义而非另外一种，故无论从任何一个角度来看，均可坚持说被选择的意义本身即一能够转过来接受阐释的能指。任何所指同时亦处在能指地位这一事实，并不是说非得将某个能指连接到一个所指而非另外一个,更不是如敌意的和善意的批评家异口同声所称的那样,暗示能指的绝对居先地位或将文本界定为能指的星系。德里达说:"能指的'原生性'或'居先性',将是种荒唐的、站不住脚的说法。……从理论上说,能指永远不会先于所指,因为那样它将失去所指,不复成为一个能指。"(Derrida, *De la grammatologie*, p. 32n/324) 一切所指之可从结构上复现,成为可予阐释的能指,确实寓含了能指王国需要某种自足性,但这并不意味着能指无须所指,唯所指的失误才中断阐释之链。

但是德里达的著作有时也将侧重点移到能指一边。在《论文字学》,尤其是《丧钟》对索绪尔的阅读中,德里达表明,索绪尔为建立他的符号无定论,采用了一种我们今日已相当熟悉的排斥程序。索绪尔承认,语言中有象声符号,但它们是"次等重要"的,不是"语言系统的有机要素",因此在构筑一种语言符号理论之中无须被顾及。而且,他又说,这些据说动机明确的符号从来就不是纯粹模仿性的,而总是部分带有约定俗成性质。"语词如 fouet(鞭)或 glas(钟)会使某些耳朵联想起有关的声音",但它们的词源不是象声词:fouet 源于 fagus,谓山毛榉;glas 源于 classicurn,谓号角之音。所以依附在这些词上的模仿特质非为一种本质属性,而是"语言进化中的偶然结果"(quoted in Derrida, *Glas*, p. 106)。如德里达所见,这段话排斥非偶然因素,这在索绪尔的读者看来或是要惊异的,因为他们已经习惯了高扬任意性,虽则付出了牺牲动机的代价。但是,为了界定语言系统的本质,即任意性,索绪尔又必须排斥偶然的"动机"。

假如赞同索绪尔关于象声词从来就不纯正,从来就没有稳固驻扎在相似性上的说法,那么我们依然会关心动因对任意性的污染,包括作为语言进化之偶然结果的动因。然而索绪尔却把它看作无涉本质的意外,将其排除。从语言系统的角度来看,这样做似乎也有道理,这是说,英语或法语的结构,并没有受到各种能指潜在的模仿暗示的影响。但德里达问,动机的暗示,以及再促动的可能性,其对符号任意性的污染,是否并非能予排斥的偶然,而是与语言的运行密不可分呢?"这个'模仿'

意味着语言的内部系统并不存在，或者说人们从未使用过它，或者至少使用它时污染了它，污染既势所必然，便也就十分'正常'，属于语言系统和它的功能，en fasse partie，也就是说，它既是系统的一部分，又造就了整个系统，是一个大于自身的整体的部分。如此，又当何论？"（Derrida, *Glas*, p. 109）语言系统中的任意符号都可能是一个更大的文学或话语系统中的要素，其间动因、解动因和再动因的效果总是在产生，能指之间或能指与所指之间的相似关系，亦总是在产生效果，不论是有意识的还是无意识的。

文学批评家早就密切注视着这类动因，将其看作一种诗或美学的手段，但是其效果也能见于别处。在《献辞：尼古拉斯·亚伯拉罕与玛利亚·托洛克的英语词》一文中，德里达把精神分析学家尼古拉斯·亚伯拉罕和玛利亚·托洛克的著作，放在狼人（Wolfman）的"语词接力"之上，这是一个乔伊斯式的能指的语际连接和模仿网络，这些能指组构和生成了他心理经验的文本："语词接力表明，一个符号既已成为专断难测的东西，又能够怎样再度来促动自身。一旦进入错综复杂、仿似云里雾里的迷宫，人就必须走将进去，以便追踪那隐秘的动因。"（Derrida, "Fors", pp. 70-71/114）在狼人获得他名字的梦中，有六条狼。

> 据程式推断，六条狼中的六……被译为俄语（Chiest，栖木、杆子或性，接近 Chiestero 和 Chiesterka，"六""六个人"，接近 Siestra——姐妹，与它的引申义 Siesterka——女人气，德语词姐妹 Schwester，也有过这一释义）。因此，在母语内部，这回是通过一系列关键性语词接力，将姐妹联系到狼的可怖形象。但这一接力依然不是语义方面的，而是源出一种词语串联或形式相近。假如人遇到这样一个词组：Siessterka-Bouka（女人气—狼），在半边月亮的星空噩梦中，将它变形为 Zviezda-Louna（星星—月亮），他也许就开始眼见为实了。（Derrida, "Fors", p. 60/106）

狼人的故事提出了许多例证，有人可能说，其中动机变成了符号的一种动因。虽然符号的动因从某种意义上说外在于语言的内部系统，故而表现为特定的诗歌技巧，以使象征符号更具说服力，或强化各种核心主题联系的形态特征，但它在语言系统的内部强有力且显而易见地发挥着功能，比较其他文本建构和话语活动，今天它已然成了中心。①

动因的效果越是被证明无所不及，它便越不能被看作某种已被掌握或可被掌握的技巧，而必须被解释为语言功能和主体之语言行为的一种盲乱特征。不妨来看专有名词的例子。德里达在《丧钟》中暗示："文学话语——我是说话语——的显要标记，是将某个人的名字，一个画迷，耐心地、悄悄地、不知疲倦地、讽刺性地转化为某物或某物的名称。"（Derrida, *Glas*, p. 11）在对法国当代诗人法朗西斯·蓬热（Francis Ponge）的阅读中，德里达特别强调了海绵的运动，这是符号充满气孔的逻辑。而"海绵"这个符号（signe "eponge"），亦是签名的一个效果，是蓬热这个签名（signé Ponge）②，然而是文本中散布了主体的签名。文字常被视为一种潜越过程，借此作者签下大名，或代表一个世界签名，使它成为他的幻景或他的东西。但是签名的效果、文本中专有名词即签名的踪迹，使它们在相宜的同时又不相宜。专有名词变得有名无实。德里达说："这里我们遇到的是专有名词在一种语言系统中作为词、姓名及本身地位的问题。作为记号的专有名词应当没有意义，应当是一种纯然的指涉，但鉴于它是处在语言网络中的一个语词，总要渐而来指意。意义污染了据信是被搁置一边的非意义，名字本不用来意指任何东西，然而它却开始来指意了。"（"Derrida, Signéponge", part I, p. 146）

生产一个文本，其中被隐匿或分裂的专有名词的运作，打乱了修辞和心理（专有名词也是父亲的姓氏）之间的界线，表明作为头等大事所

---

① 除了德里达的《献辞》和弗洛伊德大量关于能指之间举足轻重的联系的著作之外，读者还可以参考运用亚伯拉罕和托洛克"具象化"（incorporation）观念的两种研究：Nicolas Rand, "'Vous joyeuse melodie—nourrie de crasse': A propos d'une transposition des *Fleurs du Mal* par Stephan George," and Cynthia Chase, "Paragon, Parergon: Baudelaire Translates Rousseau." 在《拯救文本》中，杰弗里·哈特曼考察了符号形形色色的秘密动因，以及文学有无可能成为他所谓某个"窥镜名称"（specular name）的精致阐述和重复。（Hartman, *Saving the Text*, pp. 97-117）

② 德里达此间是利用了法语中"蓬热"和"海绵"、"签名"和"符号"间音形的相似性。——译者注

第二章 解构

确定的"思想",陷入语言的游戏之中。这游戏杂乱无章的指意程序,它永远也无法把握:传统的语言符号总是为各式动机所影响。如安德鲁·帕克所示,德里达对"痕迹"(marques)和符号结构的关注,便是一次"马克思"(Marx)的组编。("Parker, Of Politics and Limits: Derrida Re-Marx", pp. 95-97)但是文本中专有名词的书写,说到底是签名的一种形式。从理论上说,签名外在于作品,赋予它构架和权威,使它呈现出来。但实际情况似乎是,若要构架、标出或签署一部作品,签名便必须内在于作品,位于它的中心。内外之间问题环生的关系,就这样被专有名词及其从内部构架文本的企图打破了。

这一构架的问题,即外部与内部、结构与边界的区分,对整个美学研究至为重要。如德里达在分析"附饰"(parergon)的一篇极为精彩的文章中所言,美学理论的结构历来取决于一种恒久的需求。

> 我们必须明白我们在谈论什么,明白什么涉及美的内在价值,什么外在于美的内在意义。区分客体的内在或准确意义与其外围的环境永远是必要的,这必要性构架着有关艺术、艺术的意义及意义本身的一切哲学话语,从柏拉图直到黑格尔、胡塞尔和海德格尔。它在艺术品的内外交接处设定了一种话语,在这里即有关构架的一种话语。我们从何处来发现它?(Derrida, *La Vérité en peinture*, p. 53/"The Parergon", p. 12)

德里达在康德的《判断力批判》中发现了它,因为康德称反思判断始于引例,在《美的分析》题为"通过引例来说明"这一节中,康德解释说,趣味判断(即审美判断)并不涉及诱人的内质或由外观激发的纯经验快感。视觉艺术中,关键在于形式给人的愉悦。康德说:

> 其他特质如色彩等等也是重要的——只要它们使形式更清晰、精确和完整,并且由刺激而使表象生动,唤起和保持对对象本身的注意。
>
> 甚至所谓的附饰(parerga),也并非客体完整表象的内在组成要素,而只是一种外在的附庸,它增加快感只是凭借其形式:像画的框架、雕像上的衣饰或宫殿里的柱廊。(Kant, *The Critique of*

Judgment，p. 68)

希腊语"附饰"(parergon)，意思是"附录""附件""补充"。对柏拉图来说，"附饰"是某种次要的东西。德里达说："哲学的话语总是反对'附饰'。……'附饰'是'本体'的反动、旁门和超越。但它不是偶然的，它沟通内外，使之互为呼应。"(Derrida, *La Vérité en peinture*，p. 63/"The Parergon"，p. 20)康德这一点表述得非常明白，他在《纯理性之中的宗教》中启用附饰的概念，谈到四种"附庸"——优美、奇迹、神秘及优美的手段——它们不属于哪一种纯粹理性宗教，但位居它的边界，并补充了它，填补了理性宗教内部的缺陷。

《判断力批判》中的例子足以给人启示，不过有点出格。我们可以理解雕像上的衣饰是为人物增色的附加物，而非雕像的内质，但这个例子先已提出了一个如何划定边界的问题：是不是人体上任何可卸除的部分都是一种"附饰"？有多少可以卸除？肢体，这个在康德时代和今日一样被引以为美的古代雕塑的"残部"，又当何论？柱廊的例子清楚地说明，可卸性不足以成为举足轻重的标准，因为舍弃柱廊宫殿便将倾颓。倒是画框的例子给人以启迪，揭示柱廊和衣饰应是一种边界空间，将艺术品与其周围的环境分隔开来。"'附饰'有一种厚度、一个表层，它不仅如康德所示，把自己从内部，从本体自身分隔出来，而且与外部，与绘画所在的墙，与雕塑和柱廊所矗立的空间，以及与产生签名动机的整个历史、经济和政治的描述领域分隔开来。"(Derrida, *La Vérité en peinture*，p. 71/24)（签署某样东西即是把它从某个语境中分离出来，从而给它一个整体性。如德里达在《丧钟》和《签名蓬热》中所示，签名是附饰的结构，即不完全内在也不完全外在于作品。)

问题因此便是：

> 审美判断的每一种分析都基于这一前提：我们能严格区分内部特征和外部特征。审美判断必须执目于内在的美，而非它的外部关系。因此有必要懂得如何界定框架之内的内在特质——这是至关重要的前提，排除框架和框架以外的东西……当被问及"什么是框架"，康德回答说，它是一种"附饰"，内部和外部的一种混合，但

第二章 解构

又不是融为一体或一半对一半,而是被称为内部的外部和将它构成为内部的内部。由于他给出的一系列"附饰"的例子中除了框架还有衣饰和柱廊,因而我们只能说,"真是难啊"。(Derrida, *La Vérité en peinture*, p. 74/26)

理解"附饰"的活动,我们可以考察运行在《判断力批判》中的框架结构,它参与框定或界定纯粹趣味判断的努力,使它们同外在或依附于它们的成分区分开来。在《美的分析》中,趣味判断的审视系由四个方面入手:质、量、目的关系和模态。德里达注意到,这个范畴框架源于《纯粹理性批判》中的概念分析,但鉴于康德坚持声称审美判断不是认识判断,因而这个参照框架用得有点歪打正着的味道。引来这个框架的是"被框架对象的一种缺陷,某种'内在'的不确定性"。应当说,正是审美判断内部概念的匮乏,导致不能从认识论上来描述审美判断。这一产生了框架的缺陷同时也为框架所生,因为唯当从概念角度来观察审美判断时,它才出现。说到底,是框架给了我们一个可有某种内在内容或结构的客体。之所以有可能确定什么恰如其分地从属于纯然的审美判断,全在于一个范畴框架。这一对判断的范畴分析,使美的分析中形式与物质、纯与不纯、内在与外在的区分成了可能。它导致以"附饰"来界定框架,由此确定了自身位居辅佐地位的外在性。当它出演一个基本的、建构的、保护的角色(这些原是康德式"框架"的几个侧面)之时,却因导致自身被界定为辅助性的装饰而断送了这个角色。如人所见,"附饰"的逻辑与补充的逻辑极为相似,其间边缘的成分适因为其边缘性一跃而成了中心。

德里达又说,如果"美的分析提出的程序和采纳的标准赖于这一附着性,如果所有统治着艺术哲学的二元对立均有赖于它以求贴切、严谨、纯正和得体,那么它们将为这一附饰的逻辑所影响,比之分析的逻辑,它的力度要大得多"(Derrida, *La Vérité en peinture*, p. 85/33)。框架与被框架之间的这一关系,造成的后果便是"一种不断反复的错位"。

一个例子是快感与认识这一对立命题的位移。德里达说:"美的基础分析在继续瓦解框架的作用,至少,当它自身被概念分析和判断学说框定之时，又在趣味活动中描述了概念的非在。"（Derrida，*La Vérité en peinture*，p. 87/35）虽然《判断力批判》立足于截然两分的认识与伴随艺术品的纯然领悟而至的审美快感之上，然而当康德试图描述快感的独特性时，一个类似理解力的过程被引进了。

另一个例子或许是德里达所谓的"文类的法则"，或者毋宁说是"文类的法则的法则……一种污染的原则，一种不纯的法则，一种寄生的机制"（Derrida，"La Loi du genre"，p. 179/206）。虽然它总是参与文类，一个文本却与文类无涉，因为标出其归属的框架或特征，本身并不属于任何一个文类。"颂歌"这个标题并不是它所指文类中的一个部分，当某一文本讨论它的"叙事"手法，因而自认为是"叙事"之时，这一文类的标记是与文类有关，而非为文类所辖。附着性之所以似非而是，是因为肯定或显示了类别的框架手段，其本身并不是那一门类中的一员。

框架可被视为一种过程，是以设立边界来限制客体的一种阐释需要：康德的框架囿美学于美的理论的框架之中，囿美于趣味理论之中，趣味又在判断理论之中。但框架的过程是在所难免的，审美客体的概念，和美学的建构一样，都有赖于它。补充即是本质。任何被恰到好处框定的东西，如纳入展厅、挂进画廊、印入一本诗集的东西，都变成了一件艺术品。但如果说框架过程便是造就审美客体的东西，这也并不就使框架成为一个决定性的实体，其特质仍可被分离出来，给予我们某种文学框架或绘画框架的理论。故德里达说："确有框架过程，但框架并不存在。"（Derrida，*La Vérité en peinture*，p. 93/"The Parergon"，p. 39）在《自我消抹的形象》一文中，他又说：

> "附饰"使自身既从"本体"也从环境中分离出来，它先是作为一个轮廓与背景分开，但它与作品分离的方式又有不同，作品亦是独立于背景的。附饰的框架分离于两种背景，但涉此即及彼，涉彼即及此。在与作品的关系中，它是作为作品的背景，消失在墙上，然后渐渐化入一个总体文本（语境）之中。在与总体文本之背景的关系中，它重新回到与整个背景分离开来的作品之中。附饰虽

第二章 解构

然总是针对某个背景的一个形象,但它仍是这样一个形式,即它在传统上不被视为突出自身,而被视为在消失、沉没、消除和融化自身,就像它极力扩张那样。框架永远不是作为环境或作品可能呈现的某种背景,但它同样不是它位居某个形象边缘的厚度,除非是一个自我消抹的形象。(Derrida, *La Vérité en peinture*, pp. 71-73/24-26)

这一渐而消失的轮廓,这一边缘地带的补充,在某些意义上依然是艺术的"本质"。康德在纯粹美的论述中,毅然排除了可能出现的有关内质:"自由美"作为纯粹趣味判断的对象,是一"什么也不意指,什么也不表示,什么也不再现"的组织。这些结构其实"也"能描述和指意,但是它们的美独立于任何一种此类功能,而立足于德里达所谓的"le *sans* de la coupure pure"(无有纯粹的分界),如康德"无目的之目的"所示,"无有"纯粹的决裂或差别来界定审美客体。如果纯趣味判断的对象为一个无所指、无所涉的结构,那么"附饰"——虽然康德将它排除出作品本身,事实上也位居自由美的地位。

> 从一幅绘画中抹除所有的再现、意指、主题成分及作为意向含义的文本,同时剥夺所有的物质因素,如画布、色彩等这些对于康德来说本身不可能为美的东西,再擦去任何趋向某一确定目的的笔触,排除它的背景及社会的、历史的、政治的和经济的后援,那么所剩何物?唯框架、框架过程及与框架结构同质的形式与线条的游戏而已。(Derrida, *La Vérité en peinture*, p. 111)

事实上,康德自由美的一个例子,即是框缘上的簇叶饰。若如德里达所言,"'无有'的踪迹即是美的本源",那么框架可能便是踪迹,或者刻印上了那一踪迹。

在《技能问题》中,海德格尔视技能的本质为一种配置框架的过程,它本身不是技能,而是作为"常备的"框架现象,威胁着遮蔽他称为"诗性"的东西去蔽和展示。的确,框架过程是个普遍问题。但是它的技能性质,已于艺术或文学理论试图建构一门学科之时,显现在这些理论的支柱和程序之中了。关于批评方式的论争,于是便转到什么内在于文学或某一部文学作品，什么又外在于它。韦勒克和沃伦的权威之作《文学理论》，就将自身及其领域建立在内外之分上面：以"文学的外部研究"对"文学的内部研究"。

德里达的分析显示的是各种附饰性分界的复杂结构。有几次他使用"入鞘"（invagination）一词来指内外之间的复杂关系。（Derrida,"Living On", p.97）我们认为身体上最内在的空间和方位，如阴道、胃、肠，其实是"入鞘"的外在器官。它们之所以成为典型的内脏，部分是因为它们不同于血肉骨骼，但更主要是因为它们划出或包容的空间，它们以外为内。一个外部框架，可以像作品最内在的要素那样发挥功能，将自身包容进去。反之，作品最内在或位居中心的因素，却要通过超越和反诘作品来实现这一功能。仿佛是能解释一切的秘密中心，反馈到作品，交合而成一种外部的立场，由此来说明它所身处的整体。

批评和文学之分，使框架话语和被框架内容对立起来，或者说，使一种外在的元语言与被它描述的作品分离开来。但是文学作品本身也包含了元语言的评论，即对自身之情节、人物及其产生过程的评断。奇怪的是，批评家元语言立场的权威性，相当大程度上依赖于作品内部的元语言话语：唯当他们能从作品中抽取明显具有权威意义的评论段落，佐证他们的论点之时，他们才感到胸有成竹，虽在外部，却也安全。而读到一部作品，当它明显缺乏权威性的元语言，或者被人们讽刺性地质疑所包含的阐释话语时，批评家便坐立不安，仿佛他们只是在一片嘈杂声中加上了他们的声音。他们缺乏证据，无法证明他们确实站在一种元语言的立场，超越并外在于作品。

这是一个自相矛盾的现象：当批评家的话语延伸并拓展了某个文本所确证的话语时，他们身处外部，而文本则是外在世界折叠进来的口袋，其外部权威取决于它的内在方位。但是如果说元语言的最佳例子出现在作品内部，那么，其有赖于一种外在关系的权威性的说法便变得极为可疑：它们总是能被当成作品的一部分，而不是作为对作品的描述来阅读。否认其外在性，我们便否定了批评家的元语言权威。语言和元语言的差别就像内外之别，难以精确定形，然而总是在运行，在各种各样的框架过程中愈发显得复杂难辨。

框架问题还涉及另一个在批评思想中扮演重要角色的概念:"统一"的概念。理论家经常暗示,艺术作品的"有机统一"是框架过程的产物,是德曼所谓"阐释过程的整体意向"(De Man, *Blindness and Insight*, p. 31)的结果。近年来的批评分析中,誉美异质性,将文本描述为嫁接或互文结构,热衷于搜寻互不相容的论点或指意逻辑,以及把文本的力量与文本的自我解构程度联系起来等等,都与有机统一的概念格格不入,否定它以往在批评阐释中出演的那种毋庸置疑的终极目的角色。但是,细细考察毫不含糊、全力推崇异质性的批评文字,也极可能发现它们有赖于有机统一的概念。欲废除这一概念,真是谈何容易。解构不是将人引入全新的世界——其间统一荡然无存,而是说明,统一本身是个矛盾丛生的概念。

不仅如此,对有机论术语和范畴的怀疑态度,也随着分析这些概念运行其间的系统而越见强烈。在《镜与灯》中,M. H. 艾布拉姆斯提出,当代的有机论概念属于一个从根本上说业已改头换面的神学系统。在《经济模仿》中,德里达将康德对艺术模仿论的断然否定置于一个模仿系统之中,其间对审美客体的有机论描述,说来矛盾,而恰恰是要建立人类艺术、自由和语言对动物之自然行为的绝对优越地位。康德的理论认为,艺术与自然有根本的不同,康德煞费苦心将人类的模仿活动与动物的模仿活动区分开来,说明人类自由的创造力或生产力异于蜜蜂只求实效的活动。康德提出这个观点,强调了艺术的自由:它既不应是机械的,又不应是唯利是图的,而应像纯粹自然的一种产品,如鲜花和绿树那样自由无羁。德里达在追述康德的论点时说:"纯粹和自由的生产力应当相似于自然的生产力。它能够自由且纯粹,完全是因为它不一味依赖于自然规律。它越少依赖自然,就越像自然。"(Derrida, "Economimesis", p. 67/9)为树立人类自由创造或模仿的绝对特权,人们用有机论的语言把它重新自然化了,使其成为某种自然的、人类专有的东西,其功能不容动物性来污染,就像人类其他活动那样。

另一个同等重要然而经常被人忽视的问题,是在文学作品有机自足论的讨论中，解构之质疑由自我指涉性联想到自我在场。对新批评来说，一首好诗，其有机统一的一个重要特征，是能够将它认可的立场戏剧化、具象化表达出来。诗通过颁布或者演示它所认可或者描述的东西，本身也变得完美无缺，成为一个自阐自述、自给自足、熔所是和所为于一炉的自由体。克林斯·布鲁克斯以邓恩的《圣谥》为范例，说："诗是它所认肯教义的一个实例，它既是那一教义，又是那教义的实现。他说，诗人实际上在我们眼皮子底下于韵律中筑起了'漂亮屋子'，而这屋子，那一对情人是能满意的。诗作本身便是那可安置情人骨灰的精制的瓮，比起王宫半英亩方圆的坟地，它也毫不逊色。"（Brooks，*The Well Wrought Urn*，p. 17）

诗中所言坟地、瓮、屋子都是以自身作为参照的，这一自我指称被视为自知自明自有，或诗对自身的在场。这一章中前述之德里达式分析，亦探掘了潜在的自我指涉问题，如将弗洛伊德对"来/去"游戏的描绘，反用于他自己对快乐原则的论述，或把康德对"附饰"的描述，反用于《美的分析》中他本人的框架程序。解构主义开掘自我指称，揭示的各种关系都简洁明了，与布鲁克斯和嗣后无数批评家所追求和珍视的所是和所为的巧合，确实十分相似。但解构所揭示的关系，并非某种反思性质的自我描述或自我拥有行为中文本对自身的透明度；相反，它是种生成悖论的盲乱简洁，是最终使一切话语无以自我叙述，使行为句和叙述句或所为和所是无以弥合的自我指称。在逻辑领域中，自我指称历来被认为是悖论的主要来源：如埃皮门尼德悖论，或者更为人所熟知的说法——克里特说谎者悖论，说是理发师替村里所有人都修了面，而这些人当中没有一个是自己替自己修面的；罗素的悖论，称一个集合本身不是它自己的分子；以及格雷林的"异质逻辑性"[①] 悖论等。当《数学原理》中罗素和怀特海试图解决或者说处置这类威胁到数学的基础的悖论时，其做法是斥责自我指称。他们的逻辑类型理论，使一个命题无以通过把任何一个关于某 X 的命题置于 X 之外的高一级逻辑范畴之中

[①] 近年对源出自我指称的悖论的探讨，最广博且令人着迷的著作是道格拉斯·霍夫斯塔德的《哥德尔、埃塞尔、巴赫》。

而指涉自身。有关诗歌的肯定，必须隶属于有关诗歌之外的逻辑类型。这对于集合理论的问题或许为一不无恰当的解决办法，但作为话语的一条原理，它唯有乞灵于语言中的自我指称问题，将即使是最常见的例子，诸如"本章中我将表明……"判为逻辑失当。话语无可救药、势所必然是自我指称性质的，但是即使像"本章中我将表明……"这样同时位居它所框定内容内部和外部的句子，也可见出有趣的附着性的问题。

在阐释压力下，自我指称阐明了自我拥有的不可能性。当一首诗称所有的诗都是谎言，那么自我指称便成了难辨真伪的根源，这不是模糊含混，而是难以解开的逻辑之结：倘使某一首诗称所有的诗都是谎言是真实的，那么它是说了谎；但倘使它称所有的诗都是谎言是假的，那么它必定是说了真话。我们同样可以表明，新批评家们当作实例分析过的那些诗歌，事实上它们的自我指称要复杂和扑朔迷离得多。布鲁克斯选择的经典范例《圣谥》，这样开始它自我指称式的结尾：

> 我们不能靠爱生，却能因它死，
> 我们的传奇苦难有柩车与坟地，
> 置于诗中咏唱也宜人心意；
> 即便是无缘够上名垂青史，
> 我们在商籁诗里搭漂亮屋子；
> 以及来做个精制的瓮，接纳
> 最神圣骨灰，好比半英亩坟地，
> 因着这等颂歌，天下人必赞许
> 我们爱的圣谥：

叙述人认定他的爱情故事可歌可泣，即使不能载入史册，也是十四行诗的好题材。而对诗歌听众来说，它的功用就像颂歌。不仅如此，人们听罢这些诗句，还会情不自禁开言：

> 因着这等颂歌，天下人必赞许
> 我们爱的圣谥：
> 如此来招魂我们；至尊的爱
> 将你们一人成另一人的隐居地；

> 你们的爱曾宁静,而今却狂放不羁;
> 你们凝缩了全世界灵魂,驱使
> 它们进入你们的明眸
> (如此造就这等镜子和探子,
> 将一切悉数提炼给你们)
> 乡村、城镇、宫廷:乞求上帝
> 赐下你们爱的图式!

说话人因此想象,听了他诗体爱情故事的人,将用理想化的描述(比他自己的叙说要生动得多)来召唤这对情人,描绘这对情人因为追求爱情,得意扬扬地赢得全世界的灵魂。对说话人想象且表征之传奇故事的反应,是召唤和再现这两位有情人,转过来又要他们呼唤上帝,求他进而给出关于他们爱情的一个足资示范的表征。因此我们并没有一个独立自足的骨灰瓮来作为话语和表征的一条长链,这条长链描述了两位情人的故事、故事的诗体表征、故事听众反应中那对情人得意扬扬的形象、让两位情人作出总结的请求,以及那一来自上帝、将进一步生成他们爱情模态的图式。

这条表征链,把布鲁克斯形容的局面复杂化了,尤其当涉及自我指称的问题时,人们不禁会问:什么是诗中指涉的"漂亮屋子""精制的瓮"或者"颂歌"?布鲁克斯回答说,是诗歌自身:"诗作本身便是那可安置情人骨灰的精制的瓮。"若此言为真,若诗即是瓮,那么骨灰瓮的一个主要特征,便是它展现了作出相关反应的人物。如果瓮或颂歌是诗作本身,那么预期中对颂歌的反应,便是对颂歌的某种反应的表征的反应。这一点尤为以下事实所证明:诗中迄今最具颂歌色彩的成分,便是颂歌或者说他们爱情诗体故事的听众对这一对情人的召唤。如布鲁克斯所言,在前面几段诗节中,这位情场中人称,"他们的爱情虽然在这世界上可能显得荒诞,却于世界无害"(Brooks, *The Well Wrought Urn*, p.13),这些诗节鲜能称得上颂歌。因此,既然该诗称自身为一首颂歌,它便势将在自身内部来描述颂歌式的反应,这也是对它所自命为颂歌的反应。

这样的描述似与诗的内容相去甚远,仿佛是两眼盯住自我指称而刻意钻牛角尖。但这幅图像与诗的被接受过程惊人地相符。布鲁克斯读过这对情人的韵文传奇,敬佩不已,赞扬他们是爱情中的圣人:"两位情人否定生活,事实上赢得了最为热烈的生活。……既变为隐士,这对情人发现他们没有失去世界,而是在彼此之中得到了世界……诗歌结尾的语调是凯旋式的。"(Brooks,*The Well Wrought Urn*,p. 15)他的反应适是诗所预期的,极口称赞他们的爱情,祈求赐一个爱情图式,对此他称为"创造性想象力亲自做媒的结合"(Brooks,*The Well Wrought Urn*,p. 18)。他的著作召唤《圣谥》,以之为经典范例,以之为图式:他的计划,如他所言,便是试图看一看,"当人们学会怎样阅读邓恩和现代诗人后"(Brooks,*The Well Wrought Urn*,p. 193),再来读其他的诗,会发生什么。诗中歌颂的这段神圣又世俗的姻缘,即创造性想象力亲自做媒的结合,被当作将在别处被复制的样板。"精制的瓮"这个词组,是《圣谥》这个样板例子用来描述诗作和它自身的,其被布鲁克斯的著作吸收过来,用到其他诗作和它自身之上。他自己的书书名就叫《精制的瓮》,字里行间邓恩的瓮与布鲁克斯对它的反应合而为一,本身成了一瓮。

在邓恩的这首诗中,此一自我指称成分没有生成或导致一种封闭状态,其中诗作适是它所描述之物,天衣无缝。在自比为瓮的描写中,诗作糅合进对瓮的赞颂,故而成为瓮之外的什么东西。倘若说瓮被认为包含了对瓮的反应,那么它所期待的反应,诸如布鲁克斯的反应,便成为它的一个组成部分,阻止了它关上大门。自我指称没有关闭自身,相反,表征被扩张,成为一系列的召唤和瓮,包括布鲁克斯的《精制的瓮》。这一现象中有一种简明性,但它是种转化的简明性,批评家发现自己身不由己被卷入其间,又一次参演了他自认为是站在外部来加以分析的戏剧。这个结构是重复和扩增的结构,而非清澈透明的封闭结构,它实际上把诗分为自相矛盾的两个部分:造就一个瓮供人反应,另一个瓮包纳对这瓮作出的反应。倘若这个瓮结合了瓮与对瓮的反应,那么这个自我指称结构便产生了这样一个局面:其间诸如布鲁克斯之类的反应之类，均是这个瓮的组成部分。这个表征、召唤和阅读系列，就像自我指称的各个契机，既在诗内又在诗外，可以永远延伸下去，没有尽头。

诚如罗道尔夫·伽歇在一篇很重要的文章中强调的，虽然解构开掘了文本中的自我指称结构，但这些结构通过自我分析，却导致了对自我指称或自我控制概念的批判。（Gasché,"Deconstruction as Criticism", pp. 181-185）"认识你自己"，无论是一个人，抑或一首诗，均可产生极有力的阐释话语。但某种关键的东西将依然无从知晓或被忽略，文本与其自我描述或自我阐释的关系，亦将维持一种扭曲的关系。如我们在"附饰"的讨论中所见，自我指称的效果源出折叠，当文本折回自身，它产生了德里达所谓的一种"入鞘的口袋"，其中外部变成了内部，内在的契机获得了外在的立场。《文类的法则》分析布朗肖的《白日疯狂》时，德里达考察了作品自我指意的方式，它远不是生成一个透明体来说明自身，而是摧毁了它们提供的说明本身。（Derrida,"La Loi du genre", pp. 190-191/217-218）文本框定自身的企图，产生歪曲变形、移位解体。解构强调文本的自指契机，即旨在揭示启用文本之一斑来分析全貌的惊人效果，以及一个文本层次与另一文本层次或一个话语与另一话语之间的盲乱关系。文本自述其身是自我在场的另一种格局，是"听懂自身说话"体系的另一种化身。文本以自我指称的方式提供对阅读而言至为重要的概念，但是德里达会说，其间总有一种延宕或跛缺。文本圈定自身，并不关闭大门。

（2）在与文学批评的第二层关系中，解构不再以打乱批评概念来彰显自身，而旨在识别批评家在其文学作品阐释中可能重点关注的一系列重要话题，诸如文字（或言语与文字的关系）、在场与缺场、本源、边缘性、表征、不确定性等等。在注意力转向这些主题或问题时，解构采用的方法与其他理论体系相似，比如存在主义，便是通过阐明人类的现状，鼓励批评家研究文学作品如何言及选择、存在与本质之关系、反叛及一个荒诞的宇宙中的意义生产等等。一些差异悬殊的理论体系，如精神分析、女性主义、马克思主义、杰拉德的模仿欲望论以及替罪羊机制等等，都发掘出了一些至关重要的问题，引导批评家孜孜追求它们在文

第二章 解构

学作品中的在场。毫不奇怪,强有力的理论话语应当具有这样的效果,文学对它所涉及的问题也应证明是作出了微妙的、给人启迪的反应。

但是,对于主题批评的地位与价值人人莫衷一是。对许多文学专业的学生来说,解构的价值就像它之前的存在主义或马克思主义的价值一样,在于能否使那些内中包含了其特别感兴趣的主题的作品,变得清楚明白。今天许多公认的解构主义批评,最初都是因为它们讨论的主题而崭露头角的:但丁的言语与文字、狄更斯描写的不确定性、威廉姆斯的参照系空白等等。而忽略作品的主题内容去刻意钻营某些可能是一笔带过的主题,往往就成了众矢之的。由是观之,解构被认为有助于理解如埃德蒙·雅贝的《问题之作》这样的作品。德里达曾对这部作品作过主题分析,称它是"一曲关于缺场的无止无休的歌,一本关于书的书"(Derrida,*L'Ecriture et la différence*,p.104/69)。研究小说中的妇女状况要求助于女性主义批评;着重研究文学作品的心理内涵,精神分析或能澄清迷雾;而马克思主义批评,也能帮助批评家理解强调阶级差异及经济力量对个人经验之影响的作品。每一种理论都说明了一些问题,错误在于它们认定这些问题是仅有的问题。

有鉴于批评家喜欢避实就虚,旁征博引,说明他们研究的作品清楚明白地展现了他们在讨论的主题,大多数批评似乎都基于这一假设:被研究作品的主题确实决定了一个理论话语的有关方面。但是,今天主要的理论和批评思潮,在开掘它们极有影响力和启发力的内涵的同时,拒绝了这一主题批评的模式,用德里达的话说,它"使文本沦为一种表现形式,还原到它的指意主题"(Derrida,*La Dissémination*,p.279/248)。一些通晓精神分析的批评家,试图将专攻精神分析主题的批评,诸如对俄狄浦斯情结的研究,转化为探索有关文本工作的精神分析理论。比方说看文本能否在读者和批评家心中激起一种盲乱的转移性重复,再现它们最有戏剧性的场面。女性主义批评,则如第一章所见,并不将自己局限于刻画女性的问题——以妇女为主题——而是致力于探讨与文学相关的性别差异这一更为普遍的问题。那些并不专门言及妇女状况的作品,同样也会提出妇女读者与性代码之间的关系问题,由此为女性主义批评家提供机会，使她们探究文学的含义和以性作为创造力标志的文本中的角色含义。马克思主义批评家亦然，如特里·伊格尔顿坚持说，马克思主义不是阐释小说的工具，不是为了探寻一目了然的社会内容或主题，而是试图"了解文学作品和它们生存其间的意识形态世界之间的复杂的、间接的关系，这一关系不仅浮现在'主题'和'先入之见'之中，也见于风格、节奏、形象、内质和'形式'中"（Eagleton, *Marxism and Literary Criticism*, p.6）。上述诸例，每一种理论都号称能够卓有成效地研究作品，而非苦心钻营某个特定的、特别相宜的主题。至于经常出现的坚持提出一些不合时宜的问题，在作品中追索某些不甚明了的主题的做法，可被认为是向分析的另一个层次转移，在那里理论话语强调语言和经验的基本组构，试图洞察文本的结构与意义，不论其显见的主题呈何取向。

由于向另一分析层次的这一转移，在阐释中可能导致把作品视作马克思主义、精神分析、女性主义或解构批评的寓言，故而欲将它与它有意超越的主题批评分辨开来，实属不易。这导致了误解。站在第一个层次上思考，文学以其主题的多样化著称，批评家一般试求清楚地阐释某一特定作品的独特性质，或描述使一组作品不同于其他作品的共通主题。在第二个层次上，一个兼有文学内涵的强有力的理论，试求分析那些它认为最基础、最有代表性的结构，由此强调重复，即同一事物的回归，而非多样化。在两个层次上均有出现的主题常常拥有同一名称，这一事实产生了混乱，但如德里达有关旧词新用法的言论所示，这也标示了一种至为重要的关系。

德里达本人在《论文字学》中采取的步骤堪称一范例。第一章"书的结束与文字的开始"，可被描述为哲学传统著作中文字作为"主题"的一个调研。但是德里达从有关文字的各种论述转移开去，进而分析文字源于其中，即使在非专门讨论文字的文本中也可发现的一个更大的结构。在第二个层次上，"文字"成了一种总体文字的名称，既是文字，也是言语的先决条件。这个"原型文字"不是普通意义上的主题，自然也与德里达启笔时的那个"文字"判然有别。解构阅读虽然旨在揭示一

第二章 解构

个给定的文本怎样阐释或寓意化、主题化这一无所不在的结构,但它并不因此抬高一种主题而否定其他,而是试求在另一层次上来描述文本的逻辑。

第三章中我们讨论解构批评时,将再次论及这个问题。这里我所强调的是,解构无可避免地导致产生了各式各类的主题批评,虽然它宣称不相信主题的概念,并且时而站在主题批评的反面来界定自身的程序和使命。在《双重场景》中,德里达讨论了让-皮埃尔·理查如何分析马拉美的两个主题"白"(blanc)与"褶"(pli)。理查本人注意到,意义的可区别性质阻止我们简单以"白"或"褶"为核心单元,连接某种特定的马拉美式意义,但在突出它们格外丰富多产的多元效价之时,他依然认定"侧面关系的多重性"创造了"一种本质",由此出现一个主题,它"就是总和本身,或者毋宁说是那些形形色色模块调节的安排"(quoted, Derrida, *La Dissémination*, p. 282/250)。德里达则认为恰恰相反,这里被识认出的不可穷尽性,不是某一本质的充实度、深度和复杂度的不可穷尽性,而是某种贫乏的不可穷尽性。其中一个侧面是尼古拉斯·亚伯拉罕所谓的"anasemia"(反指意),它出自弗洛伊德等人的文字,其间元心理学概念如无意识、死亡冲动、情感、动力等,虽与它们源出的符号相连,却掏空了这些符号的意义,阻止作进一步的语义落实。亚伯拉罕说:"以弗洛伊德介绍的随便哪一个术语为例,无论是他自造的,还是仅仅是从科学语言或口语中转借过来的,除非你是聋子不闻其意,否则必然被它勃发的活力震惊,一经联系上那无意识内核,它事实上便从词典和语言中挣脱了出来。"(Abraham, *L'Ecorce et le noyau*, p. 209/20)譬如"快乐原则",使人想起并联系着"快感",但是当弗洛伊德理论中的句法设快感为痛感经验时,便掏空了这一内容。亚伯拉罕接着说:"快感、本我、自我、机体、动力等不是隐喻、转喻、提喻或故作惊人之笔,它们通过话语的动作,为意义分解所生,构成修辞学中无以寻觅的新的辞格。这一反语义学的辞格,就它所指示的不过是回归它常规意义的非经验之源而言,需要有一个恰到好处表明它身份的名称,既然找不到更好的,我们便不妨给它一个新撰的名字

anasemia。"弗洛伊德的话语没有推出一个新的、更为丰富的快感概念，以便作为某个主题来加以把握。他的理论发展了这样一类句法资源：它们把快感释作经验的痛苦，由此将"快感"从主题层面位移到了反指意层面。

另一瓦解了主题结构，并通过语义贫化形成复杂局面的文本逻辑，见于德里达对让·热内的阅读。德里达像个"疏浚机"——这是他在《丧钟》第229页上使用的术语——吸走石块、淤泥、水藻，将水留在身后。他撷取各种要素，分析文本中它们语义、语音和词法上的联系："文本中每一个词产生一把钥匙或一张网，借此你可以在文本中游刃有余。……困难在于没有事件的'单元'：确定的形式、可发现的主题、可予确认的要素等。（没有主题）只有反主题，散布各处，触目皆是。"（Derrida, *Glas*, p.233）他高屋建瓴，专门追踪了作为专有名词嫁接的要素。让·热内"《玫瑰的奇迹》培植了专有名词的嫁接。……通过折断它、撕碎它，把它弄个支离破碎而没法被辨认出来……使它像一支秘密占领军那样，悄悄地发展壮大。就文本或世界的极端而言，除了一个硕大无比的签名，一切都荡然无存，这个签名因把一切鲸吞进肚而臃肿不堪，但所怀的胎儿只是他自身"（Derrida, *Glas*, p.48）。这里德里达发现的热内文本的逻辑，不是上面我们所说的反指意活动，而是另一种意义分解过程，可称之为"反主题的"（anathematic）。

在"反"（ana）的这些运动之中，不管有意还是无意（我自由猜测，不过无关紧要），热内煞费苦心，悄悄地、情不自禁地，仿佛夜间的盗贼一样，在所有盗窃物件的位置上签上了他的名字。到了早晨，你以为一切照旧，所见却到处是他的名字：用很大的字母写的，用小不点儿字母写的，全名或有名无姓的，变形或重新拼合的。他走了，但是你生活在他阴森森的影子里。你以为你在破码、侦察、追踪，其实却是中了圈套。他把名字签得无处不在，似乎也是充分发挥了签名的效用。他自己也受了这签名的影响（日后他甚至会加上一个声调符号来装饰自己）。他试图恰到好处写下在影响和签名之间发生的事情。（Derrida, *Glas*, p.51）

第二章 解构

德里达的叙述有几分道理，虽然如果说它是典型的文学格局的话，这不合常情，但于"反"或"反主题"联系的追踪中，这一叙述却是一语中的。

马拉美的主题阐释受到反指意和反主题置换的干扰，但德里达称之为白（blanc）和褶（pli）的多价性"贫乏"。如他所言，句法上的联系，也促生了其他一些形式，如 aile（翼）、plume（羽）、éventail（扇）、page（页）、frôlement（掠过）、voile（帷）、papier（纸）；人们可以看到"褶"在展开，把自身散布到这些形象中间而重组自身；或者人们可能看到，上述每一个元素，无不通往并把自身表达进了"褶"。德里达把这个结构描述为一种展开或折叠运动："'白'和'褶'的一词多义性质，皆在永不停息地展开又猛然合拢。"（la polysémie des 'blancs' et des 'plis' se déploie et se reploie en éventail.）"白"亦不仅成为一个主题，也成为一种文本结构或过程："对现象学或主题学的阅读来说，'白'最初是作为语义效价的不竭整体出现的，假若这类效价有某种比喻血亲伴随着它的话。（但'它'是什么？）但反复表征之后，'白'作为效价之间的一种空白，又插入（名称、指示、记号、宣示，你想用什么都可以，这里我们需要另一个'词'）了白，尤似在各种'举足轻重'的'白'的空间化系列中，把它们结合同时又分开的处女膜。"（Derrida, *Glas*, pp. 283-284/252）一个白色的空间、空间化以及白纸的空白，是马拉美"白"主题系列的组成部分，但它也是文本系列的条件，故人们欲描述为主题的那东西又超越了主题，它给它命名的同时也折回到它本身。

> Le blanc se plie, est (marqué d'un) pli. Il ne s'expose jamais à plate couture. Car le pli n'est pas plus un thème (signifié) que le blanc et si l'on tient compte des effets de chaîne et de rupture qu'ils propagent dans le texte, rien n'a plus simplement la valeur d'un thème. (p. 285)

> 白折回自身，它就是褶。它永远不能平缝。因为褶与其说是一个（所指）主题，不如说即是空白，若人们要说明它们在文本中产

生的联系和裂隙,那么就没有什么可以再单纯拥有某种主题的价值。

对主题的这一全面批判,起因于人们总是为大局计而先暂时识认出一个主题,然后顺藤摸瓜,去发现什么不仅仅是一种主题的东西。主题喻格,诸如马拉美诗中的"褶",旨在描述它所属的总序列,或主题联系的逻辑,或文本性的条件。当"褶"在另一个层次上清楚展现了一种总体文本结构时,它就不再是一种主题,一如文字一旦变成"原型文字",成为所有主题效果的后盾,便不复是主题了。德里达说:

> 从某些方面来说,补充的主题无疑就是众多主题中的一个。它是一根链条,由它所传动。或许人们可以用其他什么来替代它。但偏巧这个主题描述这根链条自身:一根文本长链的存在之链、替代的结构、欲望与语言的联结、卢梭笔下一切二元对立概念的逻辑,特别是在他的系统中,"自然"这个概念的角色和功能。它在文本中告诉我们文本是什么东西,它用文字告诉我们文字是什么东西。在卢梭的文字中,它向我们诉说了让-雅克的欲望,等等。(Derrida, *De la grammatologie*, p. 233/163)

补充的主题因此表现为一种反主题,或不复属于哪一种主题批评的基本结构。

如一切理论工程那样,解构偏爱各种能够作为,并且被当作主题在文学作品中加以研究的概念。但它更为显见的一面是它对主题学的批判,以及致力于附饰的过程,正是通过这些过程,某些主题界定了它们生成于其中的某种比喻的或文本的逻辑。要把主题的研究同结构或文本逻辑的研究区别开来并不容易,特别是因为两者可能都声称揭示了与作品"真正相关"的东西。但是解构理论的说明,又必须把其同文学批评的第二种关系——解构作为主题的一种来源——与其同文学的第三种关系区分开,在后一种关系中,解构鼓励对特定结构的研究。

(3) 德里达本人对文学作品的讨论引出了许多重要问题,但是它们并不是我们所说的"解构"。一种解构主义文学批评,主要受惠于其对哲学作品的阅读。除了修正批评概念、辨认特殊的主题,解构还确立了

第二章 解构

一种阅读风格,鼓励批评家去发掘或创造某些结构类型。解构的这一方面,我们在分析索绪尔、卢梭、柏拉图、奥斯丁、康德、弗洛伊德等人的解构阅读时已有所述,但这里似有必要作一总结,为求简明,难免挂一漏万。

解构如果照芭芭拉·琼生的妙语所述,是"小心翼翼从文本内部的指意活动中抽绎出互不相容的论点"(Johnson,*The Critical Difference*,p.5),那么,批评家势将找出不同的冲突类型来。其一,也是本章前一部分的讨论中最为显见的,是不对称的二元对立或曰满载价值的等级高低,其间一项靠牺牲另一项得到提升。批评家面临的问题是,作为第一项的否定、边缘或补充形式的第二项,是否能够被证明是使第一项之有可能的先决条件。与肯定第一项之出类拔萃的逻辑并行不悖的,有没有一个相反的逻辑,其暗中默默运行,但一到文本中某个关键的契机或比喻中便显露出来,指明第二项为第一项的先决条件?言语和文字之间的关系,如德里达的开掘,是此一结构最为著名的形式,然而它也可能以无数无法预测的外观出现,令人难以分辨和剖析。

其二,德里达阅读的例子,导致批评家去搜寻浓缩点,即某一个综合了不同论点或价值系列的词语。像"附饰""药""补充""处女膜"等都出现在文本至为重要的二元对立中,然而又以不同方式颠覆了这些对立。这些术语既是据点,让维护或强加逻各斯中心结论的努力在文本中彰显自身;又是契机,是可能促生精彩评论的盲乱晦涩。

其三,批评家将密切注视文本"相异于自身"的其他形式。从解构最简单宽泛的意义上说,这涉及重视文本中一切反权威阐释的成分,包括似为作品所极力鼓励的那些阐释。无论引用什么主题、论点或模式来界定某一部特定作品的性质,都依然存在着作品相异于被如是自我界定的种种方式,它们或是系统地或是转弯抹角地对界说中的论断提出疑义。身份阐释或定义,涉及在撰写或者阅读该作品的人的经验内部来表征文本,但是德里达说:"文本总是借它的全部资源和它自己的规则,超越这一表征。"(Derrida,*De la grammatologie*,p.149/101)任何阅读都会有先入之见,而德里达暗示,文本本身将提供颠覆这些先入之见的形象和论点。文本将传达这些"相异于自身"的符号，由此使阐释永无止境。

其四，尤为重要的是我们在讨论附饰和自我指称时谈到的那些结构，那里文本为其他什么东西提供了某种描述、意象或辞格，它们可被读作文本的自我描述，读作自身程序的描述。视这类辞格为自我指称的契机，阅读经常爆出冷门：德里达用于解释弗洛伊德文本程序的弗洛伊德模式，是弗洛伊德从儿童的活动中发展而来的模式；而运行在康德文本中的框架动势，在《判断力批判》看来乃是一种人为的过程。对理论文本的解构阅读，常会展现某种程序业经移位或改头换面形式的回归，该程序是作品批驳他人所用不当的——如奥斯丁，我们便发现他虽然全力攻伐前辈们的排斥行为，但终究还是难逃重蹈覆辙。其他情况下，重心将落到诸种方式之上，其间文本折回自身的手段似非而是地瓦解了它的自我拥有企图。

其五，文本的内部冲突与戏剧性场面，被再生产为该文本不同阅读之中和之间的冲突。这一冲突的方式颇受人关注。德曼的格言，谓文学语言预示了它自身的误解，其实某种程度上也是说，文本用寓意展现了阐释方法的不足，即文本的读者可以选择的方法并不多。文本或明或暗将阐释活动主题化，因而预先描画出了将促生其阐释传统的冲突图式。对一个文本的批评论争，经常可被视为文本内部冲突移位之后的再度登台，因此，当文本审视它内部各式各样力量的含义及其后果之时，批评阅读却将这一内部的差异转化为诸多互相排斥的立场之间的差异。在与此相关的解构分析中，被解构的不是文本自身，而是被阅读之时的文本，即文本与阐发它的阅读的结合体。因此，将一个内在差异的复杂模式转化为或此或彼的立场或阐释，其理论基础是大可被质疑的。

其六，解构有涉对边缘的关切。我们已经注意到德里达如何执目于某一部或一类作品中被早先的批评家认为微不足道的成分。这便是对于排斥的识别，它既是等级可能的基础，又能摧毁等级。但是，它也是抗衡以往阅读的开端，这些阅读以将文本分为文本和边缘两种成分，为文本打造了一种文本自身通过它的边缘成分可予颠覆的本性。鉴于执目于

第二章　解构

边缘乃是去发现文本中拒绝其他阅读对其进行界说的成分,因而它某种意义上也是一种努力,以防被研究的作品反为不那么丰富复杂的文本所统治或决定。语境性的阅读或历史性的阐释,一般是基于据信是简单明晰的文本来确定更为复杂、难以捉摸的文本中段落的意义。我们已经见到德里达怎样坚持语境的不可饱和性,以及伴随拓展语境的可能性,容许被研究的文本出现新的复杂性。因此,解构可以被比作这一对孪生原理:语境对文本的决定性和语境的无限延伸。德里达每读到身不由己涉及形而上学价值系统的作品,便开掘了语境的决定力量。

但是,如此描述解构,也牵涉到有关"边缘"成分的地位问题。当解构主义阅读攻击语境论者企图通过联系较为简单明晰的文本来确定一部迷离复杂作品的意义,当它们继续紧盯住语境论者称某个假定的作者意向为边缘成分的要素时,它们是否也否定了作者意向与文本阐释的关系?或者,另外选取了立场?有鉴于这是德里达的评价中反复出现的问题,我们不应在同解构照面之前便一笔勾勒出它所鼓励的各种阅读策略,尤其它还为重新考察德里达阅读奥斯丁、柏拉图和卢梭的方法论提供了方便之径。

在奥斯丁的例子中,对他程式的一个小心翼翼的分析——不是通常那种浮光掠影的或者以意向名义对特定构想视而不见的分析——表明奥斯丁重复了他批评过的前辈们采用的排斥步骤,而且人们可以说,奥斯丁走到这一步,其动因也和他的前辈们一模一样。但是,德里达一面拒绝以距奥斯丁意向太远为理由来贬低这些构想,同时他的分析也没有避开意向的范畴,或忽略文本中意向的标志。相反,对于德里达的论述来说,很重要的一点是奥斯丁试图补救和避免他在别人身上看出的失策,打算把他的排斥展现为非关本质的。如德里达所言,奥斯丁的例子之所以有趣,恰恰是因为奥斯丁拒绝以真或伪的命题为界定话语的规范。他试图也有意"在一种耐心的、开放的、迷离的分析之中,在持久不变的转化之中"(Derrida,*Marges*,p. 383/SEC,p. 187),打破语言的逻各斯中心概念。像这样一种意向性分析终以重新引入它们意欲诘难的前提而终结,充分揭示了逻各斯中心主义的难以避免性及一种语言理论的重重困难，这远不是某一寓含了不同意向的话语的失败所能言尽的。奥斯丁的意向不是决定他话语的意义的东西，但他的文字中有一种意向效果，可在文本内容的描述中扮演一个重要角色。

这类效果的角色在德里达对卢梭的阅读中表现得更为明显，德里达毫不犹豫地为卢梭的文字贴上了一块醒目的主题标签"卢梭想说的是"："他声称，他想说的是篇章结构和文字是语言后天的疾病；他说的或描述的却是他不想说的：连接以及文字的空间，在语言的发轫点上就起作用了。"（Derrida, *De la grammatologie*, p. 326/229）卢梭意欲将文化界定为一个正面的自然状态的反面：不幸替代了幸福，文字替代了言语，和声替代了旋律，散文替代了诗。但与此同时，他又以那样一种方式概括文化的补充，以至揭示出所谓负面的混乱化、复杂化总是先已活动在据信是它们的出源之地的地方。这样把卢梭的文本一分为二——一是他的意愿，一是他所不愿的——自然是一种阅读的策略。对此，德曼会称为由文本预示的一种误读：文本对这些主题的坚持，使读者把它们看作作者意向中的意义，而视混乱化、复杂化为无关意向的残渣。但是这一运转不息的意向概念对德里达的分析来说十分重要，无论是他叙说的卢梭故事，还是《论文字学》之"方法问题"部分对作者与语言关系的探讨。

　　它引出"补充"一词的使用问题：卢梭在语言和逻辑内部的地位，而语言与逻辑为这个词或者说概念提供了惊人的资源后盾，以至假定的话语主体总是说，当使用"补充"一词时，总是多多少少言非所指。因此这不仅是卢梭文字中的问题，也是我们阅读中的一个问题。我们应当先来严格说明这个"被把握的"和"出人意料的"（de cette prise ou de cette surprise）。作家在一种语言和一种逻辑"之中"写作，它们的体系、法则和生命是他的话语无法用定义绝然支配的。他使用它们，只是追随一种模式，或在某个点上，把自己交给这体系来支配。阅读必须瞄准某种关系，即作者所使用的语言模式中他所把握的和尚未把握的之间的关系，这是作者未曾察觉到的。这一关系不是光明和黑暗、羸弱和强盛的某种量的分

第二章 解构

布，而是批判性阅读必然产生的一种指意结构。（Derrida，*De la grammatologie*，pp. 226-227/157-158）

新批评拒绝求诸意向，因为根据与这项研究直接相关的材料诗人的特定意向较之他所创造作品的惊人丰富的资源，是狭隘的、有限的。如果说新批评反对潜心于各种可予发现的意向，那么其目的则是求一个抽象的、全面的意向。克林斯·布鲁克斯否认他在揭示诗人始料未及的复杂性，认为"诗人完全知道他在干些什么"（Brooks，*The Well Wrought Urn*，p. 159）。诗人有如造物主，据信，他的全部创造都是意向所为。对德里达来说，情况则恰恰相反，意向可被视作特定的文本效果或产物，它被批评阅读提取出来，然而总是逊于文本一筹。意向，如本章第二节所示，非为先于文本、确定文本意义的什么东西，而是阅读中被识别出来的一种重要的组织结构，为论证画出清晰的轮廓线，使它同相反的见解区分开来。批评家无须称文本的某一层次是作者的意向，因为作者越是伟大，他的意向便越难被限制在文本的哪一部分之中，但这样做也是以一种引人注目的方式，戏剧化了所谓的主体同语言及文本性的关系——一种"被把握的"（prise）和"出人意料的"（surprise）的关系。

在对卢梭的阅读中，德里达设立了一种意向论据，以辨认文本对其明确宣言的颠覆。但是在对柏拉图的阅读中，他注意到了这个有意识意向概念的衍生性质，以及它对文本关系的过度简单化的倾向。在柏拉图的文本中，"药"（pharmakon）一词——

> 被置于一个指意链之中。这一长链的活动似是系统性的。但这里的系统并不简单是一位叫柏拉图的作者的意向系统。这个系统主要不是一个意向性意义的系统。它井井有条建立起来，为语言的游戏所生，位于这个词的不同功能之列，又在形形色色的文化层次或部门之间。柏拉图有时似要宣布这些联系，这些意义产生的渠道，加以"精心"策划而使它们见诸天日。……可是，在其他一些例子中，他又似未曾看见这些联系，把它们留在黑暗之中，或者甚而切断这些联系。没有柏拉图，这些联系照样在运行吗？在"他的"文

本之中？在他的文本"之外"？否则是在哪里？在他的文本与语言系统之间？对象是哪一些读者？什么时刻？（Derrida, *La Dissémination*, p. 108/96）

德里达接着说，人们很难给这些问题一个全面的原则性的答复，因为它们假定有那么一个地方，在那里这些关系和联系或是被建立起来了，或是没被建立起来，故而是无效的。自然，人们可以争辩说，这些联系稳固建立在柏拉图的无意识或语言能力之中。但这又取决于有待裁决的问题，而德里达的意思，则是把它搁置一边，光是提出，不去作答。譬如，他并不拥戴这样一条原理或规则：文本中任何一个词都具有它历来拥有过的，或与它相差不过一个音位的任何能指历来拥有过的全部意义。当他在《柏拉图的药》中论证"在场"于某个话语中的语词，以及该词汇系统中所有其他语词之间潜在的强大关系时，他否认有这么一些原则：据此可以预先排斥指意的可能性，为辨认各种盲乱的关系打开大门，诸如柏拉图文本中"药"（pharmakon）和"魔术师"（pharmakeus）之间的关系，以及"替罪羊"（pharmakos）中重要的文化惯例（见第二章第三节）等。除了为批评阅读所生，谁又来关心这关系于何处发生？那些被认为值得探究、值得催生的关系，不过是以一种附饰方式运行的关系，是描述文本性的结构及阅读策略的关系而已。

（4）最后，解构影响文学批评，是因为它作为人文科学中一种杰出的理论思潮，影响了人们对批评活动的性质及目标的看法。如果我们将解构视为后结构主义的一种主导形式，故而视其为结构主义的对立面，我们便可能得出类似米勒在本书导言部分概括的结论：解构源起于结构主义的觉醒，意识到它的系统工程无以为继。结构主义者的科学雄心，由于解构分析对它赖以描述和把握文化生产的二元对立的诘难，被证明是一场白日梦。解构摧毁了结构主义者的"理性信仰"，揭示了文本盲乱的非理性性质，说明文本是在搅乱或颠覆据认为它们在显现的任何一种体系或立场。借此，解构展现了一切文学科学或话语科学的不可能性，使批评活动重新成为阐释的使命。譬如，批评家与其借用文学作品来发展某种叙事诗学，莫如研究个别小说，看一看它们怎样抑制或颠覆

第二章 解构

叙事逻辑。人文科学中的研究——结构主义曾试图将其纳入庞大的系统工程——现在被要求回归细读,回归"小心翼翼从文本内部的指意活动中抽绎出互不相容的论点"。

当然,人们可以争辩说,美国的批评已在解构理论中发现理性,证实阐释是批评活动的首要任务,由此在新批评的目标与如今更新一代批评的目标之间维护着某种延续关系。下一章中,我们将要讨论解构批评的实践,以及它与所谓的"细读"的各式各样的关系。但是,倘若认为解构是教批评家拒绝系统方法,一头钻进对个别作品的阐发之中,那么必将对德里达的例子大惑不解。恪守批评活动的美国模式,认为解构的目标即是阐说个别作品的读者发现解构远谈不上完美。比如,他们抱怨某种千篇一律的单调:解构使每一种东西听起来都一模一样。的确,德里达与他的追随者作为阐释家时,似乎没有标出每一部作品的独创性,或者哪怕是它独特的盲乱性也好。他们满心想的似乎倒是签名、比喻、框架、阅读或误读或者逃避某种假设系统的困难一类的问题。不仅如此,解构阅读难得尊重作品的整体性或完整性。其目光盯住部分,把它们与各式各样的东西比附,甚至都不想一想随便哪一部分与整体的关系。阐释家可以论辩哪一部作品缺乏统一性,但忽略统一性的问题,却是蔑视他们的职责。此外,德里达对分析对象的选择,也令人费解。女性主义批评家分析非典范式作品以图改变典范,但当德里达不以莱布尼茨和休谟,却以威廉·沃伯顿和孔狄亚克为对象时,并没有褒贬的意思。他对文本的选择似由它们能说明什么问题而定,就像他不厌其烦,在《丧钟》和《黑格尔的时代》中专门讨论了黑格尔的一系列信件一样。他有意识避免一头卷入规范的重新阐释和重新构造之中。最后,解构阅读所达的结论,强调的经常是语言的结构、修辞的运作和思想的迷离复杂,而非某一部特定作品的意义。相比号称放弃总体理论规划的阅读,它们似乎令人生疑地执着于一些最为普遍的理论问题。

解构为阐明个别作品而拒绝作系统探索,这个观念基于一种本身需要解构的二元对立。我们不能因为德里达在结构主义体系——无论是索绪尔的、列维-斯特劳斯的、奥斯丁的还是福柯的——之中认出了差异或矛盾,便得出结论说他本人的文字与系统论的探索是绝缘的。同理,他批评马克思主义,尤其不满马克思主义作为一门科学试图将自身建立在"历史"之上的做法,但他依然采用了马克思主义所鼓励的诸种方法:系统而详尽地分析基础与上层建筑或惯例、思想之间显见的和隐蔽的各种关系。正如现在已经十分明显的那样,德里达的著作特别注重规则性——复现在话语中的各式各类的结构,无论它们的表面功效是什么。例如,在分析形形色色的文字无可避免地被卷入逻各斯中心主义时,他便考察了话语的结构决定因素,这也是许多结构主义者从其他角度来探索的一个主题。

所谓分析的目标乃是为个别作品提供更为丰富的阐说,这个看法是美国式批评根深蒂固的先入之见。它的能量见于对被贴上"还原主义"标签的系统理论如结构主义、马克思主义和精神分析的抵制之中,也见于将解构同化于阐释的努力之中,虽然解构的目标并不作如是说。倘若说阐释是它的目标,那么持反对意见的人便有理由抱怨说,解构之不确定性,使它的劳作变得毫无意义。M. H. 艾布拉姆斯说:"如果所有的阐释都是误解,所有文本的批评,就像它们所有的历史那样,只能归诸某个批评家本人的曲解,那么又何必费神去从事阐释和批评的活动呢?"(Abrams, "The Deconstructive Angel", p. 434)假定批评的目标是阐释的话,他认为解构恰恰使它本身的活动变得全无意义,因为它排除了阐释性结论的可能性。

欲知据点是否犹在,需重新审视科学与阐释。普遍性与特殊性的对立,仿佛它们是非此即彼的可能性似的,仿佛批评科学就一定是誉美特殊性的阐释。避免这一二元对立和同化倾向,有必要从一不同角度来描述结构主义与解构的关系。

如果说结构主义的文字反复求诸语言学模式的话,那是因为结构主义将批评思考的侧重点从主体移到了话语上面。结构的解释求诸错综复杂的社会实践领域惯例的结构与系统,而非主体的意识。意义是代码和惯例的效果——常常是凸显、戏拟、嘲讽或颠覆其他有关惯例的结果。为说明这些惯例,人们设置了各类科学——文学的科学、神话的科学以

第二章　解构

及有关符号的总体科学等，这为一系列分析工程提供了方法论的水准线。每一种工程内部，侧重点经常在边缘的或多有疑义的现象之上，这些现象指向将它们排斥在一边的惯例，也正发挥了这些惯例的功用。举个例子，结构主义文学批评较之结构井然的传统文学类型的范式，更乐意垂青打破了传统的先锋派文学。结构主义者津津乐道"新小说"、超现实主义文学及据认为颇有革命性的早期作家——马拉美、福楼拜、萨德、拉伯雷，但转向据认为恪守传统的经典作家，他们也发现了某种毋庸置疑的激进力量，如巴特对拉辛和巴尔扎克的研究。

其他的结构主义文字几乎如出一辙：某种科学或形式完整的"语法"的概念，成为研究的方法论，而研究本身却常常侧重不合语法或离经叛道的内容，一如对污染和禁忌的人类学研究，或福柯的结构主义疯狂史和关于监狱的研究。有人会反驳说，某种科学或语法的概念与结构主义的关系，正相当于解构主义诘难系统和综合的概念。但两者都非某种可以企及的成就，而是不得已而为之，同时也另有所成。解构主义对范畴和假设的发难，不断重新回归一小组问题，得出近似知识的结论。诚如规则与代码的结构主义研究会醉心于不规则性，解构主义的破码也揭示了某种规则性。诚如结构主义者论辩说不合语法在另一种代码中将被证明正合语法，解构主义的信徒们也注意到了解构结果的规则性所隐含的支配权威，必须由进一步的分析来加以质疑。事情仿佛是这样：结构主义的科学发掘出了惊人的非规则性，解构的阐释则引出了不可抗拒的规则法。我们只能将它们作为颠覆二元对立命题如结构主义与解构、科学与阐释或普遍性与特殊性的指南，而不能依赖它们。

在聚焦语言或话语的过程中，结构主义使意识或主体成了运行其间之诸系统的一种结果。福柯提出"人"不过是我们知识中的一褶——这已被德里达论"褶"和"入鞘"的著作弄得日趋复杂。若要使各种分析规划付诸实践，结构主义必须提供一个新的中心，一个可作为参照点的给定结构。这个给定结构便是"意义"。罗兰·巴特在《批评与真理》中敏锐地注意到，文学的诗学或科学并不建立在文学作品本身的基础之上，而是建立在它们的可理解性，以及它们被人理解了这一事实之上。

以意义为既定结构，诗学试图识别与这些已被接受或可被接受的意义有关的代码系统。索绪尔的科学语言学的理论也有赖于意义，尤其是意义的差异，将其作为指意的一个给定结构。欲确定什么是指意对照，因此也是确定什么是某一语言系统的符号，我们可以来做转换试验：英语中，p 和 b 是不同的音位，pat（拍）和 bat（棒）是不同的符号，因为在语境-at 中 b 向 p 的转移产生了意义上的一种变化。依靠视意义为某种给定结构的可能性，在结构主义和读者反应批评之间产生了某种联系：不仅视意义为给定的社会事实，而且明白无误地在意义和读者经验之间画上了等号。于是，批评家的使命，就是描述和说明读者经验中给定的意义了。

解构试图表明对意义的这一处置怎样为它的基础理论所损害。德曼说："阅读之可能性永远不能成为天经地义的事实。它是一种理解活动，既不能被观察，亦无任何方式可以加以规定或证实。"作品并不滋生可作为一门科学之坚实基础的"超验知觉、直觉或知识"（De Man, *Blindness and Insight*, p. 107）。如我们在第一章所见，读者经验对读者反应批评来说固然为一必需的给定结构，但它实际上却非给定，而是一种建构，为它据信帮助阐明的要旨与事实所生。结构主义有如新批评，欲将诗的意义直接连向它的结构，故而总是发现它不能依赖一个给定的意义，而必须面对含混、反讽和散播的问题。给定的意义，从把巴尔扎克说成是一个容易理解的传统小说家到对某种辞格的一般阐释，都是不可或缺的出发点，但是它们被它们使之然的分析取代了，就和同样发生在解构阅读中的情况一样。

佳亚特里·斯皮沃克说：

> 解构实践在美国，最为人熟知的方面是它无止境倒行的趋势。但是对我来说，最有趣的方面是：在解构实践中寻出任何一种阐释的努力之临时的、难以驾驭的出发点；是认出在揭开合谋关系的同时，作为主体的批评家本人反与被他批判的客体合谋，以及它之强调"历史"和作为合谋之"踪迹"的伦理-政治——这证明我们并非生活在一个摆脱了这类踪迹而被清晰界定的空间之中；最后，是

> 它之承认其自身的话语永远不足以说明自身。(Spivak,"Draupa-di",pp. 382-383)

说明结构主义之"给定"非为基础,而是必然为分析所质疑的临时起点,是对结构主义理论的有力批判。但这并不意味着解构有另外一些临时的、难以驾驭的起点,例如,称它求诸业已证明的意义和被解构话语的基本假设等等。所谓站在文学领域之上或之外以图支配控制它的批评家,同时也身不由己被卷入他们意欲描述之客体的意义游戏之中,并不寓示解构阅读能够遁出这些难以对付的意义力量。阐明语言和元语言、观察对象与观察者之间的合谋关系,诚然质疑了在某一领域企达一种原则井然的支配权威的可能性,却不暗示解构成就了它所独有的支配权威,或可以站在一个安全的外部立场,忽略有关支配的全部问题。解构分析的结果,诚如许多读者可以证实的那样,是知识和有关支配的感觉。在阅读特定作品和这些作品的阅读中,解构试图理解某些文本的现象,如语言与元语言之间的关系、外在与内在的效果或冲突之逻辑相互作用的可能性等等。如果这些分析所产生的公式本身令人生疑,那是因为它们被卷入了它们声称欲加以理解的复杂形势之中。承认这一不足,也为批评、分析和移位敞开了大门。

第三章　解构批评

　　在讨论解构主义对于文学批评的含义时,我们辨析了一系列可能产生的策略和侧重点,从对哲学等级的严厉剖析,说明它们怎样在文学话语中惨遭覆灭,到追踪能指以狼人之释名方式环环传递而建立的节节联系。有鉴于解构批评并不是将哲学课搬到文学研究之中,而是着力挖掘文学文本中的文本逻辑,所以它的可能性变动不居,评论家也情不自禁画出界限,欲将正宗的解构批评与对它的歪曲变形或面目全非的模仿区别开来。以德里达和德曼为例,二者虽不相同,却都具有权威意义的真正解构范例,论者可以攻讦其他批评家要么是冲淡了原初的解构洞见,要么是机械地照搬两位大师的程序。一方面,在《新闻周刊》和《纽约书评》中,解构主义的反对者们异口同声,承认德曼和德里达具有一种离经叛道的独创性,却指责研究生们机械模仿他们力不能及的东西;另一方面,在《雕像》与《分辨》杂志中,解构的拥护者们又纷纷发难,

第三章　解构批评

责怪美国解构批评家们歪曲和削弱了德里达和德曼原初的程式。①

这两种责难的殊途同归是人们所熟悉的：正是这些术语将文字描述为退居一隅的，描述为言语的一种歪曲或机械再现。在解构主义的拥戴者中，关注纯洁性可谓情有可原，这些人容不得他们敬仰的观念被人复制。但以德里达或德曼的文学为本源，而视其他解构文字为堕落的模仿，恰恰也是忘了解构主义在意义与可重复性的关系，以及用词不当、误中靶的的内在功能上说了些什么。解构为重复、离格、变形所生。它之见诸德里达或德曼的文字，唯是凭借了重复、模仿、引用、歪曲和戏拟。它不是一种单一意义的指令，而是一个差异系列，可以根据各种轴线来绘制图像，诸如在何种程度上视被分析的作品为一个单元，执目于文本之以往阅读的功用，潜心于追踪能指之间的关系，以及追溯分析中元语言范畴的资源等等。任何一种理论体系的能动性，很大程度上都赖于差异，它们一面使论证成为可能，一面又防止在体系内外作出一刀切的划分。②

不光是重复产生彼时可被称为方法的东西，据说纯出模仿或离了谱的批评文字，也常常能提供比所谓的本源更为清晰和完备的方法范例。比如，德曼本人的文字常常带着不容置疑的权威口气肯定一些观点，这

---

① 《新闻周刊》赞扬原创的"解构主义职业参与者"，称他们是"了不起的文人，将解构注入他们自己的个人和实践目的之中"，但又警惕它对研究生们产生的影响，担忧他们可能会犯"教条主义错误，让单单一种语言理论来决定他们对伟大文学的反应"（1981年，6月22日，p.83）。《纽约书评》则通过丹尼斯·多诺霍之口，抱怨研究生们"为了他们想要背书的理论"，机械生产解构主义阅读（"Deconstructing Deconstruction", p. 41）。1980年关于德里达的瑟里西座谈会上，对于德里达解构主义在美国被机械用于文学批评，有诸多抱怨，特别是美国人，他们认为那是移花接木，剥夺了解构的原初激进力量（如，Lacoue-Labarthe and Nancy, ed. *Les Fins de l'homme*, pp. 278-281）。主题也变得熟悉起来：美国的解构批评被表述为重复和运用，某种歪曲和摧毁原作本初力量的机械运动。罗道尔夫·伽歇的《作为批评的解构》抱怨德里达的本初哲学工程被歪曲了，称"哲学论争波及文学领域的结果，是太为天真，有时甚至失去控制、始料不及地被极端滥用了"（Gasché, "Deconstruction as Criticism", p. 178）。对于区分本源和派生的高度关注，其反对者和支持者的合流，是批评机制内部派系较量的一个有趣症状。

② 除了本章讨论的批评家的文字，参考以下作者的著述当不无神益：蒂莫西·巴蒂、辛西娅·切斯、尤金尼奥·道纳多、罗道尔夫·伽歇、卡罗尔·雅各布斯、萨拉·考夫曼、理查·兰德、约瑟夫·里德尔、迈克尔·瑞安、亨利·苏斯曼、安德烈·沃敏斯基。

些观点本来是需要阐发的,可是他却虚晃一枪,草草带过,以便跨向更为"高级"的反思。他的文章经常对读者说,阐明这些观点并不困难,只是麻烦。它们也的确提供了许多详尽殷实的论证和解释,然而论证中的这些空白,却足以令人瞠目结舌。弗兰克·伦特里夏把德曼当作存在主义者阅读,他埋怨说,其文章"糟就糟在处处暗示他毋庸争辩地、权威地、如实地把握着他所阅读的文本"。伦特里夏认为这是一种唯"历史学家"才能占据的立场。(Lentricchia, *After the New Criticism*, p.299)虽然大多数批评文章皆有心暗示这类权威性,德曼的文字却来得特别——常常特别令人恼火——它们可以省略关键性的阐述,以便将读者放到这样一个位置上面:他们若不具备相应的观念,确信不疑那些似乎是难以置信或者至少是未被证明的前提,那么他们将从他的分析中一无所获。如德曼评价里弗特尔"武断的主张":"像他那样,用最平淡乏味又最专横武断的术语阐说这些主张而使它们的启发功能昭然若揭。"(De Man,"Hypogram and Inscription", p.19)

阐述解构批评自然不能忽视德曼的文字,但是他的"权威修辞"经常使其反不如年轻一代的批评家有典范意义。这些批评家无疑依然在试图阐说他们希望肯定的东西,故而可能对重要问题和程序提供更为清晰的看法。一个优秀的起点是一个其实践较其理论更能洞烛幽微的批评家的一篇优雅且相对简单的分析。华尔特·迈克尔斯的《〈华尔腾〉的虚幻的底部》,给予新批评程序一种解构的反省,故将有助于我们置解构批评于一个文学阐释的传统之中来作考察。

爱默生埋怨梭罗"漫无节制地滥用矛盾手法……这使我读起来头皮发麻,很不舒服"。迈克尔斯也谈到《华尔腾》的矛盾之处,以及读者用以避免头皮发麻和不舒服的策略。《华尔腾》一般被看作是对基础的追求,试求砍去多余的成分,以发现坚实的底部。在其《日记》中,梭罗谈到一个有名的规划,这规划的结果后来见于《华尔腾》之中:"去寻找华尔腾湖的底部,看它有什么入口出口。"《华尔腾》中有一段名言,督促我们去寻找坚实的根底:

> 让我们举步,在遍布全球的见解、偏见、传统、幻想和表象的

> 泥淖中艰难地走下去……走过教会和政府，走过诗、哲学、宗教，直至来到我们叫作"现实"之处，触及坚实的底层岩石，说：这里便是，没错。然后，既然有了立足点，便在水火霜雪之下营筑一块土地，那里你能建起一堵墙或一个国家，牢固地竖起一根灯杆，或者，也许是一根标桩，它不是水位计，而是现实之标尺，以使未来的世纪可以知道虚假表象之水，天长日久积有多深。（第2章①）

这个坚实的底部是自然基础，自然中一种先于或外在于人类习俗的基础，即我们必须试求把握的现实。但是，《华尔腾》中还有另外一个坚实的底部，梭罗说："奠定坚实的基础前便着手飞架起拱门，是不会使我满意的。我们不必在迷魂阵中惶顾，到处都有坚实的底面。"他接着举了一个生动的例子，说是某旅行者问一个孩子"他面前的沼泽是不是有个坚实的底部。孩子回答说是的。但一转眼之间旅行者的坐骑便陷了下去，深及肚带。于是他对孩子说：'我想你是说过这个泥沼有个硬底的。''是呀，'后者答道，'你还没到半途呢。'社会的泥沼和流沙也是这般模样"。梭罗得出结论说："但洞悉者堪称明哲。"（第18章）

如迈克尔斯所见，两段文字的主题虽然相似——"寻找坚实底部的探险者"——角度却发生了戏剧性变化。（Michaels, "*Walden's False Bottoms*", p.136）两段话都拿坚硬的底部与它上面的泥淖对比，但价值结构却转移了：第一段文字中，哲人在泥淖中艰难跋涉，以达根底；第二段文字中，哲人则成了明知底细却躲在一边的人。第一段话中富有英雄色彩的探索者，变成第二段话中傻乎乎沉了下去的旅行者。梭罗又谈到探索华尔腾湖底的经过，情况就更复杂了：

> 因为我总惦记着重现华尔腾湖久已消失的湖底，我带着指南针、铁链和声仪仔细做了考察。这是在1846年初，冰还没有化开。关于湖底，或者毋宁说关于这个湖之没有湖底，有许多传说，自然这些传说本身也是没有根底的。令人吃惊的是，人们居然那么长时间相信一个湖没有湖底，却不愿费心来测试一下。有一回在这一带

---

① 以下均指梭罗《华尔腾》中的章节。——译者注

散步，我还见过另外两个这一类型的"无底湖"。许多人相信华尔腾湖直通到地球的那一边……另一些人从村里走来，带来一根"五十六"和满满一车测量绳，但仍然没见底的影儿。因为当"五十六"半途休息时，为满足他们实在是无法测量的好奇心，他们的绳索也徒劳地用了个精光。但是我可以向我的读者保证，华尔腾在某个虽说不同于一般，但并非不可思议的深度上，有一个合情合理的硬底。我轻而易举地用一条鳕鱼线测量了它……最深的地方不多不少是一百零二英尺……（第16章）

现在，模式清楚了：梭罗给了我们见解的稀泥烂沼（本身没有根底的愚知浅见）和他自己寻找事物根底的坚定决心，以发现事实，并告诉我们：这里便是，没错。但他紧接着又说："对于这么小的一块区域来说，这是个惊人的深度。然而想象不能使它稍减分厘。即使所有的湖泊都很浅，那又怎样？难道它不会对人们的心智有所影响吗？我很感激这个湖，它的纯朴和深邃成了一种象征。而人们却深信不疑某些湖可以没有底部。"坚实底部之现实与无底之错觉的对立，转化成了由底部联想到的肤浅和由无底联想到的无限之间的对立。赞颂湖的深度是为暗示无底，而<u>一旦发现真正的底部，深度也就消失了</u>。

迈克尔斯没有摒弃<u>这些</u>矛盾的说法，而是探查了它们怎样复现在梭罗对自然基础及作为基础之自然的进一步讨论之中。所谓底部一经发现，它作为一种价值便不复存在的程式，同样发生在梭罗否定"任何由社会提供的自然价值的实际标志"之时。自然作为坚实底部或底线的魅力，取决于它的他性，因此任何一个特定的底部必须被证明是肤浅的，以探求进一步的深度。"自然的范畴变得空空如也。"迈克尔斯说。但这并不意味着自然与惯例之间的分野可以取消，"恰恰相反，自然规则越难辨认，某一唯有以理论与惯例习俗之对立来解释的立场，便拥有越多特权"（Michaels, "*Walden's* False Bottoms", pp. 140-141）。迈克尔斯未予援引的一段话证实了这一底部的游戏。在接下来赞扬艰难跋涉来到一个"立足点"的段落中，梭罗又说："时间不过是我垂钓于中的溪流。我饮水，但是当我饮水的时候，我看见沙底，发现它真浅。潺

第三章　解构批评

潺溪水流淌过去，但永恒滞留下来。我愿饮得更为深沉。上天垂钓，点点繁星是它的湖底。"（第 2 章）目之所及的底部太浅了。将天空比作湖，两相结合了对湖底的向往和无底的深邃。天穹的阴郁，是最好的自然之底。

在迈克尔斯探讨的有关自然和基础的那一系列段落中，"对坚实底部的追求十分明确，但怎样为它定位，怎样概括它的特征，却使作者步入纠缠不清的矛盾之中"。迈克尔斯接着又说：

> 我试图描述的是《华尔腾》文本中的一系列关系：自然与文化、有限与无限以及字面义语言与比喻义语言之间的关系。这些关系向来被认为是等级性的，即两个单项不是简单共处，一项总是被认为较另一项更为基本，更为重要。可蹊跷之处在于它老是行不通。有时自然是认可文化的基础，有时它又不过是文化的另一种创造。有时搜寻一个坚实的底部被说成是道德生活中的中心活动，有时同样类型的搜寻又只使崇高的殉道者比肩而过。我认为，这些难以解决的矛盾，正是使我们读到《华尔腾》便头皮发麻的症结所在，而解开这些疑点，在我看来也是大多数有关《华尔腾》的批评的主要动因。（Michaels, "*Walden's* False Bottoms", p. 142）

如果澄清这些矛盾的努力是歪曲了《华尔腾》，那么倒不如把它们作为一种审美悬念保留下来，欣赏梭罗作品丰富的模糊性。但是，这不是一个无瑕的选择，因为维持矛盾的模式从作品中的底部、自然一直延伸到阅读。在题为"阅读"的一章中，梭罗将史诗（尤其是《伊利亚特》）与他所谓的"肤浅的旅行见闻之作"对比（第 3 章）。史诗是深沉的。它的语词是"千锤百炼保存下来的表现形式，以至光是耳朵聆听都不足以领略其磅礴之气"。在史诗的描绘中，梭罗又一次采用了"点点繁星是天空的湖底"的意象："最高贵的书面语言一般来说都远在一掠而过的口头语言之后或之上，就像繁星点点的天空总在云层背后一样。星星确实存在，能阅读它们的人也确实存在。"较之肤浅的游记，史诗需要一种比喻性的阅读：读者必须能假设"一种超出日常用法之许可的更大的含义"。迈克尔斯因此说：

> 史诗和游记之间的对立被纳入了比喻义与字面义,因而也是书面语和口头语的对立之中。每一组对立中,第一项都处在一种特权阶层,假如回到华尔腾湖的深度测试,我们可以看到,这些都是我曾称为"无底"的价值。一个浅水池塘如同一本肤浅的书,即一本游记,只需按字面意义去读。而《华尔腾》是用一种"象征性的深沉和纯朴"写成的。
>
> 但是这一存疑的模式虽然可信,却并非无处不在,也并非当然定论。在"阅读"一章后,"声音"一章紧衔而至,它把已经引出的范畴重新系统地考察了一遍,再一次肯定了坚实底部的价值。(Michaels, "*Walden's* False Bottoms", p. 144)

书本的比喻性语言较之自然中实在的声音,明显不如。梭罗说,后者是"不用隐喻来陈说全部事实事件的语言"(第4章),读者乐意选择它的现实性、坚实性,就像前一章中颂扬比喻性阅读一样。

读者不能简单接受这一矛盾的说法,因为阅读说到底是个选择的问题,比如,在追求某一坚实底层和欣赏无底境界之间作出选择。梭罗说:"我们的全部生活都是惊人得道德化的,善恶之间没有一刻休战。"(第11章)他尤其猛烈地抨击了那些自认为无所选择的人。迈克尔斯说,《华尔腾》试图"向我们表明,我们的确有着选择的余地。通过打破等级,将它们纳入自相矛盾的非此即彼的选择,我们的努力就显现了出来。但是这一破坏产生的与其说是选择的必然性,莫若说是选择的机会,因此它也同时破坏了我们可能赋予任何一个特定选择的理论基础"(Michaels, "*Walden's* False Bottoms", pp. 146-147)。其他选择如此,阅读亦然:"如果我们的阅读声称欲发现一个坚实的底部,它只能根据文本既认肯又排斥的原则来做到这一点。因此,我们冒着淹没我们自己见解的风险。若非如此,如果我们拥抱无底的观念……我们便通不过《华尔腾》的第一场考试:作为认以为真的读者,验证我们的道德责任。这真是我赢了脑袋,你失了尾巴。难怪这场游戏使我们头皮发麻。"(Michaels, "*Walden's* False Bottoms", p. 148)

迈克尔斯的阅读探究了《华尔腾》围绕一些关键问题的处理方式,

就像一般批评阐释那样，发现了错综复杂的模糊性。但是这里的模糊性更使人头疼：不光是非此即彼的意义，还有对意义、对意义之差异的两种态度的选择。于坚持文本的劝勉和伦理维度中，迈克尔斯发现这部作品造就了一种双重约束，它一面催促读者作出选择，一面又勾销了企及正确选择的可能性。他的分析也异于批评中通常的统一概念。克林斯·布鲁克斯在《精制的瓮》中说："一首诗的基本结构，乃是种张力解决完毕的模式……诗的特殊统一性在于将各种态度统一进某个等级之中，这个等级从属于一个统辖全局的总体态度。"（Brooks, *The Well Wrought Urn*, pp. 203, 207）这里，虽然等级已经被打破，虽然重重矛盾的结构也产生了某种统一效果，但并未生成一种统辖全局的总体态度，而是每一种可能的态度都被一分为二。最后，这一分析专执于文本中的语言成分，它们提供了事实和词汇，如"硬底"和"无底"，使意义和阐释的讨论成为可能。这就提高了阅读的地位。批评家与其苦心搜索诗和文学想象的象征意义，莫如探究关于阅读，作品说了什么，无论是含蓄的还是显见的。

许多人会不无理由地争辩说，迈克尔斯的阅读虽就对等级对立命题的破坏而言，不乏新鲜感，却不是真正的解构批评，只不过是将矛盾作为审美悬念原封不动保存下来罢了。它说《华尔腾》使人头皮发麻，对其后果却只字未提。迈克尔斯的文章考察了作品所议论之阅读和它实际引发之阅读之间的关系，却没有像许多解构批评那样，来追踪语言和修辞的内在含义。不仅如此，有人还会认为，在《华尔腾》中寻找矛盾，未免也太容易了。它的叙述结构比较松散，批评家就常常认为，它只是一系列著作的片段。若要对一部更为紧凑，似乎完全控制着其叙述及主题结构的作品作一解构阅读，我们可考虑芭芭拉·琼生在其《批评的差异》一书中对《比利·巴德》的分析：《麦尔维尔的拳头：〈比利·巴德〉的判决》。

《比利·巴德》讲的是一艘英国战舰上一名漂亮、天真的青年水手的故事。比利无端被居心险恶的军械长克拉盖特指控密谋叛乱，因为一时口吃语塞，比利当着船长维尔的面打倒克拉盖特，致其毙命。船长是个正直严肃、素有教养的人，十分同情比利，但是，他还是说服他的下属，在这特定形势下——英国正在作战，哗变时有发生——比利必须被处以绞刑。比利被绞死了，他的最后一句话是："上帝保佑维尔船长！"每个人物，其个性都明白无误归诸道德内质，但是琼生注意到："每个人物的命运均直接逆反于他的'天性'所应引导的结局。比利热情天真，于人无害，然而他杀了人。克拉盖特心怀叵测，满口鬼话，然而作为牺牲者身死。维尔洞烛幽微，恪守职责，却让一个他明知无辜的人走上绞架。"（Johnson，*The Critical Difference*，p. 82）

因此，这个故事的关键不光是善恶之争，更在于人物的天性和他们做了些什么，即所是和所为之间的关系。琼生说：

> 克拉盖特从头到尾只直接对比利·巴德说过一句话，奇怪的是，这句话引出的恰恰是所是对所为的问题。当比利一不小心把汤洒在军械长的路前时，克拉盖特逗趣答道："干得漂亮，小伙子！干得漂亮才是漂亮啊！"这句话出自谚语"干得漂亮才是漂亮"，它使所是和所为之间有可能形成一种延续的、可预见的、透明的关系。……然而克拉盖特诘难比利·巴德的，又恰恰是这一形体和道德、外观和行为或所是和所为之间的延续性。他警告维尔船长不要为比利漂亮的外表所惑："你只看到了他好看的脸蛋。红艳艳的雏菊下很可能是一个陷阱。"（Johnson，*The Critical Difference*，pp. 83-84）

他当着比利的面重复他的指控时，他的怀疑被确证了，那红扑扑脸蛋的小伙子要了他的命。

为深入这出戏的关键点，琼生收集麦尔维尔提供的证据，表明比利和克拉盖特之间的对立也是"语言的两种概念之间，或阅读的两种类型之间"的对立。比利是个简单的字面主义者，相信指意活动清澈见底。麦尔维尔说："任何种类的两面三刀、阳奉阴违，对他的天性来说都相当陌生。"对他来说，"这难得的坦率气氛和友好的话语都是真心实意的，这年轻水手还从未听说过'口蜜腹剑之人'。"他不可能相信形式和意义之间会有差异。而另一方面，克拉盖特不仅是口是心非的化身，且

第三章 解构批评

相信形式与意义未必一致。麦尔维尔说,克拉盖特懂得"用不信任的锐利眼光来看待外观的美"。克拉盖特指控比利口是心非,外表和现实不相一致,为否认这指控,比利给了他一拳,可这一拳事实上正展现了他所否认的表里不一,揭示了雏菊之下的一个致命的陷阱。他以加以否认的行为,说明了克拉盖特的指控并不为虚:

> 故事因此发生在能指与所指延续的假设(干得漂亮才是漂亮)和断裂的假设(红艳艳的雏菊下很可能是一个陷阱)之间。克拉盖特指控比利图谋叛乱很明显是虚妄之词,故而正展现了加诸比利的这些话的表里不一之状。克拉盖特因诬陷比利而被否定,但是比利做出否认的行为却似非而是地证明这诬陷竟是真理。(Johnson, *The Critical Difference*, p.86)

如是描述两个人物之间的对立,不仅阐明了指意和阐释自相矛盾的模式,也分别道出了有涉这个故事的批评论争的两种阅读模式。一些批评家疑心重重,有如克拉盖特,不愿意承认比利的善为正面价值。他们推测克拉盖特身上有潜藏的同性恋因素,把他对比利的态度解释成爱的被压抑形式;在对比利的心理分析中,又经常把他的天真描述为伪天真,把他的善描述为对他本人之不信任的压抑,而那致命的一拳,马上就使真相大白了。的确,在对抗的场面中,克拉盖特被勾画得像个精神分析专家,走近比利就像"疯人院的医生踱着方步,不慌不忙在大厅里走近某个正要发作的病人"。另一些批评家则支持比利,相信所是和所为之间的延续性,也接受人物的道德认同:克拉盖特是恶,比利是善,维尔是智。两类批评家都集中阐发了小说中的关键事件,即那致命的一拳:"如果比利被写成纯正的善,那么他的行为是无意的,相反象征着正当的回击,因为其源于'邪恶'的克拉盖特的破坏性行为。如果比利属精神压抑,那么他的行为是由无意识的欲望所决定的,揭示了压抑自身破坏冲动的努力导致的破坏性后果。前者,谋杀是意外事故;后者,它是遂了一桩心愿。"(Johnson, *The Critical Difference*, pp.90-91)

这里的关键是两者对那一拳的阐释,其前提均相抵于它们所持的立场:比利和字面主义者们相信延续和动因,必须视那一拳为纯出意外,非蓄意而为，以维护比利的善和那一拳象征的正义；克拉盖特和其他怀疑主义者则相信外观和现实不可能一致，故拳头唯有是动机在先，才能证明比利居心险恶的表里不一，这样，那一拳就体现了所是和所为之间的延续关系。因此，为将比利的这一拳纳入阐释过程，两种阐释格局都因必然要求助指意原则而损害了自身的连贯性。拳击砸碎了每一种立场——比利的和克拉盖特的，以及作为字面论者和反讽论者的阅读。它瓦解了任何一种阐释叙述，因为它所意指之物被它所意指的方式解体了。

如果批评家有意裁定比利和克拉盖特，或字面论者与反讽论者之间的争端，他会发现自己处在维尔船长的位置。从小说中看，船长恰就像个博学公正的读者。他的使命"恰是阅读天真与妄想、接受与反讽、谋杀与错误之间的关系"，对此，他以不同于比利和克拉盖特的方式作了阅读。比利和克拉盖特没有过去和将来，过去和将来在他们的阅读中不发挥作用：他们是为动机和意义而读。但是维尔把重点放在前因后果上。他称："巴德有意或者无意与问题无关。"他参照政治和历史的背景来读，参照《圣经》和《惩叛法》等居先的文本来读。加上权力和知识，他作出判决，确定了其他阐释和行为之间的关系。对维尔来说，判决比利有罪即是杀死他。维尔的阅读是一种政治行为：

> 它将模糊不清的形势转化为可予定夺的形势。但做到这一点是因为将一种"内在"的差异（比利：有意识的温顺和无意识的敌意；维尔：明察秋毫的父亲和军事权威）转化成了"之间"的差异（克拉盖特与比利之间、自然与国王之间、权威与犯罪之间）……《比利·巴德》中的政治语境是这样的：所有层面上的"内在"差异（战舰上的叛乱、法国革命对"持久制度"的威胁、比利的无意识敌意）均隶属于"之间"的差异（"战士"与"无神论者"之间、英国与法国之间、谋杀者与被害人之间）。(Johnson, *The Critical Difference*, pp. 105-106)

读者和批评家们与这位叫维尔的读者所见大相径庭。维尔似乎身不由己，为情势所逼去犯这样或那样的错误。他之所以是一个片面的读者，正是因为他必须在他的判断中考虑到这一判断的后果。我们，作为文学作品的读者，不能干得更好一些吗？难道我们不能通过一个较之维尔更为准确、更不带利害关系的判断吗？琼生问："如果说法律是从模糊难辨到可作定夺的强制转化剂，是否有可能'照其原样'来读模糊性，而不加上作为政治行为的阅读？"(Johnson, *The Critical Difference*, p.107)她得出结论说，甚至就这一点而言，麦尔维尔也还有话要说，"因为《比利·巴德》中还有第四个读者，一个'与世无争'、从来不出主意的人：老邓斯克。他'话很少，皱纹很多'，'肤色像古老的羊皮纸'"。邓斯克看在眼里，记在心里。迫于比利的讨教，他只说据他所见克拉盖特对比利"有怨气"。但是这句话连同他的拒绝再作评论，导致有迹可循的后果，酿成了悲剧。邓斯克"把一种力求认识上尽可能准确，行为上尽可能中立的阅读戏剧化了"，但"只求知不求做本身可起到一种行为作用"。邓斯克有如维尔，既阐明了知识与行为之间难分难舍的关系，又阐明了两者之绝无可能水乳交融。因为在每一种情况中，如琼生所言，"权威的形成，恰恰在于它不可能自食其果"。两人都无法避免始料未及的后果，而这后果便是认识与判断行为的悲剧和复杂化。琼生得出结论说：

> 《比利·巴德》远不止是善与恶、公正与不公正的研究。它戏剧化了所是和所为、言语和凶杀、阅读和判断之间迂回曲折的关系，使政治的理解和行为变得疑义丛生。……通贯《比利·巴德》的"致命的空间"或"差异"不在知识与行动、行为与认知之间。它是在认知内部，起到一种行动功用；它又是在行动内部，使我们永远无从得知我们击中的和理解的是否相符。这正是使麦尔维尔最后一部作品的意义"非比寻常"的关键所在。(Johnson, *The Critical Difference*, pp.108-109)

"非比寻常"一词阐明了这段批评在我上述诸引文中没有很好体现出来的一个特征：借用文本中的表现形式，常常是双关语，来连接叙述事件和阅读、写作的事件。比利的一拳在小说中是个非比寻常的事件，一个复杂的意义结构，一个必食其果的行为；而作品的意义，如前所述,亦有一种难逃其后果的行为性特质。这一章的标题《麦尔维尔的拳头:〈比利·巴德〉的判决》,同样提供了这类联系,它关系到三个有所为之言:麦尔维尔的写作行为(他写道:"他的[克拉盖特的]肖像我自会描写,可是永远不得要领。"),拳手比利的否定,以及维尔的死亡判决。一旦将文本中的语言当作元语言使用,批评家便是在继续一个文本先已开头的过程,但是解构阅读在对这一可能性的开拓中,却各显神通、大相径庭。德里达针锋相对地调遣文本中的能指来描述文本逻辑,德曼则相反,其避开文本提供的范畴,动辄用修辞学和哲学中的元语言来阐发他产生兴趣的契机。琼生对这个文本资源的略显克制的探讨,则产生了类似双关语的效果。

这个例子显示的解构,第二个侧面是怀疑批评家是否心悦诚服,把含混模糊表彰为一种审美的丰富性。当面临两种阐释或两种可能性时,琼生质疑两种阐释赖以驻足的前提,探究前提与结论的关系,结果发现经常是阅读恰恰为使它们成为可能的假设所误。这一发现,为探究这类阅读生成于中的框架提供了起点。因此,解构阅读可能拒绝以审美的丰富性为一种目的。不论何时我们来到一个似乎是终点的地方——一个意味深长的悖论或一个对称的公式——我们都会将这一立场反馈进文本,质问作品就这一结论将作何言。分析了维尔的判断后,琼生问文本将就判断行为本身说些什么,在得出这判断是一徒劳无功地企图把握它自身后果的暴力行为的结论后,她问,文本就她阅读中似乎出现的对政治判断的美学判断将作何言。然后,她分析了老邓斯克的困境,把它作为进一步阐释问题的框架。文本以其"入鞘的口袋",对读者得出的任何结论,都将有所评点。

第三,琼生的文章以认同行为与判断之不可能与阅读问题分离,提高了阅读的地位。从某种意义上说,《比利·巴德》阐明了"文本之外一无所有":这里政治行为被表现为一种特殊的阅读类型,徒劳地尝试着使一种阅读的结果成为它的基础。在探究意义之歪曲和意义之设定之间的联系中,《比利·巴德》提供了一种对权威本身的批判——比如法则,包括指意的法则——从而阐明了判断的文本性。这很像德曼在对尼采的阅读中用其他术语所做的事。

第四，琼生的文章向我们展现了解构批评怎样追踪似乎层层越见紧密且常被证明是双重制约的结构。在《批评的差异》开篇的第一篇文章中，她评估了巴特在《S/Z》中拆散文本的决断，仿佛文本是个"能指的星系"，而非一种所指结构："问题是，这个支离破碎能指的'反建构主义'（以对照'解构主义'）忠诚，能否成功地揭示巴尔扎克文本中举足轻重的多元性，或在最后的分析中，文本差异的某一系统层面是否亦已遗失，因巴特拒绝重新组织构架文本而丧尽元气？"在该书的"前言"中，琼生概括了她本人的方法程式：

> 这里，阅读得以进行，靠的是凭借其他无法被充分辨认或拆散的差异，来辨认和拆散差异。起点经常是一种二元差异，但是其他远要复杂难辨的各种差异，很快表明它不过是种幻觉。实体"之间"的差异（散文与诗、男人与女人、文学与理论、有罪与无辜等）被表明是建立在对实体"内部"差异的压制之上，以一种实体异于自身的方式。然而文本异于自身的方式从来都不是简单的，它有某种严格的、自相矛盾的逻辑，其效果在某一点上能为阅读所感知。因此，二元对立的"解构"不是将一切价值和差异扫荡殆尽；它是一种努力，力求追踪先已运行在某个二元对立幻觉内部的那诸多差异的既微妙又强力的效果。（Johnson, *The Critical Difference*, pp. x-xi）

如果说解构批评即是去追踪差异——其压抑是一切特定实体或立场的先决条件——那么它永远不可能达到最后的结论。每当它不复能辨认并拆散那些意在拆散其他差异的差异时，它便裹足不前了。

琼生对《比利·巴德》的阅读在解构批评中以全面性著称，这是个容易被过高估计的优点，但是这里她没有像她在《诗语言的辞格解构》中那样，追究修辞格的纤细入微的含义。琼生论《比利·巴德》的文章最初刊于《浪漫主义修辞学》，德曼在给这部文集作序时说："所有这些文章都有一个共同的也是卓有成效的姿态，有意超越摆在它们面前的细读程度，通过更为细致的阅读细读，表明它们远够不上细致。"（De

Man, "Introduction" / "The Rhetoric of Romanticism", p. 498) 我们可以通过追踪这段评论暗示的两个问题，更进一步概括解构批评的特征：什么使一种阅读成为细读？对解构批评来说，先前的阅读出演什么角色？琼生在文本的某些关键契机中详尽分析指意逻辑之时，读得极为细致。还能更为细致吗？

对德曼来说，细读意味着兢兢业业，特别留心似乎无关大局或是不易理解的部分。在为卡罗尔·雅各布斯《伪饰的和谐》所作的序言中，他谈到释义有如"理解的同义词"：一种转陌生为熟悉的行为，"面临明显的困难（且不论它们是句法上的、比喻用法上的还是经验上的）……左支右绌，力求使人信服"，然而悄悄地抹去、遮蔽、转移开挡在意义路上的障碍。他问："一旦人们来颠倒释义中的时代精神，尝试真正做到精确无误"，有意"孜孜于一种不再盲目屈从于意义控制目的论的阅读，将会发生什么"？（De Man, "Introduction" / "The Rhetoric of Romanticism", pp. ix-x）这是说，倘若读者不再认定文本中的元素是某种主导意义或总体支配态度的驯服工具，反过来探索每一种抵御意义的成分，将有什么局面出现？抵御意义的主要据点可能是我们所谓的修辞格，因为把一段话一章书认作是比喻性的，即是鼓励将字面上的困难——其本来可能不乏精彩，转化为释义，以迎合据说是从整体上把握着这段话的意义。如我们在对德里达的讨论中所见，专注于修辞的阅读，即潜心于话语中比喻用法的含义，正是解构的主要资源之一。

譬如，来看德曼对普鲁斯特《追忆逝水年华》中一段话的分析，彼处马塞尔不愿遵祖母之嘱出门玩耍，而是留在他的房间里看书。叙事者声称通过阅读他能更为真切地接近人们，接近情感，就像留在户内较之实实在在走出门去反而能更密切更见成效地把握夏天的精髓一样："我房内幽幽的阴凉……为我的想象展开了夏日的全景，而倘若我在散步的话，我的感觉只能享受到它的片断。"夏的感受之所以能传达给他，是因为"苍蝇的微型音乐会，在我面前奏着夏的室内乐。它是那样动人心弦，远非人类的曲调所能比拟。因为一般的乐曲偶尔夏日里听上一回，以后使人回想起来，而它则是作为一种更为必然的联系，与夏融为一

第三章 解构批评

体:生在美丽的时日里,唯当这日子重归之时,才复兴,它包含了夏日的一些精华,不仅在我们的记忆中唤醒它们的意象,也保证了它们回归,它们实在的、持久的、直接的、伸手可及的存在"。德曼说,普鲁斯特的这段话是元比喻性质的,因为它评价的是比喻关系。

> 它对比了两种唤起夏日自然经验的方式,明白陈述了所厚所薄:将苍蝇的嗡嗡声与夏融为一体的"必然联系"使它成为一种极见成效的象征,这自是夏日中"偶尔"闻之的曲调无法比拟的。所厚所薄的表达赖于根据隐喻和转喻之间的差异而划出的界线,这使必然与偶然成了区分类推和邻接的合法途径。作为隐喻构成要素的同一性和总体性,是纯关系性质的转喻联系中所没有的……这段话显示了隐喻对转喻的审美优越性……但是,它没有看出文本说的是一套,做的又是一套。从修辞角度来读这段文字,我们发现比喻的运用和元比喻的理论并不殊途同归,而所谓隐喻支配着转喻的说法,其说服力也正归功于转喻结构的使用。[De Man, *Allegories of Reading*, pp. 14-15]

为说明通过本质的一种隐喻性转移,他能经验到"夏的全景",马塞尔必须解释室外特有的热能和活力怎样被带入室内。他写道,我房中幽幽的阴凉"很适合我的歇息(书中叙述的那些惊险故事,搅乱了我的宁静),它就像汹涌的河流中间一只纹丝不动的安详的手,支撑着活力的激流的震撼和涤荡"。德曼说,带进来夏的热能的"活力的激流"这个短语,起着转喻而非隐喻的功用。它通过三种途径,开拓了相对于本质联系的邻接的或偶然的联系:第一,这个意象赖于"激流"和"活力"之间一种老生常谈或成语式的偶然联想,"激流"的字面义和本质属性对这个成语显得无关紧要。第二,把"活力的激流"与水中之手的意象并列,作为邻接的效果,唤醒了"激流"与水的联想。第三,"激流"(torrent)凭借客观存在与能指"热"(torride)因词形相似而引起的偶然性联想,帮助把热能注入这段话。德曼得出结论说:"热因此以一种暗藏不露的方式刻写在文本之内……在一段充满成功的、引人入胜的隐喻,而且明白无误肯定隐喻优于转喻的文字中,信服力来自这样一种比喻游戏：其间偶然的辞格被改头换面化妆成了必然的辞格。"（De Man，*Allegories of Reading*，pp. 66-67）① 修辞阅读揭示了文本怎样有赖于它矢口否定的偶然性关系："恰恰是在极力推崇隐喻的统一力量之时，这些意象事实上本身却赖于这类半自动语法模式的欺骗性使用。"在对《悲剧的诞生》进行的类似探讨中，德曼指出："解构并不发生在陈述之间，如其并不发生在一段逻辑反驳或一段论证之中，而是发生在文本中关于语言修辞性质的元语言陈述和对这些陈述提出疑义的修辞实践之间。"（De Man，*Allegories of Reading*，p. 98）

  细读在这里牵涉到对细节中修辞模式或地位的关注。对普鲁斯特这段话的主题阅读，很可能去论说"活力的激流"中无与伦比的冷热交融，而不深入到那一效果的修辞基础或哲学含义中去。当然，德曼无意论说每一种主题陈述都为它的表达方式所挫，他的细读集中在具有元语言功能或元批评含义的段落中的关键性修辞结构之上，这些段落直接评论着象征关系、文本结构、阐释过程或以讨论为修辞结构奠定基础的诸哲学的二元对立（如本质/意外、内/外、因/果），而直接影响到修辞和阅读问题的动向。德曼的许多分析均是针对隐喻的总体化而发：通过某种表现出其本质的替代，即可支配一个领域或一种现象。这类契机其实是建立在对偶然关系的压抑上面的，用德曼在这之前的一部著作中的话说，是批评的洞见源生于批评的盲目性。他说："隐喻成了一种盲目的转喻。"（De Man，*Allegories of Reading*，p. 102）但是德曼坚持说，他对语法、偶然性和邻接的机械过程的解构，并不产生终止解构过程的知识。当我们把《追忆逝水年华》中的这段话作为对隐喻和转喻之等级对立的解构来读时，我们必须注意到："告诉我们隐喻之不可能的叙事人，他本人或它自身，便是一种隐喻，一种语法单元的隐喻。其意义凭借反语法，偏

---

  ① 有人会争辩说，在这段话里与转喻相对的辞格不是隐喻（立足于相似性的替代），而是提喻（部分代表整体的替代）：苍蝇唤起夏日不是因为它们有所相似，而是因为苍蝇被认为是夏的一个重要部分。这类说法之所以不足以驳回德曼的论点，是因为这段话在不断将基本的替代辞格和即兴的替代辞格两相对照，这个对比在《〈追忆逝水年华〉研究》和其他地方，通常被表述为隐喻和转喻之间的二元对立。即是说，这段话在该书他处有详尽阐发的隐喻模式（作为建立在抓住本质之上的辞格）中同化了某种提喻。

偏否定了有言在先的隐喻的居先地位。"(De Man，*Allegories of Reading*，p.18)对隐喻优越性的肯定（分析证明它有赖于转喻来加以阐述）被归因于一位叙事人，而这位叙事人本身是一种隐喻建构、一种语法单位，其属性是从偶然性中转移而至的。最终的结果，德曼相当肯定地得出结论说，是"一种悬搁的蒙昧状态"(De Man，*Allegories of Reading*，p.19)。

这些阅读以惊人的速度，从文本细节过渡到极为抽象的修辞或形而上学范畴。其"细致性"似乎在于它们认真探索了其他阅读可能忽略或一笔勾销的可能性，而这些可能性之所以被忽略，恰恰是因为它们可能打乱唯其被勾销方有可能进行的阅读的焦点和连续性。比如，叶芝的《学童中间》一诗，结尾几行一般被读作修辞问句，肯定跳舞的人与舞蹈不可能分别开来：

噢栗树，扎下深根的花仙子，
你是绿叶、花朵抑或树干？
噢随音乐蹁跹的躯体，噢美目流盼，
我们如何从舞蹈中辨出跳舞的人？

德曼说："最后一行亦有可能撇开比喻意义，照它的字面义来读，如是非常急切地提出问题……我们如何才能作出区分，以使我们避免错误，去辨认无法辨认的东西？……比喻义阅读事先认定问题仅是修辞手段，故而可能是天真的，而字面义阅读却把人引向主题和陈述的更为深刻的含义。"(De Man，*Allegories of Reading*，p.11)

面对这一暗示，批评家可能倾向于问，根据诗的其他部分来看，哪一种阅读更好？但值得怀疑的恰是这一步骤：我们倾向于运用统一和主题连贯的概念来排斥为语句赫然唤醒的可能性及因此引出的问题。如果一位读者将"树干"（bole）听成"碗钵"（bowl），也许于正在进行的阐释无甚妨碍。但叶芝的结尾问句的字面义阅读，却不能视之为无甚相干而舍弃不顾。德曼发现："两种阅读不得不短兵相接、直接对抗，因为一种阅读恰恰是另一种阅读加以斥责的错误，必须由它来消解。……语法结构所产生的意义权威，被内藏差异呼之欲出的辞格的两重性弄得面目全非了。"跳舞人与舞蹈，或栗树与其外形之间的关系问题，既类似,也陷入字面意义、语法结构与其修辞用法之间的关系问题的纠缠之中。将"我们如何从舞蹈中辨出跳舞的人"解释为修辞问句,认可了准确区分言语形式(问句的语法结构)与此一结构之修辞行为的可能性,它肯定我们能从问句的修辞行为中明确问题本身。但将这个问句作为修辞行为来读,恰又是肯定了"没有可能"在某个实体(跳舞的人)与其行为(舞蹈)之间作出区分。所谓诗是使融合和延续性得到证实的说法,被为推断这个观念而必须先设定的断续性瓦解倾覆了。

德里达曾在一篇访问记中附带说过:"解构不是一种批评活动。批评是它的对象,解构在这个契机或那个契机上,总是影响到批评,或批评、理论过程中的信心,即影响到决断行为,以及作出决断的最终可能性。"(De Man, "Ja, ou le faux bond", p. 103)关于意义的决断是必不可少且无以避免的,然而它毕竟以决断的原则抹杀了各种可能性。"举凡解构,"德曼说,"总是把目标定为在种种所谓一元总体论的内部,揭示出隐藏的连接和分裂。"(De Man, *Allegories of Reading*, p. 249)

在前一章中,我们辨认了若干解构阅读意在消解的总体化概念。而经常专执于浪漫主义时期文学的解构主义文学批评,则专门挑战文学史的生成模态,以及基因叙述经常运用的有机模式所必需的总体化。批评家运用历史叙述来阐说文学,集合作品,按顺序排列,以见出某种东西,如一种文类、一种模式、一种主题或一种特定理解方式的发展。因此,卢梭的《新爱洛伊丝》常与《忏悔录》《一个孤独者的散步的遐想》归为一类,被视为内省小说,以使它能起到开创一个重要小说类型的功用。德曼说:"卢梭这一阐释中的历史投资甚是可观,重读《新爱洛伊丝》,其中之一更为云谲波诡的可能性,便是平行重读据认为属于卢梭以降那一家系的文本。历史'线'的存在,很可能是这类阅读的第一动因。"(De Man, *Allegories of Reading*, p. 190)

解构批评的一个主要结果是打破了这样一种历史观念:它将浪漫主义同后浪漫主义文学对照,认为后者故作深奥,讽刺性地打破了前者幻觉横溢的神话。如同许多历史模式那样,这个程式是诱人的,尤其是它一面提供似乎为接近以往文学敞开大门的理解性原则,一面又将时间上

第三章 解构批评

的进展与理解力的发展联系起来,从而将我们和我们的文学置于最为清醒的意识和自我意识之中。许多解构阅读的策略均是意在表明,据信是后浪漫主义文学特有的讽刺性的非神秘化,早在最伟大的浪漫主义者的作品中便已有之,尤其是华兹华斯和卢梭的作品——正是因其感染力,它们一直被人误读了。批评传统是将某种内部的差异转化为之间的差异,把在文本内部活动的某种异质性解释为模式和时代之间的差异,由此在文本内部开掘了一种生生不息的异质性。① 譬如,在一部有机论的文学分代史中,浪漫主义就被视为艺术从模仿论向生成论或有机论过渡的阶段。如果,如德曼暗示的那样,浪漫文学意在摧毁与有机论和发生论相关的概念范畴体系,"人们不禁会问,如何编写文学史,才能为浪漫主义说上句公道话?因为浪漫主义(本身是一特定时期的概念)如此便成了向发生原则发动挑战的运动,而这类原则对任何历史叙述来说,都是必要的基础"(De Man,*Allegories of Reading*,p. 82)。反之,解构主义阅读则专门注意内在的差异,而消解了叙事程式。

解构阅读也涉及指涉性决断所引起的简单化问题。语言的指涉功能与修辞功能的对立万古常新、堪称基础,总是阅读行为中有待裁决的问题,因为阅读必须就什么是指涉的、什么是修辞的作出决断。希利斯·米勒在其《虚构与重复》中论争说,在小说中,从主题出发而有力地肯定语言的模仿功能,促使读者将细节解释成某个世界的再现,但与此同时,作品中又有这部小说那部小说各不相同的其他暗示,以致人们无法信赖任何一个特定语言单位的指涉性。例如,人物的错觉幻觉经常被小说描写为把比喻义当字面义,或者把虚构当作真实的结果。米勒用这些术语分析了乔治·艾略特的《米德尔马契》,通过揭示它赖以立足的再现论前提是不足信赖的虚构故事,表明它是"小说自拆台脚的一个例子"(Miller,"Narrative and History",p. 462)。

德曼说:"欲先了解意义以确定某个文本的意指模式,并姑且假定

---

① 有关这一重新评价,见德曼《阅读的寓意》中论卢梭的六篇文章,艾伦·伯特的《抄书吏卢梭》,弗朗西斯·弗格森的《华兹华斯:反精神的语言》,以及辛西娅·切斯的《变形的事故》。

这一点不成问题……那么只要我们能够区分字面义和比喻义，便能将比喻译回到它的专门所指上来。"认定某物为一种辞格，是设定了使它在另一层次上变成所指物的可能性，由此，也"设定了所指意义之成为所有语言的'终极目的'的可能性。以为可以轻松避开所指意义约束的想法，未免是太愚蠢了"（De Man，*Allegories of Reading*，p.201）。德曼对《新爱洛伊丝》的阅读探讨了这个问题的复杂性，表明小说怎样暗中破坏指涉性的每一种特定的确证，因而质疑了将指涉性从修辞中区分出来的可能性。但这并不能使阅读脱离指涉性而进行，因为它总是重新显现出来。比如，小说的序言议论了小说的指涉性质：它是一段真实生活的再现——比方说，一系列真实的信件——还是一系列虚构信件的建构，在另一层次上为爱情描写起到参照作用？虽然序言没有讲明，但读者多半会选择后者，比如说，视人物为爱情的化身。但是德曼说，序言和作品中的爱情描写，拆了这一指涉性的台脚。"如（卢梭《论不平等的起源》和《论语言的起源》中的）'人类'一样，'爱情'是个破格的辞格，是一个将确切意义的幻觉加诸某一悬空的开放语义结构之上的隐喻。"（De Man，*Allegories of Reading*，p.198）例如，小说中说："爱情只是一种幻觉。这是说，它让另一个宇宙来将就自己，它在周围纠集起并不存在或者唯有在爱情眼中方才存在的事物，而且由于它通过意象来诉说情感，它的语言也总是充斥着比喻。"

德曼说："不仅可能，而且必须如此来读《新爱洛伊丝》，质疑'爱情'的指涉可能，揭示它的比喻性质。"（这使它成为卢梭的另一种"瞄住比喻诱惑的解构叙述"。）但作品暗中破坏了爱情的指涉性，把它看作一种比喻，赋予欲望一种强烈的感情色彩，爱的情愫和作者欲望的情愫把它再现为一个所指物。"正是欲望（且不论是从正面还是从负面勉力维持）的情愫，表明欲望的在场替代了本体的缺场。且文本愈是否认某个参照物的事实存在，不论这参照物是现实的还是理想的，便愈是变成异想天开式的虚构故事，变成它自身情愫的表征。"（De Man，*Allegories of Reading*，p.198）

在《新爱洛伊丝》序言部分的对话中，对话人之一意欲通过在文本中发现"某种可在文本与外部所指之间设立一个边缘地带的陈述",来切断指涉性的延伸和再现,从而确定文本的指涉模式。"君不见,"N说,"你的题词把它彻底断送了。"这个关键的证据援引自彼特拉克,而彼特拉克的原意又可上溯到《圣经》,就是《圣经》也同人们用它来解决的一切问题那样疑义丛生。这句话可被用来确立可理解性,但并不特别具有权威意义。德曼得出结论说:

> 支配着我们生活的无数文字,其能显现意义是因为我们预先一致协定了它们的指涉权威。但这种协定纯粹是契约性的,从来不具有建构性质。它时刻都可能分崩瓦解,每一段文字,其修辞模式都经不起推敲,一如"序言"中《新爱洛伊丝》之受怀疑那样。而这一经发生,原先的文件或工具便成了文本,作为结果,它的可读性也大受质疑。这些疑点回溯到在这之前的文本,反过来又产生一些宣称却又做不到关闭文本领域的其他文本。因为每一种此类陈述反转来都能变成一个文本,就像彼特拉克的引文和卢梭称信件系由他"收集并发表"的话都能成为文本一样。这不是因为简单宣称它们都是谎言,其对立面才是真实,而是因为揭示了它们之有赖于一个不加分析、想当然认肯它们或真或伪的指涉协定。(De Man, *Allegories of Reading*, pp. 204-205)

差异不在信或不信某个文本说了什么,而在认肯这个契机是一指涉功能,所以有真伪之分,还是视它为一种辞格,因此无可避免的指涉性的契机便被延缓了下来。

最后,解构批评还颇注重那些抵御文本之统一性叙述程序的结构。这正是希利斯·米勒许多论文所致力的格局:先是通过追溯某个统一序列中的凝聚法则,描述小说之有赖于连接起点和终点的叙述"线",继之进一步开掘各种不同的模式,其间小说或暗示了互相抵触的叙述逻辑,或表明它们的构架辞格只是些没有根据的人为设置。① 我们不妨来

---

① 米勒有关这个话题的一本文集即将付梓,拟题名为《阿德里安的线》。同时,《小说与重复》分析了七部英语小说,将其视为拆解自身连续性的典型。

看约翰·布兰克曼《文本中的那喀索斯》，这个分析打破了奥维德《变形记》里那喀索斯故事中的叙述图式。奥维德先是写了一个英俊骄傲的那喀索斯，而后又讲了回声女神厄科怎样被迫重复别人的话——朱诺下的一道惩罚令。厄科求爱为那喀索斯所拒绝，她的身体渐渐消失，唯留下意识和声音；然而当那喀索斯爱上他的倒影时，他的末日却降临了。意识到他的欲望无法实现，"他卧下他那颗疲倦的头颅，死神闭上了他的双眼，它们曾那样崇拜它们主人的美丽"。

我们认为一个成功的文学形式，应是"情节""理智"和"时代精神"三者的结合。因此批评阐释以统一的整体为目标，其间情节、人物和意义互相呼应。布兰克曼说：

> 显然，描述叙述构架（情节）及其主题统一（理智），势要弄清厄科与那喀索斯之间的关系。分别来看，他们的故事通过一种错位的平行互相关联：就两人都是因欲望未获另一方回报而走向死亡而言，是为平行；就厄科的另一方是另外一个像她那样的人，而那喀索斯的另一方则是他水中之像而言，是为错位的平行。两种情况下性交接都没有发生，前者是因为那喀索斯不愿给予，后者是因为根本就没有可能。在使这一差异显出意义的某一点上，这两个故事相交了。那喀索斯的影恋是对他拒绝回报他人欲望的"惩罚"，他之遭遇厄科，无疑是故事中这类拒绝发挥至极的范式。简言之，拒绝回报欲望，被报以欲望回报的不可能性。(Brenkman, "Narcissus in the Text", p. 297)

这段话的意思十分明显，表明那喀索斯的命运从结构上说是咎由自取。他把自己的回声当作厄科充满欲望的声音后，拒绝了她。"于是有位隐居之人朝天神伸出他的双手，说：'愿他爱自己，却不得他所爱的！'报应女神答应了他公正的祈祷。有一个池塘……"

阐释的任务，乃是理解故事在厄科和那喀索斯之间建立起来的错位平行。故事中有两种惩罚：厄科的和那喀索斯的；两种重复形式：厄科言语的声音重复和那喀索斯倒影的视觉重复；两种幻觉：那喀索斯把自己的回声错当成厄科的声音，把他的倒影错当成另一个人；两种死亡描写：厄科肉体之死，唯留下声音和意识，那喀索斯之死，将他引向了冥界。

叙述结构如何开拓这些平行关系中的差异？它赋予这些差异什么意义？先看厄科的例子。判处厄科只许重复他人的话，朱诺的惩罚很可能摧毁了自我与语言之间的关系，使厄科无法说出她的欲望，从而使她作为一个人物变得全无意义。然而设计出一些话语，使厄科仿效它们时实际上也表达出她的欲望，奥维德的叙述结构干预或者说恢复了语言和自我的关系。（例如，那喀索斯高声说："我情愿死，再把我的身体给你！"厄科重复了最后几个词 sit tibi copia nostri，"把我的身体给你！"）布兰克曼说："厄科的故事作为一出恢复自我身份及完整性的戏，呈现在更大的叙述结构之中。本来可能是无涉哪个说话者、人物、意识的纯粹指意游戏，成了一场实实在在的对话中的另一方面，而这对话是在两个自足的说话人、两个同样栩栩如生的人物中间进行的。"（Brenkman，"Narcissus in the Text"，p. 301）

厄科的"声音"虽然只是那喀索斯的话的空洞洞的回声，同时又被他当作一个人的声音，但它对故事的主题和结构统一却至为重要。因为客观存在抑制了幻觉和空洞洞的重复这些事实，告诉我们厄科的回声确实表达了她的欲望，由此恢复了她的声音、自我和情智。它之至为重要，还在于倘若那喀索斯的命运是咎由自取的话，那么厄科就必须是一个表达了爱欲又遭拒绝的人物。

抑制对仅仅是重复设定的自我构成的威胁，取决于两种惩罚中的不同重复类型的对照。在厄科的例子中，声音重复声音，叙述结构可将第二个声音作为独立单元看待，赋予它与第一个声音相等的地位，因而把声音重复看作两个独立主体之间的对话。但是，当那喀索斯的形象再现在池塘时，"通过一种幻觉，他人出现了，是焕然如自我一般的另一个人……倒影与它所反映的人截然不同"。厄科的重复是以声音再现声音，而那喀索斯的例子中，"本源是'肉体'，其倒影却只是'影子'或'图像'（奥维德语）。对方不是如自我一般的另一个人，而是自我的另外一面"（Brenkman，"Narcissus in the Text"，p. 306）。言语复制和形象复制之间的对立,被布兰克曼简洁勾勒出的传统确立无疑,这于故事的结构与主题统一极为重要:"它调节着叙事系统,决定着'情节''理智'及'时代精神'三者的统一。叙述结构的每一方面均有赖于回声之有可能变成语言:厄科作为一个人物或一种意识的稳定性,各'理智'成分的确定——自我与他人、公正与法律、性、死亡,那喀索斯影恋的意义,以及声音意识/肉体/映像这一等级关系。"(Brenkman, "Narcissus in the Text", p. 308)

叙述参与使厄科的回声成为她思想的表述,它具有决定性意义,如前所述,它抑制了能指空洞洞的重复,将那喀索斯的幻觉化入情理之中:

> 这些抑制被组合进叙述和主题系统,这个系统通过指明其是一种惩罚,为那喀索斯在池塘边的遭遇做好铺垫。指明惩罚的功用在于规定这段故事的意义。这是说,将杂乱无章的含义引向一个能同故事的主题建构保持一致的意义。是不是这一姿态同样遗留下某种压抑,用来保证叙事系统的稳定性和价值?……如果说那喀索斯的故事产生了叙述系统必须予以抑制的含义,那么,唯有当我们主动忽略定向此一场景的指示和规定之时,它们才有可能显现出来。(Brenkman, "Narcissus in the Text", p. 30)

倘若我们果真主动忽略了上述定向的指示,"我们阅读的文本势将无际无涯,超越故事显见主题系统为它划定的边界"。

此一深入阅读有两个方面:或详尽阐发文本为求叙述和主题统一而必须予以抑制的含义,或探究这些次要的或边缘的成分怎样通过换一套术语来重新勾写故事场景,打破主题结构赖以立足的等级关系。"通过指明那喀索斯场景为一种惩罚,叙述结构将把它限制在次要地位,甚或当作自我的虚幻故事,一出纯粹是圈套、妄想和死亡的戏文。"(Brenkman, "Narcissus in the Text", pp. 316-317)但是一旦我们认出倒影那一刻的场景,我们便会发现那喀索斯是把影子认作他自己的形象了,因为他看见它的嘴唇在动,却不闻其声。那喀索斯说:"你说话,我却听不见。那就是我呀。"布兰克曼说:

第三章 解构批评

"Ister ego sum"（那就是我呀）标志着那喀索斯不仅认出映像，且将自己认作映像的契机，由此为盲人先知提瑞西阿斯预言的实现敞开了大门："他若不认识自己"，可享长寿。这句话使自我与他人、与空间纠葛难分，因为除非在与他人和与空间的关系中，否则自我认知便不会发生。

恰恰是那喀索斯自我故事中的这一契机，乃是自我的形而上描述所必须排斥的。(Brenkman, "Narcissus in the Text", p. 316)

话说回来，奥维德的文本不仅告诉我们自我在某个镜子阶段被认作他人，而且表明这一认识有赖于声音的无声的、空间的、可见的重复。"聚集在倒影周围的是一大群传统上归诸文字的属性……作为语言之无生命的再现，文字在语言过程内部设立了同死亡的关系"(Brenkman, "Narcissus in the Text", p. 317)，因此，"那喀索斯的故事——如果排除它的惩罚寓意，它自取灭亡的反讽含义，而作为自我的故事来读——便将自我置于与他者、与空间、与死亡、与'文字'的原生关系之中了"(Brenkman, "Narcissus in the Text", p. 330)。那喀索斯发现的"他者"，"是一施影响于自我的非我，一舍此自我无以呈现于自身或认识自身的非我"(Brenkman, "Narcissus in the Text", p. 321)。为求终端意义而被叙述和主题结构抑制的这一自我描述，不仅仅是位居文本边缘地带的一种有趣的复杂现象，它还催生了前面情节中被压抑的成分，表明"那就是我呀"同样适用于厄科：自我系由纯粹的机械重复构成（这里是声音），其间厄科认识或认知了她自己。

布兰克曼探讨了进一步的后果——通过对这一叙述及主题结构的超越，以一种不同力量重新刻写的叙事契机。他的阅读表明，奥维德的文本在解构叙述结构予以升扬的对话模式，解构一个"维护自我之身份和声音之居先地位"的模式。然而其结果并不是一种新的统一的阅读，或另外一种统一性。布兰克曼说："那喀索斯这段故事冲破了叙述系统（情节、理智、时代精神）的自我圈圈，使它不再是统辖文本中所有指意活动的形式统一，而成为不断被它们超越的边界。"(Brenkman, "Narcissus in the Text", p. 326)

这一阅读证实了我们前面看到的情况：解构阅读的"封闭性"不在于逐字逐行的评论，而在于专注于抵制其他理解模式的成分。譬如，我们发现文本中统一的理解鼓励阐释和生发联想的地方，总能见到字面义程式的强调。德曼取《学童中间》结尾问句的字面义；布兰克曼逐字强调那喀索斯的惊叹——Iste ego sum（那就是我呀），而不取"那不是另一个人"或"那是我的倒影"，而后两者都可以满足统一的主题阐释的需要。奥维德的字面义程式，虽无涉作品似在鼓励的阐释，却为解构批评所运用，因为它参与了统一的理解赖以立足的各种等级对立命题。估价这一参与的性质与后果，批评家必须将这些为作品奠基的哲学对立命题及此一参与使之大为改观的阐释努力，置于光天化日之下。比如，奥维德的文本中"声音"地位显赫，然而欲见它寓意于中的等级关系及这些等级关系的标桩，还得追踪文本中各式各样的其他线索，进而深入哲学传统。（布兰克曼提供了康德、胡塞尔、海德格尔和德里达文本中有关契机的一个简述。）

就那喀索斯因自恋而受惩罚而言，那喀索斯的故事预先设定了自我。但如布兰克曼所言，它把自我看作一种比喻建构，一种基于相似性的替代命名：Iste ego sum。奥维德的文本因此便是德曼所谓的"命名的寓言"，或者说比喻叙述。（De Man, *Allegories of Reading*, p. 188）"所有文本的范式，均由一辞格（或一辞格体系）以及它的解构构成"，而"专注于辞格，最终专注于隐喻的原始的解构叙述"，乃是讲述命名及其消解故事的比喻之笔。（De Man, *Allegories of Reading*, p. 205）前面分析的普鲁斯特的文字，便是个隐喻及其被颠覆的故事。《比利·巴德》借用了比利的一拳来叙述指意逻辑的解构。那喀索斯的故事，则将自我认知表现为一种欺骗性质的命名。德曼说："叙述无止无休地讲述着自身之命名偏差的故事。"（De Man, *Allegories of Reading*, p. 162）

这类解构叙述似乎"意在追求某种真理，虽然方法上是反其道来揭露错误和虚假托词……我们到头来似乎沉溺在一种于批评话语中极为常见的负面自信之中"（De Man, *Allegories of Reading*, p. 16）。但事实上，这一辞格模式和它的解构"并不可能为一种终极阅读所关闭"，"相反,其产生一种补充的辞格重叠,叙述在先的叙述之不可读性"。这类叙述就其第二层次而言,都是阅读的讽喻——事实上,是不可阅读的讽喻。"讽喻式叙述讲述阅读失败的故事;比喻式阅读,诸如卢梭的《第二篇论文》,则讲述命名失败的故事。"(De Man,*Allegories of Reading*,p. 205)就其根本而言,解构叙述不可能在作为某种比喻之曝光的负面信念这一点上戛然而止,因为如德曼上面论及普鲁斯特和《新爱洛伊丝》时所示,解构的故事——隐喻或"爱"的解构——是由作品叙述者所创,而这位叙述者又是某种语法体系的隐喻的产物。这个故事揭开了某种比喻建构,故而驻足在比喻之上。它留下的不是负面信念,而是无法辩解的一个紊乱的局面,用德曼也许不那么中听的话说,是面临无法阅读之讽喻的"悬而未决的愚昧"。

德曼声称,从辞格的解构到阅读的讽喻,固然是辞格逻辑的必然趋势,然而一些文本,诸如卢梭的文本,却极为精彩地说明了它们之不可读性的寓意。《新爱洛伊丝》是一范例。书及其半,朱丽叶给圣普乐写了封至为关键的信,拒绝爱情。这预示了爱作为一种辞格,作为内与外、灵魂与肉体、自我与他人之间神秘的本质交流的解构。小说的前半部分展现了一个互相辉映的二元对立系统内部可能的替换变化,朱丽叶说,所有这些替换都基于现时已一去不返的偏差。例如,她写道:"我以为在你脸上看出了一个灵魂的踪迹,这灵魂也是我的灵魂的依托。在我看来,我的感官仿佛仅是作为更为高贵之情感的感官而运动着,我爱你,主要不是因为我自认为在你身上见到的东西,而是因为我的自我感觉。"这段高扬了情感的语言,事实上提供了对爱情的比喻义逻辑的精确分析,阐说了迄至此地小说引为基础的替换过程,将作品对某种辞格的解构曝光,纳入主题轨道了。

小说也从这一偏差的发现中引出了结论。德曼说:"在'爱'的位置上,以身体与灵魂,或自我与他人的相似与替换为基础,出现了婚姻的契约式协议,作为激情的一道防线,社会和政治秩序的基础。"(De Man,*Allegories of Reading*,p. 216)但诚如他在对普鲁斯特的阅读中亦有所言的那样,辞格解构的明晰度产生了更大的问题:"当朱丽叶极需洞见的时刻,她本人话语的修辞手段恰恰失控了,无论是对我们抑或对她而言。"(De Man, *Allegories of Reading*, p. 216)

其结果是以多种方式出现的一种不可读性:主题上人物如在雾中,语言和寓意上读者和"作者"不知所措。第一,朱丽叶不能理解她自身的解构。她马上又开始重复她曾披露无遗的同一修辞幻觉,这回是以上帝替换了圣普乐:"朱丽叶的语言马上重复了刚才还被她作为错误加以谴责的概念……她无法'阅读'她自己的文本,无法认识到它的修辞模式怎样维系着它的意义。"(De Man, *Allegories of Reading*, p. 217)第二,出现了读者与批评家发现难以读下去的一个显见的伦理话语:朱丽叶某些地方的说教口气及卢梭在第二篇序言中称他的书将怎样有益于读者的冗长议论,暗示了阅读的寓意。德曼说,"寓意总是伦理性的,一段充满伦理意味的话不是源出于某种超验的律令,而是一种语言之混乱状态的所指版式(故不作为信)",是没有能力来阅读和估价解构叙述的确切意义。(De Man, *Allegories of Reading*, p. 206)第三,卢梭在序言中称,他不知是他写了作品,还是将"作者借此与自己作品的可理解性一刀两断的严峻姿态"寓意化了。故"卢梭在自己文本之朦胧晦涩面前一筹莫展的哀叹,正像朱丽叶在洞察幽微时却重新堕入阐释的隐喻模式一样"。在朱丽叶身上,读者经常发现枯燥无味难以卒读的方面,其功能便是种不可读性的离意,它结合了认识的提炼和本身无从读起且源于读者与作者之无法阅读自己话语的急功近利的天真态。

有人会更笼统且直截了当地说,有些作品在后半部分变得多愁善感,充满说教而令人生厌,似乎是从它们曾经达到的洞见上后退了,诸如《新爱洛伊丝》和《丹尼尔·德隆达》。这乃是阅读的寓意,通过伦理步子的最终不协调,展示解构叙述之不可能产生固定的知识。"比喻义文本的解构产生了明晰的叙述,但反过来,仿佛是从它们自身之文本肌质的内部,又产生了比被它们祛除的错误更为可怕的混沌。"(De Man, *Allegories of Reading*, p. 217)问题似乎是,"一种极其明白的语言……却不能阻止其读者及其自身重蹈覆辙"(De Man, *Allegories of Reading*, p. 219)。

第三章 解构批评

我对德曼的批评的描述,如对解构的所有描述一样,是不入正路的。这不是因为它忽视了解构批评中的一些怀疑精神,或耸人听闻地来解释复杂的文字,而是因为总结和说明的逻辑使人眼睛盯住结论和终点——因此也是自我之颠覆、困顿或悬空的混沌——仿佛那便是酬报似的。既然解构视任何立场、主题、渊源或目的为一种建构,并分析促生这一建构的各种漫无边际的力量,解构的文字便势将质疑一切正面结论,力求使它们自身的停滞点模棱两可、似是而非、专横武断或难于确证。这是说,这些停滞点不是酬报。虽然它们可能被总结性的说明凸显出来,其逻辑却引导读者"根据"其终点来重建一种阅读。解构批评的成就,如大多数内行的读者所见,在于勾画文本的逻辑,而不在于批评文章赖以作出结论或于中作出结论的姿态。

就前面列举的例子来看,一篇文章若以某一部特定作品为对象,偶尔顾及理论话语以识别某些二元对立的支柱,但又在某个特定文本中探索被某种统一理解压抑的所谓边缘成分,看它们如何消解中心结构的话,那么其批评结论很容易被看作是陈述一部作品的意义。但是,解构阅读也能在一个互文空间内展开,在那里它的目标变得更为明晰,即不是揭示某一特定作品的意义,而是开掘反复出现在阅读和文字中的各种力量和结构。

因此,解构批评可以像阅读另一部作品那样来分析一部作品——用德里达的话说,恰似"一台机器长着各式各样专门阅读其他文本的脑袋"(Derrida,"Living On",p.107)——在一系列作品中披荆斩棘,探索某个能指或指意情节的逻辑,或借用一部作品的结构,来揭示其他作品显然是麻木不仁的段落中的激进潜能。杰弗里·梅尔曼在其《革命与重复》一书中说:"我们将会暗示,一个文本的阅读,说到底须由其'阅读'其他文本及解放不然将被'囚禁'在其他什么地方之能量的能力,来作估价。不仅如此,就阅读必然激进而言,这一能量的质量必须能够被确定为某种表达出全部'本土'惊诧的多元性。"(Mehlman,*Revolution and Repetition*,p.69)在他称为"蓄意肤浅得违背常情"(Mehlman,*Revolution and Repetition*,p.117)的一项分析中,梅尔曼以表层对表层，得出了革命的马克思和反对革命的雨果在他们有关革命的文字中趋于同一的结论。一些成分，如 tocsin（警钟）及其同音词，以及鼹鼠与地道的意象，沟通了两种话语，而这两种话语被证明极富成效地唤醒或辨认出了可予比较的逻辑。通过逻辑比较，每一部作品中作为基础的二元对立及辩证综合的运动，都被颠覆了。像这样从表层上互相对照，结果虽然往往稀奇古怪，却使两部似乎矢志于总体把握的作品中的异质性纤毫毕现。

如同梅尔曼比较阅读马克思和雨果，理查·克莱恩比较阅读了马克思和康德。他借用马克思对黄金及其"等价形式"的分析，发现康德美学理论中的低劣趣味之最：在腓特烈大帝写的一首吹嘘崇高美的诗中，这位国王把自己比作太阳，却与马克思"等价形式的崇高无限"有着同样的结构，因此它不是可以弃之不顾的偶然失误，而是美学之先决条件的关键所在（"Kant's Sunshine"）。肖珊娜·费尔曼的《肉体诉说的丑闻：唐璜与奥斯丁或两种语言中的诱惑》，展示了一例复杂文本的交相作用，把莫里哀的《唐璜》读作较之 J. L. 奥斯丁更为明晰的言语行为理论，揭示奥斯丁是一个原型诱惑者。但是如果说奥斯丁诱惑，拉康着迷的话，那么如费尔曼所见，奥斯丁也说了同拉康"几乎一模一样的东西"，刻写了他的追随者们意欲在一个阻止其实现的总体机制内部来加以实现的诸多规划。

芭芭拉·琼生则以研究密切相关的作品来探讨一种不同的问题，虽则其间的关系一直被人低估了。她对照波德莱尔的诗来读他的散文诗。她的《诗语言的解体》一书便探查了散文诗怎样把据信存在于散文与诗之间的差异内在化而变得疑窦丛生。韵文与散文之间的"代码之争"，表现为她游刃有余予以追踪的一系列复杂动向，在散文诗内部登台了。

但先不忙概括这类分析，我们不妨来看迥然不同的另一篇论文，它的策略尤为出色——并不宣称以这个解构那个等等——而且在文本系列中，成功地容纳了引人入胜的传记材料和一张人文关系的网络。内尔·赫尔兹的《弗洛伊德与撒沙子的人》中的互文阅读，其起点是弗洛伊德《论盲乱》中的一节文字，其间弗洛伊德读了霍夫曼的小说，将其文学

第三章 解构批评

魅力归于他不久前设定的重复强制,故在常见于文学创作中的各种平行和重复与某种强有力且变动不居的心理力量之间架起了桥梁。赫尔兹用于探索文学与心理之联系的材料包括霍夫曼的小说,它既是研究对象,又是阐说的代理人;包括弗洛伊德的文章,即对《超越快乐原则》中重复强制的元心理学的描述;还包括一些传记材料,显示出弗洛伊德与他的门生维克多·塔斯克和两个女人的关系,一个是弗洛伊德的崇拜者、塔斯克一度的情人露·安德列亚斯-莎乐美,另一个是塔斯克的分析者、弗洛伊德的分析对象海伦·多伊奇。

弗洛伊德的文章开宗明义,一上来就称盲乱的主题是美学的一个边远地区,一个精神分析家,难得会感到非得探究这类问题不可。有鉴于霍夫曼是"文学中无与伦比的恐怖盲乱大师",他的故事为从心理分析角度调查某些文学效果的基础提供了素材。弗洛伊德的阅读集中在一个重复模式之上,其间一个父亲式的人物(撒沙子的人/柯普留斯/柯普拉)阻碍了纳撒尼尔的恋爱尝试(与克拉拉和奥林匹娅)。纳撒尼尔感到他是"那些黑暗力量的可怕的玩物",读者感到心惊胆战、一片茫然,而这些都是虽然遮了层面纱,却一目了然的阉割情节的效果。弗洛伊德说:"盲乱焦虑的感觉,直接关系到那个撒沙子的人,也就是说,被弄瞎双目的忧虑。"放到别处显得"怪诞荒唐、毫无意义"的重复成分,一经将撒沙子人与"或将实施阉割的可怕的父亲"联系起来,便豁然开朗了。(Freud,"The Uncanny",vol. 17,pp. 230,232)

《论盲乱》的文字本身与重复的问题纠结难分。1919 年 5 月,弗洛伊德称他又拣起早先的一篇手稿,重新写下来。他这样做,据信是因为他对 1919 年四五月间撰写《超越快乐原则》时想到的重复强制有了新的理解。不仅如此,弗洛伊德在霍夫曼《撒沙子的人》中还识别出一种基于阉割焦虑的一再出现的三角关系(柯普留斯/纳撒尼尔/克拉拉和柯普拉/纳撒尼尔/奥林匹娅),这十分有趣地暗示了弗洛伊德本人与其门生塔斯克之间出现的一种三角关系,其间似可见强有力的俄狄浦斯式竞争。第一个三角(弗洛伊德/塔斯克/莎乐美)中,莎乐美与弗洛伊德长谈了塔斯克的竞争感,以及弗洛伊德对独创性与师生关系的不安心境。

第二个三角（弗洛伊德/塔斯克/多伊奇）中，弗洛伊德拒绝给塔斯克做分析训练（免得塔斯克把弗洛伊德授予的观念误为己有），让他去和多伊奇讨论，而多伊奇本人正由弗洛伊德做着心理分析。塔斯克向多伊奇谈论了弗洛伊德，多伊奇又向弗洛伊德谈论了塔斯克，直至弗洛伊德要求她中断塔斯克的心理分析。三个月后，塔斯克在他结婚前夜自杀身死，给弗洛伊德留下一封信，充满了敬仰和感激之词。

这些三角关系中有三点启发似较为显见。第一，弗洛伊德对独创性与剽窃的焦虑，与他成功地干预了塔斯克与女性的关系合而为一了。第二，正当塔斯克自杀之际，弗洛伊德"偶然发现"了死亡冲动的新理论，可谓"巧合"。第三，"弗洛伊德使自己从与塔斯克和多伊奇之间的三角关系中摆脱出来这一事实，恰好相合于其开始《超越快乐原则》第一稿的写作，在这个文本中，他第一次勾画了令人迷惑的重复理论。"弗洛伊德然后又捡起论盲乱之作，重新写下来，推出这一发现："任何提醒我们这一内在的重复强制之物，均被理解为盲乱的。"作为这类强制之一例，他列举了《撒沙子的人》中的三角关系。赫尔兹接着说，这里"人们会感到阐释者的诱惑"：我们不能在这两个三角系列上加上点什么吗？

> 如果我们认为能够，或希望能够，那会怎样？我们能从中编个故事出来吗？难道我们不会感觉到驱使我们这样做的一种强烈冲动，来依据时间和因果序列安排这些要素的强烈冲动，就像《撒沙子的人》中的叙述者称他非一吐为快纳撒尼尔的故事不可？比方说，我们能够说弗洛伊德在 1919 年 5 月构想出的重复理论，是紧衔其意识到他再一次陷入与塔斯克的某种关系之中，因此也是此种意识的结果吗？我们还能说，弗洛伊德别无选择，唯有把那一关系视为盲乱吗——不全是虚构也不复全是真实，而是在某种被重复之物的意识中隐隐约约一路贯穿下来的那一强制力量的运行？（Hertz, "Freud and the Sandman", p. 317）

赫尔兹的话是在暗指弗洛伊德的宣言，所谓盲乱不是起因于提醒被重复之物是什么东西，而在于提醒这一重复强制，在被重复之物显得无

第三章 解构批评

缘无故或无节制的例子中,大都有它的影子,它是非因之果,是重复本身稀奇古怪的显现,恰如文学或修辞的效果那样。我们面前这个例子——小说诸结构的重复关系、弗洛伊德的文字程式和结论、他与他人的关系模式等等——其盲乱性部分源自这一事实:它就像某种文学模式,一旦溯其心理动因,溯求一种其间这些关系重复依然是重复的本源,便土崩瓦解了。就这一模式依然有吸引力,依然难以解释而言,赫尔兹说:"我们是处在'真情实感'和文学的预期快感之间的什么地方,意识到我们是在文学与'非虚构'之间左顾右盼,我们对重复的感觉被涂上了入侵、疯狂和暴死的恐怖阴影。"(Hertz,"Freud and the Sandman",pp. 317-318)

这种情况下,阐释者会情不自禁去把握这些重复效果,将它们铸入一个故事,确认本源和起因,赋予它戏剧性的明丽色彩。故而弗洛伊德称塔斯克给了他一种"盲乱"印象,而在我们看来,这是特别界定并解释了对剽窃的一种恐惧——担心塔斯克会偷去并且重复他的观念。而就是这样一类恐惧,导致以某种可怕的故事来聚敛和控制重复。因此人们可设想,《撒沙子的人》中盲乱的阐释者,如弗洛伊德,亦会发现一种方式来控制重复,通过它们的修辞技能,使人们能够看见重复本身的闪现。

事实上,赫尔兹所表现的,是弗洛伊德在阅读《撒沙子的人》过程中对叙述人及叙述框架的忽略,是一种意味深长的规避战术,因为故事一开始叙述人有意识的杂技表演,在驱使纳撒尼尔和叙述人重复或者说重现这个故事的不同动因之间,建立起了一种令人目迷的平行关系。故事人物和叙述人的行为,包括纳撒尼尔有意写下或重现他的心绪时的行为,都通过一系列意象牵涉到能量的传输。赫尔兹说:"作为霍夫曼操纵摆布的结果,读者模模糊糊感觉到纳撒尼尔的经历、他的文字、叙述人讲的故事、霍夫曼的文字以及其间读者本人的心领神会,均为同一能量所驱使,为重复这一能量而在几乎不可识别的轮廓中着上色彩。"(Hertz,"Freud and the Sandman",pp. 309-310)简言之,这个故事呈现了整体化了的重复疆域,置纳撒尼尔的困顿于总体重复的语境之中。

而这里所重现，并因此描绘重复或为重复着色的，又恰恰是表现能量及为其轮廓上色的冲动。偏离作品内部"文学的"重复，而专执于纳撒尼尔故事中的重复，弗洛伊德追随了这个故事中一再出现的一种模式：表现能量，为它着上可怕的色彩（如对阉割的恐惧）。绕过最为扑朔迷离的重复——其展示了重复本身之游移闪烁的性状——引出对阉割的恐惧以赋予他所分析的重复以一种强烈的感情色彩，弗洛伊德集中探讨并界定了重复，因此"恰恰是通过突出其阴森可怖的一面而驯化了这个故事"。

在这些例子中，我们都遇到了"着色"这一概念，它赋予无定以有定，使它栩栩如生、激动人心，正像人们常说比喻性语言使难以把握的概念有声有色、引人入胜那样。譬如，弗洛伊德注意到他设置的一些基本冲动，如死亡本能，唯有着上性的"色彩"，才能凸显出来。同理，被重复之物也起着为重复强制上色、使它显形的功用。弗洛伊德还谈到他的理论范畴，比如重复强制这一概念本身，认为它就像比喻性的语言那样，使被指称事物变得栩栩如生。在《超越快乐原则》中，他一面为"不得不用科学术语，即心理学特有的比喻性语言来论述"而感到歉意，一面也注意到"舍此我们根本就无法描述被探讨的这些过程，说实在的，我们都不会意识到它们"（Freud, *Beyond the Pleasure Principle*, vol. 18, p. 60）。言及上色，即授予强度、定性和可见性，最为显见的例子是弗洛伊德对《撒沙子的人》的分析结论。弗洛伊德说，我们可以试图去否认关于失明的恐惧即是关于阉割的恐惧，但是关于视觉价值的理性依据，并不是说明梦与神话、眼睛与阴茎之间的替代关系。"它也不能驱逐这一印象，尤其是被阉割的威胁，激发了某种特定的狂暴和阴暗情绪，正是这一情绪首先给出了使其他器官失落其着色强度的观念。"（Freud, *Beyond the Pleasure Principle*, vol. 17, p. 231）就像阉割恐惧提供了浓墨重彩，乞灵阉割也为一个重复的故事提供了浓墨重彩和戏文。

情况似乎是，凭借赫尔兹拼合的各种不同材料，我们看到了一系列着色法，它们重现或赋予那些不然或飘忽无定或至少比较苍弱难以把握

第三章　解构批评

的力量以定性和强度。在其他地方,赫尔兹也谈到当面临一切种类的扩增之时,我们怎样情不自禁夸大和强化我们的窘境,以产生一种封闭状况的契机——用康德描述数的崇高中的话说,便是"威力—时间的停止"——以便把扩增或重复或某个趋于无限的序列,纳入某种停滞状况,由此产生一种类似一对一的对抗,于中肯定经验这一停滞态的自我的地位和完整性。无限也好,扩增也好,重复也好,若被凝聚为某种充满威胁的对手或气势逼人的力量,如施行阉割的父亲,其凶兆便可相对缓解一些。因为这一凝聚使某种直接的对抗成为可能,它即使带来恐怖和失败,也是认同了经受重复及扩增威胁的自我的地位。赫尔兹说:"每一个例子之中,其终点都是一种俄狄浦斯式的契机。……彼时一个无限且杂乱无章的序列不惜代价被纳入某种一对一的对抗,泛滥无度被转化为非关本质的闭锁停滞,而这停滞又保证了自我的完整性之作为一种力量。……一段话发挥到淋漓尽致看上去可能吓人,却有其伦理的和形而上的作用。"(Hertz, "The Notion of Blockage in the Literature of the Sublime", p. 76)恶魔般的或俄狄浦斯式的上色,例如,阉割的上色,事实上便可在它集中并归化入(回溯到父亲)纯属修辞的重复的过程中,予以确证,否则将显得无定无序、无缘无故。比方说,弗洛伊德把塔斯克的盲乱解释为剽窃的威胁,一旦参照弗洛伊德或肯定或委婉否定独创性的其他文字来看,

> 便可见更深根基上的"疑虑"和"迷惑"——疑虑在第一原则上来把握每一种比喻语言,尤其当这第一原则包括一种重复原则之时——有可能在生成彼时作用在文学先行论中的一种焦虑。与此有关的种种希望和恐惧——希望独创,惧怕剽窃与被剽窃——将会组构出更容易操作——无论以何种乖悖形式——更不易确定的效果,它维系着重复,标示它或为它着色,使重复力量"显形",同时又把它们的活动掩盖起来,不使主体本人察觉。(Hertz, "Freud and the Sandman", p. 320)

在连接弗洛伊德与塔斯克、他的文字及对《撒沙子的人》的阅读的诸种重复中,我们若将这些模式纳入一个切中要害的俄狄浦斯式的对抗

故事之中，诚如弗洛伊德将《撒沙子的人》中的文学性重复搁置一边，而把作品效果归诸阉割焦虑那样，便很可能驯化这些模式咄咄逼人的拟文学性状。这些戏剧场面的色泽越是强烈，它们越是能够成功地绕开重复的难题，而在不那么动机毕露、更富"修辞性"的契机中，重复的盲乱性会使它自身较易接近一些：仿佛"纯粹"是文学性的东西，可引导人切近更为深刻的重复。然而于重复大块着色的过程中，人们最大的愿望，赫尔兹说，是力求"将重复的'问题'与比喻性语言本身的问题区分开来"（Hertz, "Freud and the Sandman", p.320）。弗洛伊德的分析将性、被重复之物、阉割焦虑以及他本人的术语都视作上色活动，这意味着没有可能分开这两个问题："论及重复强制，人发现他的语言具有无以消隐的比喻性，与潜在的且明明说不清楚的强制概念本身难分难解。在这类时刻，将比喻性语言的问题搁置一旁的愿望会坚持自己的权利，使人难以企及对重复强制的深刻理解，它很可能会取它在弗洛伊德阅读《撒沙子的人》中所取的形式，即希望发现那里'没有文学'。"（Hertz, "Freud and the Sandman", p.321）赫尔兹把重复的这一反文学性及说到底的各种互文性侧面，看作是辩解或补偿，以有别于弗洛伊德的重复理论对这类关系的描述。他的文章是个微妙的范例，说明解构批评能够怎样考察互文重复的支柱。

勾画解构批评的图式，其最后一根轴线是使用在先的阅读。德曼谈到他的追随者们阅读在先的细读，发现它们远不够细致；我们亦曾见到解构分析如何消解了明显为某一部作品所肯定，进而显现在这部作品的在先阅读中的立场和结论。但是大多数批评的所为大抵类似，无非是将作品与它的在先阅读对照，表明这些阅读错在什么地方，力求加以纠正或充实。解构与它的差别又在哪里，二者真有差别吗？

我们讨论过的一些例子暗示，纠正在先阅读的努力，是将某种内在的差异转化为之间的差异这一总体倾向的一个版式：文本内部的某一个问题，被转化为文本与其批评阐释之间的一种差异。解构分析虽然全仰仗以往的阅读，且常常引人注目地同这些阅读背道而驰，却并不以这些阅读为应予否定的离经叛道的或外在的偶然故事，而是把它们看成作品内部诸要旨的显形或移位。像芭芭拉·琼生《指涉的框架》这样的文章,就暗示了补偏救弊漫无尽头的回溯趋向,促使批评家倾向于定位阅读,而不是去纠正它们。德里达和德曼充分利用了卢梭的在先阅读,从而识别出卢梭文字内部难以避免的困顿和问题。

但是,解构批评定位在先阅读的方式各有不同,差异亦十分大。比如,希利斯·米勒经常把解构阅读与他时而称为"形而上"阅读之间的关系,说成一种并存的张力关系。他说,雪莱的《生命的胜利》"在其自身内部包含了你挤我撞的逻各斯中心的形而上学和虚无主义,这本来是互不相容的。无怪批评家众说纷纭、莫衷一是。《生命的胜利》的意义,永远不能被还原为任何'单一意义'的阅读,亦不能被还原为'一目了然'的或简单的解构主义的阅读,因为那里根本就不可能有这类东西"(Miller, "The Critic as Host", p. 226)。在另一篇文章中,米勒又说:"伟大的文学作品常常是在它们的批评家前面。它们先已候在那里。它们先已清楚地预见了批评家所能成就的任何解构。一位批评家可能殚精竭虑,希望借助作家本人不可或缺的帮助,把自己提升到像乔叟、斯宾塞、莎士比亚、弥尔顿、华兹华斯、乔治·艾略特、斯蒂芬斯甚至威廉姆斯那样出神入化的语言水平。然而他们毕竟先已候在那里,用他们的作品为神秘化了的阅读敞开着大门。"(Miller, "Deconstructing the Deconstructors", p. 31)批评家的使命因此便是"辨认总是先已被文本作用的、每一次都各不相同的解构行为"。在先的阅读与解构阅读,都执目于"文本自身以元语言陈述的形式予以主题化"了的各种意义和运作,它们先已候在那里,剑拔弩张地彼此对峙着,单等批评将它们辨认出来。

譬如,米勒在对《亲和力》的阅读中,就这部小说作出了一种传统的"宗教-美学-形而上学的阐释"。这似乎是歌德本人所认可的,但接着他又指出,"文本的某些特征导向大相径庭的另一种阅读",从而产生一种无法消弭的异质性,因为在这两种作品中都有迹可循的阅读,明确表达了有关自我与人际关系的"两种水火不容的观念"(Miller, "A 'Buchstäbliches' Reading of *The Elective Affinities*", p. 11)。他所谓的"本体论阅读"和"符号论阅读",都被"织入文本之内,在那里发言,黑线与红线交缠而长。文本是参差不齐的。小说的自我阐释线你争我斗,各不相让。而小说的意义,恰在于这一矛盾的必然存在,在于这些阅读如何分别产生其颠覆性的对立面而无法独立存在"(Miller, "A 'Buchstäbliches' Reading of *The Elective Affinities*", p. 13)。这一张力并存关系,使"《亲和力》成为另外一个范例,揭示了西方文学每一部伟大作品中自我颠覆的异质性。文学经典中的异质性,总的来看是西方传统中含糊性的一个重要显现"(Miller, "A 'Buchstäbliches' Reading of *The Elective Affinities*", p. 11)。这里,作品的意义被视为各种在先的阅读和米勒提供之新阅读的无法综合的融合,它再现了我们传统中的异质性。

其他解构分析定位在先阅读的方式有些不同。肖珊娜·费尔曼对亨利·詹姆斯《拧紧螺钉》的探讨就意在表明,当批评家称他们在阐释这篇小说,站在作品之外告诉我们它的真正意义之时,他们事实上却被卷入作品当中,扮演着一个小说先已设定的阐释者角色。批评家关于这篇小说的纷争,其实是小说之戏剧场面的一种盲乱的可转移的重现,因此作品最有力的诸结构并不见于批评家对作品的评论,而在于它们在小说中的重复及含义。费尔曼说,《拧紧螺钉》的读者"可以选择相信家庭女教师,故言行举止有如葛洛斯太太;或者选择不相信家庭女教师,故所言所为恰恰就同女教师一模一样。因为正是文本内部的家庭女教师,出演着一个疑心重重的读者角色,占据着阐释者的位置,故欲怀疑那一角色那一位置,最好就是把它接受下来。欲揭开女教师的神秘面纱,只有一个办法:重复女教师的所作所为"(Felman, "Turning the Screw of Interpretation", p. 190)。因此,"正是通过声称女教师疯了,(爱德蒙)威尔逊阴差阳错地模仿了被他谴责的疯病,不知不觉地参与其间"(Felman, "Turning the Screw of Interpretation", p. 196)。

根据移情和反移情的精神分析描述,揭开无意识结构的,不是分析者元语言话语的阐释陈述,而是在分析病人话语的过程中,分析者发现自己所出演角色中的感知效果。拉康说:"Le transfert est la mise en acte de la réalité dé l'inconscient."〔移情乃是无意识现实的登台。〕(Lacan, *Les Quatre Concepts fondamentaux de la psychanalyse*, pp. 133，137）无意识的真理在转移和反转移之中，就像分析者身不由己陷入病人无意识关键结构内的某个重复之中那样。倘若移情是连接分析者与被分析话语——病人的或文本的——的重复结构，那么我们在费尔曼描述的情势中便有了某种可比较的东西：阐释者复演了文本中的某种模式，阅读则是它试图分析之结构的一种错位的重复。这样，阐释者面前的在先阅读便不复是应予摒弃的谬误，亦非须由反向真理予以补全的片面真理，而是揭示了文本结构的各种重复。当一位后来的批评家——这里是费尔曼，转而预示了批评家和文本之间的一种转移关系，将《拧紧螺钉》读作预示并戏剧化了以往批评家的纷争与阐释步骤时，这些阅读的价值便出现了。

对芭芭拉·琼生称为"所有阅读的转移结构"的分析，已经成为解构批评的一个重要侧面。在《麦尔维尔的拳头》中，琼生发现比利与克拉盖特的冲突，亦是两种阐释模式之间的对立，而有关这篇小说的阐释传统，则是一种移了位的小说之重演。互相冲突的阐释基于致使比利和克拉盖特势不两立互相冲突的前提，这导致了那一拳的出手，它不仅断送了克拉盖特和比利，也冲击了上述两种阐释立场，因为如我们所见，它对每一种阐释逻辑上是一回事，带来的实际结果又是另一回事，两者根本就不能相容。进一步的阐释同样重复了小说中先已有之的立场，如，当一些批评家比如维尔，试图裁定无辜或有罪的问题之时，或当他们试图描绘出一幅超然的、反讽的图像之时，便是在重演邓斯克的角色了。在阐释语境中来阅读这一文本，分析者发现琼生在探讨这样一组阅读：德里达论拉康、论爱伦·坡时描述的某些常规效果。详述德里达怎样重复了为他所分析且批判的拉康的步骤，琼生提出了她所谓的"重复强制从原作'文本'向其'阅读'地点的转移"（Johnson, "The Frame of Reference", p. 154）。阅读的转移性结构，如已开始对它进行分析的解构批评所示，涉及一种独立于批评家心理的重复强制，它的基础是阅读与文字颇费猜测的共谋关系。

与在先阅读的关系，最复杂者见于德曼的文字。读者们已经瞠目结舌地领教过他的作文方式，这些文章常常转而攻击一直被它们侃侃而述的阅读，说一句"在屈从这个十分诱人的图式之前，我们必须……"（De Man，*Allegories of Reading*，p. 147）这个公式表明，我们必须或者无可避免地要屈从这个图式，然而屈从依然是一种错误。自然，这里我们要讨论的似乎无涉片面真理的张力并存，而是一种错误与难以描述之必然性的结合。在德曼的早期文字中，在先阅读的错误被视作洞见和开拓。《从海德格尔看荷尔德林》称许了海德格尔的阅读洞见，虽然事实恰恰是海德格尔使荷尔德林后退了，在他诗中见出一种存在的命名，而非再三徒劳无功地把握存在的企图。德曼说，"荷尔德林所言同海德格尔使他说出的话恰恰其反"，但"在这一反思的层次上来看，很难把一个命题与它的对立面区分开来。所谓对立面，谈的依然是同一事物，虽然看法相异；两个说话人成功地谈论同一事物，这对话本身就已经足够说明问题了"。海德格尔对荷尔德林的阅读，其显著的优点"是精确辨认出了其'著述'的焦点所在"（De Man，*Allegories of Reading*，p. 809）。而促成这一洞见的，则是"海德格尔处理文本时的盲目与激情"（De Man，*Allegories of Reading*，p. 817）。虽然德曼的文章可能暗示海德格尔的谬误可被辩证地反归为真理，但盲目与洞见的密切关系却跃然纸上了。德曼称赞海德格尔"谬误百出"的阅读，也唯有当谬误在某种程度上为洞见所必需之时，方显出意义。

关于洞见对谬误的依赖关系，《盲目与洞见》中谈得更为广泛。德曼分析了一系列批评家的阅读——卢卡契、布朗肖、乔治·普莱以及一些新批评家，得出结论说，在每一个例子中"洞见均似乎……出自激发批评家思想的一种负面运动，这是一种将他的语言引离它所认肯之立场的内在原理，扭曲分解他的凿凿之言，直至它们丧尽实质，变得空空如也，仿佛判断本身的可能性也成疑问了。然而正是这一显然是破坏性的负面运动，催生了名副其实的洞见"（De Man，*Allegories of Reading*，p. 103）。凿凿之言也好，认肯的立场也好，方法论原则也好，在促生洞见之抵牾自身的负面运动中出演了关键性角色。正是因为新批评家孜孜于柯勒律治式的有机形式的观念，把诗赞誉为诸对立元素独立自足的和谐统一，他们才得以得出迥异的结论，将文学语言描述为无可避免的反讽与含混语言，成为"取消了其引路之前提"（De Man，*Allegories of Reading*，p. 104）的洞见。德曼的结论说：

> 所有这些批评家似乎很有些奇怪，常常言不由衷，注定要说出些与他们的原旨相去甚远的话来。他们的批评姿态，如卢卡契的预言家风格等等，被他们自己的批评结果挫败了。紧衔而至的是对文学语言的性质的一种入木三分又颇为艰难的洞见。但是，批评家似乎唯有处在这一特定盲目性的支配之下，才有可能企达这一洞见。换言之，只有当他们的方法忘却这个洞见概念之时，他们的语言才能向某种程度的洞见摸索前行。有些读者颇有过人之处，视盲目性为自有其理由的一种现象——觉得自己不够资格打探其究竟——所以便能分清陈述和意义之间的差别。唯对于这样的读者，洞见方才存在。他们必须消解某种盲目幻象显见的后果，这幻象之所以能步步趋向光明，只因它先已盲目，所以不怕光明的力量。但这一幻象却不能正确报道它旅途中的见闻。评说批评家，因此便成为如何看待某种盲目幻象似非而是的效能，而这幻象，是必须由它无意中提供洞见来加以校正的。（De Man，*Allegories of Reading*，pp. 105-106）

凭借盲目幻象提供的洞见来"校正"它自身的说法，似乎暗示超群绝伦的批评家——这里是德曼——可能无须盲目而达洞见，校谬误为真理。但当他将这一模式延伸至德里达对卢梭的阅读时，很显然，盲目与洞见的模式便应被视作适用于最谨慎、最敏锐，甚至那些从根本上校正了在先盲目性的阅读了。德曼说："卢梭之最优秀的现代阐释者不得不未及了解他便草草收兵。"（De Man，*Allegories of Reading*，p. 135）德里达对卢梭的阅读之所以能显出真知灼见，是因为他错误地在卢梭与西方思想史的一个时代，因而也是那个时代的形而上学之间画了等号。"他在卢梭内部设定了一种在场的形而上学，但是人们发现它既不运转，也不建立在某种语言的内涵力量之上，因为这语言使它分崩离析，捣毁了它的根基。"（De Man，*Allegories of Reading*，p. 119）德里达对卢梭的阅读，说到头好比海德格尔对荷尔德林的阅读："德里达的这一误解图式比以往的任何图式都更切近卢梭的实际陈述，因为它盲目之极确认的仄域，正是最为深刻的洞见之所在：修辞理论及其无可避免的后果。"（De Man, *Allegories of Reading*, p. 136）

德曼对在先阅读的描述，有几个重要特点。第一，它特别强调真理与谬误。自然，有人希望超然于或真或伪的游戏，容许每一种不同观点都有客观存在的合理性，就像米勒描述西方传统中各种互相冲突的立场一样。但这类绕开真伪判断的企图是诱人步入歧途，"因为没有哪一种阅读其真或伪的问题不是占据首要地位的"（De Man, "Foreword", p. xi）。德曼说，德里达拐弯抹角、躲躲闪闪之处，是欲使读者相信他说的是真话，其信心十足，欲使我们了解文本真正说了什么，同时又很清楚阅读与理解的短暂性可使每一条陈述被重读或被披露为谬误。有些批评家对德曼的专断作风十分不满，称他对盲目性的认识理应使其本人的论断谦虚一点。这些人是未能理解，批评论断无论怎样受种种条件限制，怎样谦虚谨慎，都仍然是要言说真理的。

第二，于力求假道谬误呈现洞见的同时，德曼也发现了适合他本人话语的结构。诚如德里达对卢梭的阅读使德曼有可能利用卢梭来识别德里达的误读，德曼的言论也使后来的批评家有可能利用德里达和卢梭来反对德曼，这是个不好理解的颇为复杂的局面。我们常常倾向于否定一种阅读享有特权是判断其他阅读之根据的说法：口口声声欲校正在先之阐释的阅读不过就是另外一种阅读而已。但其他一些时候，我们又说，某种特定的阅读的确就有种特权地位，可识别其他阅读的成功或者失败。这两种观点都假定了一种非时间性的框架——较之其他阅读，一种阅读是否占据着逻辑上的居先地位。但事实是，如我们自己深入进去时所见，阐释发生在历史的环境之中，部分为在先的阅读所促生，唯框定这些阅读，才显出意义，故而才能判断盲目与洞见。足智多谋的阅读常常被证明能利用文本来阐明在先阐释之错误，并因此指出它们方法上的局限及理论与实践的脱节。诚如德曼在介绍尧斯的批评时所言："就像所有的方法论一样，尧斯方法论的视界，有着它自己的分析工具所不能解释的局限。"概言之，我们应当注意到，真与伪、盲目与洞见或阅读

第三章　解构批评

与误读之间的分野固然堪称关键，但它们并不足以使我们在自己的阅读中构建出真理或洞见来。

第三，德曼对阅读与在先阅读之关系的描述，使他得以继续置身于文学批评之推崇洞见及经典作品的传统之中。德曼说："原著的话语越是模棱两可，效仿者及评论者自始至终的错误模式便越可一统天下、盛行不衰。"（De Man, *Blindness and Insight*, p. 111）阅读那些最伟大的作品，作者的盲目每每转移到了读者身上。"因此，一点都不奇怪一些完全可以称为最没有偏见的作家，何以笔下会出现极其丰富的离经叛道传统。事实上，这一现象正是全部文学的构成部分，是文学史的基础所在。"（De Man, *Blindness and Insight*, p. 141）文本越是伟大，便越能被用来消解在先阅读无可避免的失误。同这类作品打交道，批评家"处在最优越的地位……因为作者的目光在语言许可的范围内，锐利之极。正是由于这一缘故，他被系统地误读了。所以作者自己的作品，一旦被作出新的阐释，就能被充分用来反对他那些阐释者或追随者，甚至是其中的佼佼者"（De Man, *Blindness and Insight*, p. 139）。尼采、卢梭、雪莱、华兹华斯、波德莱尔和荷尔德林，就因为道出了真理而受到推崇，虽然是反面的真理。

第四，德曼的论述描绘了批评过程之无以规避的重复性。恰似朱丽叶无法避免她曾经明确加以谴责的比喻话语，精于在在先阅读中搜寻盲目性的批评家，也会犯同样的错误。《阅读的寓意》中德曼讨论对卢梭政治及自传文字的在先阅读时，注意到"修辞阅读因至少在某种程度上预见了谬误的产生而超越了这些谬误"。但是，这类可预见性也在某种程度上关涉到揭露在先谬误的分析。"不消说，这一新的阐释反过来将陷入它自己的盲目性形式之中。"这也是《盲目与洞见》一书的论点所在。（De Man, *Blindness and Insight*, p. 139）

但是，《阅读的寓意》在描述解构阅读如何辨认出传统失误方面，更进了一步，表明文本揭示自己的基本概念原是比喻的偏差，怎样又被进一步的契机搅乱了阵脚，而在这些契机里文本勾画出一种阅读无以为继的寓意。这类描述中，"盲目""洞见"及它们所涉感知的进行或失败,均不复出现,因为这里牵涉到的是保证了那一类批评文字的语言的各个侧面和话语的诸种属性,而这些侧面和属性到头来总是去做它们口称不愿做的事情,不是超越就是不能企及它们认定的真理,而究其原委恰恰又在这一辨认过程之中。德曼在对卢梭的讨论中,强调了评论中语法和话语构架不屈不挠的机械过程,而那同样适用于试图把握卢梭的文字的批评议论。譬如,《社会契约论》极不信任"许诺",然而它许下的诺言可真不少:

> 重新引出许诺,尽管它的不可能性早已设定,且并不是作者的意志所决定的……文本之强烈效果归因于它所属的那一类修辞模式。这一模式是一种语言事实,对此卢梭本人也无可奈何。就像任何其他读者一样,他注定要把他的文本误读作一种政治变革的许诺。错误不在读者,是语言本身将认识与行为分离开来了。俗话说,"语言许诺",就这话必然使人误入歧途而言,语言也必然是传达它自身真理的诺言。(De Man, *Blindness and Insight*, pp. 276-277)

这里,误读是语言的行为及陈述效果之间那疑点丛生关系的又一个结果。

上面描述的令人不快的局面——其间误读是有待揭露的一种谬误,又是阅读之无法避免的命运——最为戏剧性地出现在《变形的雪莱》的结论部分,彼处德曼既用雪莱的文本来印证其他阅读的谬误,又寓示他本人的文本也必然呈现在这些被谴责的阅读之中。结束我们解构批评的讨论,没什么比回顾一下这段文字更能说明问题的了,因为它不断把自身纳入被它斥责的失误中去。

德曼讨论过我们对浪漫主义文学的阅读如何美化了对死亡的描写,将死者转化成历史的和审美的纪念碑。"这种立碑方式并不一定是一种天真或躲躲闪闪的姿态,也肯定不是一种任何人自称可以避免的姿态。"不管它是失败还是成功了,这姿态变成一种挑战——

> 针锋相对那种需要再次被人阅读的理解。阅读即是理解、探究、认识、忘却、消抹、重复,换言之,是永无尽头的人物具象过程,

第三章 解构批评

借此死者变得音容笑貌栩栩如生,向我们诉说他们一生的寓意,让我们回过头又把他们抽象起来。再渊博的知识,也无法阻止这一疯狂的行为,因为它是语词的疯狂。假如相信这一策略(它不是作为主体的"我们的"策略,因为我们只是其产物而非其经纪人)能成为一种价值资源,因而一定要给它以相应的褒贬,那就太天真了。

不论这一信念何时发生——事实是它时时在发生——它总是导向一种能够也应当摒弃的误读,这不同于被雪莱的诗主题化了的超越善恶的强制性"忘却"。问题不在于罗列和归纳我们现时的批评和文学场景中这一信念所取的各种形式与名称。它通过把文本历史化,赋予它们美学内容,通过利用文本,如在此文中,来肯定其因否定虔诚而愈见虔诚的方法论立场,沿着一成不变且可预见的轨道运行。试图在我们自身及与其他文学运动的关系中来理解和界定浪漫主义,手法虽有不同,却全是这个天真信念的组成部分。《生命的胜利》告诫我们,一切的一切,无论是行为、语词、思想还是文本,都不发生在与过去、将来或其他事物的关系之中,不论这关系是正面的还是负面的,而仅是一种偶然的事件,它的效能有如死亡的效能,在于其发生的随机性。它还告诉我们,这些事件为什么且怎样被重新组合入某个历史的和审美的复原系统,无视其迭出的破绽而重复着自身。(De Man,"Shelley Disfigured",pp. 68-69)

似这样一段话,若没有说明别的,至少表明,那些指责"耶鲁批评家们的享乐倾向形式主义"的批评家,是陷入了系统误读的模式之中。① 很难想象一个更执着于真理和知识的批评家,如何会站到使人会情不自禁否定真理和知识的结构面前。但是,这段话也揭示了解构批评疑窦丛生的侧面:视文本对语言、文本、发言、秩序及效能的议论,为有关语言、文本、发言及效能的真理。如果说《生命的胜利》确实告诫我们事物从不发生在与任何其他事物的关系之中,我们有什么理由相信

---

① Frank Lentricchia, *After the New Criticism*, p. 176. 伦特里夏也谈到一种"新享乐主义",暗示它无所不在于哈特曼、米勒和德曼的著作,他相信他们形成了一个学派(p. 169)。

213

这是真的？人们经常指责解构批评家，说他们把文本当作完全自给自足的形式游戏来分析，没有认识的、伦理的或指涉的价值。但这也很可能是另一种幻觉，如德曼所言，其间一位真正的现代作家会被"硬性曲解和简单化，使他说出同他实际所言刚好相反的话"(De Man, *Blindness and Insight*, p.186)。因为解构阅读从被研究文本中汲取的，实是些意味深长的训诫。《阅读的寓意》中对卢梭文本的阅读，便似乎告诉我们不少真理：

> 《论人类不平等的起源》所告诉我们的，卢梭的经典阐释所坚决拒绝倾听的，是人类的政治目的源自并且有如一种独立自然与主体的语言模式：它恰好吻合叫作"激情"的那一种盲目的隐喻化过程，而这一过程却并不是意向行为……如果说社会与政府源生于人类及其语言之间的一种张力，那么，它们就是非自然的（赖于人和物之间的关系），非伦理的（赖于人际关系），亦非神学的，因为语言不是被视为一种超验的原则，而是充满了意外失误的可能。因此，政治成为人类的一个负担，而非一种机会……(De Man, *Allegories of Reading*, pp.156-157)

其他文章中有关知识、言语行为、过失和自我的结论，差不多如出一辙：它们仿佛就是卢梭的文字表述、暗示或颁布的真理。解构的阅读，即倾向于绕开关于可能发生或经常发生的事件的陈述，而专门搜寻必然发生的事件的有关论述。《比利·巴德》并没有向我们显示权威可能怎样运行。"麦尔维尔在《比利·巴德》中表明，权威的构成，恰恰在于其不可能包容它自身的运用后果。"(Johnson, *The Critical Difference*, p.108) 的确，对琼生来说，《比利·巴德》的权威延伸得如此之远，以至于它的洞见被表述为势所必然："法的秩序试图将'野蛮'的力量纳入各种形式，各种秩序有定的形式，其只能通过把暴力转化为终极权威来消灭暴力。而认知，其或许始于以一种力量游戏来反对力量游戏，也只能通过它自己的苦心经营，来进一步扩大其试图把握的领域。"(Johnson, *The Critical Difference*, pp.108-109)

在不胜枚举的例子中，批评家和作品都在致力于论证源生于作品的真理，它们有时候也解释了为什么真理于所有的语言、言语行为以及所有的激情、认知等等都属必不可少。在其他一些例子中，如德曼叙述《生命的胜利》的警告，人们则甚至无法想象批评家怎么来论证有关命题的真实性，比如所谓事物从不发生在与过去、将来或其他事物的关系之中。因此人们不禁开始怀疑起来，他们心想，文本中的某种信念及其最为深刻而且效果不凡的内涵，说到底是不是便是使解构的洞见成为可能的盲目性？或者，是无法论证，只能由其结果的效能来加以说明的方法论的必然性？似这样策略性地求助于文本中的真理，细细读来，无疑有助于解释为什么美国的解构批评一直将目光特别倾注于一些重要的经典作家：如果说这类分析的前提是真理将出现在某种取之不竭的高容量阅读之中，那么，阅读华兹华斯、卢梭、麦尔维尔或马拉美，较之阅读一些名不见经传的作家，于说明这一前提显然就要省事得多。所谓解构批评诋毁文学，鼓励读者自由联想，一笔勾销意义与指涉性的流言，人们只消在解构批评数不胜数的例子中稍加浏览，便能发现它们荒谬得近于滑稽了。也许，最好将这些流言理解为一种防卫立场，用来抗议解构批评家在被他们分析的作品中揭示出的语言与世界的真相。

附录 1　参考文献

Abraham, Nicolas, and Maria Torok. *Cryptonymie: Le Verbier de l'homme aux loups*. Paris: Aubier-Flammarion, 1976. On the Wolfman's multilingual signifying chains, with a preface by Derrida.

———. *L'Ecorce et le noyau*. Paris: Aubier-Flammarion, 1978. English trans. of pp. 203–26: "The Shell and the Kernel." *Diacritics*, 9:1 (1979), 16–28. Psychoanalytic essays.

Abrams, M. H. "The Deconstructive Angel." *Critical Inquiry*, 3 (1977), 425–38. A critique of deconstruction in a debate with J. Hillis Miller.

———. "How to Do Things with Texts." *Partisan Review*, 46 (1979), 566–88. On the new modes of reading by Derrida, Fish, and Bloom.

———. *The Mirror and the Lamp: Romantic Theory and the Critical Tradition*. New York: Oxford University Press, 1953.

Adams, Maurianne. "*Jane Eyre*: Woman's Estate." In *The Authority of Experience*, ed. Lee Edwards and Arlyn Diamond. Amherst: University of Massachusetts Press, 1977, pp. 137–59.

Agacinski, Sylviane. *Aparté: Conceptions et morts de Søren Kierkegaard*. Paris: Aubier-Flammarion, 1977. A Derridean analysis.

Altieri, Charles. *Act and Quality: A Theory of Literary Meaning and Humanistic Understanding*. Amherst: University of Massachusetts Press, 1981. Based on work in the philosophy of language.

———. "Wittgenstein on Consciousness and Language: A Challenge to Derridean Literary Theory." *Modern Language Notes*, 91 (1976) 1397–1423.

Arac, Jonathan, et al. *The Yale Critics: Deconstruction in America*. Minneapolis: University of Minnesota Press, forthcoming. Essays emphasizing the early work of de Man, Hartman, Miller, and Bloom.

Argyros, Alexander. "Daughters of the Desert." *Diacritics*, 10:3 (1980), 27–35. On Derrida's *Eperons*.
Austin, J. L. *How to Do Things with Words*. Cambridge: Harvard University Press, 1975.
———. *Philosophical Papers*. London: Oxford University Press, 1970.
Bahti, Timothy. "Figures of Interpretation; The Interpretation of Figures: A Reading of Wordsworth's 'Dream of the Arab.'" *Studies in Romanticism*, 18 (1979), 601–28.
Barthes, Roland. "Analyse textuelle d'un conte d'Edgar Poe." In *Sémiotique narrative et textuelle*, ed. Claude Chabrol. Paris: Larousse, 1973, pp. 29–54. English trans.: "Textual Analysis of Poe's 'Valdemar.'" In *Untying the Text*, ed. Robert Young. London: Routledge & Kegan Paul, 1981, pp. 133–61. Continues the analysis of codes begun in S/Z.
———. *Critique et vérité*. Paris: Seuil, 1966. Part II defines a structuralist poetics.
———. *Essais critiques*. Paris: Seuil, 1964. English trans.: *Critical Essays*. Evanston: Northwestern University Press, 1972.
———. *Image, Music, Text*. New York: Hill & Wang, 1977. Includes some classic essays not collected in French.
———. "Introduction à l'analyse structurale des récits." *Communications*, 8 (1966) 1–27. English trans.: "Introduction to the Structural Analysis of Narratives." In *Image, Music, Text*, pp. 74–124. A program for narratology.
———. *Le Plaisir du texte*. Paris: Seuil, 1973. English trans.: *The Pleasure of the Text*. New York: Hill & Wang, 1974. Fragments on reading, pleasure, and the text.
———. *S/Z*. Paris: Seuil, 1970. English trans.: New York: Hill and Wang, 1974. Systematic analysis of Balzac's "Sarrasine."
———. *Système de la mode*. Paris: Seuil, 1967. On the semiotic system of fashion.
———. "Texte, théorie du." *Encyclopaedia Universalis*. Paris: 1968–75. Vol. 15, pp. 1013–17.
Beauvoir, Simone de. *The Second Sex*. New York: Knopf, 1953. A classic of women's liberation and feminist criticism.
Bleich, David. *Readings and Feelings*. Urbana, Ill.: National Council of Teachers of English, 1975.
———. *Subjective Criticism*. Baltimore: Johns Hopkins University Press, 1978. A critical theory stressing the value of readers' personal responses.
Bloom, Harold. *The Anxiety of Influence: A Theory of Poetry*. New York: Oxford University Press, 1973.
———. *Kabbalah and Criticism*. New York: Seabury, 1975. Brings kabbalistic categories to bear on his theory of poetic production.

———. *A Map of Misreading*. New York: Oxford University Press, 1975. Elaboration of the interpretive implications of the anxiety of influence.

———. *Wallace Stevens: The Poems of Our Climate*. Ithaca: Cornell University Press, 1977. Full deployment of Bloom's theory of poetry.

———, et al. *Deconstruction and Criticism*. New York: Seabury, 1979. Essays, mostly on Shelley, by five members of the "Yale School": Bloom, Hartman, de Man, Miller, Derrida.

Booth, Stephen. *An Essay on Shakespeare's Sonnets*. New Haven: Yale University Press, 1969. Interpretations based on a reader's line-by-line experience.

———. "On the Value of *Hamlet*." In *Literary Criticism: Idea and Act*, ed. W. K. Wimsatt. Berkeley: University of California Press, 1974, pp. 284–310. Treats the play as a series of actions upon the understanding of an audience.

Booth, Wayne. *Critical Understanding: The Powers and Limits of Pluralism*. Chicago: University of Chicago Press, 1979.

Bové, Paul. *Destructive Poetics: Heidegger and Modern American Poetry*. New York: Columbia University Press, 1980. A Heideggerian indictment of recent criticism and a reading of Whitman, Stevens, and Olson.

Brenkman, John. *Culture and Domination*. Ithaca: Cornell University Press, forthcoming. Essays on literature providing a Marxist critique of psychoanalytic interpretation and a psychoanalytic critique of Marxist interpretation.

———. "Narcissus in the Text." *Georgia Review*, 30 (1976), 293–327. A classic deconstructive reading.

Brooks, Cleanth. *A Shaping Joy: Studies in the Writer's Craft*. London: Methuen, 1971.

———. *The Well Wrought Urn*. New York: Harcourt Brace, 1947.

Brooks, Peter. "Fictions of the Wolfman: Freud and Narrative Understanding." *Diacritics*, 9:1 (1979), 72–83.

Brutting, Richard. *"Ecriture" und "Texte": Die französische Literaturtheorie "nach dem Strukturalismus."* Bonn: Bouvier Verlag Herbert Grundmann, 1976.

Burt, Ellen. "Rousseau the Scribe." *Studies in Romanticism*, 18 (1979), 629–67. Detailed analysis of the problems of autobiography.

Cain, William E. "Deconstruction in America: The Recent Literary Criticism of J. Hillis Miller." *College English*, 41 (1979), 367–82.

Carroll, David. "Freud and the Myth of Origins." *New Literary History*, 6 (1975), 511–28.

Cave, Terence. *The Cornucopian Text: Problems of Writing in the French Renaissance*. Oxford: Clarendon Press, 1979.

Charles, Michel. *Rhétorique de la lecture*. Paris: Seuil, 1977. Analyzes

possible and impossible roles of the reader in various French works.
Chase, Cynthia. "The Accidents of Disfiguration: Limits to Literal and Rhetorical Reading in Book V of *The Prelude*." *Studies in Romanticism*, 18 (1979), 547–66. Problems of rhetoric and reflexivity.

——. "The Decomposition of the Elephants: Double-Reading *Daniel Deronda*." *PMLA*, 93 (1978), 215–27. A deconstructive analysis of narrative.

——. "Oedipal Textuality: Reading Freud's Reading of *Oedipus*." *Diacritics*, 9:1 (1979), 54–68.

——. "Paragon, Parergon: Baudelaire Translates Rousseau." *Diacritics*, 11:2 (1981), 42–51. Discusses intertextual incorporation.

Cixous, Hélène. "La Fiction et ses fantômes." *Poétique*, 10 (1972) 199–216. English trans. in *New Literary History*, 7 (1976), 525–48. On Freud's "Das Unheimliche."

——. "Le Rire de la Méduse." *L'Arc*, 61 (1975), 3–54. English trans.: "The Laugh of the Medusa." *Signs*, 1 (1976), 875–93. A manifesto for women's writing.

——. "Sorties." In Cixous and Catherine Clément. *La Jeune Née*. Paris: Union générale d'éditions, 1979, pp. 114–275. Critique of the opposition man/woman.

Coste, Didier. "Trois Conceptions du lecteur." *Poétique*, 43 (1980), 354–71.

Coward, Rosalind, and John Ellis. *Language and Materialism. Developments in Semiology and the Theory of the Subject*. London: Routledge & Kegan Paul, 1977. A Marxist critique and development of semiotics and psychoanalysis.

Crews, Frederick. "Reductionism and Its Discontents." *Critical Inquiry*, 1 (1975), 543–58. The problem of reductionism in psychoanalytic criticism.

Culler, Jonathan. *Barthes*. London: Fontana, and New York: Oxford University Press, 1983.

——. *Ferdinand de Saussure*. London: Fontana, 1976; New York: Penguin, 1977.

——. *Flaubert: The Uses of Uncertainty*. Ithaca: Cornell University Press, and London: Elek, 1974.

——. *The Pursuit of Signs: Semiotics, Literature, Deconstruction*. Ithaca: Cornell University Press, and London: Routledge & Kegan Paul, 1981.

——. *Structuralist Poetics: Structuralism, Linguistics, and the Study of Literature*. Ithaca: Cornell University Press, and London: Routledge & Kegan Paul, 1975.

Davis, Walter. *The Act of Interpretation: A Critique of Literary Reason*. Chicago: University of Chicago Press, 1978. A metacritical exploration of three ways of unifying Faulkner's *The Bear*.

De Man, Paul. *Allegories of Reading: Figural Language in Rousseau,*

Nietzsche, Rilke, and Proust. New Haven: Yale University Press, 1979.
———. "Autobiography as De-facement." *MLN*, 94 (1979), 919–30. On Wordsworth, epitaphs, and prosopopoeia.
———. *Blindness and Insight: Essays in the Rhetoric of Contemporary Criticism.* New York: Oxford University Press, 1971. On Derrida, Blanchot, the New Critics, and others.
———. "The Epistemology of Metaphor." *Critical Inquiry*, 5 (1978), 13–30.
———. "Les Exégèses de Hölderlin par Martin Heidegger." *Critique*, 11 (1955), 800–819.
———. "Foreword." *The Dissimulating Harmony*, by Carol Jacobs. Baltimore: John Hopkins University Press, 1978, pp. vii–xiii. A statement on critical reading.
———. "Hypogram and Inscription: Michael Riffaterre's Poetics of Reading." *Diacritics*, 11:4 (1981), 17–35.
———. "Introduction." *Studies in Romanticism*, 18 (1979), 495–99. Comments on the contributions to this issue on "The Rhetoric of Romanticism."
———. "Introduction." *Towards an Aesthetics of Reception*, by Hans Robert Jauss. Minneapolis: University of Minnesota Press, 1982. Identifies the limitations of Jauss's method.
———. "Literature and Language: A Commentary." *New Literary History*, 4 (1972), 181–92.
———. "Pascal's Allegory of Persuasion." *Allegory and Representation*, ed. Stephen Greenblatt. Baltimore: Johns Hopkins University Press, 1981, pp. 1–25.
———. "The Resistance to Literary Theory." *Yale French Studies*, 63 (1982), 3–20. A broad statement about theory and its prospects.
———. "The Rhetoric of Temporality." In *Interpretation: Theory and Practice*, ed. Charles Singleton. Baltimore: Johns Hopkins University Press, 1969, pp. 173–209. An influential essay on symbol and allegory in romanticism.
———. "Shelley Disfigured." In Bloom et al., *Deconstruction and Criticism*. New York: Seabury, 1979, pp. 39–74.
———. "Sign and Symbol in Hegel's Aesthetics." *Critical Inquiry*, 8 (1982).
Derrida, Jacques. "L'Age de Hegel." In GREPH, *Qui a peur de la philosophie?* Paris: Flammarion, 1977, pp. 73–107. Discussion of Hegel's discussion of the teaching of philosophy.
———. "L'Archéologie du frivole." Introduction to Condillac, *Essai sur l'origine de la connaissance humaine*. Paris: Galilée, 1973. Published separately by Gonthier, 1976. English trans.: *The Archeology of the Frivolous: Reading Condillac.* Pittsburgh: Duquesne University Press, 1981.
———. "Avoir l'oreille de la philosophie." In Lucette Finas, et al.,

Ecarts: Quatre essais à propos de Jacques Derrida. Paris: Fayard, 1973, pp. 301–12. A lucid general interview.

———. *La Carte postale: De Socrate à Freud et au-delà*. Paris: Flammarion, 1980. English translations: "The Purveyor of Truth," *Yale French Studies*, 52 (1975), 31–114; "Speculating—On Freud" (extracts from pp. 277–311), *Oxford Literary Review*, 3 (1978), 78–97; "Coming into One's Own" (extracts from pp. 315–57), *Psychoanalysis and the Question of the Text*, ed. Geoffrey Hartman, Baltimore: Johns Hopkins University Press, 1978, pp. 114–48. Complete English trans.: *The Post Card*. Chicago: University of Chicago Press, forthcoming. Fictional love letters discussing a range of subjects and two substantial essays on psychoanalysis.

———. "The Conflict of Faculties." In *Languages of Knowledge and of Inquiry*, ed. Michael Riffaterre. New York: Columbia University Press, 1982. On Kant's essay on the distribution of authority among university faculties.

———. *De la grammatologie*. Paris: Minuit, 1967. English trans.: *Of Grammatology*. Baltimore: Johns Hopkins University Press, 1976. Speech and writing in Saussure, Lévi-Strauss, and Rousseau.

———. *La Dissémination*. Paris, Seuil, 1972. English trans.: *Dissemination*. Chicago: University of Chicago Press, 1982. Essays on Plato, Mallarmé, and Sollers.

———. "D'un ton apocalyptique adopté naguère en philosophie." In *Les Fins de l'homme: A partir du travail de Jacques Derrida*, ed. Philippe Lacoue-Labarthe and Jean-Luc Nancy. Paris: Galilée, 1981, pp. 445–79. On Kant, tone, and problems of the mystical. This volume also contains numerous remarks by Derrida during the discussions of this colloquium.

———. "Economimesis." In S. Agacinski et al., *Mimesis des articulations*. Paris: Flammarion, 1975, pp. 55–93. English trans. in *Diacritics*, 11:2 (1981), 3–25. The economy of and economy in Kant's aesthetic theory.

———. *L'Ecriture et la différence*. Paris: Seuil, 1967. English trans.: *Writing and Difference*. Chicago: University of Chicago Press, 1978. Essays on Lévi-Strauss, Artaud, Bataille, Freud, Foucault, and others.

———. "Entre crochets." *Digraphe*, 8 (1976), 97–114. An interview.

———. *Eperons: Les styles de Nietzsche*. Venice: Corbo & Fiore, 1976. Paris: Flammarion, 1978. English trans.: *Spurs*. Chicago: University of Chicago Press, 1979. On "woman" and "style" in Nietzsche.

———. "Fors: Les mots anglés de N. Abraham et M. Torok." Preface to Abraham and Torok, *Cryptonymie: Le Verbier de l'homme aux loups*. Paris: Flammarion, 1976, pp. 7–73. English trans.: "Fors." *The Georgia Review*, 31 (1977), 64–116.

———. *Glas*. Paris: Galilée, 1974. On Hegel and Genet.

———. "Ja, ou le faux bond." *Digraphe*, 11 (1977), 84–121. An interview.

———. *Limited Inc.* Supplement to *Glyph* 2. Baltimore: Johns Hopkins University Press, 1977. English trans. in *Glyph*, 2 (1977), 162–254. A response to Searle's critique in *Glyph* 1.

———. "Living On: Border Lines." In Bloom et al., *Deconstruction and Criticism*. New York: Seabury, 1979, pp. 75–175. French version, "Survivre," unpublished. On Blanchot and Shelley.

———. "La Loi du genre." *Glyph*, 7 (1980), 176–201. English trans.: "The Law of Genre." Ibid, pp. 202–29. On Blanchot, the *récit*, and genre.

———. *Marges de la philosophie*. Paris: Minuit, 1972. English trans.: "Differance" and "Form and Meaning: A Note on the Phenomenology of Language," in Derrida, *Speech and Phenomena*, Evanston: Northwestern University Press, 1973, pp. 107–60. "Ousia and Grammè," in *Phenomenology in Perspective*, ed. F. J. Smith. The Hague: Nijhoff, 1970, pp. 54–93. "The Ends of Man," *Philosophical and Phenomenological Research*, 30 (1969), 31–57. "The Supplement of Copula," *The Georgia Review*, 30 (1976), 527–64. "White Mythology," *New Literary History*, 6 (1974), 5–74. "Signature Event Context," *Glyph*, 1 (1977), 172–97. Complete English trans.: *Margins of Philosophy*. Chicago: University of Chicago Press, forthcoming.

———. "Les Morts de Roland Barthes." *Poétique*, 47 (1981), 269–292. A tribute to Barthes, focused on *La Chambre claire*.

———. "Me—Psychoanalysis." *Diacritics*, 9:1 (1979), 4–12. French original: "Moi, la psychanalyse . . ." forthcoming in *Confrontations*, (1982). Introduction to the work of Abraham and Torok.

———. *L'Origine de la géometrie*, by Edmund Husserl. Translated with an introduction. Paris: Presses Universitaire de France, 1962. English trans.: *The Origin of Geometry*. New York: Nicolas Hays, 1977. Brighton: Harvester, 1978. A lengthy introduction, on writing in Husserl's theory of ideal objects.

———. "Où commence et comment finit un corps enseignant." In *Politiques de la philosophie*, ed. Dominique Grisoni. Paris: Grasset, 1976, pp. 55–97. On deconstruction as a struggle to transform the theory and practice of philosophical education.

———. "Pas." *Gramma*, 3/4 (1976), 111–215. On Blanchot.

———. "La Philosophie et ses classes." In GREPH, *Qui a peur de la philosophie?* Paris: Flammarion, 1977, pp. 445–50. On the problems concerning a defense of philosophy in the school system.

———. *Positions*. Paris: Minuit, 1972. English trans.: Chicago: University of Chicago Press, 1981. Three lucid interviews, the last on Marxism, psychoanalysis, and deconstruction.

———. "Le Retrait de la métaphore." *Po&sie*, 6 (1979), 103–26. En-

glish trans.: "The Retrait of Metaphor." *Enclitic*, 2:2 (1978), 5–34. A sequel to "La Mythologie blanche" in *Marges*.
———. "Scribble (pouvoir/écrire)." Introduction to W. Warburton. *L'Essai sur les hiéroglyphes*. Paris: Flammarion, 1978. English trans.: "Scribble (writing-power)." *Yale French Studies*, 58 (1979), 116–47. An introduction concerned with relations between writing and power.
———. "Signéponge." Part I in *Francis Ponge: Colloque de Cérisy*. Paris: Union générale d'éditions, 1977, pp. 115–51. Part II, *Digraphe*, 8 (1976), 17–39. On Ponge, things, and signatures.
———. "Titre (à préciser)." *Nuova Corrente*, 28 (1981), 7–32. English trans. forthcoming in *Sub-stance*.
———. *La Vérité en peinture*. Paris: Flammarion, 1978. English trans. of "Le Parergon," part II: "The Parergon." *October*, 9 (1979), 3–40. Essays on art: Kant's aesthetics, Adami, Titus-Carmel, and Van Gogh (as discussed by Heidegger and Shapiro).
———. *La Voix et le phénomène*. Paris: Presses Universitaires de France, 1967. English trans.: *Speech and Phenomena*. Evanston: Northwestern University Press, 1973. A critique of Husserl's theory of signs.
Descombes, Vincent. *L'Inconscient malgré lui*. Paris: Minuit, 1977. Constructs Lacanian psychoanalytic theory in the terms of analytical philosophy
———. *Le Même et l'autre: Quarante-cinq ans de philosophie française*. Paris: Minuit, 1979. English trans.: *Modern French Philosophy*. London: Cambridge University Press, 1980. A brilliant account of fundamental issues in recent French philosophy.
Dinnerstein, Dorothy. *The Mermaid and the Minotaur: Sexual Arrangements and Human Malaise*. New York: Harper, 1976. The psychological effects of nurturing arrangements.
Donato, Eugenio. "'Here, Now'/'Always, Already': Incidental Remarks on Some Recent Characterizations of the Text." *Diacritics*, 6:3 (1976), 24–29. On Derrida and Edward Said.
———. "The Idioms of the *Text*: Notes on the Language of Philosophy and the Fictions of Literature." *Glyph*, 2 (1977), 1–13.
Donoghue, Denis. "Deconstructing Deconstruction." *New York Review of Books*, 12 June 1980, pp. 37–41. Review of *Deconstruction and Criticism* and *Allegories of Reading*.
———. *Ferocious Alphabets*. Boston: Little, Brown, 1981. On critics who look for "voice" and critics who look for "writing."
Douglas, Ann. *The Feminization of American Culture*. New York: Knopf, 1977.
Eagleton, Terry. *Marxism and Literary Criticism*. London: Methuen, 1976.
Eco, Umberto. *L'Opera aperta*. Milan: Bompiani, 1962. A pioneering study of the "open" work.

———. *The Role of the Reader: Explorations in the Semiotics of Texts.* Bloomington: Indiana University Press, 1979.

———. *A Theory of Semiotics.* Bloomington: Indiana University Press, 1976.

Edwards, Lee, and Arlyn Diamond. *The Authority of Experience: Essays in Feminist Criticism.* Amherst: University of Massachusetts Press, 1977.

Eisenstein, Hester, and Alice Jardine, eds. *The Future of Difference.* Boston: G. K. Hall, 1980. An excellent anthology on literary, linguistic, and theoretical aspects of sexual difference.

Ellmann, Mary. *Thinking about Women.* New York: Harcourt Brace, 1968. An early exposure of phallic criticism.

Felman, Shoshana. *La Folie et la chose littéraire.* Paris: Seuil, 1978. English trans. forthcoming from Cornell University Press. A wide-ranging collection of essays by a member of the "école de Yale."

———. "Rereading Femininity." *Yale French Studies*, 62 (1981), 19–44. On Balzac's *La Fille aux yeux d'or.*

———. *Le Scandale du corps parlant: Don Juan avec Austin ou La séduction en deux langues.* Paris: Seuil, 1980. English trans. forthcoming from Cornell University Press. An Austinian reading of Molière and a Lacanian reading of Austin.

———. "Turning the Screw of Interpretation." *Yale French Studies*, 55/56 (1977), 94–207. A remarkable analysis of the text and readings of *The Turn of the Screw.*

———. "Women and Madness: The Critical Phallacy." *Diacritics*, 5:4 (1975), 2–10. A feminist reading of Balzac.

Ferguson, Frances. "Reading Heidegger: Jacques Derrida and Paul de Man." *Boundary 2*, 4 (1976), 593–610.

———. *Wordsworth: Language as Counter-Spirit.* New Haven: Yale University Press, 1977.

Fetterley, Judith. *The Resisting Reader: A Feminist Approach to American Fiction.* Bloomington: Indiana University Press, 1978. A critique of major novels and a call to resistance.

Fiedler, Leslie. *Love and Death in the American Novel.* New York: Criterion, 1960.

Finas, Lucette. "Le Coup de D. e(s)t judas." In Finas et al., *Ecarts: Quatre essais à propos de Jacques Derrida.* Paris: Fayard, 1973, 9–105. A heterogeneous discussion of Derrida.

Fish, Stanley. *Is There a Text in This Class?* Cambridge: Harvard University Press, 1980. Important essays displaying the growth of a critic's mind.

———. *Self-Consuming Artifacts: The Experience of Seventeenth-Century Literature.* Berkeley: University of California Press, 1972.

———. *Surprised by Sin: The Reader in Paradise Lost.* Berkeley: University of California Press, 1967. An early work of reader-response criticism.

——. "Why No One's Afraid of Wolfgang Iser." *Diacritics*, 11:1 (1981), 2–13. A critique of Iser's theory of reading.

Fokkema, D. W., and Elrud Kunne-Ibsch. *Theories of Literature in the Twentieth Century: Structuralism, Marxism, Aesthetics of Reception, Semiotics.* New York: St. Martin, 1977. A useful overview.

Forrest-Thomson, Veronica. *Poetic Artifice: A Theory of Twentieth-Century Poetry.* Manchester: University of Manchester Press, 1978. On the radical formalism of poetic language.

Frank, Manfred. *Das Sagbare und das Unsagbare: Studien zur neuesten französischen Hermeneutik und Texttheorie.* Frankfurt: Suhrkamp, 1980. Takes Schleiermacher as the point of departure for discussions of Sartre, Lacan, and Derrida.

Freud, Sigmund. *Complete Psychological Works*, ed. James Strachey. London: Hogarth, 1953–74. 24 vols.

Fynsk, Christopher. "A Deceleration of Philosophy." *Diacritics*, 8:2 (1978), 80–90. A fine review of *Qui a peur de la philosophie?*

Gasché, Rodolphe. "Deconstruction as Criticism." *Glyph*, 6 (1979), 177–216. Attributes to deconstructive critics a misunderstanding of Derrida.

——. "The Scene of Writing: A Deferred Outset." *Glyph*, 1 (1977), 150–71. On *Moby-Dick*.

——. "'Setzung' and 'Übersetzung': Notes on Paul de Man." *Diacritics*, 11:4 (1981), 36–57. On *Allegories of Reading*.

——. "La Sorcière métapsychologique." *Digraphe*, 3 (1974), 83–122. On Freud's puzzling relation to metapsychological speculation.

Gilbert, Sandra M., and Susan Gubar. *The Madwoman in the Attic: The Woman Writer and the Nineteenth Century Literary Imagination.* New Haven: Yale University Press, 1979.

Girard, René. Interview. *Diacritics*, 8:1 (1978), 31–54.

——. *Mensonge romantique et vérité romanesque.* Paris: Grasset, 1961. English trans.: *Deceit, Desire, and the Novel: The Self and Other in Literary Structure.* Baltimore: Johns Hopkins University Press, 1965. A theory of the novel based on mimetic desire.

——. *"To Double Business Bound": Essays in Literature, Mimesis, and Anthropology.* Baltimore: Johns Hopkins University Press, 1978.

——. *La Violence et le sacré.* Paris: Grasset, 1972. English trans.: *Violence and the Sacred.* Baltimore: Johns Hopkins University Press, 1977. Discussions of the scapegoat and the origins of culture.

Gouldner, Alvin, W. *The Dialectic of Ideology and Technology.* New York: Seabury, 1976.

Graff, Gerald. Literature against Itself: Literary Ideas in Modern Society. Chicago: University of Chicago Press, 1977. Attacks contemporary criticism as a continuation of the New Criticism adapted to the postindustrial capitalism it pretends to oppose.

Hamon, Philippe. "Texte littéraire et métalangage." *Poétique*, 31 (1977), 261–84. On metalinguistic functions within the work.

Harari, Josué, ed. *Textual Strategies: Perspectives in Post-Structuralist Criticism.* Ithaca: Cornell University Press, 1979. A critical miscellany.

———. *Structuralists and Structuralisms.* Ithaca: Diacritics, 1971. A bibliography.

Hartman, Geoffrey. *Criticism in the Wilderness.* New Haven: Yale University Press, 1980. Essays on the possibilities of criticism.

———. *The Fate of Reading and Other Essays.* Chicago: University of Chicago Press, 1975.

———. *Saving the Text: Literature/Derrida/Philosophy.* Baltimore: Johns Hopkins University Press, 1981. On *Glas* and the possibilities of commentary.

Heidegger, Martin. "The Question Concerning Technology." *Basic Writings*, ed. D. F. Krell. New York: Harper, 1977, pp. 283–318. On "Enframing."

Heilbrun, Carolyn. "Millett's *Sexual Politics*: A Year Later." *Aphra*, 2 (1971), 38–47.

Hertz, Neil. "Freud and the Sandman." In *Textual Strategies*, ed. J. Harari. Ithaca: Cornell University Press, 1979, pp. 296–321.

———. "The Notion of Blockage in the Literature of the Sublime." In *Psychoanalysis and the Question of the Text*, ed. Geoffrey Hartman. Baltimore: Johns Hopkins University Press, 1978, pp. 62–85. The functioning of the scenario of the Sublime in a wide range of situations.

———. "Recognizing Casaubon." *Glyph*, 6 (1979), 24–41. On author-surrogates and *Middlemarch*.

Hirsch, E. D. *The Aims of Interpretation.* Chicago: University of Chicago Press, 1976. A defense of his version of hermeneutics.

Hofstader, Douglas. *Gödel, Escher, Bach: An Eternal Golden Braid.* New York: Basic, 1979. Explorations of self-referentiality.

Hohendahl, Peter Uwe. *The Institution of Criticism.* Ithaca: Cornell University Press, 1982. A social history of German criticism and reflection on criticism as an institution in the modern age.

Holland, Norman. *5 Readers Reading.* New Haven: Yale University Press, 1975. Discussion of their personalities and responses.

———. "Unity Identity Text Self." *PMLA*, 90 (1975), 813–22. A summary of his theory of reading.

Horton, Susan. *Interpreting Interpreting: Interpreting Dickens' "Dombey."* Baltimore: Johns Hopkins University Press, 1979. A metacritical inquiry.

Hoy, David Couzins. *The Critical Circle: Literature and History in Con-*

temporary Hermeneutics. Berkeley: University of California Press, 1978. Hirsch, Gadamer, and modern critical theory.

Ingarden, Roman. *The Cognition of the Literary Work of Art*. Evanston: Northwestern University Press, 1973. A phenomenological study.

———. *The Literary Work of Art*. Evanston: Northwestern University Press, 1973. A translation of the 1931 classic which defines the strata of the work of art.

Irigaray, Luce. *Ce Sexe qui n'en est pas un*. Paris: Minuit, 1977. Feminist essays on psychoanalysis and writing.

———. *Speculum, de l'autre femme*. Paris: Minuit, 1974. Primarily a critique of Freud's theory of sexuality. English trans. forthcoming from Cornell University Press.

Iser, Wolfgang. *The Act of Reading: A Theory of Aesthetic Response*. Baltimore: Johns Hopkins University Press, 1978.

———. *The Implied Reader: Patterns of Communication in Prose Fiction from Bunyan to Beckett*. Baltimore: Johns Hopkins University Press, 1974.

———. Interview. *Diacritics*, 10:2 (1980), 57–74.

———. "Talk like Whales." *Diacritics*, 11:3 (1981), 82–7. Response to Fish.

Jacobs, Carol. *The Dissimulating Harmony: The Image of Interpretation in Nietzsche, Rilke, Artaud, and Benjamin*. Baltimore: Johns Hopkins University Press, 1978.

———. "The (too) Good Soldier: 'a real story.'" *Glyph* 3 (1978), 32–51. On Ford Madox Ford.

Jacobus, Mary. "Sue the Obscure." *Essays in Criticism*, 25 (1975), 304–28. A response to Millett.

———, ed. *Women Writing and Writing about Women*. London: Croom Helm, 1979. Essays on women writers and feminist criticism.

James, Henry. *Selected Literary Criticism*, ed. Morris Shapira. New York: Horizon, 1964.

Jameson, Fredric. "Ideology of the Text." *Salmagundi*, 31 (1975–6), 204–46. A critique of recent theory.

———. *The Political Unconscious: Narrative as a Socially Symbolic Act*. Ithaca: Cornell University Press, 1980. A major work of Marxist criticism.

Jardine, Alice. "Pre-Texts for the Transatlantic Feminist." *Yale French Studies*, 62 (1981), 220–36. Introduces French feminist theory.

Jauss, Hans Robert. *Aesthetische Erfahrung und literarische Hermeneutik. I. Versuche im Feld der aesthetischen Erfahrung*. Munich: Fink, 1977. Work on a theory of aesthetic affect or experience.

———. *Literaturgeschichte als Provokation*. Frankfurt: Suhrkamp, 1970. Partial English trans.: "Literary History as a Challenge to Literary Theory." In *New Directions in Literary History*, ed. Ralph Cohen. Bal-

timore: Johns Hopkins University Press, 1974, pp. 11–41. On the aesthetics of reception.
Johnson, Barbara. *The Critical Difference: Essays in the Contemporary Rhetoric of Reading.* Baltimore: Johns Hopkins University Press, 1980. Deconstructive readings of Baudelaire, Barthes, Mallarmé, Melville, and Lacan/Derrida/Poe.
——. *Défigurations du langage poétique.* Paris: Flammarion, 1979. On Baudelaire's and Mallarmé's prose poems.
——. "The Frame of Reference: Poe, Lacan, Derrida." In *Psychoanalysis and the Question of the Text.* ed. Geoffrey Hartman. Baltimore: John Hopkins University Press, 1978, pp. 149–71. A shortened version of the essay in *The Critical Difference* but with some new and valuable formulations.
——. "Nothing Fails like Success." *SCE Reports*, 8 (1980), 7–16. On criticisms of deconstruction and its future strategies.
Kamuf, Peggy. "Writing like a Woman." In *Women and Language in Literature and Society*, ed. S. McConnell-Ginet et al. New York: Praeger, 1980, pp. 284–99. A feminist essay focused on *Les Lettres portugaises*.
Kant, Immanuel. *Critique of Judgment.* Oxford: Oxford University Press, 1952.
Klein, Richard. "The Blindness of Hyperboles; the Ellipses of Insight." *Diacritics*, 3:2 (1973), 33–44. On de Man.
——. "Kant's Sunshine." *Diacritics*, 11:2 (1981), 26–41. The "heliopoetics" of Kant's aesthetics.
Kofman, Sarah. *Aberrations: Le devenir-femme d'Auguste Comte.* Paris: Flammarion, 1978. A resourceful reading of Comte's life and works.
——. *L'Enfance de l'art: Une interprétation de l'esthétique freudienne.* Paris: Payot, 1972.
——. *L'Enigme de la femme: La femme dans les textes de Freud.* Paris: Galilée, 1980. English trans. (of pp. 60–80): "The Narcissistic Woman: Freud and Girard." *Diacritics*, 10:3 (1980), 36–45. (of pp. 83–97): "Freud's Suspension of the Mother." *Enclitic*, 4:2 (1980), 17–28. Complete English trans. forthcoming from Cornell University Press. A deconstructive reading.
——. *Nerval: Le Charme de la répétition.* Lausanne: L'Age d'homme, 1979.
——. *Nietzsche et la métaphore.* Paris: Payot, 1972. An early study emphasizing rhetoric.
——. *Nietzsche et la scène philosophique.* Paris: Union générale d'éditions, 1979 Lucid readings of numerous texts.
——. "Un philosophe 'unheimlich.'" In L. Finas et al., *Ecarts: Quartre essais à propos de Jacques Derrida.* Paris: Fayard, 1973, pp. 107–204. On Derrida.

———. *Quatre Romans analytiques*. Paris: Galilée, 1974. Studies of four Freudian analyses.

———. *Le Respect des femmes*. Paris: Galilée, 1982. On women in Kant and Rousseau.

———. "Vautour rouge: Le double dans *Les Elixirs du diable* d'Hoffmann." In S. Agacinski et al., *Mimesis des articulations*. Paris: Flammarion, 1976, pp. 95–164.

Kolodny, Annette. "Reply to Commentaries: Women Writers, Literary Historians, and Martian Readers." *New Literary History*, 11 (1980), 587–92. A defense of feminist views on literary history and literary value.

———. "Some Notes on Defining a 'Feminist Literary Criticism.'" *Critical Inquiry*, 2 (1975), 75–92.

Krieger, Murray, and Larry Dembo, ed. *Directions for Criticism: Structuralism and Its Alternatives*. Madison: University of Wisconsin Press, 1977. Essays critical of directions taken by recent theory.

———. *Theory of Criticism: A Tradition and Its System*. Baltimore: Johns Hopkins University Press, 1976.

Kristeva, Julia. *Desire in Language*. New York: Columbia University Press, 1980. Essays from *Semiotike* and *Polylogue*.

———. "La Femme, ce n'est jamais ça." *Tel Quel*, 59 (1974), 19–24. Partial English trans.: "Woman Cannot Be Defined." In *New French Feminisms*, ed. Elaine Marks and Isabelle de Courtivron. Amherst: University of Massachusetts Press, 1980, pp. 137–41. An interview.

———, ed. *Folle Vérité*. Paris: Seuil, 1979. Papers on truth in psychotic discourse.

———. *Polylogue*. Paris: Seuil, 1977. Includes theoretical essays on art, the novel, and the subject.

Lacan, Jacques. *Ecrits*. Paris: Seuil, 1966. Partial English trans.: *Ecrits: A Selection*. London: Tavistock, 1977.

———. *Les Quatre Concepts fondamentaux de la psychanalyse*. (Le Séminaire, livre xi). Paris: Seuil, 1973. English trans.: *The Four Fundamental Concepts of Psycho-analysis*. London: Tavistock, 1977.

Lacoue-Labarthe, Philippe. "Note sur Freud et la représentation." *Digraphe*, 3 (1974), 70–81. English trans.: *"Theatrum Analyticum."* *Glyph*, 2 (1977), pp. 122–43. On Freud's "Psychopathic Characters on the Stage."

———. "Typographie." In S. Agacinski et al., *Mimesis des articulations*. Paris: Flammarion, 1976, pp. 165–270. Partial English trans.: "Mimesis and Truth." *Diacritics*, 8:1 (1978), 10–23. On Plato, Nietzsche, Heidegger, and Girard.

———, and Jean-Luc Nancy. *L'Absolu littéraire*. Paris: Seuil, 1978. Texts and discussion of the literary theory of German romanticism.

——, eds. *Les Fins de l'homme: A partir du travail de Jacques Derrida.* Paris: Galilée, 1981. A 700-page record of the Colloque de Cérisy centered on Derrida. A very rich collection of papers and synopses of the discussions.

——. *Le Titre de la lettre.* Paris: Galilée, 1973. On Lacan.

Lander, Dawn. "Eve among the Indians." In *The Authority of Experience*, ed. Lee Edwards and Arlyn Diamond. Amherst: University of Massachusetts Press, 1977, pp. 194–211. On the image and the reality of frontier women.

Laplanche, Jean. *Vie et mort en psychanalyse.* Paris: Flammarion, 1970. English trans.: *Life and Death in Psychoanalysis.* Baltimore: Johns Hopkins University Press, 1976. A lucid Lacanian reading of Freud.

——, and Serge Leclaire. "The Unconscious: A Psychoanalytic Study." *Yale French Studies*, 48 (1972), 118–75.

Laporte, Roger. "Une Double Stratégie." In L. Finas et al., *Ecarts: Quatre essais à propos de Jacques Derrida*, Paris: Fayard, 1973, pp. 205–63.

Leitch, Vincent B. "The Lateral Dance: The Deconstructive Criticism of J. Hillis Miller." *Critical Inquiry*, 6 (1980), 593–607.

Lentricchia, Frank. *After the New Criticism.* Chicago: University of Chicago Press, 1980. Discussion of recent critical theory and of four "exemplary" theorists.

Lenz, Carolyn, et al., eds. *The Woman's Part: Feminist Criticism of Shakespeare.* Urbana: University of Illinois Press, 1980.

Lévesque, Claude. *L'Etrangeté du texte: Essai sur Nietzsche, Freud, Blanchot, et Derrida.* Paris: Union générale d'éditions, 1978.

Lewis, Philip E. "The Post-Structuralist Condition." *Diacritics*, 12:1 (1982), 1–24. A critical evaluation of this problematic concept.

Lyons, John. *Semantics.* Cambridge: Cambridge University Press, 1977. 2 vols.

Lyotard, Jean-François. *La Condition post-moderne.* Paris: Minuit, 1979. On the distribution of communicational roles and techniques of legitimation.

MacCannell, Dean. *The Tourist.* New York: Schocken, 1976. A theory of "modernity," studying its structures of meaning and authenticity through tourism.

MacCannell, Juliet Flower. "Nature and Self-Love: A Reinterpretation of Rousseau's 'passion primitive.'" *PMLA*, 92 (1978), 890–902.

——. "Phallacious Theories of the Subject." *Semiotica*, 30 (1980), 359–74.

Macksey, Richard, and Eugenio Donato, eds. *The Structuralist Controversy: The Languages of Criticism and the Sciences of Man.* Baltimore: Johns Hopkins University Press, 1970. Proceedings of an important colloquium.

Mailer, Norman. *The Prisoner of Sex.* Boston: Little, Brown, 1971. A defense of sexism.

Mailloux, Steven. *Interpretive Conventions: The Reader in the Study of American Fiction.* Ithaca: Cornell University Press, 1982. An account of reader-response criticism and the relevance of the study of response to various critical projects.

——. "Learning to Read: Interpretation and Reader-Response Criticism." *Studies in the Literary Imagination,* 12 (1979), 93–107. On the uses of response in interpretation.

Marin, Louis. *La Critique du discours: Etudes sur la "Logique de Port-Royal" et les "Pensées" de Pascal.* Paris: Minuit, 1975. Pascal's writing as a deconstruction of Cartesian logic.

——. *Le Récit est un piège.* Paris: Minuit, 1978. On the power of narrativity.

Markiewicz, Henryk. "Places of Indeterminacy in a Literary Work." In *Roman Ingarden and Contemporary Polish Aesthetics,* ed. Piotr Graff and Slaw Krzemien-Ojak. Warsaw: Polish Scientific Publishers, 1975, pp. 159–72.

Marks, Elaine. "Women and Literature in France." *Signs,* 3 (1978), 832–42.

——, and Isabelle de Courtivron, eds. *New French Feminisms.* Amherst: University of Massachusetts Press, 1980.

Martin, Wallace. "Literary Critics and Their Discontents: A Response to Geoffrey Hartman." *Critical Inquiry,* 4 (1977), 397–406. A gentle critique of Hartman's position.

McDonald, Christie V. "Jacques Derrida's Reading of Rousseau." *The Eighteenth Century,* 20 (1970), 82–95.

Mehlman, Jeffrey. *Cataract: A Study of Diderot.* Middletown: Wesleyan University Press, 1979. Establishes surprising connections through *cataracts* of all sorts.

——. "How to Read Freud on Jokes: The Critic as Schadchen." *New Literary History,* 4 (1975), 439–61.

——. "On Tear-Work: *L'ar* de Valéry." *Yale French Studies,* 52 (1975). 152–73. Reveals an important signifying complex in Valéry's poetry.

——. *Revolution and Repetition: Marx/Hugo/Balzac.* Berkeley: University of California Press, 1977. An intertextual reading.

——. "Trimethylamin: Notes on Freud's Specimen Dream." *Diacritics,* 6:1 (1976), 42–45.

Michaels, Walter Benn. "The Interpreter's Self: Peirce on the Cartesian 'Subject.'" *Georgia Review,* 31 (1977), 383–402. Argues that "subjectivity" in interpretation is a false problem.

——. "'Saving the Text': Reference and Belief." *MLN,* 93 (1978), 771–93. On the role of beliefs in interpretation.

——. "*Walden*'s False Bottoms." *Glyph*, 1 (1977), 132–49. Analysis of its contradictions.

Miller, J. Hillis. "Ariachne's Broken Woof." *Georgia Review*, 31 (1977), 44–60. Contradiction in *Troilus and Cressida*.

——. "Ariadne's Thread: Repetition and the Narrative Line." *Critical Inquiry*, 3 (1976), 57–78.

——. "A 'Buchstäbliches' Reading of *The Elective Affinities*." *Glyph*, 6 (1979), 1–23.

——. "The Critic as Host." *Critical Inquiry*, 3 (1977), 439–47. On criticism and parasitism. Expanded version in Bloom et al., *Deconstruction and Criticism*. New York: Seabury, 1979, pp. 217–253.

——. "Deconstructing the Deconstructors." *Diacritics*, 5:2 (1975), 24–31. Review of Riddel, *The Inverted Bell*.

——. *Fiction and Repetition: Seven English Novels*. Cambridge: Harvard University Press, 1982. Analyzes their resistance to their own totalizing forces.

——. "Narrative and History." *ELH*, 41 (1974), 455–73. How narratives undo their historical claims.

——. "Stevens' Rock and Criticism as Cure." *Georgia Review*, 30 (1976), 5–33 (part I) and 330–48 (part II). A reading of Stevens, followed by a discussion of "canny" and "uncanny" criticism.

Millett, Kate. *Sexual Politics*. New York: Doubleday, 1970. A critique of domination in sexual relations and in their literary representations.

Mitchell, Juliet. *Psychoanalysis and Feminism*. New York: Random House, 1975. A pioneering study.

Nancy, Jean-Luc. *Le Discours de la syncope*, I: *Logodaedalus*. Paris: Flammarion, 1976. On Kant.

——. *Ego Sum*. Paris: Flammarion, 1979. Partial English trans.: "Larvatus Pro Deo." *Glyph*, 2 (1977), 14–36. Deconstructive investigations of Cartesian problems.

——. *La Remarque spéculative*. Paris: Galilée, 1973. On Hegel.

——. "Le Ventriloque." In S. Agacinski et al., *Mimesis des articulations*. Paris: Flammarion, 1975, pp. 271–38. On Plato.

Nelson, Cary. "The Psychology of Criticism, or What Can Be Said." In *Psychoanalysis and the Question of the Text*, ed. G. Hartman. Baltimore: Johns Hopkins University Press, 1978, pp. 86–114. On conventions governing the critic's self-exposure.

Nietzsche, Friedrich. *Werke*. Ed. Karl Schlechta, Munich: Hanser, 1966. 3 vols.

Parker, Andrew. "Of Politics and Limits: Derrida Re-Marx." *SCE Reports*, 8 (1980), 83–104. A valuable discussion of deconstruction and Marxism.

——. "Taking Sides (On History): Derrida Re-Marx." *Diacritics*, 11:3 (1981), 57–73. Review of Lentricchia, *After the New Criticism*.
Pautrat, Bernard. "Politique en scène: Brecht." In Agacinski et al., *Mimesis des articulations*. Paris: Flammarion, 1976, pp. 339–52.
——. *Versions du soleil: Figures et système de Nietzsche*. Paris: Seuil, 1971.
Peirce, Charles Sanders. *Collected Papers*. Ed. Charles Hartshorne and Paul Weiss. Cambridge: Harvard University Press, 1931–58. 8 vols.
Phillips, William. "The State of Criticism: New Criticism to Structuralism." *Partisan Review*, 47 (1980), 372–85.
Prince, Gerald. "Introduction à l'étude du narrataire." *Poétique*, 14 (1973), 178–96. English trans.: "Introduction to the Study of the Narratee." In *Reader-Response Criticism*, ed. Jane Tompkins. Baltimore: Johns Hopkins University Press, 1980, pp. 7–25. Introduces the structural counterpart of the narrator.
Rabinowitz, Peter. "Truth in Fiction: A Reexamination of Audiences." *Critical Inquiry*, 4 (1977), 121–42. Distinguishes the different audiences presupposed by literary works.
Rand, Nicolas. "'Vous joyeuse melodie—nourrie de crasse': A propos d'une transposition des *Fleurs du Mal* par Stephan George." *Poétique* (1982). Intertextual translation as incorporation.
Rand, Richard. "Geraldine." *Glyph*, 3 (1978), 74–97. A deconstructive reading of Coleridge.
Reichert, John. *Making Sense of Literature*. Chicago: University of Chicago Press, 1977. Defends a "common sense" approach involving few special procedures or conventions.
Rey, Jean-Michel. *L'Enjeu des signes: Lecture de Nietzsche*. Paris: Seuil, 1965.
——. "Note en marge sur un texte en cours." In Lucette Finas et al., *Ecarts: Quatre Essais à propos de Jacques Derrida*. Paris: Fayard, 1973, pp. 265–95.
——. *Parcours de Freud: Economie et discours*. Paris: Galilée, 1974.
Riddel, Joseph. "Decentering the Image: The 'Project' of 'American' Poetics?" In *Textual Strategies*, ed. J. Harari. Ithaca: Cornell University Press, 1979, pp. 322–58.
——. *The Inverted Bell: Modernism and the Counter Poetics of William Carlos Williams*. Baton Rouge: Louisiana State University Press, 1974. Draws extensively upon Heidegger and Derrida.
——. "'Keep Your Pecker Up'—*Paterson Five* and the Question of Metapoetry." *Glyph*, 8 (1981), 203–31.
——. "A Miller's Tale." *Diacritics*, 5:3 (1975), 56–65. A response to Miller's critique.

Riffaterre, Michael. *La Production du texte*. Paris: Seuil, 1979. Essays on a range of poetic devices and their intertextual relations.
——. *Semiotics of Poetry*. Bloomington: Indiana University Press, 1978. A theory of reading and interpretation of nineteenth- and twentieth-century French poems.
——. "Syllepsis." *Critical Inquiry*, 6 (1980), 625–38. A reading of the conclusion of *Glas*.
Rorty, Richard. "Freud, Morality, Hermeneutics." *New Literary History*, 12 (1980), 177–86. On the difficulties of assimilating Freud's radical redescriptions.
——. *Philosophy and the Mirror of Nature*. Princeton: Princeton University Press, 1980. A critique of philosophy as a foundational discipline.
——. "Philosophy as a Kind of Writing: An Essay on Derrida." *New Literary History*, 10 (1978), 141–60.
——. "Professionalized Philosophy and Transcendentalist Culture." *Georgia Review*, 30 (1976), 757–71. On philosophy's relinquishment of its cultural role.
Ryan, Michael. *Marxism and Deconstruction*. Baltimore: Johns Hopkins University Press, 1982. Proposes political uses of deconstruction.
——. "The Question of Autobiography in Cardinal Newman's *Apologia pro vita sua*." *Georgia Review*, 31 (1977), 672–99. A deconstructive reading.
——. "Self-Evidence." *Diacritics*, 10:2 (1980), 2–16. A critique of reflexivity in theories of autobiography.
Said, Edward. *Beginnings: Intention and Method*. New York: Basic, 1975. Influential discussions of fictional and nonfictional writings.
——. "The Problem of Textuality: Two Exemplary Positions." *Critical Inquiry*, 4 (1978), 673–714. Compares Derrida and Foucault and prefers the latter.
Sartre, Jean-Paul. *Qu'est-ce que la littérature?* Paris: Gallimard, 1948. English trans.: *What Is Literature?* London: Methuen, 1950. Contains a remarkable capsule history of French literature based on the audience for which writers wrote.
Saussure, Ferdinand de. *Cours de linguistique générale*. Paris: Payot, 1973. English trans.: *Course in General Linguistics*. London: Peter Owen, 1960.
Schor, Naomi. "Female Paranoia: The Case of Psychoanalytic Feminist Criticism." *Yale French Studies*, 62 (1981), 204–19.
Searle, John. "Reiterating the Differences: A Reply to Derrida." *Glyph*, 1 (1977), 198–208. A critique of Derrida's "Signature événement contexte."

———. *Speech Acts: An Essay in the Philosophy of Language.* Cambridge: Cambridge University Press, 1969.

Serres, Michel. *Hermes.* Paris: Minuit, 1968–77. 4 vols. Original essays on a wide range of literary and nonliterary writings.

———. *Le Parasite.* Paris: Grasset, 1980. A study that brings together various sorts of parasitism.

Showalter, Elaine. "Feminist Criticism in the Wilderness." *Critical Inquiry*, 8 (1981), 179–206. A stock-taking.

———. "Towards a Feminist Poetics." In *Women Writing and Writing About Women*, ed. M. Jacobus. London: Croom Helm, 1979, pp. 22–41.

———. "The Unmanning of the Mayor of Casterbridge." In *Critical Approaches to the Fiction of Thomas Hardy*, ed. Dale Kramer. London: Macmillan, 1979, pp. 99–115. A feminist reading of the novel.

———. "Women and the Literary Curriculum." *College English*, 32 (1971), 855–62.

Slatoff, Walter. *With Respect to Readers: Dimensions of Literary Response.* Ithaca: Cornell University Press, 1970. One of the first works to emphasize readers.

Smith, Barbara Herrnstein. "Narrative Versions, Narrative Theories." *Critical Inquiry*, 7 (1980), 213–36. An incisive critique of theories of narrative.

———. *On the Margins of Discourse: The Relation of Literature to Language.* Chicago: University of Chicago Press, 1979.

Sosnoski, James. "Reading Acts and Reading Warrants: Some Implications of Reader's Responding to Joyce's Portrait of Stephen." *James Joyce Quarterly*, 16 (1978/79), 42–63. Attempts to account for varying interpretations.

Spivak, Gayatri Chakravorty. "Draupadi," by Mahasveta Devi. Translated with a Foreword by Gayatri Spivak. *Critical Inquiry*, 8 (1981), 381–402. Critical commentary on a story by a Bengali feminist writer.

———. "Finding Feminist Readings: Dante-Yeats." *Social Text*, 3 (1980), 73–87.

———. "French Feminism in an International Frame." *Yale French Studies*, 62 (1981), 154–84. How can French feminism relate to Third World feminism?

———. "Revolutions That as Yet Have No Model: Derrida's *Limited Inc*." *Diacritics*, 10:4 (1980), 29–49.

Sprinker, Michael. "Criticism as Reaction." *Diacritics*, 10:3 (1980), 2–14. On Graff's *Literature against Itself*.

———. "Textual Politics: Foucault and Derrida." *Boundary 2*, 8 (1980), 75–98. A Foucauldian critique.

Stewart, Susan. *Nonsense: Aspects of Intertextuality in Folklore and Literature.* Baltimore: Johns Hopkins University Press, 1979. On techniques of nonsense, including self-reference and repetition.

———. "The Pickpocket: A Study in Tradition and Allusion." *MLN*, 95 (1980), 1127–54.
Strickland, Geoffrey. *Structuralism or Criticism: Some Thoughts on How We Read.* Cambridge: Cambridge University Press, 1981. Defends authorial meaning against an ill-defined structuralism.
Suleiman, Susan, and Inge Crosman, eds. *The Reader in the Text: Essays on Audience and Interpretation.* Princeton: Princeton University Press, 1980.
Sussman, Henry. *Franz Kafka: Geometrician of Metaphor.* Madison: Coda Press, 1979. A deconstructive reading.
———. "The Deconstructor as Politician: Melville's *Confidence-Man.*" *Glyph*, 4 (1978), 32–56.
Thompson, Michael. *Rubbish Theory: The Creation and Destruction of Value.* Oxford: Oxford University Press, 1979. A theory of value based on the marginal.
Tompkins, Jane. "Sentimental Power: *Uncle Tom's Cabin* and the Politics of Literary History." *Glyph*, 8 (1981), 79–102. A feminist critique of the ideology of literary history and a new perspective on "sentimental" fiction.
———. "The Reader in History: The Changing Shape of Literary Response." In *Reader-Response Criticism*, ed. Tompkins. Baltimore: Johns Hopkins University Press, 1980, pp. 201–32. On changing notions of response in criticism from classical to modern times. Included in an excellent anthology of modern response theory.
Trilling, Lionel. *The Opposing Self.* New York: Viking, 1955.
Turkle, Sherry. *Psychoanalytic Politics: Freud's French Revolution.* New York: Basic Books, 1978. An informative history of Lacanian movements.
Ulmer, Gregory. "The Post-Age." *Diacritics*, 11:3 (1981), 39–56. An authoritative review of Derrida's *La Carte postale.*
Vance, Eugene. "Mervelous Signals: Poetics, Sign Theory, and Politics in Chaucer's *Troilus.*" *New Literary History*, 10 (1979), 293–337.
Warminski, Andrzej. "Pre-positional By-play." *Glyph*, 3 (1978), 98–117. On *Beispiel* in Hegel.
———. "Reading for Example: Sense-Certainty in Hegel's *Phenomenology of Spirit.*" *Diacritics*, 11:2 (1981), 83–94.
Warning, Rainer. "Rezeptionsästhetik als literaturwissenschaftliche Pragmatik." In *Rezeptionsästhetik*, ed. R. Warning. Munich: Fink, 1975, pp. 9–41. A good theoretical explanation in an excellent anthology, primarily of material from the Konstanz School.
Weber, Samuel. "Closure and Exclusion." *Diacritics*, 10:2 (1980), 35–46. On Peirce.
———. "The Divaricator: Remarks on Freud's *Witz.*" *Glyph*, 1 (1977), 1–27.

———. *Freud-Legende: Drei Studien zum psychoanalitischen Denken.* Olten and Freiburg: Walter Verlag, 1979.
———. "It." *Glyph*, 4(1978), 1–29. On iterability in Derrida and repetition in Freud.
———. "Saussure and the Apparition of Language." *MLN*, 91 (1976), 913–38.
———. "The Sideshow, or: Remarks on a Canny Moment." *MLN*, 88 (1973), 1102–33.
———. "The Struggle for Control: Wolfgang Iser's Third Dimension." University of Strasbourg. Unpublished m/s. The dependency of Iser's theory on the ultimate authority of the author.
Wellek, René, and Austin Warren. *Theory of Literature.* New York: Harcourt Brace, 1956.
White, Hayden. *Tropics of Discourse: Essays in Cultural Criticism.* Baltimore: Johns Hopkins University Press, 1978. On rhetoric, history, and critical theory.
Wilden, Anthony. *System and Structure: Essays on Communication and Exchange.* London: Tavistock, 1972. Structuralist and psychoanalytic studies of a wide range of texts and problems.
Wittgenstein, Ludwig. *Lectures and Conversations on Aesthetics, Psychology and Religious Belief.* Oxford: Blackwell, 1966.
———. *On Certainty.* Oxford: Blackwell, 1969.
Woolf, Virginia. *Collected Essays.* London: Hogarth, 1966. 4 vols.

附录2 25周年版参考文献

Attridge, Derek. *The Singularity of Literature*. London: Routledge, 2004.
Bahti, Timothy. *Ends of the Lyric: Direction and Consequence in Western Poetry*. Baltimore: Johns Hopkins University Press, 1996.
Balfour, Ian. *The Rhetoric of Romantic Prophesy*. Stanford, Calif.: Stanford University Press, 2002.
Beardsworth, Richard. *Derrida & the Political*. New York: Routledge, 1996.
Bearn, Gordon C. "Derrida Dry: Iterating Iterability Analytically." *Diacritics* 25: 3 (1995): 3-25.
Bennington, Geoffrey. "Derridabase." In Bennington and Derrida, *Jacques Derrida*. Chicago: University of Chicago Press, 1993.
——. *Interrupting Derrida*, London: Routledge 2000.
——. *Legislations. The Politics of Deconstruction*. London-New York: Verso, 1994.
Bhabha, Homi. *The Location of Culture*. New York: Routledge, 1994.
Booth, Stephen. *Precious Nonsense: The Gettysburg Address, Ben Jonson's Epitaphs on His Children, and Twelfth Night*. Berkeley: University of California Press, 1998.
Burt, Ellen. *Poetry's Appeal: Nineteenth-century French Lyric and the Political Space* Stanford, Calif.: Stanford University Press, 1999.
Butler, Judith. *Antigone's Claim: Kinship Between Life and Death*. New York: Columbia University Press, 2000.
——. *Bodies That Matter: On the Discursive Limits of Sex*. New York: Routledge, 1993.
——. *Excitable Speech: A Politics of the Performative*. New York: Routledge, 1997.
——. *Gender Trouble: Feminism and the Subversion of Identity*. New York: Routledge, 1990.
——. *Giving an Account of Oneself*. New York: Fordham University Press, 2005.
——. *The Psychic Life of Power: Theories in Subjection*. Stanford, Calif.: Stanford University Press, 1997.
——. *Undoing Gender*. New York: Routledge, 2004.

附录 2　25 周年版参考文献

Caputo, J. D. *Deconstruction in a Nutshell*. New York: Fordham University Press, 1997.
——. *The Prayers and Tears of Jacques Derrida. Religion without Religion*. Bloomington: Indiana University Press, 1997.
Caruth, Cathy. *Empirical Truths and Critical Fictions: Locke, Wordsworth, Kant, Freud*. Baltimore: John Hopkins University Press, c1991.
——. *Unclaimed Experience: Trauma, Narrative, and History*. Baltimore: Johns Hopkins University Press, 1996.
——, and Deborah Esch, eds. *Critical Encounters: Reference and Responsibility in Deconstructive Writing*. New Brunswick, N.J.: Rutgers University Press, 1995.
Chase, Cynthia, *Decomposing Figures: Rhetorical Readings in the Romantic Tradition*. Baltimore: Johns Hopkins University Press, 1986.
Cohen, Tom, et al., eds. *Material Events: Paul de Man and the Afterlife of Theory*. Minneapolis: University of Minnesota Press, 2001.
Connolly, William. *Identity/Difference: Democratic Negotiations of Political Paradox*. Ithaca: Cornell University Press, 1992.
Corlett, William. *Community without Unity: A Politics of Derridean Extravagance*. Durham, N.C.: Duke University Press, 1989.
Cornell, Drucilla, Michel Rosenfeld, and David Gray Carlson, eds. *Deconstruction and the Possibility of Justice*. New York: Routledge, 1992.
Critchley, Simon. *The Ethics of Deconstruction: Derrida and Levinas*. Cambridge: Blackwell, 1992.
Culler, Jonathan, ed. *Deconstruction: Critical Concepts in Literary and Cultural Studies*. 4 vols. London: Routledge, 2003.
——. *The Literary in Theory*. Stanford, Calif.: Stanford University Press, 2006.
De Man, Paul. *Aesthetic Ideology*. Minneapolis: University of Minnesota Press, 1996.
——. *The Resistance to Theory*. Minneapolis: University of Minnesota Press, 1986.
——. *The Rhetoric of Romanticism*. New York: Columbia University Press, 1984.
——. *Romanticism and Contemporary Criticism: The Gauss Seminar and Other Papers*. Baltimore: Johns Hopkins University Press, 1993.
Jacques Derrida. *Acts of Literature*, ed. Derek Attridge. New York: Routledge, 1992.
——. *Acts of Religion*, ed. Gil Anidjar. New York: Routledge, 2002.
——. "Circumfession," in Geoffrey Bennington, trans., *Jacques Derrida*. Chicago: University of Chicago Press, 1993.
——. "Declarations of Independence." *New Political Science*, 15 (summer 1986), 7–15.
——. *Demeure: Fiction and Testimony*. Stanford, Calif.: Stanford University Press, 2002.

———. "Force of Law: The Mystical Foundations of Authority," in *Deconstruction and the Possibility of Justice*, ed. Drucilla Cornell et al. New York: Routledge, 1992.
———. *Given Time I: Counterfeit Money*. Chicago: University of Chicago Press, 1993.
———. *Glas*. Lincoln: University of Nebraska Press, 1986.
———. *Negotiations: Interventions and Interviews, 1971–2001*, ed. Elizabeth Rottenberg. Stanford, Calif.: Stanford University Press, 2002.
———. *The Other Heading: Reflections on Today's Europe*. Bloomington: Indiana University Press, 1992.
———. *The Politics of Friendship*. New York: Verso, 1997.
———. "Faith and Knowledge," in *Religion*, ed. Jacques Derrida and Gianni Vattimo. Stanford: Stanford University Press, 1998.
———. *Rogues: Two Essays on Reason*. Stanford: Stanford University Press, 2005.
———. Signéponge / Signsponge. New York: Columbia University Press, 1984.
———. *Sovereignties in Question: the Poetics of Paul Celan*. New York: Fordham University Press, 2005.
———. *Specters of Marx: The State of the Debt, the Work of Mourning, and the New International*. New York: Routledge, 1994.
———. *Who's Afraid of Philosophy?: Right to Philosophy I*. Stanford, Calif.: Stanford University Press 2002.
Edelman, Lee. *Homographesis: Essays in Gay Literary and Cultural Theory*. New York: Routledge, 1994.
Elam, Diane. *Feminism and Deconstruction*. New York: Routledge, 1994.
Gasché, Rodolphe. *Inventions of Difference: on Jacques Derrida*. Cambridge, Mass.: Harvard University Press, 1994.
———. *The Tain of the Mirror*. Cambridge, Mass.: Harvard University Press, 1986.
Hagglund, Martin. *Radical Atheism: Derrida and the Time of Life*. Stanford, Calif.: Stanford University Press, forthcoming.
Hamacher, Werner. *Premises: Essays on Philosophy and Literature from Kant to Celan*. Cambridge, Mass.: Harvard University Press, 1996.
Hertz, Neil. *The End of the Line: Essays on Literature and the Sublime*. New York: Columbia University Press, 1985.
Hobson, Matrian. *Jacques Derrida: Opening Lines*. London: Routledge, 1998.
Holland, Nancy J., ed. *Feminist Interpretations of Jacques Derrida*. State College, Pa.: The Pennsylvania State University Press, 1997.
Jacobs, Carol. *Telling Time*. Baltimore: Johns Hopkins University Press, 1993.
———. *Uncontainable Romanticism*. Baltimore: Johns Hopkins University Press, 1987.

Johnson, Barbara. "Anthropomorphism in Lyric and Law." *Yale Journal of Law and the Humanities* 10 (1998): 549–74.
———. *The Feminist Difference: Literature, Psychoanalysis, Race, and Gender.* Cambridge, Mass.: Harvard University Press, 1998.
———. *A World of Difference.* Baltimore: Johns Hopkins University Press, 1987.
Johnson, Philip, and Mark Wigley. *Deconstructivist Architecture.* New York: Little, Brown, 1988.
Kamuf, Peggy, ed. *A Derrida Reader. Between the Blinds.* New York: Columbia University Press, 1991.
———. *Book of Addresses.* Stanford: Stanford University Press, 2005.
———. *Signature Pieces: On the Institution of Authorship.* Ithaca: Cornell University Press, 1988.
Keenan, Thomas. *Fables of Responsibility: Aberrations and Predicaments in Ethics and Politics.* Stanford, Calif.: Stanford University Press, 1997.
Laclau, Ernesto. *Emanicpation(s).* London: Verso, 1996.
———. and Chantal Mouffe. *Hegemony and Socialist Strategy: Towards a Radical Democratic Politics.* London: Verso, 1985.
Lacoue-Labarthe, Philippe, and Jean-Luc Nancy. *Retreating the Political.* New York: Routledge, 1997.
Loesberg, Jonathan. *Aestheticism and Deconstruction.* Princeton: Princeton University Press, 1991.
Martin, Bill. *Matrix and Line: Derrida and the Possibility of Postmodern Social Theory.* Albany: State University of New York Press, 1992.
McQuillan, Martin, ed. *Deconstruction.* London: Routledge, 2001.
Miller, J. Hillis. *The Linguistic Moment.* Princeton: Princeton University Press, 1985.
———. *Literature as Conduct. Speech Acts in Henry James.* New York: Fordham University Press, 2005.
———. *Speech Acts and Literature.* Stanford, Calif.: Stanford University Press, 2001.
———. *Reading Narrative.* Norman: Oklahoma University Press, 1998.
———. *Theory then and Now,* Durham, N.C.: Duke University Press, 1991.
———. *Tropes, Parables, Performatives.* Durham, N.C.: Duke University Press, 1991
Nancy, Jean-Luc. *The Sense of the World.* Minneapolis: University of Minnesota Press, 1997.
  Newmark, Kevin. *Beyond Symbolism. Textual History and the Function of Reading.* Ithaca: Cornell University Press. 1991.
Norris, Christopher. *Jacques Derrida.* Cambridge, Mass.: Harvard University Press, 1987.
Papadakis, Andreas, et al., eds. *Deconstruction: Omnibus Volume.* New York: Rizzoli, 1989.

Rapaport, Herman. *Later Derrida: Reading the Recent Work*. New York: Routledge, 2003.
Redfield, Marc. *Phantom Formations: Aesthetic Ideology and the Bildungsroman*. Ithaca: Cornell University Press, 1996.
Royle, Nicholas. *After Derrida*. New York: Manchester University Press, 1995.
——., ed. *Deconstructions: A User's Guide*. London: Palgrave, 2000.
Sedgwick, Eve. *Epistemology of the Closet*. Berkeley: University of California Press, 1990.
Spivak, Gayatri. *A Critique of Postcolonial Reason*. Cambridge, Mass.: Harvard University Press, 1999.
——. *In Other Worlds: Essays in Cultural Politics*. New York: Routledge, 1988.
Staten, Henry. *Wittgenstein and Derrida*. Oxford: Basil Blackwell, l985.
Terada, Rei. *Feeling in Theory*. Cambridge, Mass.: Harvard University Press, 2001.
Warminski, Andrzej. *Readings in Interpretation: Holderlin, Hegel, Heidegger*. Minneapolis: University of Minnesota Press, 1987.
Waters, Lindsay, and Wlad Godzich, eds. *Reading de Man Reading*. Minneapolis: University of Minnesota Press, 1989.
Weber, Samuel. *The Legend of Freud*, expanded ed. Stanford, Calif.: Stanford University Press, 2000.
Wheeler, Samuel C. *Deconstruction as Analytic Philosophy*. Stanford, Calif.: Stanford University Press, 2000.
Wigley, Mark. *The Architecture of Deconstruction: Derrida's Haunt*. Cambridge, Mass.: MIT Press, 1993.
Wills, David. *Matchbook: Essays in Deconstruction*. Stanford, Calif.: Stanford University Press, 2005.
—— and Peter Brunette, eds. *Deconstruction and the Visual Arts: Art, Media, Architecture*. Cambridge: Cambridge University Press, 1994.
Young, Robert. *White Mythologies: Writing History and the West*. New York: Routledge, 1990.

附录3 译名表

A

Abraham, Nicolas 尼古拉斯·亚伯拉罕
Abrams, M. H. 艾布拉姆斯
Adams, Maurianne 莫莉安妮·亚当斯
Allen, Woody 伍迪·艾伦
Altieri, Charles 查尔斯·阿尔提艾瑞
Artaud, Antonin 安托南·阿尔托
Ashbery, John 约翰·阿什伯利
Attridge, Derek 德里克·阿特里奇
Austin, J. L. 奥斯丁

B

Bahti, Timothy 蒂莫西·巴蒂
Balfour, Ian 伊恩·巴尔弗
Barthes, Roland 罗兰·巴特
Beardsley, Monroe C. 门罗·比尔兹利
Bearn, Gordon 戈顿·贝恩
Beauvoir, Simone de 西蒙娜·德·波伏娃
Bennington, Geoff 杰夫·本宁顿
Bercovitch, Sacvan 萨克文·勃柯维奇
Blanchot, Maurice 莫里斯·布朗肖
Bleich, Narman 诺曼·布雷契
Bloom, Harold 哈罗德·布鲁姆
Bohr 玻尔
Bonds, Barry 贝瑞·邦兹

Booth, Wayne 韦恩·布思
Borker, Ruth 露斯·波克
Boulez, Pierre 皮埃尔·布列兹
Brenkman, John 约翰·布兰克曼
Breton 布列东
Brooks, Cleanth 克林斯·布鲁克斯
Brooks, Peter 彼得·布鲁克斯
Burke, Kenneth 肯尼斯·勃克
Burt, Ellen 艾伦·伯特

C

Campion, Jane 简·坎皮恩
Carroll, David 大卫·卡罗尔
Caruth, Cathy 凯茜·卡露斯
Celan, Paul 保罗·策兰
Chase, Cynthia 辛西娅·切斯
Cixous, Hélène 埃莱娜·西苏
Claudel 克劳代尔
Cohen, Tom 汤姆·科恩
Condillac, Etienne Bonnot de 孔狄亚克
Coster, Didier 迪迪尔·科斯特
Craine, R. S. 克莱恩

D

Davis, Walter 沃尔特·戴维斯
Deleuze, Gilles 基尔·德勒兹
Democritus 德谟克利特

De Man, Paul 保罗·德曼
Descombes, Vincent 文森特·德康布
Deutsch, Helene 海伦·多伊奇
Dewey, John 约翰·杜威
Dinnerstein, Dorothy 多罗茜·丁纳丝坦恩
Donato, Eugenio, 尤金尼奥·道纳多
Donoghue, Denis 丹尼斯·多诺霍
Douglas, Ann 安·道格拉斯

E

Eco, Umberto 翁贝托·艾柯
Edelman, Lee 李·艾德尔曼
Eliot, George 乔治·艾略特
Eliot, T. S. 艾略特
Ellmann, Mary 玛丽·艾尔曼
Emerson, R. W. 爱默生
Epimenides 埃皮门尼德

F

Felman, Shoshana 肖珊娜·费尔曼
Ferguson, Frances 弗朗西斯·弗格森
Fetterley, Judith 朱迪斯·费特莉
Fiedler, Leslie 莱斯利·费德勒

Finas, Lucette 露塞特·菲娜
Fish, Stanley 斯坦利·费希
Freud, Sigmund 西格蒙·弗洛伊德
Furman, Nelly 奈莉·弗曼
Fynsk, Christopher 克里斯多弗·芬斯克

G

Gadamer, Hans-Georg 汉斯-格奥尔格·伽达默尔
Gasché, Rodolphe 罗道尔夫·伽歇
Genet, Jean 让·热内
Genette, Gérard 热拉尔·热奈特
Ginet, Sally McConell- 萨莉·麦康奈尔-吉内特
Gilman, Charlotte 夏绿特·吉尔曼
Girard, René 勒内·杰拉尔
Gödel, Kurt 库尔特·哥德尔
Goethe, J. W. von 歌德
Goffman, Erving 欧文·戈夫曼
Grelling 格雷林
Grillet, Robber- 罗伯-格里耶

H

Hagglund, Martin 马丁·哈格伦德

Hamacher, Werner 沃纳·哈马歇
Harari, Josué 约书亚·哈拉里
Hartman, Geoffrey 杰弗里·哈特曼
Hawthorne 霍桑
Heilbrun, Carolyn 卡洛琳·海尔布伦
Hertz, Neil 内尔·赫尔兹
Hirsch, E. D. 赫什
Hofstader, Douglas 霍夫斯塔德
Holland, Norman 诺曼·荷兰德
Hume, David 大卫·休谟
Husserl, Edmund 埃德蒙·胡塞尔

I

Irigaray, Luce 露西·伊莉格瑞
Iser, Wolfgang 沃尔夫冈·伊瑟

J

Jabès, Edmond 埃德蒙·雅贝
Jackson, Jesse 杰西·杰克逊
Jacobs, Carol 卡罗尔·雅各布斯
Jakobson, Roman 罗曼·雅各布森
James, Henry 亨利·詹姆斯
Johnson, Barbara 芭芭拉·琼生

K

Kamuf, Peggy 佩琪·卡姆芙
Katz, Jerrold 杰罗尔德·卡茨
Keats, John 约翰·济慈
Klein, Richard 理查·克莱恩
Kofman, Sarah 萨拉·考夫曼
Kolodny, Annette 安妮特·科洛德妮
Krapp, Peter 彼得·克拉普
Kristeva, Julia 朱丽娅·克里斯蒂娃
Kuhn, Thomas, 托马斯·库恩

L

Labarthe, Philippe Lacoue 菲利普·拉库-拉巴特
Lacan, Jacques 雅克·拉康
Lander, Dawn 道恩·兰德
Laplanche, Jean 让·拉普朗希
Lawrence, D. H. 劳伦斯
Leclaire, Serge 塞奇·勒克莱尔
Leibniz 莱布尼茨
Leiris, Michel 米歇尔·莱丽斯
Lentricchia, Frank 弗兰克·伦特里夏
Lenz 伦兹
Lévi - Strauss 列维-斯特劳斯
Lewis, Philip 菲利普·刘易斯
Locke, John 约翰·洛克
Lyons, John 约翰·莱恩斯

M

Mailer, Norman 诺曼·梅勒
Mailloux, Steven 斯蒂文·梅劳克斯
Marin, Louis 路易·马兰
Mehlman, Jeffey 杰弗里·梅尔曼
Melville, Herman 赫曼·麦尔维尔
Michaels, Walter 华尔特·迈克尔斯
Miller, Henry 亨利·米勒
Miller, J. Hillis 希利斯·米勒
Milett, Kate 凯特·米莉特

N

Nancy, J. - L. 让-吕克·南希
Newmark 纽马克
Nietzsche, Friedrich 尼采

P

Parker, Andrew 安德鲁·帕克
Pater, Walter 华尔特·佩特
Peirce, C. S. 查尔斯·桑德斯·皮尔士
Phillips, William 威廉·菲利普
Plato 柏拉图

Ponge, Francis 法朗西斯·蓬热

Poulet, Georges 乔治·普莱

Prince, Gerald 杰拉尔德·普林斯

Proust, Marcel 马塞尔·普鲁斯特

R

Rabinowitz, Peter 彼得·拉宾诺维兹

Rand, Nicolas 尼古拉斯·兰德

Rand, Richard 理查·兰德

Redfield, Marc 马克·雷德菲尔德

Reichert, John 约翰·赖克特

Rey, Jean-Michel 让-米歇尔·雷依

Richard, Jean-Pierre 让-皮埃尔·理查

Riddel, Joseph 约瑟夫·里德尔

Riffaterre, Michael 迈克尔·里弗特尔

Rilke 里尔克

Rorty, Richard 理查·罗蒂

Rousseau, Jean-Jacques 让-雅克·卢梭

Royle, Nicholas 尼古拉斯·洛伊尔

Ryan, Michael 迈克尔·瑞安

S

Saussure, Ferdinand de 费迪南·索绪尔

Searle, John 约翰·塞尔

Serres, Michel 米歇尔·塞尔

Shakespeare 莎士比亚

Shalomé, Lou Andreas 露·安德列亚斯-莎乐美

Shelley, Percy Bysshe 珀西·比希·雪莱

Slatoff, Walter 沃尔特·斯莱托夫

Spivak, Gayatri 佳亚特里·斯皮沃克

Standhal 司汤达

Strickland, Geoffrey 杰弗里·斯屈克兰

Suleiman, Susan 苏珊·苏里曼

Sussman, Henry 亨利·苏斯曼

T

Tausk, Victor 维克多·塔斯克

Terada, Rei 雷·特拉达

Thomson, Veronica Forest 维罗尼卡·福瑞斯特-汤姆逊

Thoreau, Henry 亨利·梭罗

Todorov, Tzvetan 茨维坦·托多洛夫

Tompkins, Jane 简·汤普金斯
Torok, Maria 玛利亚·托洛克
Trilling, Lionel 莱昂内尔·特里林

V

Valéry, Paul 保罗·瓦莱里

W

Warburton, William 威廉·沃伯顿
Warminski, Andrzej 安德烈·沃敏斯基
Warner, William 威廉·华纳
Waters, Lindsay 林赛·沃特斯
Weber, Samuel 塞缪尔·韦伯
Weinberg, Bernard 伯纳·温伯格
Wheeler, Samuel C. 塞缪尔·C. 韦勒
Whitehead 怀特海
Wimsatt, W. K. 威廉·威姆塞特
Wittgenstein, Ludwig 路德维希·维特根斯坦
Woolf, Virginia 弗吉尼亚·沃尔夫

Y

Young, Robert 罗伯特·扬

新版译后记

一、理论的大好时光

乔纳森·卡勒的《论解构：结构主义之后的理论与批评》1982年面世，时值玄之又玄的先锋理论畅行其道的大好时光。在中国，百废待兴的20世纪80年代充满着理论的饥渴，改革开放打开国门，西方100多年间的各路叛逆思潮，从尼采、海德格尔、弗洛伊德到结构主义和后结构主义，令人目不暇接地扑面而来，几乎就是在一夜之间，完成了从现代到后现代的过渡转型启蒙。有鉴于这一切大体上发生在文学批评和美学领域，《论解构》里卡勒的这一段话不失为一个形象的概括：

> 文学理论的著作，且不论对阐释产生何种影响，都在一个未及命名，然而经常被简称为"理论"的领域之内密切联系着其他文字。这个领域不是"文学理论"，因为其中许多最引人入胜的著作，并不直接讨论文学。它也不是时下意义上的"哲学"，因为它包括了黑格尔、尼采、伽达默尔，也包括了索绪尔、马克思、弗洛伊德、欧文·戈夫曼和拉康。它或可被称为"文本理论"，倘若文本

一语被理解为"语言连接成的一切事物"的话。但最方便的做法是直呼其为"理论"。①

卡勒没有说错,《论解构》这部有关德里达解构主义的相关论著中的经典之作,基本上就是在讲述"理论"的故事。自从1976年斯皮沃克译出并作长序的《论文字学》出版后,解构主义在美国一路风行,不但进入大学课堂,而且论者蜂起。但是即便德里达本人,1982年之前也还是处在天马行空的方法论布局阶段,即便在1982年之后,有关德里达和解构主义的著作前赴后继不断更新面世,卡勒的这本《论解构》还是当仁不让地坐定了解构主义文学批评论著中的第一把交椅。2007年,《论解构》出版25周年版,封底印着英国资深小说家和批评家、年长卡勒11岁的大卫·洛奇的评论:"理论",以及解构主义和人文主义阅读方式方法的纷争,依然统治着学院派文学批评。乔纳森·卡勒的《论解构》细致耐心、深思熟虑、卓有启迪,典范性地阐发了德里达的观念及其在文学研究中的运用。

《论解构》在中国的传播与解构主义进军文学批评界几乎同步。早在80年代中叶,就有《论解构》的原文影印本在高校图书馆和学术圈里广为传布。酝酿将此书译成中文的努力,亦此起彼伏见于不同中心城市。但是中国出版界的版权意识在这一阶段逐渐明晰起来,作者、译者及双方出版社之间的沟通,都尚需时日。故即便译者早早收到卡勒的回信,乐见此书的中译本刊行,但是由于版权不在作者手里,也无可奈何。因为这样那样的原因,《论解构》中译本先是套用一个香港书号在小范围内发行,后来纳入王逢振和汪民安策划的"知识分子图书馆",经由中国社会科学出版社出版,已经是姗姗来迟的1998年,时逢动笔翻译十年之后。即便如此,初版很快售罄,2011年又予再版。如今值此中国人民大学出版社重刊经典,重版《论解构》之际,译者除了仔细校正先时译本的错讹,主要在四个方面做了增补。一是之前有所删节的

---

① Jonathan Culler. On Deconstruction: Theory and Criticism after Structuralism. Ithaca: Cornell University Press, 2007, p. 8.

新版译后记

冗长注释，逐一予以补全。二是全书正文引用文献按照作者原书的括号格式，予以重新排定。三是最后的参考书目，先时的中译本省略未排，这次在书末全部排出。四是最后附录了包括原书人名索引中未顾及的《论解构》全部人名译名表。唯其如此，希望《论解构》这部结构主义之后的理论和批评经典，能给感兴趣的读者提供充分线索，重睹昔年批评论争的风采。

德里达钟情文学自不待言，而且孜孜不倦以文学的灵动和凶险来颠覆他名之为逻各斯中心主义的西方理性主义哲学传统。但是德里达从来没有掩饰过他根深蒂固的哲学家身份认同。早在20世纪70年代中叶，他就参与了抵制政府拟在公立高中取消哲学课程的教改方针。中学如此，大学亦然。今日大学的人文课程普遍被边缘化，人文传统当然可以解构，但是解构以后大学何去何从？是不是马上会有其他力量乘虚而入？德里达的回答是：

> 如果说今日的法国害怕哲学，这是因为推广哲学教育涉及两类威胁力量的前景：一类是想要改变国家的力量（比方说，左翼黑格尔主义的时代），它们试图让国家摆脱当前的主掌权力；另一类是意在解构国家的力量，它们可以和先一类力量同时发力，可以结盟也可以不结盟先一类力量。这两类力量无法归纳到现有的任何门类之中。在我看来，它们今天似乎并存在通常叫作"马克思主义"的那一理论和实践领域之中。①

在德里达看来，大学外围的其他力量，正在虎视眈眈，乐观大学的人文传统消失让位，以图取而代之。要之，谁害怕哲学？资本主义的政府害怕马克思主义哲学的潜在颠覆力量。这是问题的关键所在，它也清楚表明了德里达本人的哲学立场。但是德里达在法国哲学家中的地位一开始并不显赫，而且被普遍认为偏离了从笛卡尔到胡塞尔的欧洲正统哲学，好高骛远、天马行空，接近比较文学一类。德里达的解构主义很长

---

① Jacques Derrida. Who's Afraid of Philosophy. Jan Plug, trans. Stanford: Stanford University Press, 2002, p.149.

时间以来被人视为洪水猛兽，甚至他的母校巴黎高等师范学院，都没有最终很好地接纳他。1982年德里达告别巴黎高师这个哲学家的摇篮，转而供职于法国高等社会科学院，一个原因就是当时已名盖天下，令满世界都言必称解构的德里达，还不是正教授。有段时间德里达自嘲是一个奢侈的边缘人，这该是一个生动的写照。

二、解构主义的美国之途

但是解构主义在美国却一路坦途。以德曼的学生斯皮沃克1976年译出德里达早年代表作《论文字学》为标志，德里达与罗兰·巴特、福柯、拉康、德勒兹等人先后进入美国高校课堂，一时众星闪烁，汇合成声势浩大的"法国理论"。德里达从1975年开始出任耶鲁大学英语系的兼职教授，频频穿梭于大洋两岸，以德里达为领袖或者说灵魂人物，形成了包括保罗·德曼、哈罗德·布鲁姆、希利斯·米勒和杰弗里·哈特曼四位教授的"耶鲁学派"。1979年德里达和四位耶鲁教授一人一篇长文辑成的《解构与批评》一书，被认为是"耶鲁学派"的宣言。当其时，它还有过一个"四人帮"（gang of four）的诨号，可见中美之间的学术互动，其实超出了我们的想象。《解构与批评》出版之际，德里达至少已经有五本书被译成了英语，它们是《〈声音与现象〉兼论胡塞尔符号理论》《论文字学》《胡塞尔〈几何学起源〉导论》《书写与差异》《马刺：尼采的风格》。紧接着《播撒》《哲学的边缘》《丧钟》和《绘画中的真理》等英译本相继问世，这些解构主义早期摧枯拉朽的反传统著作，在卡勒的《论解构》中都有细致描述和分析，足以显示德里达何以毫无疑问地成为此时独步新大陆的"法国理论"界最璀璨的一颗明星。进入20世纪90年代之后，虽然宣布解构主义寿终正寝的声音时有出现，可是由于德里达本人始终孜孜不倦地往返于欧美之间授业写作，在批评界不断掀起新的热点，以至于以反传统起步的解构主义，终于成为传统本身的一个部分。因为解构的核心，如德里达本人一再强调的，说到底是批判、扬弃，而不是盲目服从权威。2004年德里达去世后，当时的法国总统希拉克致辞说，因为德里达，法国向世界传递了一种当代最伟大的哲学思想,这也并不言过其实。

本书作者乔纳森·卡勒,1944年出生于克利夫兰,1966年在哈佛大学获学士学位,读的是历史与文学。旋即获得奖学金,赴牛津大学圣约翰学院攻读比较文学,1968年再获学士学位,1972年获现代语言学博士学位。卡勒的博士论文《结构主义:语言模式的发展及其在文学研究中的运用》,便是他那本大名鼎鼎的《结构主义诗学》的底本。卡勒先后在一些高等院校及研究机构供职,1975年当过耶鲁大学的法国和比较文学访问教授,同年获美国现代语言学会的洛威尔奖。卡勒现为康奈尔大学1916级英文和比较文学讲座教授,长期主掌该校比较文学系,是当今西方文学批评界的一位领军人物。妻子是他的同行,即《论解构》中多有提及的美国解构主义批评家辛西娅·切斯。

解构主义的美国之旅主要盯住它对文学产生的以及可能产生的影响,这一点《论解构》同样方方面面叙说得非常清楚。虽然嗣后以德里达和解构作为书名的著作纷纷出现、不计其数,但是在介绍解构主义的基本理论和这一理论可以怎样用于文学方面,迄今堪称经典的,毋庸置疑依然是卡勒的这本《论解构》。它可以说是美国解构批评理所当然的学院派代表,清晰而不晦涩、深入而不故作高深。很难设想,在20世纪70年代和80年代初叶新批评、结构主义、女性主义、解构主义等各路人马纷至沓来的理论争锋中,除了像乔纳森·卡勒这样本人全方位参与其中的实践型批评家,还有谁能描绘出这样一幅结构主义之后的理论与批评全景勾勒图。诚如本书开篇所言:"在20世纪80年代初叶来写作批评理论,不再是介绍陌生的问题、方法和原理,而是直接参与一场生机勃勃、难解难分的论战。"①论战的结果,是卡勒通力阐述德里达的二元对立解构主义方法论,并身体力行,标举它为当代最有活力、最有意义的批评模态。但是物极必反,不过是转瞬之间,在1988年出版的《构架符号》一书中,卡勒便已经在说,过去批评史是文学史的组成部分,如今文学史成了批评史的组成部分。这可视为当时"理论"和"批评"一路走红现象的形象写照。

解构主义在美国的起点,毫无疑问是1966年约翰·霍普金斯大学

---

① Jonathan Culler. On Deconstruction: Theory and Criticism after Structuralism. Ithaca: Cornell University Press, 2007, p. 7.

两位教授异想天开,申请到一笔基金后邀来包括罗兰·巴特、拉康、德里达、希波利特和托多洛夫等十位法国结构主义明星和新星,于金秋十月在该校召开的题为"批评语言与人的科学"的研讨会。会上,德里达出人意表的著名发言《人文科学话语中的结构、符号与游戏》,开启了从边缘向中心发难,以其人之道还治其人之身的解构批评模式,示范了小人物可以怎样向列维-斯特劳斯这样鼎鼎大名的先辈挑战并且得到热烈反响。但是德里达针对结构主义人类学的"破中心"发难并非无的放矢,更不是信口开河。比较德里达发言标题和这次研讨会的议题,便见分晓。30多年后,有人这样总结这次会议的"德里达效应":

> 问题很清楚:关于这个崇高的结构主义以及它给冲淡了的股份,美国大学一向只知晓它的叙事学版式,如热奈特和托多洛夫。如今它该被我们抛诸脑后,来迎接一个游戏更甚的"后结构主义"了。虽然这个词直到20世纪70年代初叶方才出现,但是1966年约翰·霍普金斯大学研讨会上,到场的所有美国人都意识到,他们刚刚出席了它公开诞生的现场表演。[1]

后结构主义似乎也是昙花一现。众所周知,被纳入这个阵营的福柯、拉康、德里达、德勒兹以及公认是从结构主义转向后结构主义的罗兰·巴特,从来就没有承认过自己是后结构主义者。或者说,广义上它大致相当于文学维度上的后现代主义,狭义上,毋宁说它就是一个解构主义时代。以约翰·霍普金斯大学为起点,解构主义在美国的传播,最终形成了包括以卡勒为代表的康奈尔大学和以德曼等人为代表的耶鲁大学在内的解构主义重镇"金三角"。

三、何谓解构批评

卡勒论解构,应是身体力行实践了解构主义批评的最一般理论。Deconstruction作为德里达自称从海德格尔那里求得灵感而发明的一个新词,时至今日,"解构"已是它的不二中文译法。但是它作为以德里达的名字为代表的一种哲学思潮,由边缘向中心挺进,如今大体已无异

---

[1] Francois Cusset. French Theory: How Foucault, Derrida, Deleuze, & C. Transformed The Intellectual Life of United States. Jeff Fort, trans. Minneapolis: University of Minnesota Press, 2008, p. 31.

于批判分析的文学批评方式。单单以汉语里更多是用作动词的"解构"来对译，往往不符合我们的阅读习惯。这也是解构主义这个称谓虽然可以挑剔，却也名正言顺畅行至今的原委。是以 deconstructive criticism，本书大多译作解构批评，即便咬文嚼字的话它尽可以理解成动宾结构。译者也时而会以解构主义批评转译。这里并不是张扬得鱼忘筌、得意忘言的所谓逻各斯中心主义之道，而是有意重申意义见于语境，而语境多有变化这一从索绪尔到德里达均认可的语言表情达意基本原则。同理，为叙述方便，事实上根据不同语境和语感，deconstruction 也分别对译为解构、解构理论，有时也译为解构主义。

就解构批评来看，卡勒分别转述了德里达读索绪尔、卢梭以及读柏拉图、约翰·奥斯丁、弗洛伊德、康德、拉康等著名的解构主义阅读案例。卡勒谈到解构不同于实用主义哲学。固然，有如罗蒂笔下的实用主义，解构视表征为指涉其他符号的符号，而其他符号又指涉其他符号，如此意义环环相扣延伸无尽。但卡勒表明，解构之道既不同于实用主义"可被证明的主张"这一真理观，其对反思的态度，也有别于实用主义。故解构阅读实际上面临着一个似是而非的局面：

> 其中，一方面，逻各斯中心主义的立场包含了自身的瓦解；另一方面，逻各斯中心主义的否定又在用逻各斯中心的术语展开。就解构坚持这些立场而言，它似是一种辩证的综合，是一种更优越的完整的理论。然而，这两种立场结合之时，并未产生一个连贯无缺的学说或更高一级的理论。解构主义并无更好的真理观。它是种阅读和写作的实践，与说明真理的努力中产生的困惑交相呼应。它并不提供一个新的哲学构架或解决办法，而是带一点它希望能有策略意义的敏捷，在一个总体结构的各个无从综合的契机间来回游转。①

这毋宁说也是解构批评的一个哲学纲领。解构主义并无更好的真理观，解构是一种阅读和写作实践，呼应着真理阐述中的诸多困顿，这都不失为一种谦卑的理论品格描述。

涉及卡勒本人的解构批评尝试，一如他对德里达解构理论的深入浅

---

① Jonathan Culler. On Deconstruction: Theory and Criticism after Structuralism. Ithaca: Cornell University Press, 2007, p. 155.

出阐述，卡勒同样乐于旁征博引，娓娓引述他人的成果。他分别推举了华尔特·迈克尔斯读梭罗、芭芭拉·琼生读麦尔维尔、德曼读普鲁斯特、约翰·布兰克曼读奥维德《变形记》以及内尔·赫尔兹《弗洛伊德与撒沙子的人》中的互文阅读等，以它们为以子之矛陷子之盾的"解构批评"范式。根据卡勒的归纳，解构批评可以落实为六个基本步骤，具体是：（1）在对象文本中找出一系列二元对立概念，诸如真理／虚构、言语／文字、字面义／隐喻义，如此等等，然后颠倒它们的等级秩序；（2）寻找一个词作为突破口，例如以"药"来解构柏拉图，以"附饰"来解构康德，以"补充"来解构卢梭；（3）密切关注文本自相矛盾的其他形式；（4）特别关注令文本自我解构的修辞结构；（5）将文本的内部冲突引申为文本不同阐释之间的冲突；（6）关注边缘成分，从边缘向中心挺进。这六个解构批评的基本策略，也许千篇一律演绎下来会显得刻板，就像我们今天回过头来再读《论解构》时，已经有所觉察的那样。但是毋庸置疑，它们都具有非常实在的可操作性，这一点与德里达本人早期理论天马行空式的文字游戏形而上学适成对照。

这或许可以说明时至今日，何以解构主义作为正统哲学可能依然面临着多重抵制，作为文学批评的基本理论，却丝毫不爽地完成了反仆为主、反客为主、由边缘挺进中心进而占据中心这一历史使命。诚如卡勒本人在《论解构》25周年纪念版序言中所言："在文学研究内部，解构今已广为传布，因此同解构相关的概念（比如，有机形式理念的批判，以及文学的文字观念应当探讨如何以其人之道还治其人之身等）同样是四面八方传播开来。除了德里达本人关于文学的浩瀚文字尚未被批评实践充分吸收外，保罗·德曼的大量著述——一大部分是在作者身后方才出版的——也变得唾手可得。这些文章巩固了《论解构》中勾勒的一个独树一帜的解构传统，或者说，文学作品的修辞阅读传统。"这是说，解构批评以反传统起家，然而半个世纪下来，它最终成了传统本身的一个组成部分。

陆扬
2016年11月22日
于复旦大学光华楼

当代世界学术名著·第一批书目

符号学基础(第六版)	[美]约翰·迪利
故事的语法	[美]杰拉德·普林斯
故事与话语:小说和电影的叙事结构	[美]西摩·查特曼
术语评论:小说与电影的叙事修辞学	[美]西摩·查特曼
文学批评:理论与实践导论(第五版)	[美]查尔斯·E·布莱斯勒
叙事学:叙事的形式与功能	[美]杰拉德·普林斯
写作的零度	[法]罗兰·巴尔特
符号学原理	[法]罗兰·巴尔特
符号学历险	[法]罗兰·巴尔特
乔姆斯基:思想与理想(第二版)	[英]尼尔·史密斯
语言与心智(第三版)	[美]诺姆·乔姆斯基
帝国与传播	[加]哈罗德·伊尼斯
传播的偏向	[加]哈罗德·伊尼斯
世界大战中的宣传技巧	[美]哈罗德·D·拉斯韦尔
一个自由而负责的新闻界	[美]新闻自由委员会
机器新娘——工业人的民俗	[加]马歇尔·麦克卢汉
报纸的良知——新闻事业的原则和问题案例讲义	[美]利昂·纳尔逊·弗林特
传播与社会影响	[法]加布里埃尔·塔尔德
模仿律	[法]加布里埃尔·塔尔德
传媒的四种理论	[美]威尔伯·施拉姆 等
传播学简史	[法]阿芒·马特拉 等
受众分析	[英]丹尼斯·麦奎尔
心灵与世界	[美]约翰·麦克道威尔
科学与文化	[美]约瑟夫·阿伽西
从逻辑的观点看	[美]W.V.O.蒯因

自然科学的哲学	[美]卡尔·G·亨普尔
单一的现代性	[美]F.R.詹姆逊
本然的观点	[美]托马斯·内格尔
宗教的意义与终结	[加]威尔弗雷德·坎特韦尔·史密斯
人的自我寻求	[美]罗洛·梅
存在——精神病学和心理学的新方向	[美]罗洛·梅
存在心理学——一种整合的临床观	[美]罗洛·梅
个人形成论——我的心理治疗观	[美]卡尔·R·罗杰斯
当事人中心治疗——实践、运用和理论	[美]卡尔·R·罗杰斯
万物简史	[美]肯·威尔伯
动机与人格(第三版)	[美]亚伯拉罕·马斯洛
历史与意志:毛泽东思想的哲学透视	[美]魏斐德
中国的共产主义与毛泽东的崛起	[美]本杰明·I·史华慈
毛泽东的思想	[美]斯图尔特·R·施拉姆
仪式过程——结构与反结构	[美]维克多·特纳
人类学、发展与后现代挑战	[英]凯蒂·加德纳,大卫·刘易斯
结构人类学	[法]克洛德·列维-斯特劳斯
野性的思维	[法]克洛德·列维-斯特劳斯
面具之道	[法]克洛德·列维-斯特劳斯
嫉妒的制陶女	[法]克洛德·列维-斯特劳斯
社会科学方法论	[德]马克斯·韦伯
无快乐的经济	[美]提勃尔·西托夫斯基
不确定状况下的判断:启发式和偏差	[美]丹尼尔·卡尼曼 等
话语和社会心理学——超越态度与行为	[英]乔纳森·波特 等
社会网络分析发展史——一项科学社会学的研究	[美]林顿·C·弗里曼

自由之声——19世纪法国公共知识界大观	[法]米歇尔·维诺克
官僚制内幕	[美]安东尼·唐斯
公共行政的语言——官僚制、现代性和后现代性	[美]戴维·约翰·法默尔
公共行政的精神	[美]乔治·弗雷德里克森
公共行政的合法性——一种话语分析	[美]O.C.麦克斯怀特
后现代公共行政——话语指向	[美]查尔斯·J·福克斯 等
政策悖论:政治决策中的艺术(修订版)	[美]德博拉·斯通
行政法的范围	[新西]迈克尔·塔格特
法国行政法(第五版)	[英]L·赖维乐·布朗,约翰·S·贝尔
宪法解释:文本含义,原初意图与司法审查	[美]基思·E·惠廷顿
英国与美国的公法与民主	[英]保罗·P·克雷格
行政法学的结构性变革	[日]大桥洋一
权利革命之后:重塑规制国	[美]凯斯·R·桑斯坦
规制:法律形式与经济学理论	[英]安东尼·奥格斯
阿蒂亚论事故、赔偿及法律(第六版)	[澳]波得·凯恩
意大利刑法学原理(注评版)	[意]杜里奥·帕多瓦尼
刑法概说(总论)(第三版)	[日]大塚仁
刑法概说(各论)(第三版)	[日]大塚仁
英国刑事诉讼程序(第九版)	[英]约翰·斯普莱克
刑法总论(新版第2版)	[日]大谷实
刑法各论(新版第2版)	[日]大谷实
日本刑法总论	[日]西田典之
日本刑法各论(第三版)	[日]西田典之
美国刑事法院诉讼程序	[美]爱伦·豪切斯泰勒·斯黛丽,南希·弗兰克
现代条约法与实践	[英]安托尼·奥斯特
刑事责任论	[英]维克托·塔德洛斯

刑罚、责任和正义——相关批判	[英]阿伦·洛雷
政治经济学：对经济政策的解释	[瑞典]T.佩尔森，[意大利]G.塔贝里尼
共同价值拍卖与赢者灾难	[美]约翰·H·凯格尔，[美]丹·莱文
以自由看待发展	[印度]阿马蒂亚·森
美国的知识生产与分配	[美]弗里茨·马克卢普
经济学中的经验建模——设定与评价	[英]克莱夫·W·J·格兰杰
产业组织经济学（第五版）	[美]威廉·G·谢泼德，乔安娜·M·谢泼德
经济政策的制定：交易成本政治学的视角	[美]阿维纳什·K·迪克西特
博弈论经典	[美]哈罗德·W·库恩
行为博弈——对策略互动的实验研究	[美]科林·凯莫勒
博弈学习理论	[美]朱·弗登伯格，戴维·K·莱文
利益集团与贸易政策	[美]G.M.格罗斯曼，E.赫尔普曼
市场波动	[美]罗伯特·希勒
零售与分销经济学	[美]罗格·R·贝当古
世界贸易体系经济学	[美]科依勒·贝格威尔，[美]罗伯特·W·思泰格尔
税收经济学	[美]伯纳德·萨拉尼
经济学是如何忘记历史的：社会科学中的历史特性问题	[英]杰弗里·M·霍奇逊
通货膨胀、失业与货币政策	[美]罗伯特·M·索洛 等
经济增长的决定因素：跨国经验研究	[美]罗伯特·J·巴罗
全球经济中的创新与增长	[美]G.M.格罗斯曼，E.赫尔普曼
美国产业结构（第十版）	[美]沃尔特·亚当斯，詹姆斯·W·布罗克

制度与行为经济学	[美]阿兰·斯密德
企业文化——企业生活中的礼仪与仪式	[美]特伦斯·E·迪尔 等
组织学习(第二版)	[美]克里斯·阿吉里斯
企业文化与经营业绩	[美]约翰·P·科特 等
系统思考——适于管理者的创造性整体论	[英]迈克尔·C·杰克逊
组织学习、绩效与变革——战略人力资源开发导论	[美]杰里·W·吉雷 等
组织文化诊断与变革	[美]金·S·卡梅隆 等
社会网络与组织	[美]马汀·奇达夫 等
美国会计史	[美]加里·约翰·普雷维茨 等
新企业文化——重获工作场所的活力	[美]特伦斯·E·迪尔 等
文化与组织:心理软件的力量(第二版)	[荷兰]吉尔特·霍夫斯泰德 等
实证会计理论	[美]罗斯·瓦茨 等
组织理论:理性、自然和开放的系统	[美]理查德·斯科特 等
管理思想史(第五版)	[美]丹尼尔·A·雷恩
后《萨班斯—奥克斯利法》时代的公司治理	[美]扎比霍拉哈·瑞扎伊
财务呈报:会计革命	[美]威廉·比弗
当代会计研究:综述与评论	[美]科塔里 等
管理会计研究	[美]克里斯托弗·查普曼 等
会计和审计中的判断与决策	[美]罗伯特·阿斯顿 等
会计经济学	[美]约翰·B·坎宁

On Deconstruction: Theory and Criticism after Structuralism, 25th Anniversary Edition

by Jonathan Culler

Originally published by Cornell University Press.

Copyright © 1982 and 2007 by Cornell University

This edition is a translation authorized by the original publisher.

Simplified Chinese edition © 2018 by China Renmin University Press. All Rights Reserved.

图书在版编目（CIP）数据

论解构：结构主义之后的理论与批评（25 周年版）/（美）乔纳森·卡勒（Jonathan Culler）著；陆扬译 . —北京：中国人民大学出版社，2018.7
（当代世界学术名著）
书名原文：On Deconstruction：Theory and Criticism after Structuralism，25th Anniversary Edition
ISBN 978-7-300-25367-1

Ⅰ.①论… Ⅱ.①乔…②陆… Ⅲ.①解构主义-文学研究 Ⅳ.①I109.9

中国版本图书馆 CIP 数据核字（2018）第 015143 号

当代世界学术名著
论解构
结构主义之后的理论与批评（25 周年版）
[美] 乔纳森·卡勒（Jonathan Culler） 著
陆 扬 译
Lun Jiegou

出版发行	中国人民大学出版社			
社　址	北京中关村大街 31 号		邮政编码	100080
电　话	010-62511242（总编室）		010-62511770（质管部）	
	010-82501766（邮购部）		010-62514148（门市部）	
	010-62515195（发行公司）		010-62515275（盗版举报）	
网　址	http://www.crup.com.cn			
	http://www.ttrnet.com（人大教研网）			
经　销	新华书店			
印　刷	北京东君印刷有限公司			
规　格	155 mm×235 mm　16 开本		版　次	2018 年 7 月第 1 版
印　张	18.75 插页 2		印　次	2020 年 11 月第 2 次印刷
字　数	258 000		定　价	68.00 元

版权所有　　侵权必究　　印装差错　　负责调换